KB096522

데블인헤븐

DEVIL IN HEAVEN by Kanzi Kawai
Copyright ⓒ Kanzi Kawai 2013
All rights reserved.
First published in Japan by SHODENSHA Publishing Co., Ltd., Tokyo.

This Korean edition is published by arrangement with
SHODENSHA Publishing Co., Ltd., Tokyo in care of Tuttle-Mori Agency, Inc.,
Tokyo through Eric Yang Agency, Seoul.

이 책의 한국어판 저작권은 에릭양 에이전시를 통해 저작권자와 독점 계약한 작가정신
에 있습니다. 저작권법에 의해 한국 내에서 보호를 받는 저작물이므로 무단 전재 및 복제
를 금합니다.

데블 인 헤븐

가와이 간지 지음 ― 이규원 옮김

작가
정신

차례

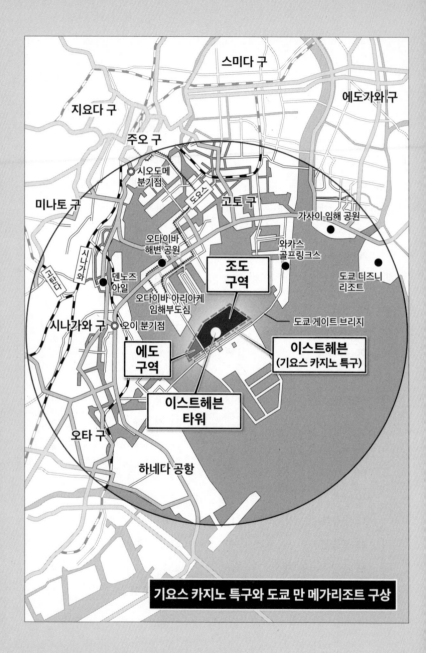

기요스 카지노 특구와 도쿄 만 메가리조트 구상

프롤로그

01 빼앗긴 자

19년 전.

2004년 11월.

도쿄 도 미나토 구 롯폰기.

"장난하나, 이 자식들!"

노성과 함께 쨍강, 하고 유리 깨지는 소리가 가게 안을 흔들었다.

칵테일 잔을 바닥에 패대기치는 소리였다. 까만 하이힐을 신은 바니걸이 비명과 함께 팔짝 뛰며 물러나고 진녹색 코스튬 의상으로 가린 가슴을 은쟁반으로 가렸다. 주변에 있던 손님 몇몇도 대화를 멈추고 비명이 터진 쪽을 돌아다보았다. 어둑한 가게 내부가 쥐 죽은 듯 조용해졌다.

오전 2시.

가게에 있던 모든 이의 시선이 쏠리는 자리에는 덩치 좋은 사내 하나가 분해죽겠다는 듯이 얼굴을 붉히며 거친 숨을 몰아쉬고 있었다.

육십 대쯤 될까? 반질반질하게 밀어버린 머리, 가무잡잡한 얼굴에 콧수염, 연갈색 선글라스. 하얀 양복 속에는 하얀 바탕에 페이즐리 무늬 셔츠와 빨간 넥타이. 굵직한 손가락에 투명하게 반짝이는 보석이 박힌 굵은 금반지를 끼웠다.

"손님."

그 사내 뒤쪽에서 검은 옷을 입은 깡마른 웨이터가 말을 건넸다. 얇은 입술 위로 콧수염을 길렀다.

"무슨 일이시죠?"

"닥쳐! 이 새끼들, 내가 누군지 모를 리 없을 텐데! 나를 빡치게 하면 어떻게 되는지 몰라?"

사내가 피우던 담배를 바닥에 팽개치고 양복과 색조를 맞춘 에나멜 구두로 그것을 짓이기며 웨이터를 윽박질렀다.

"물론 알지요, 오야붕."

웨이터가 차분한 목소리로 대답했다. 하얀 양복이 이 가게가 있는 지역을 장악한 폭력단 몬덴회紋田會의 회장 몬덴 히로노리였다.

"죄송합니다만 다른 손님들도 계시니까 조용히 말씀해주시면 고맙겠습니다."

"이게 조용히 말할 문제냐! 이 기록지나 보고 말해!"

그렇게 말하며 몬덴은 웨이터의 얼굴에 수첩 정도 되는 크기의 종잇조각을 들이댔다. 몬덴이 기록지라고 말한 것은 손으로 적어 넣은 기호가 죽 나열된 카드였다. 알파벳 B와 P만이 거의 갈마들듯이 무작위로 이어지다가 어느 곳에서부터 열네 개 연속으로 P만 적혀 있다.

"이렇게 긴 연승 봤어? 내가 오랫동안 게임을 해왔지만 이런 일은 처음이다! 이 하우스가 장난을 치고 있는 거 아냐?"

웨이터가 한숨을 섞어 대답했다.

"오야붕, 심정은 충분히 이해합니다만, 그래도 그렇게까지 말씀하시면……. 아시잖습니까. 이런 경우도 가끔 있습니다. 바카라에서는."

그 가게는 니시아자부의 교차로에서 그리 멀지 않은 작은 빌딩의 지하에 있었다. 이 빌딩의 지상층 전부에는 어느 작은 중남미 국가의 대사관이 입주해 있어서 빌딩 앞에는 그 나라 국기가 게양되어 있다. 이 빌딩은 지하에 있는 카지노 주인의 소유인데, 개인 건물에 대사관이 입주한 데는 그만한 이유가 있다.

2004년 당시 일본에서는 카지노 영업이 아직 허용되지 않았다. 따라서 이 가게는 불법 도박장, 이른바 '하우스'이다. 법률상으로는 도박개장죄 및 도박개장방조죄에 걸리며, 영업 형태에 따라서는 도박결합도리죄*에도 걸릴 수 있다. 손님에게도 도박죄가 적용되므로 언제 경찰에 체포되어도 할 말이

* 이익을 피한 죄.

없다.

그러나 대사관은 치외법권이 있어서 일본 경찰이 개입하지 못한다. 그래서 카지노 주인은 국가 예산이 부족한 작은 나라에 접근해서 공짜나 다름없는 가격으로 도쿄에 대사관을 지어주고 그 건물에 하우스를 만든 것이다. 일개 하우스 주인이 비록 작은 나라라도 외국 정부와 이런 흥정이 가능한 것은 정치가와 연줄이 닿기 때문이다.

일본에서 도박은 불법이지만 해외에는 합법 카지노가 있다. 라스베이거스, 모나코, 마카오 등이 유명한데, 카지노를 허용한 국가는 백수십 개국에 이른다. 최근에는 싱가포르의 카지노가 빠르게 성장하는 중이다. 그리고 이러한 해외 카지노에서 도박에 재미를 붙인 일본인이 늘어나자 그들의 요구에 응하기 위해 일본에도 속속 하우스가 생겨났다. 현재 도쿄는 물론이고 전국 주요 도시마다 어김없이 하우스가 존재한다.

하우스는 경찰의 단속을 면한다 해도 반드시 폭력단이 얽히게 된다. 도박은 오래전부터 그들의 주요한 돈줄 가운데 하나였다. 하우스 주인이 곧 조폭단원인 경우는 드물지만, 말썽이 생길 경우 경찰의 힘을 빌리지 않고 수습하려면 폭력단의 힘이 필요한 경우가 있다. 게다가 폭력단 간부는 의사, 자영업자, 중소기업체 사장 같은 부자들과 마찬가지로 판돈을 거침없이 잃어주는 VIP 고객이기도 하다.

그러므로 하우스로서는 아무래도 몬덴 같은 자를 함부로 대하지 못한다.

"사기가 아니면 어째서 내가 이렇게 내리 잃기만 하는 거냐!"

몬덴이 억지를 부렸다.

"여기 들어온 지 딱 두 시간이야! 그런데 벌써 700만이나 잃었어! 어떻게 할 거야!"

분노를 죽이지 못하는 몬덴에게 웨이터가 달래듯이 말했다.

"다시 운이 돌아올 때까지 잠깐만 쉬어보시는 건 어떻습니까. 뭐 좋아하시는 술이나 안주라도……. 초밥은 어떻습니까? 배달시켜드릴 수 있습니다만."

"이렇게 당하고 그만두라고? 내 돈을 되찾을 때까지는 못 그만둬!"

노름판에서 잃은 돈은 이미 당신 돈이 아니야…….

웨이터는 속으로 몬덴에게 말했다. '내 돈'이니 '되찾겠다'느니 하는 손님이야말로 하우스가 반기는 봉이다. 잃는 판이 거듭되면 지갑을 하우스에 들어올 때로 돌리려고 한 판도 거르지 않고 배팅한다. 그러다가 끝내 빈털터리가 되는 것이다.

이런 손님은 잠깐 돈을 딸 경우 그 돈까지 자기 돈이라고 생각한다. 그러다가 조금이라도 잃으면 제일 많이 땄던 때의 금액을 회복하기 전에는 만족하지 않는다. 그러다가 문득 정신을 차리고 보면 본전조차 한참을 잃은 상태이고, 끝내는 있는 돈을 탈탈 털려 무일푼으로 돌아가는 것이다.

하우스가 시내 일등지에 점포를 내고 내부를 호화로운 가구와 인테리어로 꾸미고 술과 음식을 전부 무료로 제공하고 아름다운 여성을 고액으로 고용하고도 막대한 이익을 내는 것은 이런 착각에 빠진 손님들이 대거 몰려들기 때문이다.

카지노에 들어온 손님은 반드시 잃게 되어 있다. 아무리 자금력이 있어도 하우스보다 더 많은 현금을 가진 손님은 없다. 게다가 하우스 측은 수수료까지 뗀다. 지식과 경험도 손님보다 딜러가 훨씬 윗길이며 어느 종목이든 애초에 딜러에게 유리하게 규칙이 정해져 있다.

그러므로 중간에 아무리 돈을 따도 끝내는 반드시 잃게 되어 있다. 돈을 따서 돌아간 날이 있더라도 장기적으로 보면 반드시 잃게 된다. 이것을 이해하고 돈을 잃어도 '즐겁게 놀았으니 그 대가를 지불했다'고 생각해야 한다. 그것이 도박이다.

그러나…….

웨이터가 가게 안쪽으로 시선을 힐끔 던졌다.

그쪽에 타원형 테이블이 놓여 있다. 두툼한 목재로 테두리를 두른 그 테이블은 초록 나사지로 상판을 마감하고, 그 나사지에는 육상 경기의 트랙처럼 하얀 선이 여러 가닥 그어져 있다. 바카라 테이블이다.

천장에 매달린 다운라이트가 그 테이블을 환하게 비추고 있다. 노란빛 속을 담배 연기가 천천히 감돈다. 테이블 너머에는 와이셔츠에 검은 나비넥타이를 맨 남자가 노가쿠 가면 같은 얼굴로 서 있다. 그 테이블에 배치된 딜러이다.

그 딜러와 바카라 테이블을 사이에 두고 한 젊은이가 등을 보이고 앉아 있다.

검은 가죽 재킷에 아래도 통이 좁은 검은 바지에 검은 가죽 스니커즈. 목깃에 닿도록 기른 머리카락은 살짝 퇴색한 금빛을 띠고 있다.

그러나 이 남자는 다른 손님과는 다르다.

웨이터는 그 젊은이의 등을 보며 곤혹스러워하고 있다.

그 젊은이 앞에는 금빛 칩들만이 원기둥으로 쌓여 있다. 그 칩의 액면은 1000달러. 현금으로 환산하면 10만 엔. 다 합치면 1000만 엔어치쯤 될 것이다.

몬덴의 700만 엔도 전부 그 원기둥 속에 들어가 있는 것이다.

"저 젊은 놈이야! 쟤가 끼어들고부터 판이 영 이상해졌어!"

몬덴이 금발 젊은이의 등을 가리키며 소리쳤다.

"내리 열네 판이야! 자그마치 열네 판이나 플레이어가 족족 이겼다고! 게다가 저놈은 똑같은 쪽에만 걸어서 내리 땄단 말이다! 이상하잖아! 다른 손님들도 저놈을 따라서 배팅하고 있다고! 네놈들도 저놈이랑 한패지? 그게 아니면 설명이 되질 않아!"

그 젊은이가 하우스에 들어온 것은 두 시간쯤 전, 날짜가 막 바뀌려고 할 때였다. 검은 선글라스를 끼고 있었다. 돈이 있어 보이는 인상은 아니었지만 그는 캐셔에게 100만 엔을 건네고 1000달러짜리 칩 열 개를 받았다. 그리고 웨이터에게 이렇게 물었다.

"바카라는?"

웨이터가 가게 안쪽에 있는 바카라 테이블을 가리키자 젊은이는 블랙잭이나 룰렛에는 눈길도 주지 않고 곧장 그리로 걸어가 왼쪽 끝 의자에 앉았다. 테이블에는 조금 전에 몬덴이 앉아서 들뜬 얼굴로 배팅하고 있었다. 그런데 젊은이가 몇 번을 잃거니 따거니 하다가 갑자기 노도처럼 14연승을 해냈던 것이다.

금발을 살랑거리며 젊은이가 뒤를 돌아다보았다.

"판돈이 떨어졌나?"

선글라스 속의 눈을 이쪽으로 향하며 젊은이가 말했다. 마치 지금 몇 시냐고 묻는 것처럼 스스럼없는 말투였다. 그 말투로 몬덴을 야유하거나 도발하려는 의도는 없고 그저 사실을 확인하려는 것임을 알 수 있었다. 검은 선글라스 탓에 얼굴에서는 아무런 감정도 읽을 수 없었다. 도박에 열을 내고 있다기보다 무슨 단순 작업을 하고 있는 사람 같았다.

"시끄러! 지금 간다! 내 돈을 먹고 그냥 돌아갈 수 있을 것 같냐!"

그렇게 소리치고 몬덴은 젊은이가 있는 바카라 테이블로 성큼성큼 걸어갔다.

바카라는 가공의 두 인물이 카드 게임을 한다는 설정 아래 어느 쪽이 이길지를 예상하여 배팅하는 게임이다. 즉 바카라에 참가하는 손님들은 직접 카드 게임에 참가하는 것이 아니라 경마에서 경주마에 배팅하듯 간접적으로 게임에 참가하는 것이다.

그 가공의 두 인물을 '뱅커'와 '플레이어'라 부른다. 딜러는 쌍방에 카드를 두 장씩 돌린다. 카드 두 장의 숫자를 더하여 끝자리가 '9'에 가까운 쪽이 이긴다. 룰은 이렇게 단순하다.

카드 두 장으로 겨루는 경우도 있고, 그 두 장의 합에 따라 자동적으로 세 번째 카드를 돌릴 때도 있다. 이 세 번째 카드를 돌리는 조건은 플레이어와 뱅커가 서로 다른데, 미리 세세하게 규정되어 있으며, 카드를 받고 말고를 임의로 선택할 수는 없다. 모든 것이 규칙대로 진행된다. 그리고 양자가 같은 수가 나올 경우, 그 판은 그대로 다음 판으로 이월된다.

플레이어와 뱅커 가운데 어느 한쪽에 배팅하는 것이므로 손님이 딸 확률은 50퍼센트이다. 엄밀하게는 세 번째 카드가 돌려지는 조건이 다르기 때문에 뱅커가 미세하게 유리하며, 그래서 '초심자는 뱅커에 배팅하라'라는 격언도 있다. 이 하우스도 그렇게 하지만, 뱅커에게 배팅하여 이길 경우, 배팅한 돈의 5퍼센트를 수수료로 받는 곳이 많다.

몬덴은 테이블 오른쪽에 있는 의자를 빼내 거칠게 앉았다.

"어이!"

몬덴이 뒤를 돌아보고 소리쳤다. 펀치파마를 한 부하가 클러치백을 안고 잔달음질로 다가왔다. 몬덴은 그 가방에서 띠지를 두른 돈다발을 꺼내 테이블 위에다 함부로 던졌다. 100만 엔이었다.

"자, 이게 내 마지막 판돈이다. 빨리 돌려!"

"손님."

딜러가 가는 눈썹을 미간에 모으며 돈다발을 내려다보았다.

"캐셔한테 가셔서 칩으로 바꿔주시겠습니까? 규칙이 그렇게 되어 있어서요."

아무리 불법 카지노라도 현금으로 배팅하게 하는 곳은 없다. 반드시 칩으로 교환하게 한다. 우선 경찰이 기습적으로 단속할 때 현금은 도박의 증거가 되기 때문이다. 게다가 칩에는 정해진 두께가 있어서 포개놓는 높이로 액수를 계산하기가 쉽다. 또 칩으로 배팅하면 손님은 그것이 실은 현금이라는 사실을 망각하고 부담 없이 배팅한다.

"똥폼 잡고 앉아 있네! 어차피 돈을 거는 거잖아! 게다가."

몬덴은 딜러를 향해 상반신을 내밀며 말했다.

"금방 다시 내 가방에 담아줄게. 이번 게임은 내가 이길 테니까."

능글맞은 웃음을 빙글거리며 몬덴이 딜러에게 속삭였다.

"이봐, 그렇지? 무슨 일이 있어도 내가 이기는 거 맞지? 지금까지 내가 이 하우스에 얼마나 많은 돈을 잃어주었는지 잊었나? 만에 하나 내가 이기지 못하면 내가 무슨 짓을 벌일지 모르지? 알아?"

무슨 일이 있어도 자신이 이기게 하라고 윽박지르는 것이다.

딜러가 웨이터를 힐끔 쳐다보았다. 웨이터는 짧게 한숨짓고 오른손을 제 왼쪽 어깨에 대고 결리는 목을 스트레칭하는 것처럼 좌우로 까딱까딱 기울였다. 그것을 본 딜러는 말없이 희미하게 고개를 끄덕였다.

딜러는 테이블 앞에 똑바로 서서 양팔을 가볍게 벌렸다.

"자, 그럼 시작합니다. 배팅을 부탁합니다."

"뱅커다!"

그렇게 말하며 몬덴이 돈다발을 집어 들고 'BANKER'라 적힌 자리에 내리치듯이 놓았다. 그러자 젊은이가 머리카락과 같은 빛깔의 칩 열 개를 'PLAYER'라고 적힌 자리에 아무렇게나 밀어놓았다.

뱅커와 플레이어에게 각각 100만 엔씩이 배팅되어 균형이 잡힌 것이다. 테이블 주위에는 그들 말고도 손님이 여럿 있었지만 판이 너무 커져버리자 자리에서 일어나 구경만 할 뿐 배팅하려고 하지는 않았다.

딜러는 카드 여섯 벌을 담아둔 상자에서 한 장을 빼내어 뒤집힌 상태 그대로 젊은이 앞으로 밀어놓았다. 두 번째 카드는 역시 뒤집혀진 상태로 몬덴 앞으로. 세 번째 카드는 젊은이에게, 네 번째 카드는 몬덴에게. 이리하여 젊은이와 몬덴에게 카드가 두 장씩 돌려졌다.

젊은이는 카드 두 장을 서슴없이 오픈했다. 첫 번째 카드가 클로버 3, 두 번째가 하트 5, 합은 8.

내추럴 8.

테이블을 에워싼 손님들에게서 호오, 하는 감탄이 터졌다.

카드 두 장의 숫자를 합하여 그 끝자리가 '8'이나 '9'일 때를 내추럴이라 하고, 거기서 딜링은 끝난다. 즉 세 번째 카드는 돌리지 않는다. '9'가 최강이지만 '8'도 그에 버금가는 강력한 숫자이다. 젊은이의 운세는 수그러들지 않은 것이다.

다음은 뱅커, 즉 몬덴의 카드를 오픈할 차례였다.

몬덴은 포개진 카드 두 장의 가로변을 조금 들춰보고는 살짝 혀를 차며 단숨에 오픈했다. 두 장 모두 그림 카드였다. 그림 카드는 바카라에서는 '0'으로 치므로 두 장의 합도 '0'. 이럴 경우 자동적으로 세 번째 카드를 돌리게 되어 있다.

딜러가 세 번째 카드를 몬덴 앞으로 밀어주었다.

"자, 와라, 와라."

그렇게 말하며 몬덴이 나사지 위의 카드를 양손 손가락으로 눌렀다. 카드의 가로변 쪽을 천천히 조금씩 구부려 올리며 들여다보았다. '스퀴즈'라고 하는 바카라 특유의 카드 오픈 동작이다.

뱅커와 플레이어의 어느 쪽이 이길지는 카드가 셔플되어 상자에 담기는 순간에 이미 완전히 결정된다. 남은 것은 그것들을 순서대로 오픈하여 확인해나가는 것뿐. 그러므로 어떤 동작으로 오픈하든 그에 따라 승패가 달라지는 것은 아니다. 그러나 카드를 오픈할 때는 기대하는 숫자가 나오기를 염원하며 조금이라도 정성을 담고 싶게 마련이다. 이런 욕망에서 '스퀴즈'라는 오픈 동작을 취하게 된다.

다른 게임으로 말하자면, 가령 마작에서도 엄지손가락 끝으로 패의 무늬를 읽는 '맹패'라는 동작이 있다. 패가 쌓이는 단계에서 어디에 어떤 패가 있는지는 전부 결정되어 있다. 그러나 그것을 하나씩 가져갈 때, 눈으로 보면 즉시 알 수 있는데도 그렇게 하지 않는다. 기를 담아 엄지손가락 끝으로 패의 표면을 문질러 무슨 패인지 탐색하며 즐기는 것이다.

카드에는 왼쪽 상단 구석, 또는 양쪽 상단 구석에 인덱스라 불리는 부호와 숫자를 표시한 작은 표기가 있다. 오픈하기 전에 먼저 그 위치를 엄지손가락으로 가린다. 그렇게 하지 않으면 숫자가 대번에 보이기 때문이다. 그리고 양손 손가락 끝으로 조금씩 카드 가장자리를 들춰나가며 카드의 무늬를 들여다본다.

몬덴이 가진 카드에서 다이아몬드 부호 두 개의 가장자리가 보였다.

"'다리'인가……."

몬덴은 그렇게 중얼거렸다.

'다리'란 카드의 가로변에 부호가 두 개의 다리처럼 나란히 보이는 상태로, 이렇게 보이는 카드라면 4에서 10까지다. 에이스라면 흰 바탕밖에 안 보이고 2나 3이면 부호가 하나밖에 보이지 않는다. 그림 카드라면 그림을 에워싼 틀이 보인다.

다음으로 몬덴은 카드를 가로로 눕히고 세로변을 조금씩 들춰보기 시작했다.

"포 사이드."

부호의 가장자리 네 개가 드러났다. 이것을 '4 사이드'라고 한다.

4나 5면 부호가 두 개, 6, 7, 8이면 세 개가 나란히 보인다.

네 개가 보이는 카드는 9나 10뿐이다. 그리고 9면 승, 10이면 카드 세 장의 합은 '0'으로 패. 천국과 지옥의 갈림길이다.

몬덴은 더욱 기합을 넣으며 카드를 조금씩 들춰나갔다.

그 손이 딱 멈췄다. 다음 순간.

"으하하하하!"

갑자기 몬덴이 거침없이 웃으며 카드를 나사지 위에 힘차게 내리쳤다.

"자, 봐라! 꼴좋게 됐구나! 이 피라미 같은 자식!"

카드의 숫자는 9. 뱅커, 즉 몬덴의 승리이다.

딜러가 젊은이 앞에 있던 100만 엔어치 칩을 끌어당겨 수수료를 제하고 몬덴 앞으로 밀어주었다. 몬덴이 꺼내놓았던 100만 엔 다발은 그대로 몬덴에게 반환되었다.

"자, 다음! 다음! 나는 이번에도 뱅커에 걸겠어!"

몬덴은 금빛 칩 열 개를 쌓아 올려 앞으로 쑥 밀어놓았다.

"이상한데."

그때 젊은이가 중얼거렸다.

"뭐가요?"

딜러가 시치미 뗀 얼굴로 물었다.

젊은이가 대답했다.

"이번 판은 플레이어가 이겨야 했어. 그런 흐름이었거든. 그런데 어떻게 뱅커가 이겼을까. 응? 어떻게 생각하나?"

"글쎄요."

딜러는 젊은이의 시선을 피했다. 그 모습을 웨이터가 테이블에서 조금 떨어진 곳에서 보고 있었다.

아까 웨이터가 목을 좌우로 기울여 보인 것은 몬덴이 이기게 하라고 딜러에게 신호를 보낸 것이었다. 그리고 딜러는 상자에서 카드를 빼낼 때 재빨리 순번을 바꿔 뱅커가 '9'가 되도록 카드를 딜링했다. 이것을 '밑장 빼기'라고 한다.

이 하우스의 카드에는 비상시를 위해 카드 앞면의 무늬에 미세하게 표시가 되어 있어서 딜러는 앞면만 보고 뒷면의 숫자를 알 수 있다. 즉 이 하우스에서 사용하는 카드는 전부 사기 도박용 카드, 속칭 '목카드'이다.

딜러는 웨이터의 지시대로 뱅커에게 배팅한 몬덴이 이기도록 카드를 바꿔 돌렸다. 그러나 만약 웨이터가 그런 지시를 하지 않았다면 젊은이는 아마 '8'로 이겼을 것이다. 즉 플레이어 쪽에 열다섯 번을 연속으로 배팅하여 매번 승리하고 있는 셈이다.

웨이터는 냉랭한 기운이 등줄기를 치닫는 것을 느꼈다.

"플레이어."

젊은이는 그렇게 말하고 다시 플레이어 쪽에 칩 더미를 밀어놓았다. 이것으로 열여섯 판째 플레이어에 배팅했다.

다시 카드가 돌려지고 젊은이는 즉시 오픈했다. 2와 5이므로 합은 '7'. 이것으로 스탠드, 즉 세 번째 카드는 받지 않는다.

몬덴은 뱅커의 카드를 신중하게 스퀴즈하다가 힘차게 오픈해 보였다. 그 얼굴에 만족스러운 웃음이 떠올랐다. 카드 두 장은 4와 5, 합이 '9'.

"또 내추럴 나인! 으하하하! 이런 일도 일어나는구나! 드디어 나한테도 운이 돌아왔어!"

젊은이는 몬덴의 오픈된 카드를 선글라스 속에서 가만히 쳐다보았다. 그리고 뭔가 이상한 거라도 보는 양 고개를 갸웃거렸다. 그는 고개를 들어 딜러를 쳐다보았다. 그리고 천천히 고개를 돌려 뒤를 보았다. 거기에는 웨이터가 서 있었다.

웨이터는 선글라스 너머로 젊은이의 시선을 느꼈다. 심장이 쿵쾅거리는 것을 느꼈다. 그러나 젊은이는 말없이 다시 테이블 쪽으로 몸을 돌리고 칩 더미로 손을 뻗어 앞으로 쓱 밀어놓았다. 그리고 조용한 목소리로 말했다.

"플레이어."

열일곱 판 연속으로 플레이어에 배팅.

"훙! 얼간이 똥고집이란 게 바로 저런 거지. 그럼 나는 뱅커다!"

몬덴은 자기 앞에 있던 칩들을 전부 밀어놓았다.

이리하여 게임이 재개되고 다섯 번의 판이 벌어졌다. 몬덴은 다섯 판 모두 뱅커에 배팅하고 젊은이는 다섯 판 모두, 그러니까 열아홉 판 연속으로 플레이어에 배팅했다. 그리고 다섯 판 모두 몬덴이 이겼다. 딜러가 장난을 치고 있으니 당연한 일이었다. 젊은이가 조금 전까지 가지고 있던 1000만 엔어치 칩은 이제 절반이 몬덴 앞으로 이동해 있었다.

그리고 여섯 번째 판.

"이제 귀찮다! 뱅커 쪽에 500만!"

몬덴은 자기 칩을 전부 앞으로 밀어내고는 젊은이를 쳐다보며 이를 씩 드러냈다.

"어이, 애송이, 이걸로 끝났어! 어때, 받을래?"

"플레이어."

젊은이도 가지고 있던 칩 전부, 즉 500만 엔어치를 앞으로 밀어놓았다. 이로써 스무 번의 판을 전부 플레이어 쪽에 배팅한 것이다.

그리고 젊은이는 몬덴을 바라보며 말했다.

"카드를 돌리고 나면 플레이어 쪽에 추가로 배팅해도 되나?"

"뭐?"

몬덴은 귀찮다는 표정으로 젊은이를 보았다.

딜러도 곤혹스러운 듯이 두 손님 뒤에 있는 웨이터로 시선을 던졌다.

바카라 룰에 따르면 배팅은 카드를 돌리기 전까지만 할 수 있다. 그러나 바카라는 모든 패가 사전에 확정되어 있으므로 카드를 오픈하기 전이라면 언제 배팅하든 결과가 달라지지는 않는다.

하지만 몬덴을 이기게 하려고 딜러가 강한 카드를 뱅커 쪽으로 돌리고 있다. 플레이어 쪽에 배팅했다면 승산은 전혀 없다. 아무리 추가로 배팅해도 전부 잃을 뿐이다.

"난 상관없어. 어차피 내가 이길 테니까. 하지만 이제 돈도 없을 텐데?"

제법 대범한 말투로 말하고 몬덴이 문득 눈을 반짝였다.

"그렇지! 어이, 애송이, 돈이 없다면 내가 500만을 빌려주지. 그 대신 네 콩팥이나 각막을 담보로 거는 거다. 어때?"

"그거 좋지."

젊은이가 고개를 끄덕였다.

"500만 빌립시다. 담보를 걸라면 콩팥이든 각막이든 뭐든지 걸지."

"으하하하!"

몬덴은 신나 죽겠다는 듯이 호들갑스럽게 웃었다.

"이 자식, 판돈 떨어졌으니 몸뚱이라도 걸겠다는 건가! 재밌는 놈이군! 좋아, 빌려주지!"

보다 못한 웨이터가 젊은이에게 걸어가 등 뒤에서 이렇게 속삭였다.

"이봐, 이제 그만두지. 가지고 있는 칩만 걸고, 다 잃으면 얌전히 돌아가. 저 사람은 농담을 모르는 사람이야."

"어이."

몬덴이 살기 어린 목소리로 외쳤다.

"내가 괜찮다고 했잖아. 그놈 마음대로 하게 놔둬!"

그리고 몬덴은 웨이터를 위압하듯이 노려보았다.

웨이터는 체념한 듯 콧숨을 내쉬고 딜러를 쳐다보며 고개를 끄덕였다. 딜러도 가만히 고개를 끄덕이고 상자에서 카드를 빼서 돌리기 시작했다. 젊은이와 몬덴 앞에 카드가 두 장씩 배달되었다.

딜러는 젊은이의 얼굴을 보았다.

플레이어에 배팅하면 틀림없이 진다. 그리고 아무리 봐도 이 자의 은행계좌에 500만 엔이 들어 있을 것 같지 않았다. 그렇다면 이 자는 곧 야쿠자에게 콩팥이나 각막을 떼어주어야 한다.

젊은이는 검은 선글라스 너머로 자기 앞에 놓인 카드 두 장을 쳐다보다가 딜러에게 말했다.

"뭐 필기할 것 좀 줘."

젊은이는 딜러에게 새 기록지를 받아 볼펜으로 '500만'이라고 기입했다. 그리고 그 기록지를 자기 앞에 내려놓고 오른손 끝으로 천천히 밀어내기 시작했다. 기록지가 어떤 위치에 닿자 젊은이는 손을 떼었다.

그것을 본 몬덴, 딜러, 웨이터, 그리고 주위를 에워싼 손님들이 숨을 삼켰다.

'500만'이라고 적힌 종이는 'P-PAIR'라고 적힌 자리에 놓여 있었다.

"플레이어 페어?"

딜러가 갈라진 목소리를 흘렸다.

바카라에서는 플레이어나 뱅커에게 배팅하는 것 외에도 실은 배팅할 자리가 두 군데 더 있다. 하나는 '타이', 즉 양자의 수가 똑같게 나올 것을 예상하는 배팅이고, 또 하나는 어느 한쪽의 카드가 '페어', 즉 똑같은 숫자의 카드가 두 장 나올 것을 예상하는 배팅이다. '타이'에 배팅해서 적중하면 여덟 배, '페어'에 배팅해서 적중하면 열 배를 받는다.

만약 젊은이의 카드 두 장이 '페어'일 경우 500만 엔을 배팅한 그에게 하우스 측은 그 열 배인 5000만 엔을 내줘야 한다.

딜러는 속이 탔다.

"이, 이봐요, 손님, 잠깐만요!"

"2."

젊은이가 카드를 즉시 오픈하며 그렇게 말했다.

그것은 분명 합이 2였다. 하지만 그 카드 두 장은 하트 A와 스페이드 A. 즉 'A 페어'였다.

딜러는 넋 나간 얼굴로 그 두 장의 A를 보았다.

"뱅커는?"

젊은이의 목소리에 몬덴은 제정신을 차렸다. 그리고 자기 앞에 놓인 뱅커의 카드 두 장을 스퀴즈도 없이 얼른 오픈했다.

2와 4, 합계 6.

"한 장씩 더 돌려야지?"

젊은이가 가만히 말했다. 딜러는 당황하며 젊은이 앞에 한 장, 그리고 몬덴 앞에도 한 장을 밀어놓았다. 플레이어의 패가 1에서 5까지이고 뱅커의 패가 6이나 7일 경우에는 양자에게 세 번째 카드를 돌리게 되어 있다.

그 세 번째 카드를 젊은이는 아무렇게나 오픈했다.

카드는 7. A 페어는 1과 1로 합이 2. 따라서 세 번째 카드를 합계하면 9.

"나, 나인."

믿을 수 없다는 표정으로 몬덴이 중얼거렸다. 이로써 뱅커는 더 이상 카드를 받을 수 없다. 플레이어의 승리가 확정된 것이다.

믿을 수 없는 상황 전개에 하우스 내부가 쥐 죽은 듯 조용해졌다.

젊은이는 '페어 배팅'을 적중시켰고 '플레이어 배팅'에서도 이겼다. 젊은이는 이번 판에서 5000만 엔 더하기 1000만 엔, 즉 6000만 엔을 얻었다.

한편 뱅커에게 배팅한 몬덴은 이번 판에서 1000만 엔을 잃었다. 준비해 온 800만 엔 전부를 잃은 데다 하우스 측에 200만 엔의 빚까지 지게 되었다. 젊은이에게 빌려준 500만 엔을 제하더라도 여전히 500만 엔을 잃은 셈이다.

"사, 사기다!"

침묵을 깬 것은 몬덴이었다. 몬덴이 벌떡 일어나 젊은이의 얼굴을 손가락으로 가리켰다.

"누가 이런 곳에 배팅해도 된다고 했냐! 네놈이 플레이어에 배팅하겠다고 하니까 나도 인정했던 거다! 그, 그런데……."

"플레이어에 배팅했지."

그렇게 말하고 젊은이는 이제 몬덴한테는 흥미가 없다는 듯 딜러에게 얼굴을 돌렸다.

"내가 빌린 500만을 이 사람에게 갚아줘. 나한테는 나머지 5500만을 내놓고."

젊은이의 말을 무시하고 몬덴이 계속 목청을 높였다.

"이런 황당한 얘기가 어딨냐! 사기야! 사기도박에 걸린 거야! 어이, 딜러, 왜 그런 추가 요구를 받아들인 거야!"

몬덴은 딜러에게 분풀이하며 험악한 얼굴로 벌떡 일어섰다.

웨이터가 뒤에서 몬덴의 어깨에 손을 얹었다.

"어디 가시게요? 아직 정산이 끝나지 않았습니다만."

몬덴이 웨이터의 손을 거칠게 쳐냈다.

"이미 800만이나 뜯겼다. 더는 한 푼도 못 내! 500만을 내놔! 그럼 300만은 포기하고 아무 일도 없었던 것으로 해주지! 뭐 해, 빨리 내놔!"

딜러는 전표에 500만 엔을 기입하여 몬덴에게 내주었다.

몬덴은 그것을 홱 낚아채어 캐셔에게 가서 지폐 다발 다섯 개로 교환하여 부하에게 거칠게 던졌다. 그리고 그 돈다발을 가방에 담는 부하를 기다려주지도 않고 서둘러 하우스를 나가 버렸다.

"어떻게 알았지?"

딜러가 담배 연기를 토하며 젊은이에게 물었다.

오전 4시. 하우스는 이미 문을 닫았고 딜러와 콧수염을 기른 웨이터, 그리고 젊은이만 바카라 테이블에 남아 있었다.

"뭘?"

젊은이가 되묻자 딜러는 짜증 난다는 듯 미간을 좁혔다.

"그때 A 페어가 올 거라는 거."

"어떻게 알았는지는 나도 몰라. 그냥 알았어."

"뭐?"

눈이 동그래진 딜러에게 젊은이가 고개를 끄덕였다.

"게임을 하다 보면 아, 다음에는 그게 오는구나, 그렇게 느낄 때가 있어. 이번에도 그랬지."

딜러는 한숨을 지었다.

"그런 놈은 카지노에 오지 말았으면 좋겠어."

역으로 젊은이가 딜러에게 물었다.

"당신은 왜 그런 짓을 했지?"

"뭘?"

의아해하는 딜러에게 젊은이가 말했다.

"카드를 돌릴 때 밑장 빼기를 해서 야쿠자 놈이 이기게 해주었잖아."

딜러는 아무 말이 없었다. 젊은이는 개의치 않고 계속했다.

"당신 손놀림을 몇 번 보고 놈에게 카드를 돌릴 때만 밑장 빼기 한다는 걸 알았지. 놈의 패를 '8'이나 '9'로 본다면 내 패가 뭐가 되든 일단 질 것이고 잘해야 타이가 될 테지. 그래서 나는 야쿠자와 승부하는 걸 포기했어. 그리고 오로지 플레이어 카드에 집중해서 페이가 오기를 기다렸던 거야."

젊은이는 그다지 분노한 기색도 없이 계속 말했다.

"하지만 페어가 나온 뒤, 나에게 세 번째 카드로 7을 준 것은 당신이었지. 어째서 야쿠자가 아니라 나를 도왔지?"

딜러는 턱짓으로 젊은이의 뒤쪽을 가리켰다. 젊은이가 뒤를 돌아보자 거기에 웨이터가 있었다.

"당신하고는 말이 통할 것 같아서야."

웨이터가 젊은이의 얼굴을 쳐다보며 말했다.

"그 야쿠자 놈이 흥분해서 콩팥을 내놔라 각막을 내놔라 지껄여댔지. 그런 끔찍한 일에 말려들면 골치 아파지거든. 게다가 끝까지 야쿠자가 원하는 대로 해주는 것도 화나는 일이잖아. 그래서 살짝 눌러주고 싶었지. 그 무식한 놈, 한때는 700만을 잃고 날뛰었던 놈이잖아. 300만 정도라면 체면도 있으니까 말썽을 피우지 않을 거라고 봤지. 괜찮은 거래잖아?"

"내가 5500만을 따게 되는데도?"

"바로 그걸 좀 얘기해보자는 거지."

웨이터도 담배를 꺼내 콧수염 아래 입술에 물고 유리 장식물 라이터로 불을 붙였다.

"이르면 몇 년 안에 국회에서 카지노 법안이란 게 통과돼."

웨이터는 엉뚱한 화제를 꺼냈다.

"그럼 일본 전역에 관인 카지노가 빠르게 생기겠지. 그렇게 되면 하우스는 지금처럼 세금 없이 돈을 긁어모을 수 없게 돼. 경찰 단속도 심해질 테고. 결국 하우스도 이제 끝물이란 얘기지. 여기 주인도 이번 달 말에 문을 닫고 손을 씻을 생각인 것 같아."

"그래서?"

"그러니까 이런 얘기야."

이번에는 딜러가 입을 열었다.

"사기라는 게 꼭 손님을 상대로만 하는 것은 아니란 거지."

"무슨 말이지?"

"말귀를 못 알아듣네."

딜러는 담배를 길게 빨아들였다가 후, 하며 연기를 토했다.

"이 가게를 털고 싶은데, 거들어주지 않겠느냐는 거지."

웨이터가 말을 이었다.

"여기 주인은 운영 자금으로 늘 3억을 준비해놓고 있어. 오늘 당신한테 5500만을 내주고 다른 손님한테 500만이 들어왔어. 아직 2억 5000만이 남아 있다는 거지."

젊은이는 천천히 고개를 끄덕였다.

"하우스를 벗겨먹자는 거야?"

딜러가 빙긋이 웃었다.

"딸 만한 놈이 가져가지 않으면 우리가 의심을 받을 테니까. 아까처럼 당신이 원하는 카드를 내줄게. 원하는 대로 따면 돼. 그런데 이 하우스가 문을 닫으면 우리도 실업자가 돼. 그때는 우리도 돈이 필요하다는 얘기지."

웨이터가 젊은이에게 오른손을 내밀었다.

"딴 돈을 반반씩 나누는 게 어때?"

젊은이는 그 손을 바라보다가 고개를 좌우로 저었다.

"오늘 당신들은 나한테 사기를 치려고 했어. 신용할 수 없어."

그 순간 웨이터가 날카로운 눈으로 젊은이를 노려보았다. 하지만 이내 아쉬워하는 웃음을 짓고, 내밀었던 오른손으로 자기 뒤통수를 가볍게 두드렸다.

"그래? 뭐, 신중해서 나쁠 것은 없지."

그리고 담배를 깊게 빨고 연기를 토하며 이렇게 물었다.

"당신, 이름이 뭐야?"

"없어."

생각지도 못한 대답에 웨이터가 미간을 찡그렸다.

"없어?"

젊은이는 진지한 얼굴로 고개를 끄덕였다.

"나는 없는 거야. 그러니 이름도 없지."

딜러가 저도 모르게 물었다.

"없다니, 이렇게 있잖아."

"나는 이 세상에 존재하지 않는 인간이야. 이름을 부르고 싶으면 뭐든 좋을 대로 불러."

웨이터와 딜러는 저도 모르게 얼굴을 마주 보았다.

딜러가 문득 웃음을 터뜨렸다. 딜러는 테이블에 한 손을 짚고 다른 한 손으로 자기 배를 누르고 잠시 웃어댔다.

웃고 있는 딜러 옆에서 웨이터는 곤혹스러운 듯이 턱을 만지작거리고 있다가 이윽고 젊은이에게 입을 열었다.

"초등학교 다니는 아들이 둘 있는데, 첫째가 이치로, 둘째가 지로야. 두 아이 모두 내가 이름을 지어줬지."*

어깨를 으쓱해 보이고 웨이터는 계속했다.

"이름 짓는 감각이 꽝이란 말이지. 마누라는 좀 더 귀여운 이름을 붙여주었어야 했다고 지금도 나한테 불평을 해. 그런

---

* 이치로一郎, 지로次郎는 전통적으로 장남, 차남에게 붙여주는 상투적인 이름.

데, 이름이 뭐야? 그냥 부르는 이름 정도는 있을 거 아냐?"

젊은이는 체념한 듯 선글라스를 오른손으로 천천히 들어 올렸다. 그리고 그것을 벗어 내리며 가만히 말했다.

"마슈."

나타난 것은 푸른 눈이었다.

굴곡이 선명하고, 어딘지 슬픔이 묻어나는 얼굴과 훌륭한 조화를 보이는 빨려들 것 같은 쪽빛 눈동자. 아프리카 보석 탄자나이트처럼, 혹은 깊은 산속에 고요히 잠자는 호수처럼 깊고 짙고 투명한 블루.

"마슈, 라……."

웨이터는 고개를 여러 차례나 가만히 끄덕였다. 그리고 담배를 비벼 끄며 이렇게 말했다.

"당신이 딴 돈은 가방에 채워주지. 가이엔니시도리 거리는 경찰이 우글거리니까 주택가를 지나가는 게 좋아. 액수가 액수니까. 아자부 소방서 근처로 가면 택시를 잡을 수 있어."

마슈가 고개를 끄덕이자 웨이터는 갑자기 진지한 표정이 되었다.

"오랫동안 카지노 매니저로 일해왔지만 당신 같은 사람은 처음 봤다. 전설의 타짜라 불리는 놈들의 얘기도 가끔 들었지만, 그놈들은 전부 사기꾼이야. 정말로 장난치지 않고도 딸 수 있는 놈이 있는 줄은 몰랐다. 진짜 놀랐어."

"나도 몰라. 감이 올 때 배팅하는 거, 그게 전부야."

젊은이의 말에 웨이터가 비웃었다.

"누구나 그렇게 배팅하는 거야. 하지만 다들 탈탈 털리지. 그게 보통이야. 하지만 당신은 정말로 따버렸잖아. 그게 바로 타고난 재주이고 하늘이 내려준 재능이란 거지. 당신은 무서운 노름 재능을 타고난 사람이야. 아니, 아니지."

웨이터는 마슈에게 한 발 다가섰다.

"타고나는 운의 총량은 사람마다 크게 다르지 않아. 이길 확률은 누구나 절반일 수밖에 없어. 그러니까 당신의 도박운은 뭔가를 잃은 것의 대가인 게 분명해. 당신은 엄청나게 깊은 어둠을 품고 있어. 그러니까 도박에서 이길 수 있는 거지. 그렇게라도 생각하지 않으면 도무지 이해할 수가 없는 일이야."

웨이터는 마슈의 눈을, 그 속에 있는 뭔가를 찾으려는 듯이 들여다보았다.

"이봐, 당신, 얼마나 지독한 인생을 살아온 거야?"

마슈는 웨이터의 눈을 마주 바라보며 아무 대답도 하지 않았다.

웨이터는 어깨를 으쓱해 보였다.

"당신, 그러다가는 언젠가 칼을 맞고 죽을 거야."

후우, 하고 하얀 연기를 토하며 웨이터가 눈을 가늘게 뜨고 말했다.

"현실적으로 봐도 당신 같은 사람이 도박을 하면 여러 사람들이 힘들어져. 하우스에는 수천만, 수억의 돈이 모이지. 전부 욕망이 뒤얽힌, 출처가 떳떳지 못한 돈이야. 야쿠자가 마약으로 번 돈, 의사가 탈세로 모은 돈. 놈들은 그걸 더 불리려고 하우스에 투자해. 그 돈을 뭉텅뭉텅 빼가는 놈이 있다면 놈들이 어떻게 나올 것 같나?"

젊은이는 어깨를 으쓱해 보였다.

"나보고 어쩌라는 거야?"

"이런 쩨쩨한 노름판 말고 좀 더 커다란 도박을 하라고."

웨이터는 마슈의 눈을 들여다보았다.

"한 놈을 죽이면 범죄자이지만 100만 명을 죽이면 영웅이라고 하잖아. 도박도 마찬가지야. 한 놈을 벗겨먹으면 원망을 듣지만 100만 명을 벗겨먹으면 존경을 받지. 수가 행위를 신성하게 만들어. 앞으로 당신한테 돈이 엄청나게 모일 거야. 당신이 그 운을 제대로 건사한다면 말이지만."

그리고 웨이터는 마슈의 파란 홍채에 비친 자신을 들여다보며 이렇게 말했다.

"조심해, 마슈. 돈은 사람을 잡아먹지. 당신도 돈에 잡아먹히지 않도록 조심하라고."

밖으로 나오자 가랑비가 캄캄한 포장도로를 적시고 있었다. 가이엔니시도리 거리에서는 수많은 차량이 젖은 노면을 소리를 내며 지나가고 있었다. 마슈는 묵직한 보스턴백을 왼쪽 어깨에 메고 골목으로 들어갔다.

희미한 가로등이 띄엄띄엄 켜져 있는 가운데, 양쪽에 저층 아파트와 고급 저택이 나란히 서 있는 좁은 도로를 걸어가자 곧 앞쪽에 작은 공원이 시야에 들어왔다. 마슈는 망설이지 않고 나무들이 울창한 주택가 공원으로 들어섰다.

"거기면 됐어."

공원 한가운데를 걸을 때 갑자기 뒤에서 목소리가 날아왔다. 마슈가 돌아보려고 하자 누군가 뒤에서 달려들었다. 오른쪽 옆구리가 따끔하니 뜨거웠다. 마슈는 저도 모르게 그 자리에 오른손을 댔다. 뭔가 딱딱한 것이 자기 옆구리를 찔렀고, 그 물건을 찌른 누군가가 그것이 빠지지 않도록 단단히 누르고 있었다. 그 자리에서 뜨거운 액체가 박동에 맞춰 옆구리에서 울컥울컥 쏟아져 나오기 시작했다. 그것은 자신의 피였다.

"어릴 때 교장 선생님이 말씀하시지 않던? 집에 도착할 때까지는 운동회가 끝난 게 아니라고."

뒤에서 목소리가 들렸다. 목소리가 귀에 익다. 조금 전까지 마슈가 있던 하우스의 눈썹이 가느다란 딜러였다.

"나를 너무 욕하진 마. 네가 이렇게 5500만을 가져가버리면 우리 하우스 주인이 나한테 무슨 짓을 할 것 같아? 나도 죽느냐 사느냐가 걸린 일이야."

그렇게 말하며 딜러는 마슈 옆구리에 박힌 흉기를 콱 비틀었다.

그 순간 엄청난 통증이 마슈를 엄습했다. 절규한다고 생각했지만 목소리가 나오지 않는다. 숨을 쉴 수 없다. 온몸에서 힘이 쑥 빠져버렸다. 갑자기 양 무릎이 마슈의 의지를 무시한 채 맥없이 꺾여버렸다. 마슈는 자기 배에 박힌 칼을 오른손으로 잡고 왼손으로는 보스턴백 손잡이를 잡은 채 눈앞에 있는 빗물 웅덩이로 얼굴을 처박으며 고꾸라졌다.

차박차박, 하는 발소리를 내며 앞쪽에서 누가 다가왔다. 쓰러진 마슈의 시야에 검은 옷을 입은 남자의 가죽 구두가 보였다. 남자는 그 구둣발로 갑자기 마슈의 왼쪽 손목을 걷어찼다. 마슈의 왼손이 보스턴백 손잡이를 떠나 등 뒤쪽으로 돌아갔다. 남자는 천천히 허리를 구부려 보스턴백 손잡이를 잡고 들어 올렸다.

"아프지? 미안하다. 우리는 싸움을 잘 못해. 그래서 죽지 않을 만큼만 손봐주는 재주가 없거든."

하우스에 있던 웨이터였다.

"내가 충고했지? 언젠가 칼을 맞고 죽을 거라고."

웨이터는 보스턴백을 딜러에게 내밀었다. 딜러는 검은 가죽 장갑을 낀 손으로 그것을 받아 들고 재미있다는 듯이 말했다.

"혼자서만 먹겠다는 놈은 이렇게 되는 거야. 뭐, 우리랑 손을 잡아도 이렇게 되지 말란 보장은 없지만."

웨이터는 마슈의 머리 옆에 쪼그리고 앉았다. 그리고 바지 주머니에 손을 찔러 넣어 담뱃갑을 꺼내고 일회용 라이터로 불을 붙였다.

"이봐, 마슈."

길게 빨아들인 담배 연기를 뿜어내며 웨이터가 마슈에게 말했다.

"인생이란 게 다 도박이야. 이렇게 하면 이런 결과가 나올 거라고 생각하지만 절대로 생각처럼 되질 않거든. 뭐가 옳고 뭐가 틀렸는지도 마지막에 카드를 까보기 전에는 알 수 없지. 모든 것은 결과가 나오고 난 다음에야 알 수 있거든. 그렇지?"

그리고 문득 생각난 듯이 말했다.

"오, 그래. 마지막으로 한 번만 더 배팅할 수 있게 해줄까?"

대답도 기다리지 않고 웨이터는 마슈의 몸을 뒤지기 시작했다. 그리고 상의 안주머니에서 휴대폰을 꺼냈다. 그리고 딜러에게 손짓을 하고 보스턴백에서 100만 엔 다발을 하나 꺼내서 고꾸라져 있는 마슈의 등에 툭 던졌다.

"지금 구급차를 불러주지. 그 돈은 치료비다. 의료보험증 같은 것은 가지고 있지 않을 테니까. 구급차가 늦지 않게 달려와서 살 수 있을지 아니면 늦게 도착해서 출혈 과다로 죽어버릴지, 둘 중에 하나다. 네 목숨이 달린 엄청난 게임이지."

웨이터는 일어서서 휴대폰 버튼을 몇 번 눌렀다.

"어때, 이보다 더 스릴 넘치는 배팅도 없지? 안 그래, 마슈?"

콧수염을 기른 웨이터는 희미한 웃음을 지으며 마슈를 내려다보고 휴대폰을 왼쪽 귀에 댔다.

02 정상에 오른 자

15년 전.

2008년 3월.

미국 네바다 주 라스베이거스.

그곳은 교회처럼 2층까지 통층으로 트인 넓은 공간이었다.

어디선지 중후한 현악기 소리가 들려온다. 하이든의 현악 사중주곡 제77번 「황제」. 천장 어디에 고성능 스피커가 매립되어 있는지 매끄러운 선율이 벽에 반향하며 쏟아지듯이 공간 전체를 채우고 있다.

면적은 삼사백 평방미터, 천장 높이도 8미터는 넘을 것 같다. 사방 벽은 전부 고풍스러운 부조가 조각된 진갈색 목재로 마감되어 있다. 홍목 자단. 인도 동고츠 산맥 남부에서만 자생하며 보호를 위해 현재는 수출이 금지된 고급 목재이다. 벽에는 일정 간격으로 꽃 모양의 벽걸이 조명들이 설치되어 호박색 빛을 차분하게 발산하고 있다.

느슨한 아치를 그리는 하얀 회벽으로 마감된 천장. 그 중앙에 가느다란 전구 수백 개가 촛불처럼 켜진 거대한 샹들리에. 그리고 무수한 다운라이트가 바닥으로 빛을 쏟아 내리고 있다. 바닥에는 선홍색을 기본으로 복잡한 문양이 그려진 페르시아 양탄자가 길게 깔려 있다.

플로어에는 소파 여덟 세트가 넉넉한 간격을 두고 놓여 있다. 코끼리 가죽으로 보이는 잿빛 일인용 로우 소파가 네 개이고 그 중심에 밝은 황색 목재로 제작된 낮은 카페 테이블이 있다. 영국제, 그것도 18세기 골동품일 것이다. 그중 하나에는 고급스러운 슈트를 입은 중년남과 검은 드레스를 입은 젊은 여성이 한 손에 잔을 들고 환담을 나누고 있다.

플로어 왼쪽 구석에는 물에 젖은 듯 까맣게 빛나는 그랜드 피아노. 오른쪽 구석에는 목재로 짠 중후한 바 카운터. 중앙 안쪽에는 불투명 유리 파티션으로 구획한 다른 공간이 있다. 그 파티션 너머에 무엇이 있는지는 보이지 않는다.

그 불투명 유리 반대편, 즉 오른쪽 구석 벽에는 천장에서 바닥까지 닿는 거대한 목재 쌍여닫이문이 있다. 가로 폭이 4미터는 될까. 문 양쪽에는 하얀 대리석으로 만든 반라의 등신대 여성상이 하나씩 놓여 있다. 아무래도 이 문이 플로어의 출입문 같다.

갑자기 그 문이 소리도 없이 천천히 좌우로 열렸다. 그리고 젊은이 하나가 들어왔다.

날렵한 몸을 부드러운 울로 만든 크림색 슈트로 감싸고 있다. 연갈색 가죽 구두, 하얀 실크 셔츠. 목에는 오후의 정장인 애스콧타이. 양손에는 아무것도 들지 않았다. 올백으로 넘긴 검은 단발머리, 검은 홍채의 눈동자. 아무래도 아시아계 같다.

남자는 발목까지 빠질 것 같은 양탄자를 몇 미터 걷다가 문득 멈췄다. 그리고 왼쪽 벽에 걸린 그림 한 장을 이상하다는 듯이 바라보았다.

그러자 뒤에서 목소리가 들렸다.

"미스터 에다 아닙니까!"

에다라 불린 남자가 멈춰 서서 목소리가 날아온 곳을 돌아보았다.

체구가 듬직한 중년남이 빠른 걸음으로 다가왔다. 단정하게 다듬은 은발에 카이저 수염을 기르고 고급스러운 검은 슈트에 까만 넥타이를 맸다.

에다는 그에게 오른손을 내밀며 빙긋이 웃었다. 악수가 끝나자 에다는 다시 벽에 걸린 그림으로 얼굴을 돌렸다.

"세잔?"

조각이 새겨진 나무 액자로 표구된 오래된 유화였다. 테이블을 가운데 놓고 카드 게임에 열중하는 남자 세 명이 그려져 있다.

카이저 수염 중년남도 그림 앞에 서서 만족스러운 웃음을 지었다.

"세잔이고말고요. 세잔을 좋아하십니까, 미스터 에다?"

에다라 불린 남자는 에다 아즈마, 24세. 이름으로 일본인임을 알 수 있다.

에다는 감탄한 듯 연방 고개를 끄덕이며 그림을 가만히 바라보았다.

"폴 세잔은 특히 좋아하는 화가예요. 후기 인상파이지만 큐비즘의 맹아까지 내포한 희귀한 존재죠. 게다가⋯⋯."

에다는 짓궂게 웃었다.

"똑같은 카드 게임을 모티프로 한 그림이라도 여기에 카라바조나 라투르를 걸 수는 없잖아요."

"호오, 말씀하신 대롭니다! 그 두 작품 모두 여기에는 걸고 싶지 않은 명화죠!"

검은 슈트의 중년남은 자못 유쾌한 듯이 소리 높여 웃었다.

카라바조와 라투르는 세잔보다 2세기 반쯤 앞선 바로크 양식의 화가인데, 두 사람 모두 세잔처럼 카드 게임을 모티프로 한 그림을 그렸다. 카라바조는 킴벨미술관에 있는 「카드 사기꾼」, 라투르는 루브르미술관의 「다이아몬드 에이스를 이용한 속임수」가 특히 유명하다. 그러니까 두 작품 모두 사기도박 장면을 그렸다.

따라서 라스베이거스 최고의 전통과 격식을 자랑하는 이곳 해리스에는, 게다가 엄선된 회원만 출입할 수 있는 카지노 VIP룸에는 결코 어울리지 않는다고밖에 할 수 없다.

해리스는 라스베이거스 카지노의 발흥기인 1979년부터 이곳에 군림해온 객실 3000개가 넘는 거대 호텔이다. 라스베이거스의 중심가이며 카지노호텔 밀집 구역인 스트립의 한복판에 있다. 정면에 대분수가 있는 현관이 있고, 주위에 1만 명을 수용하는 콘서트홀, 온수풀, 유원지, 골프장, 결혼식장 등 많은 어트랙션을 가지고 있으며, 서른 개가 넘는 레스토랑, 카페, 바가 도처에 배치되어 있다.

그리고 중심에 우뚝 솟은 메인 타워의 1층에는 스타디움 같은 일반 고객용 거대 카지노가 있다. 그 2층은 소수 단골들만 입장할 수 있는 회원제 VIP 플로어. 지금 두 사람이 이야기를 나누는 장소가 바로 그 VIP 플로어로, 카이저 수염의 중년남은 그 전부를 관장하는 플로어 매니저이다.

"그러나 이 그림은."

에다는 의아한 듯이 고개를 갸웃거렸다.

"「카드놀이를 하는 사람들」과 많이 닮았지만 메트로폴리탄 미술관에 소장된 것과 다르고 코톨드나 오르세에 있는 것과도 다른 것 같군요."

"역시 명문 퍼슨즈 미대 출신답군요. 실은 어느 재력가의 비밀 컬렉션이었던 것을 인연이 닿아서 사들일 수 있었습니다."

매니저의 말에 에다는 쓴웃음으로 보이기도 하는 웃음을 지었다. 아마 그 재력가가 이 그림을 팔게 된 것도 카지노에 얽힌 사연 때문일 것이다.

"이 시리즈는 현재 다섯 점이 확인되어 있어요. 만약 진품이라면 환상의 여섯 번째 작품이 되는 셈이죠. 감정은 받아보셨

나요?"

에다의 물음에 매니저는 고개를 저었다.

"받지 않았습니다. 받을 생각도 없고요. 세상에 공개된 적이 없는 그림이므로 진위를 의심할 사람도 있을 겁니다. 그러나 저는 진품이리라고 믿습니다."

"처음 이 그림을 보았을 때는 빈틈없이 스퀴즈를 해보았겠죠."

바카라에 빗댄 에다의 농담에 매니저는 호탕하게 웃었다.

"오오, 물론이죠! 스퀴즈를 해보니 픽처(그림 카드)이길래 너무 실망했습니다!"

이번에는 에다가 웃을 차례였다. 그림 카드는 바카라에서는 제로, 가장 약한 카드이다.

"그러나 미스터 에다, 이게 세잔의 진품인지 아닌지 알 수 없다는 것도 꿈을 주니까 좋지 않습니까. 조금 비싸게 구입했지만, 뭐 꿈을 사들였다고 보면 저렴한 셈이죠. 원래 카지노는 꿈을 파는 곳이니까요."

이로부터 3년 후인 2011년, 카타르 왕실은 세잔이 다섯 번째로 그렸다는 「카드놀이를 하는 사람들」을 회화로서는 사상 최고가인 2억 5000달러로 구입하게 된다. 즉 「카드놀이를 하는 사람들」 시리즈는 세계에서 가장 비싼 그림이 되었다. 만약 이것이 여섯 번째 진품이라면, 얼마에 사들였는지는 모르지만 충분히 본전을 뽑고도 남을 거래였다고 할 수 있겠다.

매니저는 다시 그림을 보며 말했다.

"뭐, 저 개인으로는 세잔이라면 오르세에 있는 「오베르의 목을 맨 사람의 집」이 가장 좋습니다만."

오베르라면 고흐도 즐겨 찾던 파리 교외의 아름다운 마을로, 그 그림은 그곳에 있는 집 한 채를 그린 것이다. 그런 불길한 제목을 붙인 이유에 대해서는, 실제로 그 집에서 목을 매 자살한 사람이 있었기 때문이라는 설, 주인 이름이 '목을 맨'과 발음이 같기 때문이라는 설 등 제설이 분분하여 분명하지 않다.

에다는 쓴웃음을 지으며 이렇게 대답했다.

"나도 그림의 소재가 되는 일이 없도록 정신 바짝 차려야겠군요."

"무슨 그런 농담을! 그보다 미스터 에다."

매니저는 살짝 섭섭해하는 표정을 지었다.

"오실 때는 출발하시기 전에 살짝 알려주셨어야죠. 저희 카지노가 자랑하는 스트레치 리무진도 종종 움직여주지 않으면 엔진에 녹이 슬어버릴 테니까요."

에다는 라스베이거스 교외에 있는 호텔에 혼자 살고 있다.

대부분의 카지노호텔이 그렇듯이 해리스에도 중2층에 빌라 스위트라 불리는 VIP 전용 스위트룸이 있다. VIP가 갑자기 찾아와도 숙박할 수 있도록 일반 손님에게는 공개하지 않고 늘 비워두는 특실이다. 그리고 에다처럼 카지노에 늘 수억 엔을 맡기고 있는 특급 단골에게는 그 룸도 무료로 제공된다.

하지만 무슨 까닭인지 에다는 해리스의 객실, 레스토랑, 바 같은 시설에 대한 무료 서비스를 이용하지 않는다. 카지노의

VIP룸에서 즐기면 자택으로 삼고 있는 호텔로 곧장 돌아간다. 아마 해리스에 대거 몰려드는 그다지 고상하다고 할 수 없는 일본인 관광객들을 싫어하는 듯하다. 매니저는 그렇게 생각하고 있었다.

"실은 조만간 일본에 가기로 했어요."

에다는 어깨를 으쓱해 보이며 복잡한 표정으로 말했다.

"그래서 내 발로 걸어 다니는 연습을 하자고 생각했죠. 라스베이거스에는 도쿄 같은 지하철이 없어서 오늘은 모노레일도 타봤어요. 생각해보니 늘 문에서 문까지 여기 리무진 신세를 졌었죠."

매니저는 슬픈 듯이 눈을 크게 떴다.

"고국에 돌아가시는 겁니까? 언제 출발하십니까?"

"다음 주입니다. 나는 외동이라 형제가 없어요. 부모님 두 분도 모두 외동이라 사촌도 없어요. 그러니 내가 변호사가 되어 가업을 잇지 않으면 아버지가 고생해서 일으킨 법률 사무소가 없어져버립니다. 그건 아버지한테 너무 죄송한 일이죠."

"그렇습니까, 아버님의 유지를 이어 변호사가 되시겠군요."

매니저는 자못 슬픈 표정으로 고개를 끄덕였다. 그리고 에다에게 들었던 그의 이력을 떠올렸다.

에다 아즈마는 미국에 사는 일본인 가정에서 태어나 그대로 미국에서 자랐다. 어릴 적부터 회화에 흥미를 느껴 고교 졸업 후 뉴욕에 있는 퍼슨즈 미대에 진학했다. 졸업하던 해, 즉 3년 전에 부모는 일본으로 이주했지만 에다는 회화 연구를 계속하기 위해 그대로 미국에 남았다.

그 뒤 미국 전역의 미술관을 순례했다고 하는데, 에다는 왠지 라스베이거스가 마음에 들어 정착하게 되었고, 1년 전부터 해리스 카지노에 출입하게 된 듯하다.

에다의 부친은 변호사이며, 상당히 유복한 가정이었던 것 같다. 에다는 카지노 캐셔에게 대뜸 20만 달러를 맡겼다. 그리고 일반 고객용 카지노에서 계속 따서 위탁금은 금세 수백만 달러로 불어났다. 그러자 해리스 측도 에다를 '하이롤러'로 대우하게 되고 이 VIP 플로어의 회원으로 격상시켰다.

VIP 플로어에서도 에다는 계속 땄다. 해리스 경리과의 계산에 따르면 지금까지 대략 2000만 달러가 에다에게 넘어갔다.

카지노가 왜 그런 고객을 후대하는지 이상하게 보일지도 모른다. 하이롤러는 고객 중에서 몇 명 안 되지만 카지노 매출의 60에서 80퍼센트가 그들을 통해 이루어진다. 그들 중에 따는 자는 극소수이며 하이롤러 대부분은 억 단위를 아낌없이 잃어주는 존재이다.

게다가 카지노는 1년이나 2년이라는 단기적 시점으로 경영하지 않는다. 장기적으로 보면 최후에는 카지노 측이 딴다. 당장은 고객이 아무리 따고 있더라도 그것은 카지노가 일시적으로 돈을 맡겨둔 것일 뿐, 언젠가는 반드시 토해내게 만든다. 본인이 죽을 때까지 잃지 않더라도 재산을 상속한 아들이 찾아와서 잃어주면 된다.

게다가 크게 딴 고객은 카지노나 호텔, 상점, 레스토랑에서 돈을 물 쓰듯이 한다. 또 '대박을 터뜨린 손님이 있다'는 소문은 다른 손님들에게 최고의 홍보가 된다. 그러므로 에다 같은 남자는 절대로 놓치고 싶지 않은 최고의 고객인 셈이다.

그런데 약 한 달 전, 도쿄에 있던 부모가 사고로 죽었다는 비보가 날아왔다. 일단 장례를 위해 일본에 갔다가 라스베이거스로 돌아왔을 때 에다는 언젠가 부모의 나라 일본에 가야 할지도 모르겠다고 매니저에게 말했다. 마침내 그날이 온 것이다.

"당신의 가장 소중한 분들께 일어난 너무나도 갑작스러운 불행이 지금도 제 가슴을 아프게 합니다. 총명하신 분이니까 법률가가 되는 것은 결코 어려운 일이 아닐 겁니다. 하늘나라에 계신 부모님께서도 틀림없이 기뻐하실 겁니다."

애통해하는 표정을 하고 있는 매니저에게 에다도 말했다.

"고맙습니다. 매니저에게는 정말 신세 많이 졌어요."

"아, 그렇지, 일본이라면."

매니저는 문득 생각났다는 듯이 말했다.

"일본도 마침내 카지노 합법화에 나섰다고 하더군요. 우리 업계는 지금 그 얘기로 한창입니다. 일본은 카지노 운영 경험이 없으니까 라스베이거스나 모나코, 혹은 마카오나 싱가포르 가운데 실적 있는 카지노 회사를 유치할 게 틀림없습니다. 전 세계 카지노들이 도쿄 진출을 호시탐탐 노리고 있습니다. 그런데."

자신만만하게 매니저가 웃음을 보였다.

"카지노의 진정한 정수를 맛볼 수 있는 곳은 여기 라스베이거스 말고는 없지요. 미스터 에다, 도쿄 카지노에 싫증이 나면 언제든지 해리스로 돌아와주십시오. 도쿄에 상주하는 우리 컨시어지에게 말씀만 해주시면 즉시 하네다로 걸프를 보내드릴 테니까요."

걸프란 걸프스트림 G650으로, 해리스가 소유한 VIP 송영 서비스에 이용하는 소형 제트기이다. 대당 가격은 약 55억 엔, 연간 유지비만 수천만 엔이다. 소형이지만 약 1만 3000킬로미터의 항속 거리를 자랑하므로 하네다와 로스앤젤레스 사이를 여유롭게 운항한다.

"그럼 저는 이제 그 진정한 정수라는 걸 맛보러 가봐도 될까요?"

에다가 플로어 안쪽으로 시선을 던지며 말하자 매니저가 당황했다.

"오, 이런, 실례했습니다! 제가 너무 오래 붙들고 있었군요. 아, 샴페인은 평소처럼 살롱의 블랑 드 블랑이면 되겠지요? 1988년산입니다. 곧 바카라 테이블로 내가겠습니다."

"부탁해요."

에다는 생글거리는 얼굴로 고개를 끄덕이고, 잔달음질 치는 매니저의 뒷모습을 바라보았다. 그리고 플로어 안쪽에 있는 바카라 테이블을 향해 천천히 걸음을 옮기기 시작했다.

걸어가는 에다의 뒷모습을 향해 플로어 매니저가 속삭이듯 말했다.

"부디 언제까지나, 원하는 대로 즐기시기를……."

목소리가 너무 작아 에다의 귀에는 닿지 않을 듯했다. 그러나 매니저는 은색 카이저 수염을 손가락 끝으로 매만지며 흡족하게 미소 지었다.

걸음을 옮기며 에다는 작은 목소리로 노래를 불렀다. 아마도 자신이 노래하고 있다는 것을 의식하지 못하는 듯했다.

잘 자라 우리 아가
앞뜰과 뒷동산에-

에다 아즈마가 읊조리는 것은 오래된 자장가였다.

제1부

03 추락한 자

2023년 2월 4일, 도쿄 도 무사시노 시.

사체는 두 건물 사이의 어두운 골목에 있었다.

그 건물은 8층으로, 콘크리트 벽의 상태를 보니 지은 지 40년은 돼 보였다. 층마다 다양한 음식점들이 입주한 전형적인 번화가 잡거빌딩이다. 밤 22시. 이제 문을 닫으려고 손님을 내보내기 시작하는 가게도 나오는 시각이다.

사체가 발견된 것은 기치조지 역 북쪽 출구를 나오면 바로 앞에 보이는, 오래된 음식점 건물들이 늘어선 번화가의 한 모퉁이였다.

두 건물 사이의 폭 80센티미터도 안 되는 공간에는 온갖 쓰레기가 높이 쌓여 있었다. 아마 수십 년 전부터 취객들의 행태에 화가 난 술집 종업원, 혹은 망하기 직전이라 자포자기에 빠진 술집 주인이 식자재나 유리병, 가게 집기나 손님의 유실물

따위를 욕설과 함께 이곳에 버려왔을 것이다. 1미터 이상은 돼 보이는 쓰레기층 위에 그 사체가 널브러져 있었다.

겨울이라 천만다행이군.

경시청 무사시노 경찰서 형사과 순사부장 스와 고스케는 그렇게 생각했다. 경시청에 들어온 지 10년 차의 28세. 진회색 슈트에 누가 봐도 형사처럼 보이는 베이지색 수티엥 칼라 코트. 짧게 친 머리를 바짝 빗어 올렸다.

스와는 7층에서 6층으로 내려가는 비상계단 중간쯤에서 휴대용 LED 랜턴으로 아래쪽을 비추어 그 빛에 떠오른 사체를 내려다보고 있었다. 이제 저곳으로 내려가 사체를 조사해야 한다. 지금이 여름이었으면 저 쓰레기가 내뿜는 악취, 큼지막한 파리들의 윙윙거리는 소리, 게다가 쏜살같이 돌아다니는 그 생각하기도 싫은 벌레들 때문에 몸서리를 쳤을 것이다.

사체를 발견한 사람이 무사시노 서에 신고한 것이 대략 10분 전. 형사과 수사관들에게 즉시 현장에 출동하라는 지시가 떨어졌고 마침 다른 건으로 현장 근처에 나와 있던 스와가 제일 먼저 현장에 도착했다. 감식원이나 다른 서원들은 아직 도착하지 않았다.

스와는 사체를 머리부터 발까지 랜턴으로 다시 훑으며 자세히 살펴보았다. 목깃에 페이크 퍼가 달린 카키색 나일론 점퍼. 하의는 작업복으로 보이는 두꺼운 회색 바지. 신발은 합성피혁으로 보이는 하얀 스니커즈. 백발의 상고머리, 마디 불거진 손가락. 깊은 주름이 팬 얼굴에는 역시 백발 섞인 수염이 덥수

룩하다. 노인이다. 일흔 살쯤 되었을까.

사체는 양손을 얼굴 옆에 두고 엎드리되, 얼굴은 두 건물 사이의 가늘고 길게 보이는 하늘을 올려다보고 있는 매우 부자연스러운 자세를 하고 있다. 목뼈가 부러진 것이다. 활짝 열린 눈, 공기를 갈망하는 양 크게 벌린 입. 마치 건물 사이를 흐르는 쓰레기의 강을 맨손으로 죽어라 헤엄치고 있는 듯했다.

스와의 눈앞에 철제 비상계단의 난간이 있었다. 원래는 빨간 페인트를 칠한 듯한데 지금은 녹으로 붉게 변해 있다. 그리고 녹 탓인지 모퉁이 쇠기둥에 용접되어 있던 난간 부분이 떨어져 바깥쪽으로 크게 비틀리며 구부러져서 사람이 통과할 수 있을 만큼 틈새가 벌어져 있었다.

스와는 자기가 서 있는 비상계단을 관찰했다. 누군가 싸운 흔적은 없었다. 위에서 내려다본 바로는 사체의 복장에도 다툰 흔적이 없었다. 게다가 건물 사이 좁은 틈새는 일반적으로는 투신 자살할 장소로 선택될 만한 곳이 아니다. 무슨 까닭인지 사람은 전망 좋은 곳에서 투신하고 싶어 한다. 인생을 마감할 장소인 만큼 경치를 따지는 것일까?

그렇다면 노인은 비상계단 난간이 심한 부식으로 망가진 것을 모르고 어두운 계단을 내려가다가 아차 실수로 난간 사이로 떨어져 쓰레기 더미 위에서 목뼈가 부러져 죽은 것이다. 현장을 보건대 그렇게 짐작하는 것이 타당할 것 같았다.

그때 스와가 비추는 불빛 속에 뭔가 작고 네모난 것이 반짝였다. 그것은 사체의 발에서 1미터쯤 떨어진 자리에 있었다.

쓰레기 더미 위에서 그것만이 광택이 살아 있는 신품 같은 질감을 발산하고 있었다. 그 자리에 장기간 방치되어 있던 물건은 아닌 것 같았다.

스와는 계단을 뛰다시피 내려가 2층 층계참까지 왔다. 아직 감식원이 도착하지 않은 만큼 사체에 접근할 수는 없었다. 스와는 난간에서 상체를 최대한 내밀어, 쓰레기 더미에 가까워진 만큼 더 고약해진 악취 속에서 랜턴 불빛으로 그것을 다시 비추며 살펴보았다.

그것은 어떤 그림이 인쇄된 카드 한 장이었다.

1주일 후.

초동 수사 기간이 끝나자 스와는 무사시노 서 형사과장 가와구치 도미오 경부에게 지금까지의 상황을 보고했다.

사체의 신원은 주머니에 있던 운전면허증으로 금방 알아낼 수 있었다. 미타카 시에서 청과물상을 하는 벳쇼 스스무, 71세. 동갑내기 처와 살고 있었다. 아들이 둘 있지만 이미 독립하여 요코하마와 오사카에서 각자 가정을 꾸리고 있다. 두 아들 모두 가업을 이을 마음은 없는 듯했다.

가족에 대한 청취와 현장 주변을 탐문한 결과를 종합하면 벳쇼가 사체로 발견되기까지의 행적은 이러했다.

사체로 발견되기 하루 전, 벳쇼는 평소처럼 20시에 가게 문을 닫고 매장을 정리한 뒤 외출했다. 도보로 5분 걸리는 미타카다이 역에서 이노카시라 선을 통해 기치조지로 가서 21시

10분에 그 잡거빌딩 8층에 있는 주점 '우오자키'에 들어갔다.

카운터에 앉아 혼자 술을 마시다가 전차 막차 시간을 생각했는지 23시 30분에 계산을 마쳤다. 그러나 그 건물의 승강기가 가동되지 않았다. 보수 회사가 고장 신고를 받고 점검하는 중이었다. 그래서 벳쇼는 점원에게 비상계단으로 내려가겠다는 말을 남기고 승강기 옆에 있는 비상문을 열고 밖의 비상계단으로 나갔다.

그 뒤 24시경 종업원이 담배를 피우려고 비상계단으로 나갔지만 아래를 살펴보지는 않았다. 보았다고 해도 두 건물 사이의 캄캄한 틈새에서 사체를 발견할 수는 없었을 것이다.

벳쇼가 추락한 녹슨 난간은 이 주점에서 두 개 층 아래인 6층의 비상계단이었다. 공교롭게도 6층 점포는 비어 있어서 난간이 언제 망가졌는지를 아는 사람이 없었다. 이 건물의 비상계단은 각 층의 점포들이 소방법을 어기고 창고처럼 사용하고 있어서, 이 계단을 이용하여 아래로 내려가는 사람이 거의 없었던 것이다.

또 이 빌딩의 1층은 라이브하우스이고 이웃 건물은 4층까지 전부 노래방이다. 추락하는 순간은 꽤 커다란 소리와 진동이 있었겠지만 쌓인 쓰레기가 쿠션 역할을 했다는 것과 늘 중저음이 포함된 음악이 큰 볼륨으로 울리는 두 업소 탓에 추락 사실을 알아차린 사람이 없었다.

"때마침 승강기가 고장 나 비상계단으로 귀가하려고 하다가 중간에서 떨어진 건가. 거 참, 지지리 운도 없지."

가와구치 과장은 어깨를 으쓱해 보이고 스와에게 이렇게 물었다.

"그래서 사건성은? 뭐 발견된 거라도 있나?"

"감식원의 보고에 따르면."

스와는 손에 들고 있는 7인치 태블릿 화면으로 시선을 떨어뜨렸다.

이 태블릿은 경시청이 모든 직원에게 지급한 것이다. 경찰 용으로 개발된 각종 앱이 깔려 있어 수사팀은 음성, 사진, 동영상을 포함한 정보를 클라우드로 공유할 수 있다. 두께 3밀리미터의 기기에는 경시청이라는 글자와 오각형 경찰 마크가 홀로그램으로 인쇄되어 있어 경찰 배지 역할도 한다. 말하자면 전자판 경찰 수첩이다.

"비상계단에서 수상한 발자국, 지문, 혈흔 등은 발견되지 않았다고 합니다. 사체에도 상처나 내출혈이 없고 손톱에도 유류물이 없고 의복에도 파손이 없으며 누구와 다툰 흔적도 없습니다."

태블릿 화면을 스크롤하며 스와는 보고를 계속했다.

"자택 주변이나 거래처도 탐문했지만 금전이나 여자 문제도 없고 고인을 원망하는 사람이 있다는 소문도 전혀 파악되지 않았습니다. 부인과 아들의 알리바이도 분명하고요."

"그럼 사건성은 없다는 얘기군."

가와구치 과장은 급히 흥미를 잃은 양 의자 등받이에 등을 맡겼다.

사건성, 즉 범죄성이 없는 사망 건은 경찰이 관여할 사안이 아니다. 사고사나 자살일 경우는 감찰의가 사체를 검시, 즉 행정해부를 실시하지만, 이는 사망진단서에 상당하는 사체검안서를 작성하기 위해서이다. 사체는 검시가 끝나는 대로 즉시 유족에게 인계되고 사안은 일단락된다.

"그렇겠지요……만."

스와는 곰곰이 생각하는 듯 팔짱을 꼈다.

"뭐 이상한 점이라도 있나?"

의아하다는 듯이 묻는 가와구치에게 스와는 이렇게 대답했다.

"그 사람이 죽은 당일의 행적 말인데요, 왠지 납득이 안 됩니다. 왜 굳이 전차까지 타고 자택에서 두 정거장이나 떨어진 기치조지까지 나가서 잡거빌딩 8층에 있는 이 주점에 들어갔는지……."

"단골 주점 아냐?"

스와는 고개를 저었다.

"모든 종업원에게 얘기를 들어봤는데, 고인의 얼굴을 기억하는 사람이 없었습니다. 처음 찾아간 주점인지도 모르죠. 내내 혼자 마셨다고 하니까 누구를 따라 들어간 것도 아니고요."

스와는 미간을 모으며 계속했다.

"배달이나 매입 같은 통상적인 거래를 하다가 사고를 당한 거라면 이해가 갑니다. 하지만 고인은 때마침 기치조지에 술을 마시러 나가서, 때마침 눈에 띈 주점에 들어갔다가 때마침 비상계단을 이용하게 되고, 그곳 난간이 때마침 망가져 있어서 그곳에서 떨어져 죽은 겁니다. 이렇게 우연이란 것이 여러 개 겹칠 수도 있나요?"

가와구치 과장은 어깨를 으쓱해 보였다.

"사고라는 것이 그렇게 우연이 겹쳐져서 일어나는 거 아닌가? 평소처럼 행동하면 그런 사고를 당할 일이 없겠지."

"그건 그렇지만요."

납득하지 못한 표정의 스와에게 가와구치 과장이 말했다.

"그냥 술 생각이 나서 기치조지로 나갔고, 그냥 괜찮아 보이는 주점 간판이 눈에 띄어서 훌쩍 들어가 봤겠지. 사람은 나이가 들면 그런 걸 좋아해. 혼자 조용히 술잔 기울이는 거. 자네도 조만간 알게 될 거야."

"그럴까요?"

"그런 거야."

가와구치는 가볍게 말했다.

"사건성은 없어. 사고사거나 자살이야. 유서는?"

"현장에나 자택에 유서가 없습니다. 부인 말로는 최근 특별히 생각에 잠기거나 고민하는 것 같지도 않았다고 합니다. 다만."

"다만, 뭐지?"

"고인이 기요스에 드나들다 빚을 진 것 같습니다."

스와의 말에 가와구치 과장의 눈썹이 움찔했다.

"기요스라면, 그거 말이야?"

"그렇습니다."

스와는 고개를 끄덕였다.

"카지노. 고인은 최근 기요스의 이스트헤븐에 틀어박혀 도박에 빠져 지냈던 것 같습니다."

이스트헤븐은 3년 전인 2020년, 즉 도쿄 올림픽 개최와 동시에 도쿄 만 매립지 기요스에 들어선 일본 최초의 카지노이다.

가와구치 과장은 한숨을 지었다.

"최근 나잇값 못 하고 노름에 빠진 노인이 많다고 하더니. 도쿄 도에서도 카지노를 찾는 노인들에게 온갖 서비스를 제공하며 우대하는 것 같더군. 노인들에게 카지노 놀이를 장려하겠다는 건가."

"도박이 노인의 노망이나 칩거를 방지하는 데 좋다는 이유로 고령자 복리후생 차원에서 예산을 배정한다고 하더군요. 웃기는 얘기죠."

침이라도 뱉듯이 그렇게 말하며 스와는 다시 태블릿으로 시선을 떨어뜨렸다.

"고인은 약 1년 전부터 이스트헤븐에 드나들었다고 합니다. 부인한테는 따지도 잃지도 않았다고 했다지만 실제로는 계속 잃고 있었습니다. 은행통장을 깨고 주식과 국채를 팔아서 약 2000만 엔을 카지노에 쏟아붓다가 급기야 대부업체 세 군데서 500만 엔에 가까운 돈을 빌렸습니다. 총 2500만 엔을 카지노에서 날린 셈이죠."

가와구치는 갑자기 미간을 찡그렸다.

"그럼 2500만 엔을 잃고 고민하다가 자살했을 가능성이 있군?"

거액의 빚을 진 자가 의문사를 한 경우 생명보험금이나 상해보험 사취를 위한 위장 자살을 의심해볼 필요가 있다.

"자살은 상정하기 힘듭니다."

스와가 부정했다.

"몇 년 전까지 거슬러 올라가 봐도 고인이 생명보험이나 상해보험에 새로 가입한 사실이 없습니다. 그 전부터 부어온 보험도 사망할 경우에 지불되는 보험금은 다 합쳐야 1500만 엔 정도로 상식적인 금액입니다. 빚을 갚고 장례를 치르면 부인한테 남을 돈도 없어요. 보험금을 노린 자살은 아닌 것 같습니다."

사고사를 위장한 자살일 경우 '과거 반년 이내'에 '상당한 고액'의 보험에 '복수'로 가입한 경우가 대부분이다. 생명과 맞바꾸는 돈이므로 자살자는 조금이라도 많은 돈을 가족에게 남기고 싶어 한다. 그러나 고액 보험은 다달이 내는 보험료도 고액이고, 여러 계좌라면 부담은 더욱 커진다. 한편 당사자는 당장 돈이 아쉬운 상황에 있게 마련이다. 그러므로 대체로 가입 후 반년 이내에는 자살을 결행한다.

스와가 혼잣말처럼 말했다.

"혼자 남은 부인이 딱하게 됐죠."

"그러게 말이야."

가와구치는 저도 모르게 한숨을 지었다.

"집이 경매에 넘어가는 것도 시간문제였을 거야. 저금도 다 날린 데다 500만 엔의 고리대까지. 고인은 앞으로 어쩔 생각이었을까."

"도박에 빠진 인간은 언제든 한 방만 터지면 빚은 한꺼번에 갚을 수 있다고 생각하죠. 그래서 계속 빚에 빚을 더해가는 겁니다."

스와가 냉랭한 투로 이렇게 이었다.

"이번 사건도 결국 자업자득이죠. 도박 같은 거에 빠진 놈은 결국 온전하게 죽지 못하게 마련입니다."

스와의 신랄한 말투에 가와구치 과장은 저도 모르게 이렇게 물었다.

"자넨 도박을 전혀 안 하나? 경마나 파친코 같은 것도?"

"그런 거 일체 안 합니다."

즉각 대꾸하는 스와를 힐끔 쳐다보며 가와구치 과장은 어깨를 으쓱해 보였다.

"그럼 사건도 아니고 자살도 아닌 듯하니 이번 건은 사고사로 처리해도 되겠지?"

"과장님, 한 가지만."

스와는 여전히 납득이 되지 않았다.

"그 주점이 입점한 건물은 다음 달에 재개발로 철거될 예정이라고 합니다. 혹시 모르니까 철거되기 전에 한 번 더 상세하게 현장 검증을 해보는 게……."

건물 동쪽에는 전후 70년을 버텨온 시장통 같은 먹자골목이 있다. 작은 가게들이 나란히 늘어선 풍경 때문에 '하모니카 골목'이라 불리는 곳이다. 젊은이를 대상으로 하는 바, 레스토랑도 늘어나 활기를 띠고 있지만, 소방법이 개정된 탓에 영업이 불가능해지자 그 건물이 있는 지역이 포함된 대규모 재개발 계획이 발표되었다.

"게다가 고인의 소지품 중에 조사해보고 싶은 게 하나 있습니다만."

"이봐, 스와."

가와구치는 스와의 집요함에 넌더리가 난다는 얼굴로 말허리를 잘랐다.

"열심히 일하는 건 좋지만 살인도 아닌 안건에 그렇게 시간과 인원과 예산을 투입할 수는 없네."

그러고는 불쑥 상체를 기울이며 스와에게 작은 목소리로 말했다.

"기요스란 지명이 나와서 말인데, 실은 자네한테 할 얘기가 있네."

"얘기라면, 설마."

스와가 놀란 투로 물었다.

"전근입니까? 그것도 하필이면 기요스 서?"

가와구치가 벌레라도 씹은 듯한 얼굴로 고개를 끄덕였다. 아무래도 이것 때문에 스와가 담당한 이 안건을 서둘러 종결하고 싶어 하는 듯하다.

"눈치가 빠르군. 기요스 서 생활안전과야. 사령은 다음 주 월요일. 총무과에서 오늘이라도 호출해서 내정 사실을 통고해 줄 거야."

기요스 서, 즉 '경찰청 기요스 경찰서'가 완간 경찰서 관할이던 매립지 기요스에 신설된 것은 지금으로부터 3년 전인 2020년이다.

이스트헤븐 완공이 목전에 오자, 카지노를 핵으로 하여 탄생하는 거대 환락가에 일본 각지에서 수많은 관광객이 몰려들 것으로 예상되었다.

게다가 바로 코앞에 있는 하네다 공항에서 매일 수많은 외국인 관광객이 몰려들 게 틀림없었다. 2012년에 '관광 입국 추진 기본 계획'이 각의에서 결정된 이래 아시아 각국에 대한 비자 면제가 단행되고 2015년에는 마침내 중국, 러시아 · CIS 제국 · 그루지야, 필리핀에 대해서도 비자 면제가 결정되었다. 덕분에 도쿄 도는 이스트헤븐 개발 후의 하루 평균 내장객 수가 국내외 합쳐서 약 15만 명을 웃돌 것으로 예상했다.

관광 입국 정책을 추진하게 된 것은 일본의 인구 감소와 고령화 · 저출산 심화가 가장 커다란 원인이었다. 2025년에는 전 인구의 30퍼센트가 65세 이상의 고령자가 될 것이 확실했고, 사회보장 수요는 계속 증대하는 반면 세수는 계속 감소하여 국가 재정이 궁지에 몰렸다. 이 난국을 해외 관광객이 떨어뜨려주는 돈으로 극복해보자는 계획이었다.

그러나 해외에서 카지노로 찾아오는 것은 관광객만이 아니다. 일본 국내는 물론 중국, 한국, 홍콩, 마카오, 타이완, 게다가 러시아나 서구의 폭력 조직이 침투할 것이 확실했다. 완간 서의 인원만으로는 감당할 수 없을 것이 확실하므로 기요스의 치안 유지를 전문으로 하는 경찰서가 필요하다고 판단한 것이다.

"노름판이나 지켜주란 말입니까?"

스와의 자조적인 말에 가와구치 과장의 표정도 복잡해졌다.

"그곳은 만성적으로 인력이 부족한 모양이야. 우리 서에서도 자네처럼 젊은 인력을 빼앗기는 것이 뼈아프네. 얼마 전에 다자와도 빼앗겼는데 말이야. 도대체 위에서는 무슨 생각들을 하는지."

다자와 마코토는 3년 전까지 무사시노 서의 지역과에 근무하던 사람이다. 기요스 서가 신설될 때 경시청 본부와 일선 경찰서에서 인원이 차출되었는데, 다자와도 그 가운데 하나로 기요스 서 형사과로 이동했다.

"거절할 수는 없을까요?"

스와의 말에 가와구치 과장은 얼굴을 좌우로 저었다.

"우린 봉급쟁이야. 저항한다고 통하겠나."

"그렇게 말씀하실 줄 알았어요."

스와가 체념한 듯 가만히 한숨을 짓자 가와구치 과장은 안도하는 표정이 되었다.

"그럼 인수인계는 정식 사령이 나온 뒤에 하기로 하고……."

"과장님. 아까 말씀드리려던 고인의 소지품 말인데요."

상의 오른쪽 주머니에 손을 찔러 넣은 스와가 투명한 비닐봉지를 꺼냈다.

"제 후임자에게 이것 하나만 후속 조사를 부탁해도 될까요?"

스와가 내민 비닐봉지를 가와구치가 받아 들었다. 속에 얇은 플라스틱 카드가 한 장 들어 있었다. 트럼프 카드였다. 앞면의 부호와 숫자는 '스페이드 4'. 뒷면에는 그림이 인쇄되어 있다. 그 밖의 다른 문자는 전혀 없었다.

"트럼프 카드?"

의아한 듯이 묻는 가와구치에게 스와가 고개를 끄덕였다.

"고인의 발치에 떨어져 있었어요. 쓰레기 더미에서도 묘하게 새 물건이어서 고인의 소지품이었을 가능성이 있습니다. 제조사가 어디인지 알아보았는데, 시판되는 카드가 아닌지 아직 알아내진 못했습니다. 고인의 가족도 본 적이 없는 카드라고 하고."

카드를 천장 조명에 비추어보며 가와구치가 고개를 갸우뚱거렸다.

"하지만 자네, 사고사한 사람의 소지품을 조사해서 뭘 어쩌려고?"

"그렇게 말씀하시면 할 말은 없습니다만."

스와는 주저하는 투로 이렇게 말했다.

"의문을 묻어버리자니 영 찝찝해서요. 기요스의 카지노에 드나들던 노인이니까 어쩌면 카지노와 관계가 있을지 모릅니다. 트럼프를 사용하는 도박 종목도 여러 가지니까요. 포커, 블랙잭, 바카라. 게다가……."

스와는 가와구치가 들고 있는 트럼프를 보며 말을 이었다.

"뒷면의 그림이 아무래도 마음에 걸려요."

"그림?"

노안이 진행 중인지 가와구치는 비닐봉지를 든 손을 멀리 떼어놓으며 트럼프에 인쇄된 그림을 새삼 살펴보았다.

"예쁜 천사가 그려져 있네. 뭐가 마음에 걸린다는 거지?"

트럼프 뒷면에 인쇄된 그림은 오래된 종교화 같았다. 하얗고 얇은 옷을 걸친 가련한 소녀가 등에 돋은 커다란 날개를 펼치고 침대의 이불 속에서 천천히 공중으로 떠오르려 하고 있다. 그 발치에 한 남자가 두 손 모아 기도하고 있다. 등에 커다란 날개가 돋은 소녀의 모습이 천사처럼 보였다.

"잘 보세요, 과장님."

스와는 가와구치가 들고 있는 카드를 손가락으로 건드렸다.

"소녀와 날개 사이에 검은 그림자처럼 보이는 인물이 있죠? 날개는 그 검은 인물의 등에 돋아난 겁니다."

"아, 그렇군."

가와구치는 그림을 들여다보며 고개를 모호하게 끄덕였다.

과연 카드의 그림을 자세히 보니 검은 날개 중앙에 검은 옷에 검은 베일을 쓴 인물이 있는 것을 알 수 있었다. 그리고 그 검은 인물은 뒤에서 소녀의 옆구리로 오른손을 질러 넣고 왼손으로는 소녀의 어깨를 잡고 함께 공중으로 떠오르려 하고 있다.

"그러니까 이 그림은 뒤에서 소녀를 안고 허공으로 들어 올리려고 하는 검은 천사 그림이죠. 뭔가 이상하지 않습니까?"

가와구치는 더는 못 참겠다는 듯이 한숨을 토하고 카드가 담긴 비닐봉지를 스와에게 내밀었다.

"그렇게 마음에 걸리면 이 카드는 자네가 가지고 있는 게 좋지 않을까? 기요스의 카지노와 관계가 있다 싶으면 기요스 서 쪽이 조사에는 더 유리하겠지. 고인의 소지품도 아닌 것 같긴 하지만."

"그럼 그렇게 하겠습니다."

스와는 카드를 받아 들고 새삼 그 그림을 내려다보았다.

인간을 어디론가 데려가려고 하는 검은 천사. 그 모습이 몹시 불길했다.

스와의 눈에는 천사라기보다 악마의 모습처럼 보였다.

04 부임한 자

2023년 3월 1일 오전 6시.

기치조지에서 이노카시라 거리를 따라 동쪽으로 달린다. 그러다가 간나나環七, 즉 '도쿄 도도都道 318호 환상 7호선'을 만나면 우회전하여 남쪽으로. 거기부터는 죽 외길이다.

스와 고스케는 까만 알파로메오 스파이더 듀엣의 천장 덮개를 완전히 열어젖히고 아침의 쌀쌀한 공기 속에서 히터를 최대한으로 틀어놓고 눈에 익은 무사시노 시에서 도쿄 만에 떠 있는 매립지 기요스로 향하고 있었다.

스와의 애차는 8년 전, 즉 2015년 일본 마쓰다 사와 이탈리아 피아트 사가 공동 개발한 라이트웨이트 2시터 오픈이다. 알파로메오가 마쓰다 로드스타의 섀시와 구동축에 1.8리터 250마력 직렬 4기통 터보 엔진을 얹고, 역시 이탈리아의 명문 차체 공장 피닌파리나가 보디 디자인을 맡았다. 모던하면서도 어딘지 클래식한 디자인이다.

외제차 엠블럼이 달린 오픈카는 경찰관이 소유하는 차량으로는 조금 사치스러운지 모른다. 하지만 스와는 이 차가 마음에 들어 3년 된 중고차를 헐값에 사들여서 벌써 5년이나 타고 있다. 업무 외에 취미를 가지지 못한 스와에게는 FM 방송을 들으며 혼자 수동 기어를 조작하는 시간이 귀중한 기분전환의 시간이었다.

약40분 만에 헤이와지마. 좌우로 갈라지는 지점에서 오른쪽 길을 택한다. 그러면 해변 공원이 있는 조난지마에 들어선다. 이곳에 기요스로 가는 '임해터널'이 있다. 좌측을 가리키는 화살표시와 함께 '임해터널·기요스·임해부도심 방면'이라 적힌 파란 표시판을 보고 삼거리에서 왼쪽 길로 들어선다.

예전에 이 근방은 매립지로 쓰레기를 나르는 덤프트럭들만 달려서 노면도 먼지투성이였다. 그러나 여기 남쪽에 작업 차량 전용 '제2임해터널'이 생기고부터는 아스팔트의 검은색과 하얀 차선이 몰라볼 정도로 선명해졌다.

도로가 서서히 내리막이 된다. 눈앞에 임해터널이 검은 아가리를 크게 벌리고 있다. 터널 입구 위쪽에 '무인운전 구역 여기부터'라고 표시되어 있다.

10년 전인 2013년, 정부와 자동차 제조사들은 공동으로 '차세대 첨단 도로교통 시스템 ITS'을 도입했다. 이것은 도로의 지능화를 통해 '무인운전 차량'의 주행을 허용하여 인사 사고, 교통 적체, 이산화탄소 배출을 대폭 줄이려는 것이다. 현재 수도고속도로와 간선도로부터 순차적으로 적용이 확산되고 있으며, 기요스에서는 전 구역에 이 차세대 ITS가 도입되어 있다.

그러나 8년 전에 제조된 수동 기어 차량을 타는 스와에게는 이 터널 상부의 표시가 전혀 관심 밖이었다. 스와는 어깨를 으쓱하고는 듀엣의 수동 기어를 5단에서 4단으로 시프트다운하고 헤드라이트를 켜며 터널 속으로 미끄러져 들어갔다.

터널 내부는 둥글게 호를 그린 천장 아래 촘촘하게 박힌 조명으로 오렌지 빛으로 물들어 있다. 직선을 그리는 편도 2차선 도로의 왼쪽 차선을 관광버스 여러 대가 줄지어 달리고 있다. 기요스로 향하는 단체 관광객을 태운 차량이다. 요즘은 버스나 트럭도 전기화가 진행되어 예전과는 달리 터널 내에서도 배기가스 냄새가 거의 나지 않는다. 그 버스들을 잇달아 추월하며 스와는 해저 도로를 달린다.

마침내 도로는 오르막이 된다. 스와는 속도를 죽이지 않으려고 액셀러레이터를 꾹 밟았다. 전방에 있는 하얗고 네모난 빛이 점점 커져간다. 터널 출구가 가까워진 것이다.

차가 문득 하늘 아래로 나왔다. 시야가 단숨에 360도로 펼쳐졌다. 그리고 눈앞에 펼쳐진 풍광에 스와 고스케는 흠칫 놀랐다.

엄청나게 거대한 마천루가 하늘을 찌르며 서 있었다. 외벽이 전부 푸르스름한 태양광 발전용 투명 유리로 덮여 있다. 왼쪽 시야 대부분을 차지하며 아침 햇살을 반사하는 초고층 빌딩의 자태는 날카롭게 버린 크리스털 산처럼 보인다. 그 밑동에는 저층 건축물 여러 개가 종자처럼 에워싸고 있다.

기요스 카지노 특구의 랜드마크 이스트헤븐타워이다. 스와도 TV에서 본 적은 있지만, 처음 실물을 보며 새삼 그 위용에 압도되었다. 높이 377.6미터. 거대 카지노와 객실 3000개가 넘는 호텔, 수많은 음식점이나 상업 시설을 수용한 70층의 인공 건조물이 보는 이가 두려움을 느낄 만큼 존재감을 내뿜고 있다.

형태도 독특하다. 기본적인 외형은 플라스크의 위쪽 절반을 닮았다. 혹은 줄기를 올린 채 땅에 박혀 있는 양파 같다고 할까. 둥글고 넓은 저층부는 층이 높아짐에 따라 완만하게 좁아지다가 중간께부터 완벽한 원기둥이 되어 그대로 하늘로 똑바로 뻗어 올라간다.

이스트헤븐타워의 설계자는 미국의 저명한 건축가인데, 꼭 10년 전인 2013년에 세계유산에 등재된 일본의 상징 후지 산을 모티프로 설계했다고 한다. 377.6미터라는 높이도 후지 산 표고의 10분의 1과 일치한다.

후지 산에 비유하자면 산자락에 해당하는 부분을 고가도로가 소용돌이치듯 두 바퀴 돌고 있다. 그 산자락 위쪽, 즉 벽면이 수직이 되기 시작하는 부분에는 거대한 고리 세 개가 에워싸고 있다. 그리고 까마득한 정상부를 올려다보면 최상부의 조금 밑에도 고리 하나가 끼워져 있다.

이 네 개의 고리가 내부 조명을 받아 모두 거대한 백색 형광관처럼 빛나고 있다. 이들 고리 모양의 부속물은 후지 산에 걸린 구름을 표현한 것이라고 한다. 저층부를 에워싼 도로와 세 개의 고리가 운해라면 정상부의 고리가 산꼭대기에 걸린 삿갓 구름인 셈이다.

끝없이 직선으로 뻗은 포장도로의 수백 미터 앞쪽에, 왼쪽 으로 뻗는 도로가 시야에 들어왔다. 스와는 파란 표시판을 올려다보았다. 직진 방향이 '도쿄 게이트 브리지 · 와카스 · 가사이 · 도쿄 디즈니랜드' 방면, 왼쪽이 '기요스 · 임해부도심' 방면. 스와는 왼쪽 차선으로 들어서며 핸들 왼쪽의 깜빡이 레버를 내리고 그 T자로를 좌회전했다.

도로 전방으로 좁은 운하에 걸린 다리가 시야에 들어왔다. 예전의 나카보 대교, 지금은 모던한 디자인으로 바뀌어 기요스 대교로 이름이 바뀌었다. 이스트헤븐은 이 운하의 건너편, 예전에 '안쪽 매립처분장'이라 불리던 구역이다.

이스트헤븐타워의 거구가 시야 오른쪽에서 더욱 빠르게 육박해왔다. 그 아래쪽에는 날개가 셋 달린 거대한 풍차들이 운하를 따라 일정한 간격으로 나란히 서 있다. 도쿄 임해풍력 발전소이다.

스와 고스케의 검은 알파로메오 듀엣은 기요스 대교로 진입했다. 다리는 서서히 오르막이 되고 그대로 공중을 달리는 회랑 같은 고가도로로 연결된다. 스와는 액셀러레이터를 밟아 오르막을 단숨에 달려 올라갔다.

시야 아래쪽으로 화려한 신시가지가 끝없이 펼쳐져 있었다.

한순간 스와는 자신이 수백 년의 시간을 거슬러 올라가 이제 막 생겨난 유럽의 성새 도시에 들어선 듯한 착각에 빠졌다. 여기 기요스에 탄생한, 카지노를 축으로 하는 일본 최대의 리조트 이스트헤븐이다.

수로 건너편인 북쪽의 오다이바를 바라보면서 오른쪽, 즉 동쪽에 있는 광대한 구역이 '조도 구역'이다. 우뚝 솟은 이스트헤븐타워를 중심으로 참신한 디자인의 건물들이 죽 늘어서서 개성을 다투고 있다. 거대 극장, 3D 극장, 스타디움, 미술관, 박물관, 캐릭터월드, 그리고 쇼핑몰.

누가 더 미래성을 보여주는지를 놓고 온갖 파빌리온들이 경쟁하는 국제박람회가 이곳에 상시 개최되고 있다고 생각하면 될까. 그 빌딩들의 벽면 도처에는 수백 인치 크기의 대형 모니터가 설치되어 영상 콘텐츠나 뉴스, 광고를 내보내고 있다.

기요스 동쪽 해변에는 체류형 첨단 의료 시설이 완성되어 있다. 일본의 뛰어난 의료 기술과 섬세한 간호, 그리고 도쿄 만의 지하 원천을 사용한 온천 시설이 매력이다.

그리고 도로 왼쪽, 즉 서쪽의 좁은 구역이 무수한 음식점과 유흥업소 건물들이 빼곡히 밀집해 있는 거대 환락가 '에도 구역'이다.

조도라는 명칭은 천국을 뜻하는 '정토淨土'에서 나온 말이다. 에도는 물론 도쿄의 옛 이름 '에도江戶'에서 나왔다. 둘 다 외국인 관광객에게 일본의 정서를 느끼게 하고 나아가 교토와 차별화를 꾀하기 위해 붙여진 명칭이다.

스와는 차창을 통해 기요스의 대부분을 차지하는 광대한 조도 구역을 내려다보았다.

여러 가닥의 도로와 수로가 종횡으로 뻗으며 온갖 시설들을 판초코처럼 기하학적으로 구획하고 있다. 그 도로 양쪽에 가로등과 가로수가 나란히 서 있다. 수입 석재를 빈틈없이 깔고 벽돌과 도자기 블록으로 마감한 인도에는 아침 7시 전인데도 온갖 국적과 인종의 남녀노소가 즐겁게 활보하고 있다. 점심때가 되면, 그리고 해가 지고 나면 이곳은 과연 어떤 상태가 될까.

흡사 바다에 떠 있는 신기루 같구나.

허공을 가로지른 고가도로에서 번쩍거리는 시가지를 내려다보며 스와는 기가 질린 듯 고개를 천천히 가로저었다.

총면적 약 78헥타르로 도쿄돔의 약 17배 면적인 이곳은 예전에는 불연 쓰레기 처리장, 대형 쓰레기 파쇄 처리 시설, 파쇄 쓰레기 처리 시설, 중방中防*, 회용융灰溶融 시설, 그리고 민간 재활용 공장 등이 나란히 들어서 있어서 관련 종사자 말고는 찾는 이가 없는 곳이었다. 그 황량한 쓰레기 매립지에 불과 몇 년 사이에 이만한 초고층 빌딩과 오락 시설, 그리고 무수한 음식점 건물들이 서로 어깨를 밀치는 번화가로 거듭났다는 것이 스와는 도저히 믿기지 않았다.

전방에 이스트헤븐으로 내려가는 분기점이 시야에 들어왔다. 스와는 왼쪽으로 갈라져 나가는 좁은 도로로 진입하여 하

---

* '중앙방제매립처분장'의 약칭.

계로 향했다.

스와가 근무하게 된 경시청 기요스 경찰서는 '조도' 구역의 최북단, 즉 오다이바·아리아케 임해부도심으로 연결되는 해저터널 입구의 오른쪽에 있다. 차량 계기판의 시계를 보니 오전 7시. 조금 일찍 도착한 듯한데, 미리 부쳐둔 짐은 벌써 도착해 있을 것이다. 그 짐을 풀며 새 상사가 출근하기를 기다리면 될 것이다.

고가도로 밑 중심가 도로를 따라 북쪽으로 달린다. 오른쪽 전방에 경시청 기요스 경찰서가 시야에 들어왔다. 다른 시설에 뒤지지 않을 만큼 개성 넘치는 디자인으로, 흡사 막 완공된 멕시코 피라미드 같은 외관이었다.

스와는 자신의 새 일터를 올려다보며 가만히 한숨을 짓고 전방 신호에서 우회전했다. 스와의 검은 차량은 기요스 서의 지하 주차장으로 빨려 들어갔다.

"오, 스와! 고담 시에 온 걸 환영하네!"

오전 9시 30분. 회의실 문을 나설 때 누가 어깨를 거칠게 치며 말했다. 3년 전까지 무사시노 서 지역과에서 일하던 다자와 마코토 경부보였다. 현재 32세. 형사과에 있던 스와와 부서는 달랐지만 같은 사건을 놓고 함께 뛰어다니며 수사한 적도 있어서 대화도 여러 번 나눠보았다.

고담 시는 수차례 영화화된 미국 만화 「배트맨」에 등장하는 가상의 도시로, '중우衆愚의 도시', 즉 '어리석은 대중들의 도시'라는 뜻이다. 만화나 영화에서는 그 이름처럼 온갖 범죄가 난무하는 욕망의 도시로 묘사되었다. 다자와는 이 기요스 카지노 특구도 그런 곳이라고 말하고 싶은 듯했다.

"오랜만입니다. 또 신세를 지게 됐군요."

스와가 그렇게 말하며 고개를 살짝 숙이자 다자와는 흡족한 듯이 고개를 끄덕였다.

"그래. 기요스는 처음이지? 에도 구역에 있는 술집을 한 군데도 빠짐없이 안내해주지."

기요스 서의 첫날, 오전 9시부터 생활안전과 전체회의가 열렸다. 그 석상에서 스와는 부임 인사를 했다. 아마도 다자와는 이 회의가 끝나는 시간을 가늠해서 만나러 와준 듯하다.

"그런데 스와. 오늘 저녁에 뭐 할 일이 있나?"

다자와의 물음에 스와는 고개를 저었다.

"아뇨, 아무것도. 집 정리나 할까 하는데요."

독신 경관은 특별한 사정이 없는 한 '독신용 대기 숙소'라 불리는 독신자 숙소에 살게 되어 있다. 기요스 서의 독신자 숙소는 경찰서 바로 뒤에 인접해 있는데, 스와의 새 집도 그 숙소에 있었다. 집 정리라고 해봐야 이삿짐으로 가져온 옷가지나 식기 따위를 장롱이나 식기 선반에 대충 집어넣고 방에 있는 침대에 이불이나 깔아두는 것 정도밖에 할 일이 없었다.

"그럼 나 좀 보자고. 나중에 문자 보낼게."

그렇게 말하고 다자와는 몸을 돌려 승강기 쪽으로 사라졌다. 자기가 속한 형사과로 돌아가는 듯하다.

스와가 자기 자리로 돌아가자 등이 살짝 굽은 작은 체구의 중년남이 상냥한 얼굴로 다가왔다. 스와가 배치된 생활안전과 제2계 계장 기자키 헤이스케 경부이다. 정년을 3년 앞둔 57세. 고사목처럼 삐삐 마른 작은 남자로, 백발 섞인 푸석푸석한 단발머리 밑에 온후해 보이는 실눈이 스와를 쳐다보고 있다.

"스와 군은 채용된 이래 내내 무사시노 서에서 일했나요? 기치조지에 있는 가톨릭 무사시노 성당을 아세요?"

"예. 기치조지 대로변의 이노카시라 공원 건너편에 있는 성당 말이군요."

스와가 그렇게 대답하자 기자키는 그곳이 그립다는 표정으로 미소를 지었다.

"어릴 적에 그 근방에 살았어요. 일요일 아침이면 꼭 그 성당에 갔지요."

그 말을 듣고 스와는 저도 모르게 말했다.

"저도 어릴 적에 집 근처 성당에 다녔어요. 기치조지는 아니지만."

스와가 자란 곳은 도쿄 도 다이토 구의 다운타운으로, 고마가타, 아사쿠사와 가까운 동네였다. 살던 아파트 근처에 작은 성당이 있어서 일요일마다 크리스천인 어머니를 따라 그곳에 다녔다. 어머니는 아들 스와에게 세례를 강요하지 않아 스와는 무종교 상태로 성장했다. 하지만 기자키의 말을 들으니 어두운 성당에 흐르던 오르간 소리가 문득 떠올랐다.

"그래요? 당신도 성당에?"

기자키는 빙긋이 웃고 오른손으로 자기 책상을 가리켰다.

"성경이라면 늘 서랍 속에 있어요. 읽고 싶으면 언제든 말해요."

경건한 크리스천 경관이라니, 어딘지 낯선 기분이 들었지만, 스와는 기자키의 온후해 보이는 웃음에 호감을 느꼈다. 어딘지 어머니의 웃는 얼굴과 닮은 것 같기도 했다.

"그럼, 스와 군, 낯선 곳이라 힘들겠지만, 오늘부터 잘 부탁합니다."

그렇게 말하고 기자키는 스와에게 고개를 숙였다.

스와도 황망히 허리를 깊이 꺾었다.

"저야말로 잘 부탁드립니다. 기요스 서가 많이 바쁘다는 건 잘 알고 있습니다. 저는 무사시노 서에서 형사과에서 일해서 야쿠자 상대하는 데도 익숙하고……."

"아, 아니에요!"

기자키는 오른손을 얼굴 앞에서 좌우로 저었다.

"우리 부서는 한가해요. 할 일도 별로 없거든요."

"예?"

스와는 의아했다. 이곳 기요스는 일본의 유일한 카지노 특구 아닌가. 관광객, 취객, 조폭, 외국인 등 생활안전과가 담당하는 사건들의 유발 요인들이라면 빠짐없이 갖춘 곳이다.

"차차 설명해줄게요. 오늘은 짐 정리나 끝내고 정시에 퇴근해도 됩니다."

기자키는 쓸쓸해 보이기도 하는 웃음을 짓고는 자기 자리로 돌아갔다.

그리고 책상 위와 서랍을 정리하고 총무과에 제출할 서류를 작성하고 관련 부서에 인사하러 다니는 사이에 저녁이 되었다. 잠시 쉬어볼까 하던 스와는 태블릿에 문자가 와 있는 것을 알았다.

'17시 30분, 경찰서 정면 현관으로 나오게. 다자와.'

다자와 마코토가 보낸 문자였다. 경찰서 네트워크에서 스와의 연락처를 알아냈을 것이다. 손목시계를 보니 17시 20분. 스와는 서둘러 책상 위를 정리하고 기자키에게 인사하고 사무실을 나섰다.

약속 시간 5분 전에 스와는 기요스 서 현관에 도착했다. 다자와는 아직 보이지 않았다. 안도하는 참에 바깥 도로에서 고래를 연상케 하는 거대한 검은 차량이 소리도 없이 미끄러지듯 들어왔다.

메르세데스벤츠 마이바흐 63SL-EV. 마이바흐는 그 회사의 최상위 브랜드로, 2002년부터 2013년까지 제조하다가 단종한 것을 2년 전에 EV로 부활시켰다. 전장 6.3미터, 전폭 2.3미터. 세단이면서도 사륜 각각에 170마력씩, 합 680마력의 전기 모터를 탑재한 괴물이다.

옵션 없이 8000만 엔 가격표가 붙은 이 차는 구입할 때 내외장을 특별 주문하는 것이 보통인데, 그렇게 되면 손쉽게 1억

5000만 엔을 넘게 된다. 이 차량도 특별 주문한 차량인지 일본에 맞게 오른쪽 핸들이다. 어떤 VIP가 무슨 일로 기요스 서에 왔을까, 혹 황족이 시찰이라도 나왔나, 하고 생각하는데 등 뒤에서 커다란 목소리가 들렸다.

"오, 미안! 많이 기다렸지? 자, 타."

다자와 마코토였다. 택시라도 불렀나, 하며 스와가 포치를 둘러보지만 그 거대한 검은 차 말고는 따로 차량이 보이지 않았다.

"타라니, 어디에요?"

스와가 당혹해하자 마이바흐 운전석 문이 열리고 운전사가 내렸다. 나이가 들어 보이는 운전사가 스와 앞으로 다가와 뒷문을 찰칵 열어주었다. 그리고 흰 장갑 낀 오른손으로 공손하게 차에 타라는 몸짓을 했다.

넋 놓고 있는 스와의 등 뒤에서 다자와의 목소리가 들렸다.

"오늘은 자네가 주빈이니까 상석에 앉게. 뭐 해? 어서 타라니까."

마이바흐가 EV답게 소리도 없이 정지했다. 까만 가죽 시트에 묻힌 몸을 힘겹게 일으킨 스와가 기어 나오듯이 그 넓은 뒷좌석 시트에서 밖으로 나왔다.

그곳은 하얀 대리석으로 마감한 호화로운 현관이었다.

거대한 유리문 좌우에 하얀 제복에 금단추를 단 도어맨 두 명이 나란히 서 있었다. 다자와가 익숙한 몸짓으로 오른손을 가볍게 쳐들자 도어맨 두 명이 양쪽에서 공손하게 허리를 숙이며 스와와 다자와를 맞아주었다.

스와가 거대한 검은 차를 타고 도착한 곳은 초고층 빌딩 이스트헤븐타워 3층에 있는 '어퍼엔트런스'였다. 1층에도 '그랜드엔트런스'라 불리는 출입구가 있지만 그쪽은 카지노 고객 전용이다. 여기 3층은 '호텔 이스트헤븐' 및 고층 레스토랑 코너를 이용하는 고객을 위한 출입구였다.

거대한 유리문을 지나고 천장이 높은 널찍한 원형 로비를 통과하여 중앙에 있는 승강기 홀로 향한다. 반원형 홀에는 승강기 18기가 나란히 있었다. 그 금속 도어마다 열여덟 명의 남녀가 에칭 기법으로 새겨져 있었다.

"남자는 예수의 열두 제자 같군. 여자들은 모두 마리아야. 성경에는 마리아라는 이름을 가진 여성이 여섯 명 등장한다고 해."

다자와에 따르면 이스트헤븐타워에는 모두 49기의 승강기가 있다고 한다. 호텔 전용이 12기, 고층 레스토랑 코너용이 6기, 양쪽의 작업용으로 쓰는 것이 5기. 이들과는 별개로 저층부 오피스와 시설용이 19기. 그리고 지하 5층부터 2층까지 영업하는 카지노 고객용이 7기.

그리고 작업용 5기를 제외한 44기의 고객용 승강기의 도어에는 성경과 연관된 마흔네 명의 인물 혹은 존재가 새겨져 있다고 한다. 즉 열두 제자, 여섯 명의 마리아, 이스라엘 민족의 토대를 쌓았다는 아브라함부터 다윗까지 열아홉 명의 족장, 그리고 일곱 대천사.

마리아가 그려진 6기가 65층부터 70층의 고층 레스토랑 코너행 승강기이다. 다자와와 스와는 그 가운데 한 기에 탔다.

두 사람은 최상층, 그러니까 70층에서 내렸다.

반원형 승강기 홀 중앙에 연분홍 기모노를 입은 마담 풍모의 젊은 여인이 미소를 지으며 기다리고 있었다. 그 여인의 안내로 주홍 양탄자가 깔린 넓은 통로를 따라 오른쪽으로 들어갔다.

잠시 걷자 통로 왼쪽에 사방등을 모방한 작은 조명이 시야에 들어왔다. 붓글씨로 '聖洲亭'이라 적혀 있었다. 그 너머 왼쪽에 붉은색 포렴이 걸려 있었다. 아마도 그곳이 가게 입구 같았다. 기모노 여인이 그곳으로 들어갔다. 스와와 다자와도 그녀를 따라 안으로 들어갔다.

포렴 너머는 자갈길에 징검돌이 나란히 박혀 있는 교토 전통가옥의 입구를 연상케 하는 통로였다. 양쪽 발치에 전통지로 만든 작은 사방등이 점점이 놓여 있다. 5미터쯤 되는 그 통로를 지나자 막다른 곳에 미닫이문이 있었다. 기모노 여인이 그 문을 열고 안으로 들라고 두 사람을 오른손으로 재촉했다.

다자와를 따라 안으로 들어간 스와는 저도 모르게 호오, 하고 감탄하는 소리를 흘렸다.

그곳은 반원형으로 생긴 널찍한 요정이었다. 검은 대리석 바닥이 안쪽으로 들어가면서 계단식으로 낮아지고, 각 단마다 유리가 아닐까 싶을 만큼 매끈하게 연마된 검은 옻칠 테이블들이 나란히 놓여 있었다. 테이블과 테이블 사이에는 전통지를 바른 칸막이가 공간을 넉넉하게 구획하고 있었다. 좌석 대부분은 고급스러운 옷을 차려입은 많은 손님들로 채워져 있었다.

그러나 스와가 시선을 빼앗긴 것은 이런 호화로운 전통식 인테리어가 아니었다. 가게 가장 안쪽에 바닥에서 천장까지 유리로 마감된 창문 밖으로 펼쳐진 전망이었다.

눈 아래로 이스트헤븐 조도 구역의 전경이 펼쳐져 있었다. 마침 일몰이 시작된 참이었다. 붉은 석양이 기요스를 새빨갛게 물들이는 가운데 기묘하게 생긴 온갖 건물들이 모든 창마다 햇빛을 반사하며 무슨 미니어처 건축물처럼 지상에 죽 늘어서 있었다.

스와의 정면 방향으로 보자면 서쪽에는 기요스와 와카스를 잇는 도쿄 게이트 브리지. 태곳적 수장룡의 골격이 허공에 머리를 맞댄 듯한 형상으로, 라이트업된 교량이 시시각각 색조를 바꾸고 있었다. 그 위를 전조등을 켠 차량들이 무수하게 오가고 있었다.

왼쪽, 즉 북쪽에는 좁은 운하를 끼고 오다이바·아리아케 임해부도심의 빌딩 숲. 또 그 너머에는 수도 도쿄의 야경이 성운처럼 반짝이며 펼쳐져 있었다. 바로 앞쪽에는 시오도메의 고층 빌딩 숲. 그 너머에는 빨갛게 빛나는 도쿄타워. 그리고 멀리 하얗게 빛나는 도쿄스카이트리.

그 반대편, 즉 남쪽의 좁은 운하 건너편은 광활한 초록빛 숲. 그리고 그 너머는 태양광 발전소이다. 무수한 태양전지 패널이 MC에셔의 판화 같은 기하학 문양을 그리며 까마득하게 펼쳐져 있다. 그리고 또 그 너머에는 크고 작은 범선들이 떠 있는 도쿄 만이다. 해수면이 석양을 반사하여 금빛으로 빛나며 그대로 태평양으로 이어진다.

"이쪽으로 오십시오."

놀라는 스와를 기모노 여인이 왼쪽으로 더 걸으라고 재촉했다. 그 앞에는 또 원목으로 짠 격자문이 있었다. 아무래도 또 다른 공간이 있는 듯하다.

여인이 그 격자문을 열자 두 사람은 그 안으로 들어갔다. 그러자 격자문 안쪽에 있는 유리문이 닫혔다. 중요한 비즈니스 상담에도 이용할 수 있도록 출입문을 이중으로 설치한 방음실인 듯했다.

내부는 널찍하고 호화로운 방이었다. 들어가자마자 바로 왼쪽에 바 카운터가 있었다. 중앙은 널찍한 공간으로 트여 있고 오른쪽 창가에 일인용 가죽 소파가 네 개. 유리제 로우 테이블을 사이에 두고 이쪽에도 역시 소파가 네 개. 총 여덟 개의 소파가 창문과 나란히 놓여 있다.

그 소파에는 이미 슈트 차림의 남자 여섯 명이 앉아 있었다. 여섯 명은 스와와 다자와를 보자 일제히 일어섰다.

"어서 오세요. 기다리고 있었습니다. 스와 고스케 씨."

소파 오른쪽 끝자리에 등을 보이고 앉아 있던 남자가 일어서서 스와를 향해 돌아서며 허리를 깊이 숙여 인사했다. 은테 안경을 쓴 날렵한 몸매의 중년남이었다. 나머지 다섯 명도 스와를 향해 일제히 고개를 숙였다.

"아, 예, 안녕하십니까."

스와는 무슨 일이 일어나고 있는지 전혀 이해할 수 없었지만, 일단 여섯 사람을 둘러보며 어색하게 고개를 숙였다. 그리고 곁에 있는 다자와에게 곤혹스러운 표정으로 물었다.

"다자와 씨, 저어, 이건 뭐죠?"

다자와는 그걸 몰라서 묻느냐는 듯이 대답했다.

"무슨 소리야. 자네를 환영하는 모임이잖아."

"환영하는 모임?"

스와는 눈을 휘둥그레 떴다.

"그럼. 기요스의 안전을 지키는 모임, 간단히 줄여서 '세이안카이聖安會'라는 모임이 있는데, 이분들이 자네의 부임을 축하하고, 더불어 친목을 도모하기 위해 식사 모임을 마련해주셨네. 나도 업무상 세이안카이에 여러 가지로 도움을 받고 있는데, 자네도 합류시키는 게 좋겠다고 생각했지. 여기 계신 분들을 잘 기억해두라고."

다자와에게 더 상세한 설명을 요구하려고 할 때 스와는 등 뒤로 누군가의 기미를 느끼고 천천히 뒤를 돌아다보았다.

입구 가까운 벽 앞에 듬직하게 생긴 남자 하나가 서 있었다.

백인이었다. 신장은 2미터 전후가 되지 않을까. 투명한 쉴드가 부착된 감색 헬멧, 기동대와 유사한 감색 제복. 그러나 경찰관은 아니었다. 두 발을 어깨 폭으로 벌리고 손을 뒤에서 마주 잡은 열중쉬어 자세로 말없이 꼼짝도 하지 않고 서 있다.

스와는 그 남자에게 어딘지 험악한 기운을 느끼고 저도 모르게 몸을 긴장시켰다. 왜 자신이 긴장했는지는 금방 이해할 수 있었다.

그 남자는 경찰관도 아니고 자위대원도 아닌데 허리에 검은 가죽제 권총집을 차고 있었던 것이다.

05 참석자

이스트헤븐타워의 최상층 70층에 있는 요정 세이슈테이聖
洲亭의 한 객실에서 스와는 한가운데 자리를 배정받아 다자와
가 재촉하는 대로 참석자들과 명함을 교환했다.

제일 먼저 스와에게 말을 건넨 사람은 '도쿄만카지노주식
회사'의 전무이사 미야지마 이치로라고 자신을 소개했다. 도
쿄만카지노주식회사는 내각부*의 외국外局**인 '카지노관리기
구'의 허가를 일본 최초로 따낸 카지노 운영 회사이다.

일본 최초의 카지노를 기요스에 개설하는 과정에서 도쿄 도
의회에서 마지막까지 논란이 됐던 사안은 운영 방식을 '공설
민영형'과 '민설민영형' 가운데 어느 쪽으로 할 것이냐 하는
문제였다. 전자로 갈 경우 카지노의 막대한 이익을 전부 도쿄

---

* 총리부, 경제기획청, 오키나와개발청을 통합하여 설치한 행정 기관.
** 해당 조직에서도 특수성과 전문성을 띤 업무를 위해 설치된 국으로, 일정 정도
독립성을 가진다.

도가 차지할 수 있지만 그 대신 운영 비용을 부담해야 한다. 후자로 정할 경우는 카지노의 이익은 전부 민간 운영 회사가 차지하고 도쿄 도는 운영 비용을 부담하지 않고 카지노에 세금을 부과하여 세수를 확보할 수 있다.

최종적으로 도쿄 도는 과거 법인을 만들어 리조트를 경영하다가 실패한 것을 고려하여 운영 리스크를 피하기 위해 민설민영형을 채택했다. 그리고 라스베이거스에서 오랜 경험을 쌓은 카지노 회사 '라스베이거스 해리스 리조트'와 합작으로 세운 도쿄만카지노주식회사에 이스트헤븐의 카지노 경영권을 위탁한 것이다.

스와의 앞 테이블에 값비싼 식재를 쓴 요리들이 죽 놓였다. 대하, 전복, 참치, 털게, 차돌박이, 그다음은 이름도 모를 것들이었다. 기모노를 입은 젊은 여성들이 번갈아가며 들어와 빈 그릇을 치우고 새 요리를 내주고 여덟 명의 술잔이나 글라스가 조금이라도 비었다 싶으면 각자가 택한 술을 가득 따라주었다.

아직 젊다는 점도 있어서 이런 모임에 익숙지 못한 스와는 음식에 전혀 손대지 않고 몹시 거북한 심정으로 앉아 있었다. 선배 다자와 마코토를 따라온 것이 아니었으면 벌써 무슨 구실을 대고 자리를 떴을 것이다. 스와는 글라스의 맥주를 찔끔찔끔 맛보며 왼쪽에 앉은 다자와의 옆얼굴을 원망스레 힐끔거렸다.

"그런데 스와 씨."

미야지마가 스와에게 말을 건넸다.

"이 기요스가 카지노 특구로 선정된 과정에 대해서는 아십니까?"

스와는 사실대로 대답했다.

"아뇨. 오다이바에 들어설 예정이었는데 기요스로 바뀌었다는 것 정도밖에는."

"그럼 잠시 귀만 빌리겠습니다. 계속 드시면서 들어주시면 됩니다."

미야지마는 그렇게 말하고 스와에게 설명을 시작했다.

"이 매립지에 기요스라는 이름을 붙인 것이 2018년입니다. 그때까지는 중앙방파제매립처분장이라고 불렸지요. 즉 기요스는 시오미, 유메노시마, 와카스와 마찬가지로 도쿄 도민이 버린 쓰레기로 도쿄 만을 매립해서 생긴 땅입니다."

미야지마의 설명으로 스와는 '기요스 카지노 특구'가 들어서게 된 과정을 대강이나마 알게 되었다.

카지노를 축으로 하는 '도쿄 만 IRIntegrated Resort 구상'이 생겨난 것은 1999년. 도쿄 도지사 선거에 출마한 정치가 마키하라 유타로가 공약으로 내건 데서 비롯된다. 인구 감소와 만성적 불황에 따른 세수 감소를 해결할 카드로 오다이바에 카지노를 중심으로 하는 복합 리조트를 건설하여 해외 관광객을 유치하자는 것이었다.

마키하라는 도지사로 당선되었지만 재직 중에 이 공약을 실현할 수 없었다. 그러나 그때 부지사였던 오다 마사키가 차기 도지사가 되자 마키하라의 구상을 계승하여 도쿄 만 카지노 실현을 열심히 추진했다. 그리고 2018년, 마침내 국회에서 '카지노특별법'이 제정되고 카지노 건설에 대한 허가가 떨어졌다.

카지노 후보지로는 도쿄 도 외에도 오사카 부, 오키나와 현, 그 밖의 다섯 개 도시가 상정되었다. 그중에서 최초의 카지노가 도쿄 도로 결정된 것은 2013년 개최가 확정된 도쿄 올림픽 유치 운동과 제휴하기 위해서였다. 2020년에 도쿄에서 올림픽을 개최하기로 결정되었으므로 전 세계에서 몰려들 올림픽 관계자나 관광객에 대응하기 위해 오다이바에 카지노를 개장한다. 일본 최초의 카지노가 출범하는 데는 더 바랄 나위가 없는 타이밍이었다.

그러나 올림픽 개최와 카지노 탄생을 예측하고 토지 투기가 이루어져 오다이바의 땅값이 급등했다. 때문에 카지노 건설 예산이 곱절로 뛰지 않을 수 없게 되었다. 무엇보다 문제가 된 것은 국제올림픽위원회IOC가 올림픽 경기장 옆에 카지노를 세우려는 계획에 난색을 표한 것이었다.

그래서 급부상한 것이 오다이바 남쪽에 인접한 광활한 매립지 '중앙방파제매립처분장'에 카지노를 건설한다는 안이었다.

중앙방파제매립처분장, 약칭 '중방'은 운하를 끼고 남북으로 갈라져 있다. 북쪽이 '안쪽 매립처분장', 남쪽이 '바깥쪽 매립처분장'. 바깥쪽 매립처분장 남쪽에는 다시 '신해면처분장'이라 불리는 지역이 있고, 최남단 E블록과 F블록에서는 지금도 도내에서 발생하는 폐기물이 매년 300만 톤씩 바다에 매립되고 있다.

당시 이미 북쪽의 안쪽 매립처분장은 매립이 완료되어 토지로 이용할 수 있는 상태에 있었다. 하지만 오타 구와 고토 구가 저마다 권리를 주장한 탓에 상업 개발 계획을 세우지 못하고 '바다의 숲'이라 불리는 녹지를 조성하는 데 머물러 있었다. 그래서 도쿄 도지사는 이곳을 스물세 개 구와는 별개의 '도쿄도 직할구'로 지정하여 카지노를 건설하되 그 세수를 오타 구와 고토 구에게도 나눠준다는 안을 내놓았고 두 구도 이 안을 받아들였다.

그리고 도쿄 만 IR 구상은 이 '중방'이라는 땅을 확보함으로써 규모를 더 확대하게 되었다.

새삼 돌이켜보니 '중방'은 기적처럼 좋은 위치에 있었다. 서쪽으로는 2001년에 개통된 임해터널 브리지에 의해 와카스를 거쳐 가사이, 도쿄 디즈니 리조트까지 연결되어 있었다. 그리고 북쪽으로는 제2항로 해저터널이 있어서 이미 1980년에 오다이바 · 아리아케 임해부도심에 직결되어 있었다.

유일하게 남은 가장 큰 문제는 매립 중인 신해면처분장으로 빈번하게 오가는 쓰레기 수송 트럭이었다. 하지만 이것도 조난지마와 신해면처분장을 직결하는 제2임해터널이 새로 건설되면서 해결되었다.

그 결과, 카지노 건설 예정지를 중심으로 하여 하네다 도쿄 국제공항, 오다이바 · 아리아케 임해부도심, 와카스 골프링크스, 도쿄 헬리포트, 유메노시마 열대식물관, 가사이 임해수족관, 그리고 도쿄 디즈니 리조트 등이 전부 유기적으로 연결되었다. 고속철도 '린카이 선'과 경전철 '유리카모메' 노선의 '중방' 연장이 결정되었다. 나아가 하네다 공항과 나리타 공항을 약 한 시간 만에 연결하는 신생 JR 노선·가칭 '하네다나리타 선'이 결정되어 덴노즈아일 역에서 린카이 선과 연결되게 되었다.

그리하여 도쿄 만 IR 구상은 더 거대한 '도쿄 만 MRMega Resort 구상'으로 진화했다.

이 구상에 따라 중앙방파제매립처분장이라는 무미건조한 이름은 '기요스聖洲', 영어명 홀리 랜드필Holly Landfill로 변경되었다. 그리고 마침내 2020년 도쿄 올림픽 개최와 동시에 개장한 일본 최초의 카지노는 '세상에서 가장 동쪽에 있는 환락지'라고 하여 '이스트헤븐East Heaven', 중국어로는 '위앤동티엔탕遠東天堂'이라 명명된 것이다.

"이렇게 이스트헤븐 건설이 시작되었는데, 가장 큰 문제는 전력 공급이었습니다. 이스트헤븐이 하루에 소비하는 120만 킬로와트, 일반 가정으로 환산하면 약 10만 세대분이라는 엄청난 전력을 어떻게 조달할 것인가. 그것을 해결해야 했습니다."

미야지마의 이야기는 이스트헤븐의 운영으로 접어들고 있었다. 다양한 자리에서 여러 번 발표를 했는지 미야지마는 메모도 보지 않고 물 흐르듯이 이야기했다.

"이스트헤븐에서는 모든 조명을 LED로 하고 에어컨이나 각종 이동 수단도 최신 에너지 절약형으로 도입했습니다. 하지만 역시 기요스에서 소비되는 전력은 기요스에서 독자적으로 생산할 필요가 있었지요. 그래서 태양광 발전, 풍력 발전과 함께 채택된 것이 열교환식 온천수 온도차 발전, 일명 '바이너리 발전'입니다."

이것은 기요스 지하 1400미터에 존재하는 약 42도의 심층 열수를 이용하는 발전이다. 여기에 쓰이는 것이 펜탄이라는 액체인데 그 끓는점이 약 36도에 불과하다. 이 액체를 온수로 증기화하여 발전용 터빈을 돌리는 것이다. 편의점 정도 되는 공간만 있으면 발전 기기를 설치할 수 있으며 일반 가정 수천 세대분의 전력을 만들 수 있다고 한다.

이스트헤븐에서는 모든 시설의 창유리를 투과발전유리로 끼우고 옥상에 풍력 발전기를 설치하며, 주요 시설의 지하에 바이너리 발전 시설을 설치함으로써 각 건물이 소비하는 전력을 스스로 조달하고 있다.

"그러고 보니 기요스에서 엎어지면 코 닿을 데 있는 오다이바나 아오미에도 지하 원천을 사용한 온천 시설이 있지요."

다자와가 요리 접시로 젓가락을 뻗으며 미야지마에게 기분 좋게 맞장구쳤다.

스와는 입구 옆에 서 있는 남자를 힐끔 쳐다보았다. 감색 제복을 입은 커다란 백인 남성은 연석에는 끼지 않고 여전히 말 없이 서 있었다. 그 모습은 주인의 명령을 기다리는 충실하고

도 사나운 번견을 연상케 했다.

　스와·다자와와 자리를 함께한 여섯 사람은 카지노 회사를 대표하는 미야지마를 필두로 호텔, 식당, 쇼핑몰, 이벤트홀, 교통 기관 등의 대표자이며 세이안카이의 간부들이었다. 그러나 그 백인 남자는 대체 누구인지, 미야지마도 스와에게 소개하려고 하지 않았다.

　"미야지마 씨."

　스와가 작정하고 입을 열었다.

　"저분은 내내 따로 서 있기만 하고 식사도 하지 않는데, 어떤 분입니까?"

　"아, 이거 실례했습니다."

　미야지마는 깜빡 잊고 있었다는 듯 스와에게 웃어 보였다.

　"오늘 모처럼 스와 씨를 모실 기회를 얻은 만큼 그것을 직접 보여드리며 설명해드릴까 해서 데려온 겁니다."

　"저에게요? 그것이라니, 뭔데요?"

　스와는 미간을 모았다. 자신은 계급도 겨우 순사부장이고 일개 경찰관에 불과하다. 이스트헤븐 경영자들이 자신에게 무엇을 알려주고 싶어 한단 말일까.

　미야지마는 의아하다는 듯이 이렇게 물었다.

　"생활안전과 제2계에 부임하신 게 맞지요? 기자키 계장님한테 아직 못 들으셨습니까?"

　그러자 스와 왼쪽에 앉아 있던 다자와가 오른손을 쳐들었다.

　"아, 이런, 이거 미안하게 됐습니다. 생활안전과 제2계의 기자키 계장은 조금 맹한 데가 있는 사람이라 아직 스와에게 설명하지 않은 모양이군요."

그리고 다자와는 자기 손목시계를 보았다.

"곧 8시가 될 참이니 마침 잘됐네요. 제가 알기 쉽게 설명하지요. 어이, 언니들, 중요한 얘기가 있으니 잠시 자리를 비켜주실까?"

홀에서 시중들던 여성들이 모두 방을 나가자 다자와는 자리에서 일어났다. 그리고 제복을 입은 백인에게 다가가 그자가 허리에 차고 있는 권총집에서 총을 뽑아냈다. 그래도 남자는 열중쉬어 자세 그대로 가만히 있었다.

모형총일 것이다. 스와는 그렇게 생각했다. 스와는 총기에는 그다지 해박하지 않지만, 그 총은 이탈리아 총기 회사 피에트로 베레타 사에서 만든 자동권총 M92 시리즈의 정교한 복제품처럼 보였다.

M92 시리즈는 미군을 비롯하여 전 세계의 군대나 경찰에서 사용하는 고성능 권총이다. 물론 일본에서는 경찰과 자위대를 제외하면 권총의 수입도 소지도 불법이며, 총포도검류 소지 등 단속법에 의해 엄벌에 처해진다. 그러므로 이 남자가 누구인지는 모르지만 실물을 당당하게 휴대하고 있을 리가 없다. 더구나 오늘은 경찰관 두 명이 참석한 자리이다.

다자와는 제복의 남자로부터 3미터쯤 떨어지자 그 모형 권총의 상부에 붙어 있는 슬라이드를 앞으로 당겼다. 찰칵, 하는 딱딱한 금속음이 났다. 탄창에서 총탄이 장전되는 소리다. 다자와는 오른손을 뻗어서 천천히 어깨 높이로 쳐들고 모형 권총의 총구를 제복의 백인 사내에게 향했다.

다자와는 대체 무얼 하려는 거지? 스와는 자기 등에 소름이 쫙 돋는 것을 느꼈다.

"다자와 씨?"

스와가 저도 모르게 그렇게 말한 순간이었다.

넓은 실내가 갑자기 새빨갛게 물들었다. 그 직후에 뻥, 하는 뱃가죽을 흔드는 중저음이 울렸다. 그리고 다양한 빛깔의 빛이 그 방의 넓은 유리창을 비추고는 이내 사라지고 벼락같은 폭발음이 불규칙적인 간격을 두고 몸을 뒤흔들기 시작했다.

불꽃놀이였다. 그것도 연속 발사 불꽃놀이였다. 이스트헤븐 남쪽에 있는 운하에서 대형 불꽃이 연달아 발사되기 시작한 것이다. 이스트헤븐이 외국인 관광객을 위해 밤마다 마련하는 어트랙션이다. 일본의 불꽃놀이는 해외에서도 상당한 인기라고 스와도 들은 적이 있다.

그때였다. 땅, 하는 총성이 실내에 울렸다. 동시에 다자와가 잡은 모형총의 총구에서 하얀 연기가 피어올랐다. 제복 사내의 가슴팍에서 빨간 비말이 튀고 착탄의 충격으로 몸뚱이가 뒤로 크게 흔들렸다. 한순간 늦게 다자와의 발치에 땡강, 하고 탄피가 떨어졌다. 그리고 그제야 화약 연기 냄새가 스와의 코에 닿았다.

다자와가, 미쳤나?

저 권총은 모형이 아니라 실물이다. 그리고 다자와가 감색 제복의 사내를 다짜고짜 저격한 것이다.

스와는 튕겨 오르듯 소파에서 일어나 저격당한 사내에게 뛰어가려고 했다. 그런 스와의 발이 문득 멈췄다. 가슴에는 빨간 액체가 번져서 번들거리고 있지만 사내는 여전히 그 자리에 늠름하게 버티고 서 있었다. 그리고 변함없이 열중쉬어 자세로 허공을 가만히 노려보고 있었다.

살아 있다…….

스와는 영문을 몰라 혼란에 빠진 채 다자와를 돌아다보았다. 다자와는 빙긋이 웃고 옛날 서부 영화의 총잡이처럼 총구에 바람을 훅 불고 안전 장치 레버를 내려서 잠갔다. 그리고 검지를 방아쇠울에 걸고 권총을 빙글 돌려 손잡이가 제복의 사내에게 향하게 해서 내밀었다.

그러자 제복의 사내가 비로소 움직였다. 그는 오른손을 앞으로 뻗어 다자와가 내민 권총을 받아 그대로 조용히 허리의 권총집에 꽂았다. 그리고 다시 양손을 뒤로 돌려 열중쉬어 자세로 돌아가 동작을 멈췄다.

정신을 차려보니 어느새 불꽃놀이가 끝나 있었다. 스와는 소파에 앉은 세이안카이의 여섯 사람을 돌아다보았다. 사람이 저격당하는 현장을 눈앞에서 보면서도 여섯 사람 모두 별반 놀란 기색도 없이 흡족해하는 듯한 미소마저 짓고 있었다.

스와는 다시 뒤를 돌아보고 다자와 앞을 지나 제복의 사내에게 천천히 다가갔다. 그리고 조심스레 오른손을 뻗어 남자의 가슴에서 뚝뚝 떨어지는 점성 있는 액체를 검지로 찍어보왔다. 희미하게 휘발성 냄새가 났다. 피가 아니었다.

"페인트야."

스와 등 뒤에서 다자와가 말했다.

"아메리카 시뮤니션 사에서 만든 사격 훈련용 FX탄이지. 도쿄 도 공안위원회는 이 총탄을 장전한 모의총, 즉 이 개조 베레타 M92FS 소지를 GAPS 경비원에게 특별히 허가하는 결정을 내렸네. 이번 주 중에라도 사용이 시작될 예정이야."

"갭, 프스?"

스와가 혼잣말처럼 말하며 다자와를 돌아다보자 다자와를 대신하여 미야지마가 설명했다.

"GAPS는 우리 세이안카이가 기요스의 치안 유지를 위해 설립한 경비 회사입니다. 기요스 서의 생활안전과 제2계와 제휴하며 이스트헤븐의 경비를 담당하고 있지요. 정식 회사명은 가디언 엔젤 패트롤 서비스로, GAPS는 그 이니셜이죠. 우리와 기요스 서 사이의 갭을 없앤다는 뜻도 있고요."

즉 이스트헤븐 전속 경비 회사라는 말이다. 가디언 엔젤이란 결국 '수호천사'라는 뜻이다. 스와는 일본에도 지부가 있는 세계적인 NPO '가디언 엔젤스'를 떠올렸다. 이 조직을 모델로 한 것일까?

"그, 그러나, 다자와 씨."

스와는 다자와에게 다가섰다.

"경찰관도 아니고 자위대원도 아닌 민간인에게 도 공안위원회가 총기 소지를 허가하다니, 그래도 되는 겁니까? 총도법에 따르면……."

"총도법, 즉 총포도검류 소지 등 단속법에서는."

다자와는 스와의 말을 받았다.

"금속성 탄환을 발사하는 기능을 가진 장약총포 및 공기총, 이것이 '총'의 정의야. 이 FX탄은 탄피는 금속이지만 탄환 자체는 연질 플라스틱으로 만들어졌네. 그래서 공안위원회도 이것은 총에 해당되지 않는다고 해석한 거지."

그렇게 말하고 다자와는 제복의 사내가 허리에 찬 권총을 힐끔 보았다.

"FX탄은 안구에 맞추지 않는 한 살상 능력이 없네. 범죄자의 옷에 빨간 페인트를 묻힐 뿐이지. 하지만 도망하는 범인을 추적하기가 한결 쉬워져. 더구나 총성은 진짜랑 똑같으니까 허공에 쏘면 위협 사격과 똑같은 효과를 내지. 우리 경찰은 늘 인력이 부족한 상태라 앞으로 GAPS분들과 제휴하며 경비를 맡아주게."

스와가 방심하고 있자 미야지마가 이렇게 물었다.

"그런데 스와 씨는 카지노에 가보신 적이 있습니까? 라스베이거스나 마카오 같은 곳 말입니다."

"아뇨."

스와는 고개를 저었다. 그리고, 지금까지 도박 같은 건 한 번도 해본 적 없고 앞으로 죽을 때까지 도박장 같은 데는 드나들 생각이 없다, 라고 말할까 하다가 간신히 참았다.

"그러면 이제 배도 부르고 하니까 아래로 내려가 카지노를 구경해보시겠습니까?"

그렇게 말하고 미야지마는 스와의 눈을 들여다보듯이 쳐다보았다.

"당연히 그래야지요, 미야지마 씨! 어이, 스와, 가자고!"

다자와가 기쁜 얼굴로 스와의 왼쪽 어깨를 치며 일어섰다.

"자네가 앞으로 할 일이 기요스 카지노 특구의 치안 유지 아닌가. 카지노라는 게 어떤 곳인지도 모르고 일을 제대로 할 수 있겠나?"

그 말을 들으니 스와도 거절할 명분을 찾지 못했다. 스와는 하는 수 없이 모호하게 고개를 끄덕이며 일어섰다.

그 방을 나설 때 스와는 벽 쪽으로 재빨리 시선을 던졌다. 거기에는 감색 제복을 빨갛게 물들인 백인 경비원이 들어올 때와 똑같은 자세로 꼼짝도 하지 않고 서 있었다.

지하 5층에서 승강기 문이 열렸다.

그 순간 스와는 커다란 소리의 파도에 휩쓸렸다. 장내를 흐르는 모던재즈 음악과 각종 기계가 내는 전자음, 그리고 군중의 웅성거림이 뒤엉켜서 밀려오는 거대한 음압이었다.

기요스에 탄생한 일본 최초의 카지노 이스트헤븐, 다른 세상이라고 해도 좋을 그곳 메인 플로어 한복판에서 스와 고스케는 넋을 놓고 우두커니 서 있었다.

그곳은 마치 거대한 신전을 방불케 하는 장엄하고 어둡고 광대한 공간이었다. 아니 고리 형상의 플로어라는 점을 생각하면 종교 건축물의 회랑이라고 하면 좋을까?

크기가 돔구장 정도 되는 7층까지 트인 거대한 플로어. 높이가 천장까지 20미터는 넘을 것 같았다. 그 중앙에 직경 십수 미터나 되는 원기둥이 거대한 선필러*처럼 하얗게 빛나며 우뚝 서 있다. 원기둥 내부는 지하 5층에서 70층까지를 척추처럼 관통하는 승강기이다.

그 주위에는 전부 수십 기는 될 것으로 보이는, 직경 2미터 쯤 되는 역시 하얗게 빛나는 원기둥이 커다란 원을 그리듯 점점이 줄지어서 아득한 상공의 천장까지 곧게 뻗어 있다. 구조 상 필요한 것인지 장식에 필요한 것인지 모르지만, 아마 그 양쪽 모두를 위한 것인 듯했다. 어둑한 공간 속에 하얗게 떠오른 이 원기둥들은 박명광선, 즉 구름 사이로 비껴드는 빛의 기둥처럼 보였다.

그 거대한 공간에 창문이 없었다. 그 대신 원형으로 빙 두른 벽면 전체가 희뿌옇게 빛나며 실내 밝기를 일정하게 유지했다. 그 벽 위쪽에 100인치급 유기액정 모니터가 죽 늘어서서 눈부시게 움직이는 영상을 내보내고 있다. 지금이 아침인지 밤인지도 알 수 없다. 이 내부에서 사람들은 시간 감각을 잃고 마냥 즐기는 것이다.

이 거대한 공간에 수천 명, 아니 수만 명은 있는 것 같다. 전 세계에서 모여든 수많은 고객이 웃고 노성을 지르고 흥분하고

---

* 태양광기둥 현상.

고함을 친다. 그 무수한 언어의 웅성거림이 음악이나 전자음과 뒤섞여 높은 벽과 천장에 반향하여 사나운 빗소리처럼 스와의 머리 위로 쏟아져 내렸다.

지하 5층에 해당하는 플로어에는 상판에 녹색 나사를 붙인 수백 개의 테이블이 등나무덩굴을 떠받치는 시렁 같은 구조에 부착된 다운라이트에 환하게 비춰지고 있었다. 포커, 블랙잭, 혹은 바카라에 열중하고 있는지 각 테이블마다 슈트나 재킷을 입은 남자와 드레스로 치장한 여자들이 몇 명씩 무리 지어 교성을 지르고 있었다.

각 테이블 사이에는 룰렛이 있어서 회전반을 에워싼 손님들이 입을 절반쯤 벌린 채 상체를 필사적으로 숙이고 뱅뱅 도는 작은 은색 구슬을 눈으로 좇고 있었다.

지하 4층에서 지상 2층까지는 오페라 극장의 천장 관람석처럼 돌출된 갤러리가 빙 두르고 있었다. 그곳에는 각 층마다 수백 대씩, 모두 수천 대의 게이밍머신이 똑바로 줄지어 있고 그 앞 의자에는 다양한 연령과 국적의 사람들이 똑같은 표정으로 앉아서 모니터 불빛에 얼굴을 노출하고 있었다. 그리고 고전 SF 영화에 나오는 공장의 단순 노동자들처럼 똑같은 리듬으로 레버를 당기고 있었다.

머리가 이상해질 것 같군. 스와는 저도 모르게 얼굴을 찡그렸다.

여기에 온 뒤로 스와는 어지럼증과 두통에 시달리고 있었다. 귀를 압도하는 이 소리 탓일 것이다. 카지노가 원통형 구조로 되어 있는 탓에 소리가 반향하며 빙빙 돌고 있기 때문일까? 아니면 사람들이 말하는 의미를 알 수 없는 다양한 언어들이 끊임없이 스와의 뇌에 부하를 주고 있기 때문일까?

아니, 그런 것보다는 애초에 도박장이라는 마뜩잖은 장소의 한복판에 있는 것이 스와에게 커다란 스트레스가 되고 있었다.

스와의 눈길이 문득 어느 카드 테이블에서 멎었다.

그때까지 손님을 상대하던 젊은 남자 딜러가 손님들에게 목례를 하고 테이블을 떠났다. 그리고 다른 딜러가 그 테이블 앞에 서서 즉시 초록 나사지 위에 카드를 늘어놓기 시작했다. 마침 딜러 교대 시간인 듯했다.

걸어서 나가려고 하는 딜러를 스와가 뒤에서 불러 세웠다. 검은 가죽 구두에 검은 바지. 광택이 있는 빨간 조끼, 풀 먹인 와이셔츠. 목에 검은 나비넥타이를 맸다. 스와가 경찰 배지를 슬쩍 보여주자 젊은 딜러는 이내 긴장하는 표정이 되었다.

"이 카드, 여기서 쓰고 있는 건가?"

스와가 보여준 것은 기치조지에서 발생한 노인 추락 사건에서 사체 발치에서 발견된 트럼프 카드였다.

딜러는 비닐봉지에 들어 있는 카드를 잠깐 살펴보았다. 그리고 그 구석을 비닐 너머로 가볍게 잡고 가만히 고개를 끄덕이고 나서 바로 이렇게 대답했다.

"아뇨, 여기에서 쓰는 카드가 아닙니다."

"정말인가?"

스와가 그렇게 묻자 딜러는 당연하다는 듯이 대답했다.

"네. 이 카드는 플라스틱으로 만들어졌죠? 저희뿐만 아니라 카지노에서는 어디나 종이 카드를 사용하고 있거든요."

카드에 접은 자국이나 손톱 자국, 오물 등이 묻으면 눈 밝은 손님은 그 카드의 숫자를 기억하므로 카지노 측에 불리한 상황이 벌어진다. 그래서 어느 정도 사용한 카드는 찢어서 폐기하는데, 플라스틱제면 찢기가 힘들므로 종이 카드를 사용한다. 딜러는 그렇게 설명했다.

톡 까놓고 말하자면 카드에 은밀하게 표시를 남기려고 하는 사기꾼에 대한 대책일 것이다. 스와는 고맙다고 말하고 딜러를 놓아주었다.

스와는 카드를 주머니에 집어넣으며 생각했다. 이 트럼프 카드는 노인이 드나들던 카지노의 카드는 아니었다. 그럼, 뭘까.

냉정하게 생각하면 아마 죽은 노인과는 무관한 카드일 것이다. 누군가가 버린 새 트럼프 카드가 마침 사체 근처에 떨어졌을 뿐이다. 그렇게 생각하는 것이 자연스러울 것이다.

하지만 트럼프 카드는 조커를 합치면 모두 53매로 한 세트를 이룬다. 그런데 왜 그 가운데 딱 한 장만 사체 발치에 떨어져 있었을까. 더구나 몇 년간이나 퇴적된 쓰레기 더미에 새 카드가……

아니, 그게 아니다. 스와는 자신이 내심 품고 있던 생각을 떠올렸다.

나는 이 카드의 '그림'이 마음에 걸리는 것이다. 트럼프 뒷면에 인쇄된 '검은 천사' 그림, 이 그림이 풍기는 불길한 '죽음'의 이미지. 아무래도 그것이 마음에 걸리는 것이다.

"이런 데까지 와서 탐문인가?"

갑자기 뒤에서 들려온 목소리에 스와는 상념에서 벗어났다.

목소리의 주인은 다자와 마코토였다.

"뭐야, 그건?"

다자와의 눈길은 스와가 들고 있는 비닐봉지로 향했다.

"무사시노 서 관내에서 일어난 추락사 사고에서 사망자 옆에 떨어져 있던 트럼프 카드입니다. 어디서 만들고 어디서 파는 것인지 통 알아낼 수가 없어서요. 카지노 종업원에게 물으면 혹시 알 수 있을까 해서."

그렇게 말하며 스와는 카드가 들어 있는 봉지를 다자와에게 내밀었다.

"호오."

다자와는 그것을 들여다보며 스와에게 물었다.

"사망자의 소지품이라고 단정한 건가?"

"아뇨, 그것도 확실하지 않아요. 다자와 씨는 이런 카드, 본 적 있습니까?"

"아니, 전혀."

다자와는 즉답하고 나서 스와에게 시선을 돌렸다.

"사건이 아니라 사고겠군? 왜 근처에 떨어져 있던 것까지 조사하는 거지?"

기분 탓인지 스와는 상대방 눈에서 탐색하는 듯한 기미를 느꼈다.

"제가 무사시노 서에서 마지막으로 담당한 건이라 책임감 때문이라고 할까요."

"혹시 해외에서 파는 게 아닐까? 이런 물건은 그쪽 사람들이 잘 알겠지. 내가 세이안카이 사람들한테 물어볼게. 이리 줘봐."

그렇게 말하며 다자와는 갑자기 오른손으로 비닐봉지를 잡으려고 했다. 스와는 봉지를 든 손을 반사적으로 뒤로 뺐다. 다자와는 오른손을 내민 채 의아한 듯이 스와를 보았다.

스와는 당황하며 해명했다.

"아뇨, 선배까지 번거롭게 해드릴 수는 없죠."

그러자 다자와는 스와에게 오른손을 더 가까이 내밀었다.

"그건 걱정하지 마. 자, 이리 내."

스와는 망설였다. 까닭은 모르겠지만 다자와에게 넘겨서는 안 될 것 같은 기분이 들었다. 스와는 다자와를 쳐다보며 빙긋이 웃었다.

"아뇨, 이제 포기했어요. 어차피 사건의 증거물도 아니고요. 내일이라도 무사시노 서에 가져다줘서 유족에게 돌려주라고 하겠습니다. 필요 없다고 하면 규정대로 소각처분하고. 제가 괜히 시끄럽게 했네요."

그리고 스와는 카드가 든 봉지를 짐짓 아무렇게나 슈트 안 주머니에 구겨 넣었다.

"그래?"

다자와는 납득한 듯 고개를 끄덕이고 문득 의미심장한 표정이 되어 화제를 바꾸었다.

"그보다 스와. 어때, 따고 있나?"

스와는 주머니에서 카지노 칩 십수 개를 움켜쥔 채 꺼내어 다자와에게 내밀었다.

"받으시죠. 전 필요 없어요."

스와가 그렇게 말하자 다자와는 눈을 동그랗게 떴다.

"어이, 이봐! 모처럼 미야지마 씨가 내준 칩인데 조금 즐기고 가라고. 내 돈으로 이걸 교환하려면 10만 엔은 필요할걸."

"10만 엔이나?"

스와는 깜짝 놀랐다. 공짜로 얻은 플라스틱 코인 십수 개가 그렇게 고액에 상당하는 줄은 몰랐다. 만약 가벼운 기분으로 무슨 게임에라도 참가했다면 순식간에 다 써버렸겠지. 그리 생각하니 섬뜩해졌다.

"다자와 씨."

스와는 초조감이 묻어나는 눈길로 다자와의 얼굴을 똑바로 노려보았다.

"이상하군요. 이렇게 현금이나 다름없는 것을, 더구나 10만 엔에 상당하는 것을 그냥 받다니. 아까 그 지나치게 호화스러운 음식도 그렇습니다. 이런 거, 수뢰에 해당하는 거 아닙니까?"

다자와는 쓴웃음을 지었다.

"이건 또 무슨 바보 같은 소리야, 융통성 없는 친구 같으니. 아까 그 식사 모임은 경찰과 민간협력단체의 간담회 자리였고, 이건 우리가 경비해야 할 카지노를 시찰하는 거야. 수뢰죄 같은 거랑 아무 관계도 없고 경찰직무법에도 저촉되지 않아."

"아무튼 전 돌아가겠습니다. 이건 미야지마 씨에게 돌려주
세요."

스와는 쥐고 있던 칩을 다자와의 상의 주머니에 집어넣고
출구 쪽으로 걷기 시작했다. 그의 오른팔을 다자와가 뒤에서
잡았다.

"잠깐만. 이런 딱한 친구 봤나. 그럼 이거라도 가져가."

스와가 돌아다보니 다자와가 손에 들고 있던 작은 종이봉투
를 내밀었다. 안을 들여다보니 검은 포장지로 예쁘게 포장된
상자가 들어 있었다.

언짢은 예감이 든 스와는 그 자리에서 포장지를 뜯고 상자
를 열어보았다. 그러자 안에서 묵직한 순금 손목시계가 나왔
다. 롤렉스 데이데이트 신품이었다. 아마 정가가 200만 엔 가
까이 하지 않을까.

"뭡니까, 이건?"

분노를 억누르며 조용히 묻는 스와에게 다자와는 대수롭지
않다는 듯이 말했다.

"세이안카이가 자네와 인연을 맺은 기념으로 주는 거야. 봐,
나도 부임할 당시 받았다고."

다자와는 왼쪽 손목을 보여주었다. 똑같은 금빛 롤렉스가
채워져 있었다.

그리고 다자와는 진지한 표정으로 말했다.

"이봐, 스와, 이건 말이야, 기요스 서에서는 다들 받는 거라

고. 왜 그럴까를 좀 생각해봐. 세이안카이와 친해두지 않으면 여기에서는 교통정리 하나 제대로 하지 못해."

잠시 침묵이 흐른 뒤 스와는 힘겹게 말을 끄집어냈다.

"당신을 경멸합니다."

그리고 그 고급 손목시계를 있는 힘껏 바닥에 내팽개쳤다. 벨트까지 순금으로 제작된 시계가 바닥에서 빠삭, 하는 소리를 냈다. 하지만 롤렉스의 인공 사파이어 유리에는 실금조차 생기지 않은 듯했다. 그것이 또 스와의 신경을 거슬렸다. 스와는 바닥에 뒹구는 시계 위에 상자와 포장지마저 내동댕이쳤다.

다자와는 말없이 바닥을 내려다보고 있었다. 그리고 고개를 들고 가만히 말했다.

"너는, 계속 그렇게 살아!"

스와로서는 배 째라는 식의 반응이라고밖에 받아들일 수 없는 말이었다.

스와는 결별의 뜻을 담아 말없이 다자와에게 등을 돌렸다. 그리고 카지노 출입구를 향해 잰걸음으로 걷기 시작했다.

06 감시자

밤 22시 16분.

이스트헤븐 동쪽에 펼쳐진 조도 구역. 쓰레기 하나 떨어져
있지 않은 청결한 보도에는 새하얀 빛이 넘쳐나고 있다. 하얀
블록이 깔린 인도에 매립 조명의 불빛, 조각으로 장식된 가로
등의 불빛, 가로수에 설치된 꼬마전구들의 불빛, 그리고 쇼윈
도의 불빛.

그 빛 속에서 수많은 남녀가 희희낙락 걷고 있다. 매일이 크
리스마스 같은 조증 상태인 거리. 밤인데도, 아니 밤이기 때문
에 한층 현란해 보이는, 유리와 벽돌과 수입 석재와 콘크리트
로 만들어진 거리. 그 속에서 검은 수티앵 칼라 코트 자락을 펄
럭이며 스와 고스케는 큰 보폭으로 걷고 있었다.

속은 부글부글 끓고 있었다. 모든 것이 마음에 들지 않았다.
쓰레기 더미 위에 돈을 처발라 건설한 눈부실 정도로 청결한
허구의 거리. 그 한복판에 우뚝 서 있는 바벨탑처럼 하늘의 노

여흥을 살 만한 높이의 꺼림칙한 타워. 여기저기 늘어서 있는 괴이함을 자랑하는 어처구니없는 디자인의 건물.

게다가 '세이안카이'라는 역겹기 짝이 없는 경영자들의 모임. 그놈들이 마치 경찰 따위는 못 믿겠다는 듯이 만든 GAPS 인지 뭔지 하는 경비 회사. 그 민간 회사에 총이나 다름없는 무기를 쥐어주었을 정도로 무책임한 도쿄 도 공안위원회. 이런 상태에 안주하며 세이안카이의 비위를 맞추며 가외 수입을 얻어먹고 있는 다자와를 비롯한 썩을 대로 썩은 기요스 서의 동료들.

무엇보다 카지노라는 매끈한 이름으로 불리고 있지만 너나없이 상대방 주머니를 터는 데 혈안이 된 추악한 도박장. 도박에 빠져 재산을 날리고 가족을 잃고 인생을 잃어가는 어리석은 자들.

그리고 국민에게 건전한 노동보다 노름을 장려하고, 도박장이 빨아들이는 욕망과 원한으로 범벅이 된 돈을 갈취하고, 그러면서도 전혀 부끄러운 줄 모르는 정치가들이 좌지우지하는 이 일본이라 불리는 타락할 대로 타락한 나라.

문득 정신을 차리고 보니 남북으로 뻗은 이스트헤븐 중심 도로가 눈앞에 가로놓여 있었다. 넓은 아스팔트 도로 저편에 요란한 조명 간판들이 무수하게 빛난다. 이쪽의 차분한 조도 구역하고는 너무나도 다른, 천박하고 조잡하고 지저분하고, 그러면서도 어딘지 그리운 분위기의 거리. 에도 구역이다.

그러고 보니 배가 고프네.

스와는 멍하니 생각했다. 어울리지도 않는 고급 요정에서는 요리에 젓가락을 거의 대지 않았다. 다만 소량이나마 맥주를 마신 탓인지, 평소 술자리라면 겨우 얼굴이나 비치는 정도이지만 지금은 술이 몹시 그리웠다.

신호등이 초록으로 바뀌었다. 스와는 횡단보도를 건너 에도 구역을 향해 걷기 시작했다.

빌딩 벽을 가득 메우듯 부착된 형형한 원색의 빛을 발하는 한자 간판, 영어 간판, 한글 간판, 태국어 간판들. 그 속에 일본어 간판도 있다.

도로변 가게에서 흘러나오는 것은 어느 나라 말인지는 모르지만 아시아 어느 나라의 대중가요. 그 앞을 지나자 또 다른 가게에서 또 다른 나라의 음악. 좁은 도로를 서로 어깨를 부딪치며 걷는 군중, 고기 굽는 냄새와 향신료 냄새.

스와는 식사할 음식점을 찾는 것도 잊고 그 거리의 좌우를 구경하며 걷고 있었다.

온갖 나라의 음식점이 나란히 자리를 잡고 사람들을 유혹했다. 중화요리점 앞에 걸린 대가리 없는 닭이나 집오리나 들오리. 주점의 물고기나 오징어가 헤엄치는 수조. 포도주통을 테이블로 삼은 선술집. 생선초밥 가게, 꼬치구이 가게, 불고기집. 움직이는 게를 장식한 간판.

가게만이 아니라 도로변에는 무수한 노점이 늘어서 있었다. 꼬치구이, 만두, 케밥 노점, 과일이나 음료를 파는 스탠드, 수상쩍은 브랜드 소품이나 휴대폰 관련 상품, 요란한 싸구려 액세서리를 늘어놓은 왜건.

에도 구역은 기존 번화가에 비유하자면 신주쿠 가부키초나 오쿠보 같은 무국적의 난잡한 거리였다. 가본 적은 없지만 아마 홍콩이나 타이베이나 서울의 뒷골목도 이런 카오스적인 느낌일 것이라고 스와는 상상했다.

조도 구역이 일류 기업이나 브랜드를 선택적으로 유치하며 계획적으로 조성한 구획인 데 반해 에도 구역에는 음식점의 자유로운 입점이 허용되었다. 리조트이므로 고급 레스토랑에서 식사할 수 있는 부유층뿐만 아니라 일반 관광객이 이용할 만한 음식점 거리도 필요했기 때문이다.

유치가 아니라 자유경쟁이므로 금방 망하는 가게도 나온다. 그러면 또 다른 누군가가 가게를 연다. 외국인이 가게를 내는 경우도 늘고 있다. 재임대, 재재임대도 횡행하고 점포는 개축에 개축을 거듭하게 된다. 그래서 불과 몇 년 사이에 에도 구역은 이렇게 혼돈이 극에 달하게 된 것이다.

거리에 울리는 호객하는 목소리, 노출이 심한 옷을 입은 여자들의 교성. 거리에는 음식점들 사이에 수상쩍은 간판이 섞여 있는 것도 종종 보인다. 드레스 차림의 젊은 여자 사진이 나란히 걸린 클럽. 호스트 클럽, 게이 바, 마사지 숍, 풍속점, 그리고 퇴폐 사우나.

그랬다. 스와는 간판을 보면서 혼자 고개를 끄덕였다.

여기 기요스는 '카지노 특구'이자 '풍속 영업 등의 규제 및 업무 적정화 등에 관한 법률시행조례', 줄여서 '풍적법'이 적용되지 않는 '풍적법 특구'이기도 하다.

좋은 음식과 여자는 카지노에 없어서는 안 된다. 어느 나라에서든 카지노에서 쉽게 돈을 딴 손님이 찾는 것은 주지육림이기 때문이다.

가령 마카오의 카지노호텔에는 대개 유곽이 있고, 관내를 '회유어'라 불리는 창부들이 내놓고 돌아다닌다. 싱가포르에도 합법 매음굴이 있다. 주 조례로 매춘이 금지된 라스베이거스에서도 스트립 바에서는 여성이 손님에게 접근하고 신문 가판대에 진열된 잡지에는 콜걸 광고가 넘쳐난다.

일본에서도 물론 매춘은 법률로 금지되어 있다. '소프랜드'라 불리는 개인 욕실이 있고 그 안에서 매일 '자유연애'가 벌어지고 있다는 것도 잘 알려진 사실이지만, 그렇다고 도쿄 도가 이런 풍속점을 기요스에 유치할 수는 없다.

그래서 도는 기요스 전체를 '풍적법 특구'로 지정하여 풍적법이 정한 다양한 규제를 없애주었다. 즉 풍속점 신규 개점을 거의 무제한으로 허용하는 동시에 영업 시간 제한을 없애 24시간 영업을 허가한 것이다.

때문에 에도의 어원은 도쿄의 옛 지명 에도가 분명한데도 지금은 조도淨土와 대비되는 '에도穢土' 즉 '부정 탄 땅' '더러운 땅'이라는 흉을 듣게 되었다. 그러나 스와는 청결한 조도 구역보다 혼란스러운 에도 구역이 아직은 자기 체질에 맞는 것 같다고 느꼈다.

도로변에 담배나 잡지를 파는 가판대가 있었다. 별생각 없이 가판대를 들여다본 스와는 처음 보는 노란 담뱃갑을 발견했다. '니코틴 제로 & 타르 제로. 건강에 좋은 담배, 기요스 한정 선행 발매!'라고 적힌 POP가 세워져 있다.

담배는 오래전에 끊었지만 지금은 기분이 워낙 엉망인지라 '니코틴, 타르가 없다면' 하며 간만에 흡연 욕구가 고개를 쳐들었다. 그래서 주머니에서 동전을 뒤져서 비키니 여성 사진이 찍힌 일회용 라이터와 함께 그 담배를 샀다.

담뱃갑에는 '아케이시아'라는 이름이 빨간 글씨로 인쇄되어 있었다. 아케이시아, 즉 아카시아 나무는 '성궤'의 재료로 쓰는 나무이다. 성궤란 계율을 새긴 석관이나 성인의 시신을 담는 상자를 말한다. 아마 이스트헤븐이라는 카지노 이름에 걸맞게 기독교와 연관이 있는 이름, 게다가 아름다운 꽃을 피우는 식물 이름을 붙였을 것이다.

스탠드 바로 옆에 흡연 장소가 있었다. 스와는 그곳에서 담뱃갑을 뜯고 한 개비 뽑아 입에 물었다. 그리고 라이터로 불을 붙이고 깊이 빨아보았다. 몇 년 만에 피워보는 담배인가. 스와는 후우, 하고 연기를 토하며 어느새 불쾌한 기분이 가시는 것을 느꼈다.

자, 그럼 어느 음식점으로 갈까.

다시 걷기 시작했지만 음식점이 너무 많아 좀처럼 정하기가 힘들었다. 스와가 망설이며 거리를 천천히 걷고 있을 때였다.

"환잉다오지동티옌탕歡迎到極東天堂."

뒤에서 그런 목소리가 들렸다.

스와가 저도 모르게 돌아다보니 음식점으로 보이는 가게 앞에 젊은 아가씨가 서 있었다. 검은 자수를 수놓은 빨간 차이나드레스에 역시 빨간 천으로 만든 굽 낮은 비즈 장식 신발을 신고, 머리는 어깨에 닿도록 땋아 내렸다. 중국인 같았다.

바가지 씌우는 악덕 주점이나 풍속점에서 호객을 하나, 하고 한순간 생각했지만, 그렇다고 보기에는 화장이 연하고 닳고 닳은 인상도 아니고 추파를 던지는 기미도 없었다. 얼굴도 단정한 편인데, 굳이 표현하자면 소박하다고 할까 아이 같은 인상을 풍기는 아가씨였다.

아가씨는 뒤에 있는 식당 문을 열고 안으로 사라졌다. 아무래도 그 식당 종업원 같았다. 식당 앞에 '湘菜小吃酒吧紅玉'이라고 쓴 작고 빨간 간판이 서 있었다. '吃'과 '酒'라는 글자가 있는 것으로 보아 음식과 술을 팔고 있을 것이다. 더 이상 식당을 찾아다니기도 귀찮아서 스와는 그 식당으로 들어갔다. 식당 안은 여성 보컬이 노래하는 중국 가요가 흐르고 있었다.

좁지만 중국의 전통 민가 같은 차분한 인테리어였다. 천장에 빨간 장식 끈이 달린 사각 등롱이 매달려 있다. 하얗게 회칠한 벽에는 두꺼운 판재로 만든 빨간 장식창이 걸려 있었다. 가게 구석에 있는 목재 선반에는 우윳빛 옥으로 만든 용, 하얀 도자기로 된 소박한 술병, 주석제 차통 등이 놓여 있다.

객석은 자단으로 만들었는지, 짙은 고동색 나무로 만든 정사각형 테이블에 네 다리 의자가 세트를 이룬 것이 전부 다섯 개. 끼니때가 지난 탓인지 아니면 마침 손님이 막 나간 참인지 다섯 개 테이블은 모두 비어 있었다.

그 좁은 플로어 한복판에 아까 그 아가씨가 양손을 허리에 받치고 서 있었다.

"이웨이마一位嗎?"

아가씨는 스와에게 뭐라고 묻는 듯했다. 하지만 스와는 알아듣지 못했다. 뭐라고 대답해야 좋을지 몰라 당황하고 있는데 아가씨가 다시 중국어로 물었다.

"야오선머要什麼? 하이스야오차이단還是要菜單?"

"어, 미안. 중국어를 모르는데."

스와가 곤혹스러운 얼굴로 말하자 아가씨는 천장을 올려다보고는 중국말도 못 하는 손님이 들어오다니, 오늘은 참 재수도 없네, 하는 표정을 지었다. 그리고 양손을 허리에 받친 채 한숨을 짓고 공부 못하는 학생에게 훈계하는 여교사 같은 눈초리로 물었다.

"뭐 마셔? 뭐 먹어?"

마음만 먹으면 일본어도 조금은 할 줄 아는 듯했다. 스와는 안심하며 이렇게 대답했다.

"소흥주 온더록스. 그리고 뭐 먹을 걸……. 아무거나 좋으니 알아서 줘."

그러자 아가씨는 고개도 끄덕이지 않고 냉큼 안쪽 주방으로 들어가 버렸다. 스와는 하는 수 없이 가장 안쪽에 있는 테이블로 가서 앉았다.

잠시 후 아가씨가 빨간 대형 팔각 쟁반을 들고 나왔다. 쟁반
위에는 얇은 백자 디캔터, 얼음을 채운 잔, 나무젓가락과 사기
숟가락, 그리고 요리가 담긴 소접시 세 개가 올라 있었다. 아가
씨는 그것들을 테이블에 재빨리 탁탁, 소리가 나게 늘어놓고
나서 세 접시를 손가락으로 가리키며 노래라도 하듯이 말했다.

"셩차이시아쑹生菜蝦鬆, 푸구이훠투이富貴火腿, 쭈오쫑탕산지
左宗棠山鷄."

놀랍게도 요리는 모두 매우 맛있었다.

첫 접시는 잘게 자른 작은 새우와 튀긴 빵 같은 것을 파와
함께 볶고 싱싱한 상추 잎으로 싸놓은 요리였다. 아삭하고 신
선한 상추, 꼬들꼬들하고 따뜻한 새우, 거기에 바삭하게 튀긴
빵. 서로 다른 온도와 세 가지 주재료의 식감이 파 냄새, 참기
름 냄새와 함께 동시에 밀려왔다.

두 번째 접시는 돼지고기 조림을 빵에 끼운 것인 줄 알았는
데 입에 넣는 순간 전혀 예상치 못한 맛이어서 놀랐다. 벌꿀 맛
이었다. 그 옆에 비슷한 맛의 대추가 곁들여져 있었다. 생햄처
럼 숙성시킨 돼지고기를 대추와 함께 꿀로 장시간 재워둔 것
같았다. 달콤한 고기는 태어나서 처음으로 체험하는 맛이었다.

그리고 세 번째 접시가 일품이었다. 향신료를 넣고 튀김옷
을 입혀서 튀겨낸 닭고기를 파, 생강, 마늘, 간장, 설탕, 식초 등
의 복잡한 풍미로 맛을 냈다. 중국식 프라이드치킨이라고나
할까. 생김새부터가 고소하고 속살은 매우 부드러웠다. 술안
주로 그만이었다.

"하오츠마好吃嗎?"

아까 그 아가씨가 잔에 얼음을 보충해주러 왔다가 스와에게 물었다. 이 말이라면 스와도 알아들을 수 있었다.

"아아, 맛있네. 특히 이거! 이 치킨이 진짜 마음에 드는군. 추가로 부탁합시다."

뼈만 남은 세 번째 접시를 가리키자 아가씨는 비로소 흡족한 듯이 웃어 보였다.

"아, 손님, 뱀띠죠?"

"아니, 돼지띠인데."

그렇게 말하는 스와에게 아가씨는 그럴 리 없다는 얼굴로 고개를 가로저었다.

"하지만 손님, 개구리를 이렇게 잘 먹잖아."

추가 주문한 디캔터를 비운 스와가 이제 그만 돌아갈까 하고 생각하고 있을 때 가게 문이 열렸다.

체격이 듬직한 남자 두 사람이 말없이 들어왔다. 신장이 2미터 가까이 될까. 감색 헬멧을 눈높이까지 내려 쓰고 역시 감색 제복을 입었다. 이스트헤븐타워의 '세이슈테이'에서 본 백인 남자가 입고 있던, 기동대 제복과 매우 흡사한 그 제복이다.

GAPS. 스와는 모처럼 기분 좋게 올랐던 취기가 확 깨는 기분이었다. 그 두 사람은 이스트헤븐이 전속으로 계약했다는 경비 회사의 경비원이다. 에도 구역 내를 순찰하는 중인 듯했다.

"Is anyone here?(누구 없나?)"

경비원 하나가 내부를 둘러보며 큰 소리로 말했다. 영어였다. 헬멧 탓에 처음에는 몰랐지만 가게로 들어온 경비원은 두 사람 모두 흑인이었다.

아까 그 아가씨가 나왔다가 금방 다시 가게 안쪽으로 뛰어들어갔다. 그리고 곧 중국풍의 하얀 요리사복을 입은 중년 남자와 함께 나타났다. 이 가게의 주인 같다.

스와는 구석 자리에서 두 경비원을 가만히 관찰하고 있었다. 발달한 근육. 절제된 동작. 격투기 경험이 있을 것이다. 왼쪽 허리춤에 신축식 특수 경찰봉. 그리고 오른쪽 허리춤에 검은 가죽 권총집이 두툼하게 부풀어 있다. 개조 베레타 M92FS의 휴대는 아직 정식으로 발표되지 않았다고 들었지만, 아무래도 이미 내용물이 들어 있는 듯하다. 예의 FX탄도 장전되어 있을 것이다.

GAPS 경비원은 가슴 주머니에서 전자 단말기를 꺼내 주인과 아가씨 앞으로 내밀었다. 그 액정 화면을 보여주며 무슨 일이냐고 묻는 듯했다. 주인과 아가씨는 동시에 고개를 가로저었다. 경비원은 어깨를 으쓱해 보이고 단말기를 다시 집어넣었다. 그러자 주인은 친절한 웃음을 지으며 봉투 하나를 경비원에게 내밀었다. 경비원은 익숙한 손놀림으로 그 봉투를 받아 가슴 주머니에 넣었다.

경비원이 단말기를 집어넣을 때 얼핏 그 액정 화면이 보였다. 거기에는 단발머리 남자의 얼굴 사진이 표시되어 있었다.

삼십 대쯤 될까, 스와는 그 얼굴을 본 적이 있는 것 같다는 생각이 들었다. 그러나 어디서 보았는지 기억나지 않았다. 워낙 짧은 시간에 본 사진이라 어쩌면 기분 탓인지도 몰랐다.

"어이."

경비원 하나가 작은 소리로 속삭이며 봉투를 받았던 남자의 어깨에 손을 얹었다. 그리고 두 사람의 눈이 구석 테이블에 앉아 있는 스와 고스케를 향해 똑바로 날아왔다. 스와가 있는 것을 그제야 알아차린 듯하다.

경비원 두 명은 얼굴을 마주 본 뒤 함께 스와에게 다가왔다.

"굿 이브닝, 미스터 스와."

그렇게 말하고 두 명은 스와에게 경례를 했다.

스와는 경계했다. 두 명 모두 자신의 얼굴과 신분을 알고 있지 않은가.

"GAPS 일을 하나?"

스와가 확인하자 두 사람은 동시에 고개를 끄덕였다. 그리고 스와 가까이 섰던 흑인이 오른손을 자기 가슴에 대고 이렇게 말했다.

"Angel's in his heaven, all's right with the world."

천사는 천국에 있고 세상은 모두 무탈하네. 대강 이런 의미일까? 아마도 제법 세련된 표현으로 스와에게 '근무 중 이상무'를 보고할 생각인 듯했다.

흑인 경비원 두 명은 스와에게 빙긋이 웃어 보였다. 그리고 다시 의례적으로 경례를 하고 몸을 돌려 식당을 나갔다.

식당 아가씨가 접시를 치우러 오자 스와는 전표를 쳐들어 보였다. 아가씨는 고개를 끄덕이고 일단 안으로 들어가 소형 태블릿 같은 네모난 무선 단말기를 가져왔다. 액정 부분에 전표 금액이 표시되어 있다. 스와가 거기에 오른손 손바닥을 가까이 대자 삑, 하고 결제 완료를 고하는 소리가 났다. 이로써 따로 신용 카드를 제시하거나 비밀번호를 입력할 필요가 없다.

생체 인증 결제. 등록된 지문과 장문掌紋, 손가락 정맥과 손바닥 정맥의 패턴, 뼈 형상을 적외선으로 순식간에 읽어내고 은행, 신용 판매 회사, 철도 회사, 그리고 국가가 공동으로 구축한 데이터베이스에 조회하여 개인 인증과 결제를 하는 시스템이다. 이는 각종 카드나 휴대 단말기의 도난, 분실, 위조에 대한 대안으로 도입된 시스템이다.

이 생체 인증 시스템의 도입으로 신용 카드, 현금 카드, 교통 분야의 IC 카드, 포인트 카드가 종언을 고했다. 누구나 여러 장의 카드로 지갑이나 패스케이스를 두툼하게 채우던 '카드 사회'는 종언을 고하고 있었다. 동시에 '티켓'이나 '키'라고 불리던 것들도 자취를 감추고 있었다.

상업 시설이나 자판기에서 결제하기, 은행 CD기에서 현금 입출금이나 이체, 그리고 철도나 비행기 탑승, 마일리지나 포인트 적립, 나아가 금융 기관에서 현금 인출하기는 이제 손바닥을 가까이 대기만 하면 완료된다. 건강보험증이나 운전면허증 등의 신분증명서도 휴대할 필요가 없어지고 관청에서도 호적등본, 주민등초본, 인감증명이 소멸하고 있다.

음악회나 운동 경기 입장권도 없어졌다. 자동차 도어록과 엔진 시동에도 생체 인증이 채택되어 차량 도난은 일제히 감소했다. 호텔 도어와 승강기에서도 카드키가 사용되지 않게 되었다. 각 기업에서는 사원의 출입 허가나 출퇴근 기록에 이 시스템을 이용하고, 아파트에서는 오토록이나 각 가정의 현관문에 이용되고 있다.

안전성을 강점으로 내세우는 고급 아파트나 국제공항, 항만의 출입국, 그리고 연구 시설처럼 고도의 보안이 요구되는 건물의 출입문에서는 더욱이 홍채 패턴이나 얼굴형 인식을 통한 인증도 병행되고 있다. 가장 큰 문제는 네트에서의 결제나 입금인데, 여기에는 지문 인증과 내장 카메라를 이용한 홍채 인증, 얼굴형 인증이 보급되고 있다.

물론 아까 스와가 담배를 구입한 곳과 같은 노점이나 지은 지 오래된 민간 건물처럼 생체 인증 도입이 늦어지는 시설도 아직 많다.

스와의 휴대 단말기가 작은 전자음을 냈다. 영수증과 크레디트 명세서를 발행했다는 알림이 도착한 것이다. 그것을 확인하며 스와가 짐짓 자연스럽게 아가씨에게 물었다.

"아까 그자들이 뭘 물은 거지?"

그러나 아가씨는 아무 대답도 하지 않고 스와와 시선을 맞추려고도 하지 않은 채 고개를 살짝 가로저었다. 기분 탓인지 그녀의 눈에 겁에 질린 듯한 인상이 슬쩍 비쳤다.

자정을 지나려 하고 있었다. 그러나 에도 구역은 여전히 수많은 인파로 넘치고 있었다. 길가에 있는 문살형 배수구 덮개에서 하얀 김이 오르고 있었다. 오늘 밤은 꽤 쌀쌀한 듯하다. 스와는 코트 단추를 채우고 목깃을 세우고 기요스 서 뒤에 있는 숙소를 향해 인파 속을 걷기 시작했다.

GAPS라는 경비 회사가 아무래도 마음에 걸렸다. 이스트헤븐의 경영자들, 즉 세이안카이가 경찰의 능력이 못 미더워 도입한 것이 분명한데, 그것도 마음에 들지 않았다. 그러나 그것보다도 덩치가 우람한 백인이나 흑인을 모아놓은 정체 모를 집단이라는 점이 언짢았다. 놈들은 경비원이라기보다 흡사…… 그렇다, 용병 같았다.

스와는 문득 생각을 떠올렸다. 중화요리점에 들어온 GAPS의 흑인 경비원이 스와에게 마지막으로 던진 말이다.

Angel's in his heaven, all's right with the world.

어디선 들어본 듯한 말이었는데, 고교 시절에 영어 교사에게 배운 영어 시의 한 구절이었다는 것이 이제야 떠올랐다. 아니, 정확하게 말하면 한 군데만은 그 영어 시와 달랐다. 분명히 원래 시는 이러했다.

God's in his heaven, all's right with the world.

이유는 알 수 없지만 그 흑인은 God를 Angel로 바꾸었던 것이다.

그러고 보니 이 영어 시에는 유명한 일본어 번역문이 있었다. 그 영시가 누구의 작품이고 일본의 번역자가 누구였는지는 잊었지만, GAPS 경비원이 던진 말을 그 번역 문장으로 바꾸면 이렇게 될 것이다.

'천사는 천국에 있고,
세상은 모두 무탈하네.'

문득 선명한 이미지 하나가 스와의 뇌리에 떠올랐다. 천사 하나가 어딘지 까마득히 높은 곳에서 이 도시를 가만히 내려다보고 있었다. 마치 인간이 땅바닥을 기어 다니는 벌레들의 행동을 관찰하는 것처럼. 스와는 그 이미지에서 왠지 섬뜩함을 느꼈다.

천사?

스와는 걸음을 멈추고 슈트 안주머니에 손을 넣었다. 그리고 비닐봉지에 들어 있는 트럼프 카드를 꺼냈다. 카지노에서 전 재산을 날리고 500만 엔의 빚까지 안은 채 건물 비상계단에서 떨어져 죽은 노인. 그 발치에 떨어져 있던 '검은 천사' 그림이 인쇄된 트럼프 카드 한 장.

이것은 우연일까? 아니면…….

생각해보았지만 대답이 나올 리도 없었다. 스와는 카드를 다시 안주머니에 넣고 밤바람을 맞으며 이스트헤븐 서쪽에 펼쳐진 소란한 환락가 에도 구역을 걷기 시작했다.

그리고 이 에도 구역에서 기요스 서의 형사 다자와 마코토

경부보의 사체가 발견된 것은 스와가 부임하고 1주일 후의 일
이었다.

07 말살된 자

2023년 3월 7일 오전 6시 3분.

스와 고스케가 현장에 급히 달려갔을 때는 이미 사체가 처리된 상태였다. 사체가 발견된 러브호텔 '할렐루야' 앞 노상에 그어진 하얀 분필 선이, 다자와가 발견될 당시의 자세를 보여줄 뿐이었다. 그 공허한 사람 윤곽의 머리 부분을 중심으로 검은 얼룩이 아스팔트에 번져 있었다. 다자와의 혈흔이다.

분필 선 주변 노상에서는 감식원 몇 명이 쪼그리고 앉아 족적이나 유류품을 채취하고 있었다. 형사과 소속으로 짐작되는 남자 몇 명이 굳은 표정으로 귀엣말을 나누고 있었다. 그 너머에는 폴리스라인. 그리고 두 대의 순찰차.

"거기 누구야?"

험악한 목소리가 뒤에서 날아왔다. 스와가 돌아다보니 회색 수티앵 칼라 코트를 입은 남자가 천천히 다가오고 있었다. 눈에 익은 얼굴이었다. 기요스 서 형사과 과장 오노가와 게이조였다. 오노가와는 스와의 얼굴을 모르는 눈치였다.

"이번에 생활안전과에 부임한 스와라고 합니다. 무사시노서 형사과에서는 다자와 씨의 후배였는데……. 어떻게 이런 일이?"

스와가 그렇게 묻자 오노가와는 옆에 서 있는 호텔을 올려다보았다.

"7층에서 떨어진 것 같아. 자살이야."

스와도 호텔을 올려다보았다. 7층 모퉁이의 객실 창문이 열려 있었다. 그렇다면 다자와는 누군가와 이 러브호텔에 묵었던 걸까? 그러나 창문으로 떨어지다니, 이건 또 무슨 일일까. 만취해 있었나? 아니면…….

"다자와 씨는, 어디에?"

"나카노의 도쿄경찰병원이다. 본청 사람들이 와서 순식간에 신고 가버렸어."

그렇게 대답한 뒤 오노가와는 지긋지긋하다는 듯이 중얼거렸다.

"죽으려면 곱게나 죽든지. 경찰 얼굴에 똥칠을 해도 유분수지."

그날 밤 20시 54분. 기요스 서 생활안전과에서는 임시회의가 소집되었다. 그리고 그 회의에서 생활안전과 과장 아키모토 교이치가 다자와 마코토 경부보의 사망을 보고했다.

사인은 전신 복잡골절, 내장 파열 및 뇌 좌상. 즉 7층에서 도

132

로로 추락한 충격에 의한 전신 타박으로 발표되었다.

발견한 사람은 러브호텔의 남자 종업원. 그 종업원에 따르면 지난밤 오전 3시 17분, 다자와는 한 여성과 함께 호텔에 들어왔다. 다자와와 여성은 로비에 있는 패널에서 7층 모서리 객실을 선택하여 함께 투숙했다. 그리고 여성은 약 두 시간 후에 혼자 호텔을 나갔지만 다자와는 그대로 객실에 남았다.

그리고 약 한 시간 뒤 호텔 앞에서 쿵, 하는 묵직한 소리가 들렸다. 종업원이 밖으로 나가보니 슈트 차림의 다자와가 피를 흘리며 길에 쓰러져 있었다. 위를 보니 다자와가 투숙했던 객실의 창문이 열려 있었다.

즉시 GAPS 경비원 두 명이 달려왔다. 그리고 한 명이 현장 보전을 위해 7층 객실로 올라가고 한 사람은 사체 옆에서 형사과에 신고했다. 그동안 그 두 명은 수상한 인물은 보지 못했다.

신고를 받고 출동한 서원이 객실에 가보니 창문 밑에 다자와의 구두가 남아 있었다. 테이블 위에는 빈 위스키 포켓 병, 그리고 역시 빈 허브 병이 남아 있었다. 이 허브는 '세인트존스워트'라는 것으로 항우울 효과가 있다고 알려져 있다.

그것을 근거로 이렇게 결론을 지었다. 다자와는 창부로 짐작되는 여성과 함께 러브호텔에 투숙했으며, 여성이 일을 마치고 돌아간 뒤 위스키와 함께 허브를 과잉 복용했다. 그리고 알코올과 허브의 상승 작용으로 명정·착란 상태에 빠져 발작적으로 창문으로 뛰어내렸다. 이것이 기요스 서 내에서 발표된 다자와 마코토의 사망에 관한 견해였다.

"그리고 이 건에 대해서는 예에 따라 도쿄 도와 경시청의 연명으로 기자 클럽에 보도 협조를 요청했다. 따라서 본 건은 대외적으로는 '수사 중 불의의 사고에 의한 추락사'로 발표된다. 이상이다."

아키모토 과장은 그렇게 말하고 일어서려고 했다.

"잠깐만요!"

스와가 오른손을 들며 급히 일어섰다.

"다자와 씨의 죽음에는 정말 사건성이 없습니까? 단 하루를 수사하고 사고사로 단정하다니, 아무리 사정이 있다지만 지나치게 빠르지 않습니까. 좀 더 상세한 수사를……."

"형사과장 오노가와가 그렇게 결정했다. 경시청 본청도 승인했고."

아키모토 과장이 귀찮다는 듯이 스와의 말허리를 잘랐다.

"게다가 언론에서 벌써 냄새를 맡았다. 내일 조간에 엉뚱한 기사가 나지 않도록 한시라도 빨리 손을 써야 해."

"하지만!"

아키모토 과장은 여전히 이의를 제기하려는 스와를 무시하고 일어섰다.

"이상이다. 해산."

"납득할 수가 없어요! 이건 분명히 이상한 사건입니다! 다자와 씨가 정말 스스로 뛰어내렸을까요? 뛰어내리는 걸 누가 보기라도 했답니까?"

스와는 사무실로 돌아와 기자키 계장에게 따지듯이 말했다.

"여자를 산 뒤에 술을 마셨다면 왜 슈트 차림이었습니까! 약인지 허브인지를 복용했다고? 다자와 씨가 우울증을 앓고 있단 얘긴 처음 듣습니다! 함께 투숙한 창부는 찾았습니까? 그날 밤 그 호텔에 수상한 투숙객은 없었습니까? 지문이나 장문은? 족적은요? 휴대폰 통화 기록은요? 거리의 방범 카메라 영상은요?"

기자키 탓이 아니라는 것은 알고 있다. 하지만 스와는 누구한테든 분노를 터뜨리지 않고서는 견딜 수 없었다.

"아무것도 조사하지 않았잖아요, 형사과에서는! 그런데도 눈 깜짝할 사이에 사고사로 처리해버리다니! 뭐 하는 곳입니까? 이 기요스 서라는 곳은!"

기자키는 말없이 가만히 한숨을 지었다.

스와는 잰걸음으로 자기 자리로 돌아가 의자 등받이에 걸어둔 상의를 걸쳤다.

"방범 카메라를 감리하는 게 생활안전총무과죠? 그렇다면 이것만은 우리가 확인할 수 있겠군요. 다자와 씨와 함께 투숙했다는 창부가 찍혀 있을지 모릅니다. 지금 다녀오겠습니다."

그렇게 말하고 걷기 시작하려는 스와에게 기자키가 이렇게 말했다.

"기요스 서에는 방범 카메라 영상이 없어요."

"뭐라고요?"

스와가 놀라며 돌아다보았다.

"그럼 어디 있습니까?"

"에도 구역에는 모두 520대의 방범 카메라가 설치되어 있는데 기요스 서는 인력이 보충되지 않아 만성 인력 부족 상태였거든요. 그래서 방범 카메라 관리는 전부 GAPS에 위탁하고 있어요. 그리고 GAPS가 제출한 영상을 형사과가 확인해보니 함께 있던 여자는 찍히지 않았다고 합니다."

"GAPS."

기요스 서의 기능은 서서히 GAPS라는 민간 경비 회사에 침식되고 있다. 스와는 그렇게밖에 생각할 수 없었다.

"찍히지 않았을 리가 없습니다. 호텔에 따로 들어갔다고 해도 반드시 그 근처 방범 카메라에 찍혀 있을 겁니다. 어째서 찍혀 있지 않다는 거죠?"

스와는 문득 어떤 생각이 스쳤다.

"그러고 보니 현장에 제일 먼저 도착한 것이 GAPS 경비원이었죠? 왜 그자들은 우리 생활안전과가 아니라 형사과에 신고한 겁니까? 생활안전과가 놈들의 관할 부서란 말입니까?"

"GAPS의 설명으로는 타살 가능성이 있으므로 시급을 요한다고 판단해서 직접 형사과에 신고했다고 하더군요."

기자키가 곤혹스러운 듯이 그렇게 대답하자 스와가 다시 격분했다.

"놈들에게 그런 선택을 할 권한은 없습니다! 사건이 일어날 경우 먼저 생안 2계에 신고한다, 그러면 우리가 형사과나

조대*에 연락한다, 그렇게 규정되어 있지 않습니까!"

"음, 규정은 그렇게 되어 있지만……."

스와는 기자키에게 다가서며 작은 소리로 이렇게 말했다.

"기자키 씨."

"예."

"GAPS가 창부가 찍힌 방범 카메라 영상을 감추고 있을 가능성은 없나요? 게다가 현장에 제일 먼저 달려온 GAPS 경비원 두 명 말인데, 놈들이 객실에서 뭔가 장난을 해서 다자와 씨의 죽음을 자살로 위장했을 가능성은 없는 겁니까?"

기자키는 스와의 눈을 들여다보았다. 그리고 의자 등받이에 걸어둔 상의를 집어 들며 가만히 말했다.

"스와 군, 커피 좋아하세요?"

비강에 바다 냄새가 희미하게 느껴진다.

오른쪽으로 오다이바·아리아케 임해부도심으로 연결되는 터널의 입구가 오렌지색 조명을 내비치고 있다. 그곳으로 연결되는 기요스의 중심 거리 상공을 자가용 차량들과 관광버스가 전조등을 밝히고 쉴 새 없이 지나간다. 부앙, 부앙, 하는 타이어 소리는 마치 자신이 저 아래로 급류가 흐르는 벼랑 위에 서 있는 듯한 착각을 불러일으킨다.

그 건너편 에도 구역의 잡거빌딩에 박힌 요란한 조명 간판

---

* 조직범죄대책과.

들. 그리고 배후에는 대조적으로 청결한 백색광이 지면을 비추는 조도 구역. 그 지면에서 까마득한 공중까지, 밤하늘에 희뿌옇게 빛을 발하며 마치 하늘을 떠받치듯 얼음기둥처럼 우뚝 솟아 있는 것은 70층짜리 초고층 빌딩 이스트헤븐타워이다.

스와와 기자키 계장은 기요스 서 옥상에 올라와 있었다. 두 사람 모두 손에 캔 커피를 들고 있다. 근처 찻집에라도 가나 했지만 기자키는 생활안전과 복도에 있는 자판기에서 캔 커피 두 개를 구입하여 하나를 스와에게 건네고 기요스 서 옥상으로 가자고 했던 것이다.

기자키는 에도 구역이 보이는 난간 앞에 섰다. 그리고 바지 주머니에서 담뱃갑과 일회용 라이터, 그리고 휴대용 비닐 재떨이를 꺼냈다.

"담배 피웁니까?"

기자키는 작고 하얀 상자를 스와에게 내밀었다. 쇼트호프였다. 아무래도 본인이 담배를 피우고 싶어서 여기로 올라온 듯하다.

"저도 있어요."

스와가 노란 담뱃갑을 꺼내 보였다.

아케이시아. 에도 구역에 처음 갔다가 구입한 담배이다. 담배는 한참 전에 끊었지만 스와는 이 담배가 왠지 마음에 들어 그날 이후로 종종 피우게 되었다.

"호오, 새로 나온 담배인가요? 한 대 피워볼 수 있을까요?"

기자키는 스와에게 한 개비를 받더니 불을 붙여 맛나게 연기를 빨았다. 스와도 그를 따라 했다. 담배 연기를 마시고 있자 서서히 흥분이 가라앉았다.

"크리스천도 담배를 피우는군요."

연기를 토하며 스와가 말했다.

"성서에 담배 피우지 말라는 말씀은 없거든요."

기자키는 짐짓 시치미 떼는 얼굴로 대답했다.

"뭐, 그거야 성서가 쓰인 시대에는 담배가 존재하지 않았기 때문이겠지만요. 담배는 아메리카 대륙이 원산인데 사람들이 아메리카 대륙의 존재를 알게 된 것은 아시다시피 15세기 말입니다."

"술은 허용되는 것 같은데, 담배도 괜찮지 않을까요?"

스와가 그렇게 말하자 기자키는 모호한 웃음을 지었다.

"다만 곤란한 점은 성서에 도박을 하지 말라는 구절도 없다는 겁니다. 당시라고 도박이 없었겠습니까. 점을 치지 말란 말씀은 있으니까 그걸 근거로 미래 예측을 금지했다고 확대 해석할 수는 있겠지만요."

두 사람은 거의 동시에 담배를 자신의 휴대용 재떨이에 털었다.

기자키는 캔 커피를 들고 펜스로 다가서서 가만히 말했다.

"다자와 군 건은 잊으세요."

기자키 뒤에서 스와가 발끈하는 목소리로 말했다.

"무슨 말입니까?"

"일단 내려진 결정은 뒤집히지 않거든요."

그렇게 말하고 기자키는 캔 커피 링풀을 손가락으로 당겨서 땄다.

"다자와 군 건을 즉각 사고사로 처리한 데는 두 가지 이유가 있어요. 하나는 경찰청의 요청입니다. 위에서 한 말을 그대로 옮기면 '경찰의 위신을 지켜라'라는 겁니다. 경찰관이 창부를 사고 술과 약에 취해서 러브호텔 창문으로 떨어져 죽었다는 것은 있어서는 안 되는 일이니까."

추릅, 소리를 내며 기자키는 캔 커피를 한 모금 마셨다.

물론 다자와는 스와의 눈에도 경찰관 자격이 없는 자처럼 보였다. 스와를 환영해주기 위해 열었다는 그 모임만 보더라도 다자와는 갖가지 핑계를 대며 세이안카이를 뜯어먹고 있었던 것이 틀림없다. 그 분위기로 보건대 술과 음식이나 고급 시계에 머물지 않고 현금을 받고 있었을 가능성도 있다.

기자키는 야경을 바라보며 이렇게 계속했다.

"그리고 또 하나는 도쿄 도의 요청입니다. 기요스에서 경찰관의 의문사가 발생했다고 하면 이스트헤븐의 이미지가 나빠져 내장객이 줄어들 염려가 있습니다. 다른 나라 카지노보다 치안이 좋다는 것이 일본 카지노의 커다란 장점이니까요. 그런 사태를 막기 위해 근무 중 사고사로 즉각 발표한 겁니다."

결국 기자키는 고도의 정치적 판단이라고 말하고 싶은 것이다.

"지금 농담하십니까."

스와는 기자키에게 단호하게 말했다.

"물론 다자와 씨는 경찰관으로서 문제가 있는 사람이었는 지도 모릅니다. 하지만 그렇다고 해서 사람 하나가, 그것도 경찰관이 의문사를 했다는데 잠자코 넘길 수는 없습니다."

그리고 토해내듯이 비난을 쏟아냈다.

"일본에 카지노 같은 노름판을 만드니까 이런 일이 생기는 거 아닙니까. 도박판에는 설탕에 개미 꾀듯이 구제할 길 없는 인간쓰레기들이 돈 냄새를 맡고 우르르 모여들게 마련입니다. 그러니까 이런 이상한 사건도 일어나는 겁니다."

밤하늘로 시선을 던진 채 기자키가 이렇게 말했다.

"성서에서 금하지 않아서는 아니지만 나는 도박이라고 다 나쁘다고 생각하지는 않아요. 가령 경마, 경륜, 축구 같은 스포츠에 내기를 하는 것은 응원하는 대상과 승부를 공유한다는 의미에서 스포츠를 관전하는 방법 가운데 하나인지도 모릅니다. 그 정도는 레저이고 문화라고 할 수도 있어요."

"웃기는 소리!"

스와가 거친 목소리로 일갈했다.

"도박이니 카지노니 레저니 문화니 하는 이름으로 부르지만 결국 노름판 아닙니까. 도박이란 게 뭡니까! 옛날부터 야쿠자들의 돈줄 아니었습니까. 그걸 국가가 허락한다는 것은 국가가 야쿠자가 되었다는 걸 말하는 겁니다. 국가가 국민을 속여서 돈을 뜯어내고 있는 거라고요. 제 말이 틀립니까?"

"스와 군은 갬블이 그렇게 싫습니까?"

기자키가 갑자기 스와에게 그렇게 물었다.

스와는 그 말에는 대답을 하지 않았다. 그러자 기자키는 이렇게 내쳐 말했다.

"물론 갬블이니 레저니 문화니 하고 말할 수 있는 것은 유럽의 귀족이나 기업 오너처럼 막대한 재산을 가진 특권 계급 사람들뿐인지 모릅니다. 서민이 생활비나 노후 자금을 갬블로 써버리는 것은 레저도 아니고 문화도 아닙니다."

독기가 빠졌는지 스와는 잠시 침묵했다. 그러다가 잠시 후 가만히 말했다.

"그 GAPS라는 경비 회사가 수상해요. 그걸 만든 세이안카이도 그렇고. 틀림없이 뭔가 있습니다. 계장님이 뭐라고 하셔도 나는 그걸 조사할 겁니다."

기자키가 돌아다보았다. 그 얼굴에 깊이 당혹스러워하는 표정이 깃들어 있었다.

"스와 군."

"저를 말리려고 해도 소용없습니다. 계장님은 뭐가 그렇게 두렵습니까. 아무리 정년이 코앞이라지만 이런 황당한 사건까지 못 본 척할 겁니까? 퇴직금이 그렇게 중요합니까?"

"스와 군."

이번에는 조금 강해진 투로 기자키는 다시 한 번 그렇게 반복했다.

스와가 저도 모르게 입을 다물어버리자 기자키는 미소를 지었다.

"물론 나는 이제 곧 정년입니다. 가능하면 아무 일 없이 이

대로 무탈하게 퇴직하고 싶어요. 뭐, 그건 그렇다 치고."

스와의 눈을 쳐다보며 기자키는 이렇게 계속했다.

"스와 군은 왜 자신이 기요스 서로 전근했는지 그 이유를 아세요?"

"만성적인 인력 부족으로 증원을 해준 것 아닙니까? 그것 말고 또 무슨 이유라도?"

"증원이 아닙니다. 결원에 대한 보충이지. 그 결원이 나온 것은 다자와 군 사건 전에도 형사과 서원 한 명이 의문사를 했기 때문입니다."

"뭐라고요?"

스와는 흠칫 놀랐다. 이런 이야기는 처음 듣는다.

"하지만 경찰관의 의문사라면 반드시 다른 서에도 소문이 돌았을 텐데요. 저는 그런 얘기를 듣지 못했습니다."

"그 사람도 다자와 군과 마찬가지로, 뭐라고 할까, 아주 불명예스럽게 죽었기 때문에 사고로 입원했다가 사망한 것으로 처리한 겁니다. 기요스 남쪽에 있는 황무지에서 몸 파는 여자와 함께 동반 자살을 했고, 사체에서는 각성제가 나왔다, 뭐 그런 이야기였어요."

기자키는 차분하게 설명했다.

"스와 군 또래의 젊은 사람이었어요. 내가 아는 그 사람은 정의감이 매우 강한 경관이라 그런 짓을 할 사람이 아니었어요."

불명예스럽게 죽은 탓에 사실 관계도 추적하지 않고 즉시 사고사로 처리했다. 다자와 사례와 똑같았다.

"게다가 이스트헤븐에 GAPS라는 경비 회사를 설립한 것도 단순히 기요스 서와 세이안카이가 협의해서 내린 결정이 아니에요. 더 높은 곳의 뜻으로 결정된 것으로 보입니다."

"왜 그렇게 생각하시죠?"

"기요스 서의 인력이 부족하다는 것을 잘 알면서도 증원 조치가 전혀 이루어지지 않고 있어요. 재삼 요청하고 있는데도 좀처럼 증원해주질 않는 겁니다. 마치 누군가가 GAPS 없이는 기요스 관내의 치안을 유지할 수 없는 현 상태를 지속시키려는 것 같아요."

"더 높은 곳이라면, 경시청 본청 말입니까?"

기자키는 고개를 가로저었다.

"경찰의 생각은 아닐 겁니다. 경찰의 권한을 축소하는 짓이니까."

"그럼, 도쿄 도? 아니면, 설마, 그보다 더 위?"

스와의 말에는 대답하지 않고 기자키는 이렇게 계속했다.

"그러니까 다자와 군 건은 잊으라고 하는 겁니다. 경찰관 한 명의 힘이란 것이 뻔한 것 아닙니까. 당신 혼자 애쓴다고 어떻게 되는 것도 아니에요. 아무것도 모르는 척하고 있는 것이 당신을 위해서도……."

"아뇨!"

스와는 기자키의 말을 막았다.

"그 말씀을 들으니 더욱 가만있을 수 없습니다. 계장님, 나 혼자서라도 다자와 씨 사건을 계속 수사할 겁니다."

"하지만……."

머뭇거리는 기자키에게 스와가 호소했다.

"계장님께 피해가 가지 않게 하겠습니다. 평소 업무와 병행해서 은밀하게 진행할 겁니다. 행인지 불행인지 생안 2계는 GAPS에 가장 가까운 부서죠. 놈들 배후에 있는 세력을 반드시 끄집어내 보이겠습니다."

"내가 괜히 말했나 보군요."

기자키는 다시 가만히 한숨을 짓고 체념한 듯이 덧붙였다.

"알겠습니다. 그 대신 스와 군, 나하고 약속하세요. 우선 스와 군이 다자와 군의 죽음과 GAPS를 조사하고 있다는 것을 다른 사람이 절대로 모르게 해야 합니다. GAPS나 세이안카이는 물론이고 기요스 서 사람이나 언론 쪽에도, 그 밖의 어떤 사람에게도 말입니다."

스와는 고개를 끄덕였다. 그것은 기자키가 경고하지 않아도 당연히 그래야 할 일이었다.

"그리고 아무리 사소한 거라도 뭔가를 파악하면 계속 혼자 추적하지 말고 반드시 나에게 보고해주세요. 알겠습니까?"

"알겠습니다. 고맙습니다, 계장님."

스와는 순순히 고개를 숙였다.

기자키는 체념한 듯이 미소를 짓고 오른손을 쳐들며 스와에게 등을 보이고 그대로 계단으로 내려갔다.

기요스 서 옥상에 혼자 남은 스와는 다시 바지 주머니에서 일회용 라이터와 휴대용 비닐 재떨이, 그리고 아케이시아를 꺼냈다.

한 개비 물고 불을 붙이고 바다 냄새와 함께 연기를 길게 빨아들였다. 살짝 어지러웠지만 그것도 기분 좋게 느껴졌다. 스와는 담배 연기를 후우, 내뿜고 캄캄한 기요스 서 옥상에서 에도 구역의 야경을 멍하니 바라보며 향후 행동을 계획했다.

기자키는 소심하고 미덥지 못한 상사이지만 적어도 믿을 수는 있을 것 같다. 이 사람이 직속 상관인 것은 불행 중 다행인지 모른다. 스와는 그렇게 생각했다.

우선은 세인트존스워트라는 허브부터 시작해보자. 대체 어떤 식물인지 전문가에게 물어볼 필요가 있다. 다자와는 정말 우울증으로 고생하고 있었을까? 만약 그게 아니라면 그 허브는 사고로 위장하려고 누군가 가져다놓은 거라고 봐야 할 것이다.

다음은 현장인 러브호텔. 대체 그날 밤 무슨 일이 있었을까. 조사해야 할 것이 한두 가지가 아니다. 거리의 방범 카메라는 GAPS가 장악하고 있지만 그 호텔 내부에 자체적으로 설치한 방범 카메라가 반드시 있을 것이다.

그리고 가장 마음에 걸리는 것이 자취를 감춘 창부이다. 다자와의 죽음과 관계가 있는가 무관한가. 전혀 무관하다고는 생각하기 힘들다. 그 여자는 반드시 뭔가 알고 있다. 찾아내야 한다.

무슨 일이 있어도 해내고야 말겠다.

스와는 그렇게 다짐하며 내면에 소용돌이치는 분노와는 별개로 자기 몸속에 알 수 없는 열의가 솟구치는 것을 느끼고 있었다.

08 탐문하는 자

진찰실에 커다란 유리 수조가 설치되어 있었다.

바닥에 둥근 자갈이 빼곡히 깔리고, 그 위로 저마다 독특하게 생긴 열대어들이 하늘하늘 헤엄치고 있었다. 십수 마리나 될까. 빨강, 노랑, 파랑, 흑백 줄무늬 등 색깔도 다양했다.

문득 그 가운데 빨간 물고기를 본 스와 고스케는 자기 눈을 의심했다. 선홍빛 몸뚱이, 부드럽게 너울거리는 커다란 등지느러미, 꽃처럼 크게 벌어진 꼬리지느러미.

"선생님, 이거, 금붕어처럼 보이는데요?"

스와 정면에 하얀 가운을 입고 있는 중년 남자에게 스와가 그렇게 물었다. 스와의 지식이 정확하다면 그것은 유금붕어였다. 담수어인 금붕어가 남쪽 바다에 사는 열대어들 틈에서 헤엄치고 있는 것이다.

"아, 재밌지요? 이 물은 해수도 담수도 아닙니다. 물고기의 생리식염수예요."

의사는 스와의 질문이 흡족한 듯이 웃어 보였다. 환자가 열대어 가운데 금붕어를 발견하고 놀라는 것을 은밀히 즐기고 있는 듯했다.

"담수어나 해수어나 체내 염분 농도는 약 1퍼센트로 거의 같아요. 해수보다 옅고 담수보다 짙지만 이런 염분 농도라면 담수어나 해수어나 탈 없이 살 수 있지요. 하구 같은 기수역에 담수어와 해수어가 섞여서 사는 것과 같은 원리지요."

이런 대화로 환자의 기분을 풀어주려고 수조를 설치했을 것이다. 의사의 설명에 따르면 유금붕어를 제외한 물고기는 전부 도쿄 만에서 채취한 것이라고 한다. 파란 것이 파랑돔, 노란 것이 나비고기, 흑백의 줄무늬가 해포리고기. 그 밖에도 노랑꼬리쥐돔, 깃대돔 등 수십 종의 열대어가 도쿄 만에 서식하고 있다고 한다.

스와가 찾아간 곳은 '기요스 호스피털센터'에 있는 심료내과 진찰실이었다.

2010년에 정부는 '신 성장 전략'의 일환으로 아시아의 부유층에게 건강 및 치료 등의 의료 서비스 및 관련 서비스를 관광과 함께 제공하는 국가 전략을 세웠다. 그 실현을 위해 '의료 체류 비자'를 창설하고, 메디컬 투어의 핵심으로 기요스의 북동 해안에 건설한 의료 시설이 이 체류형 종합 의료 시설이다.

기요스 호스피털센터에는 국내외의 최첨단 기술을 가진 의사와 의료 설비가 집중되고, 아울러 일본의 특색을 살려 도쿄 만 지하에서 용출하는 온천을 이용해 스파와 수영장도 갖추었다.

일본의 의료 기술에 대한 신뢰에다 하네다 공항이 가깝고, 카지노 이스트헤븐, 오다이바, 와카스 골프장, 도쿄 디즈니 리조트 등의 환락가나 레저 시설로 이동하기가 매우 편하기 때문에 이 센터는 순조롭게 고객이 늘고 있다.

"자, 컨디션이 좋지 않다는 말씀인데, 구체적으로 어떤 느낌입니까?"

의사의 질문에 스와는 당황하며 대답했다.

"예, 저어, 최근, 혼자 우울해할 때가 많습니다. 밤에 잠도 잘 못 자고 식욕도 없고."

의자에 앉은 스와 고스케는 심각한 표정을 지으며 말했다.

"뭐 고민하는 문제라도 있습니까? 업무나 인간관계 쪽으로."

"아뇨, 특별히 생각나는 건 없지만, 왠지 우울합니다. 아, 그래서 지인에게 상의했더니 좋은 약이 있다면서 이걸 주더군요."

스와는 주머니에서 정제가 들어 있는 작은 병을 꺼냈다.

"하지만, 복용해도 효과가 있을지 잘 모르겠습니다. 그래서 좀 더 잘 듣는 약을 처방받을 수 있을까 해서요."

그 작은 병을 슬쩍 본 의사는 자세히 살펴보지도 않고 어깨를 으쓱해 보였다.

"아, 세인트존스워트인가요?"

스와가 의사에게 보여준 것은 선배 형사 다자와가 추락사할 때 현장인 러브호텔에서 발견된 정제였다. 물론 실물이 아니라 같은 것을 구입해 온 것이다.

술과 함께 이 정제를 복용한 탓에 다자와는 몽롱한 상태에서 창문으로 떨어졌다, 형사과는 그렇게 결론지었다. 스와는 과연 그것이 사실인지부터 알아보기로 했다. 그러나 병원이나 연구 시설에 공공연하게 물어보러 가면 스와의 행동은 이내 발각되고 말 것이다. 그래서 환자를 가장하여 전문가의 의견을 들어보려고 한 것이다.

"효과가 없을 겁니다. 그건 그냥 식품보조제, 즉 식품이에요."

"식품? 약이 아닙니까?"

스와가 놀란 척하며 확인하듯 묻자 의사는 고개를 끄덕였다.

"세인트존스워트는 서양고추나물이라고 부르는 식물입니다. 물론 고대 그리스 사람들이나 아메리칸 원주민들은 임신 중절약, 항염제, 수렴제, 소독제로 사용했다고 하는데, 언제부턴가 우울증이나 불안 장애에 잘 듣는다고 알려지게 된 것 같습니다."

의사의 설명에 따르면 독일 같은 몇몇 나라에서는 항울 효과가 인정되었지만 미국 국립위생연구소는 플라세보의 범위를 넘어서지 못한다고 하며 약효를 부정했다는 것이다. 일본에서도 그에 따라 약효 표시가 금지되었으며, 어디까지나 영양보조제로 판매하는 것만 허용된다.

"부작용은 어떻습니까? 술과 같이 복용하면 문제가 생기나요?"

스와의 물음에 의사는 이렇게 대답했다.

"2000년에 후생노동성은 세인트존스워트와 함께 복용하면 효과가 감소되는 의약품을 몇 종 발표했어요. 어디까지나 효과가 감소된다는 것이지 단독으로든 상호작용으로든 부작용이 있다는 것은 아니었습니다. 또 알코올과 함께 복용하는 것에 대해서는 1993년에 독일에서 임상실험을 한 결과 상호작용은 없다고 발표되었습니다."

"그럼 술과 함께 복용해도 문제가 없는 거군요?"

"네. 그냥 섭취하는 것과 똑같습니다. 즉 알코올에 의한 명정 이외의 효과는 아무것도 없습니다."

즉 다자와는 세인트존스워트로 심각한 환각에 빠진 탓에 7층에서 뛰어내린 것은 아니다. 환각은커녕 아무런 약효가 없다면 다자와가 정말로 우울증으로 고생하고 있었는지도 의심스럽다. 스와는 그렇게 판단했다.

가벼운 신경안정제를 처방해드리죠, 라고 하는 의사에게 스와는 진단을 들으니 벌써 개운해졌다고 하며 사양했다. 그러자 의사는 가끔 기분전환을 해주라고 가볍게 말하고 진찰을 끝냈다.

스와는 인사를 하고 일어섰다. 진찰실을 나서려고 할 때 열대어 수조가 다시 눈에 들어왔다.

스와는 별생각 없이 이렇게 말했다.

"그런데 도쿄 만에도 열대어가 사는군요. 몰랐습니다."

"네, 여름에만. 난류를 타고 남쪽 해역에서 대거 올라옵니다."

여름에만, 이라는 말이 마음에 걸려 스와는 의사에게 물었다.

"그럼 가을과 겨울에는 어떻게 되는 거죠? 겨울잠을 자나요? 아니면 다시 남쪽으로 돌아갑니까?"

"죽습니다."

의사는 가차없이 말했다.

"겨울이 되면 해류가 변해서 원래 살던 남쪽 바다로 돌아갈 수가 없습니다. 하는 수 없이 열대어들은 도쿄 만에 남지만, 수온이 서서히 떨어져서 마침내 대부분 도쿄 만에서 죽고 맙니다. 뭐, 개중에는 체력이 좋아서 살아남는 놈도 몇 마리 있는 것 같지만요."

따뜻한 해류에 끌려 도쿄 만으로 흘러드는 무수한 물고기들. 잠시는 즐겁게 헤엄치며 살지만 문득 정신을 차리고 보면 물은 몹시 차가워져 있다. 그 냉기에 서서히 체력을 빼앗기다가 마침내 소수 생존자만 남기고 대부분 죽고 만다. 마치 도쿄 만에 설치된 함정에 빠진 것처럼.

스와는 문득 기치조지에서 추락사한 노인의 사체를 떠올렸다.

그 노인 역시 도쿄 만의 열대어와 같은 처지가 아니었을까? 도박의 달콤한 매력에 끌려 도쿄 만에 있는 기요스를 찾아왔고, 문득 정신을 차리니 재산을 거의 다 날린 상태라 마침내 죽고 말았다.

'기요스 호스피털센터'를 나선 스와는 버스를 타고 이스트 헤븐의 에도 구역으로 갔다.

기요스에서는 EV 무인운전 무료 버스가 주요 시설과 호텔들을 칠팔 분 간격으로 운행되고 있다. 스와의 낡은 오픈카는 이 새 도시에서는 쉽게 눈에 띈다. 스와는 다자와가 추락사한 러브호텔 '할렐루야' 종업원에게 방범 카메라 기록 영상을 보여달라고 부탁할 생각이었다. 거기에는 다자와와 함께 투숙했다는 창부 모습이 찍혀 있을 터였다.

호텔에 도착한 스와는 종업원에게 협조를 요청했다. 물론 다자와의 추락사를 혼자서 수사하고 있다는 말은 할 수 없었다. 생활안전과에서 이스트헤븐에 출몰하는 창부들을 일제 단속할 계획인데, 그를 위해 사전 조사를 하는 중이라고 설명했다.

"그런데 저희에게는 비디오를 볼 수 있는 설비가 없습니다."

다자와가 죽은 날 프런트에 있었다는 중년의 종업원이 냉정하게 말했다.

"없어요? 왜 없어요?"

"계약한 경비 회사에 맡기고 있거든요. 영상을 봐야 할 때는 그곳으로 갑니다. 아, 저겁니다."

그렇게 말하며 종업원이 유리 자동문의 가장자리를 가리켰다. 거기에는 경비 회사의 로고가 찍힌 스티커가 붙어 있었다.

"GAPS."

스티커는 가디언 엔젤 패트롤 서비스, 이스트헤븐이 설립한 경비 회사 GAPS의 것이었다.

"여기 호텔들은 다 그래요. 호텔만이 아니라 풍속점이나 음식점도 그렇지 않을까요? 개업할 때 세이안카이에서 계약하라고 추천하니까. 그 편이 훨씬 저렴하고 문제가 생길 때는 즉각 경비원이 달려와주니까 안심할 수 있다면서요. 영상을 확인하고 싶으면 GAPS에 가보세요."

아무래도 이스트헤븐에 있는 방범 카메라는 대부분 GAPS 가 관리하는 듯했다. 스와는 속으로 한숨을 지었다. GAPS를 의심하는 이상 영상을 보여달라고 말하러 갈 수는 없다. 부탁 해서 보여주더라도 자기들에게 불리한 부분을 삭제하고 쓸데 없는 영상만 내놓을 것이다.

"그럼 당신은 직접 보지 못했습니까? 그 창부를?"

종업원은 스와를 딱하다는 듯이 쳐다보며 고개를 끄덕였다.

"이런 호텔이라면 어디나 그렇지만 손님이 종업원과 얼굴 을 마주치지 않고 체크인할 수 있도록 되어 있거든요. 불륜 커 플이나 유명인처럼 남들에게 얼굴을 보이고 싶지 않은 사정이 저마다 있을 거 아닙니까?"

체크인할 때 손님은 우선 모니터 화면에서 객실을 선택한 다. 이어서 생체 인증 신용 결제인지 현금 결제인지를 선택하 고 요금을 지불한다. 그러면 일회용 카드키가 나오므로 손님 은 그것을 사용해서 객실에 들어간다. 크레디트를 사용하면 상세한 기록이 남으므로 그것을 꺼리는 손님을 위해 지금도 현금 결제가 준비되어 있는 거라고 종업원은 설명했다.

종업원에 따르면 다자와도 그날 현금 결제를 선택했다. 두 시간을 넘겼으므로 객실에 전화하여 연장할지를 물었다. 연장 하고 싶다고 대답해서 한 시간 연장 요금을 통고했다. 두 시간 15분을 지나면 객실 문이 잠기고 객실에 설치된 장치로 결제 하면 자물쇠가 풀리는 구조로 되어 있다고 한다.

"하지만, 가령 말이죠."

스와는 여전히 포기하지 않고 물었다.

"룸서비스 음식을 객실에 전달할 때 다른 객실에서 나오는 손님을 우연히 본다든지 호텔 앞 도로를 청소할 때 호텔에 들어가거나 나오는 모습을 본다든지, 잠깐이라도 손님을 볼 때도 있을 거 아닙니까? 그날은 그런 일이 없었습니까?"

"으음, 없었어요."

종업원은 곤혹스러운 표정을 그대로 드러냈지만 문득 뭔가를 떠올린 얼굴로 고개를 들었다.

"아."

"봤습니까?"

스와가 그 목소리에 냉큼 반응하자 종업원은 고개를 저었다.

"아니, 본 건 아니에요. 그 형사님과 함께 투숙한 아이인지 어떤지는 모르지만, 목소리가 비슷해서요."

"목소리?"

"예. 그 형사님이 투숙한 객실에 전화해서 연장할지를 물어봤다고 했잖아요? 그때 전화를 받은 것이 형사님이 아니라 그 여자였거든요. 살짝 외국인 억양이었습니다. 어느 나라 억양인지는 모르지만요. 그래서 전화로 이야기할 때 전에 여기 왔던 여자와 목소리가 닮았구나 하고 생각했던 거죠."

그 여자가 다자와와 동반한 창부일 가능성이 높다. 스와가 긴장하며 물었다.

"그게 어떤 여자죠?"

"토끼녀."

"토끼녀?"

종업원의 대답에 스와는 저도 모르게 물었다.

"토끼라니, 동물 토끼를 말하는 겁니까?"

"네. 꼭 토끼처럼 차려입은 여자였어요. 그래서 기억하고 있습니다. 긴 귀 같은 후드가 두 개 달린 하얀 모자를 쓰고 옷도 하얀 쇼트 코트였어요. 거기에 하얀 장갑을 끼고 신발도 하얀 가죽 부츠였습니다."

토끼처럼 차려입은 창부.

마치 만화 동호회 행사에 등장하는 코스플레이어 같았겠군, 하고 스와는 생각했다. 요즘 창부는 고객의 독특한 취향까지 고려하게 된 것일까? 여하튼 그 여자는 외국인 억양을 갖고 있었다고 한다. 일본인이 아니라는 것은 중요한 힌트였다. 이로써 여자를 찾아낼 가능성이 보이기 시작했다.

스와는 다시 종업원에게 물었다.

"그 창부가 형사와 함께 투숙한 객실 말인데, 뭔가 색다른 흔적은 남아 있지 않았나요? 그 창부를 찾아낼 단서가 될 만한 뭔가가 있었으면 좋겠는데요."

"색다른 것이라면, 욕실을 사용하지 않았다는 것 정도일까요."

욕실이 전혀 젖어 있지 않고, 수건도 욕조도 담당자가 세팅해놓은 그대로였고, 비품인 비누나 샴푸, 드라이어도 사용한 흔적이 없었다. 그 종업원이 자신 있게 말했다.

"그런 손님이 흔합니까?"

종업원은 고개를 가로저었다.

"거의 없죠. 불륜이거나 근무 중이라면 비누 냄새가 남는 게 곤란하겠지만, 그래도 따뜻한 물로 헹구기라도 해야 바지를 입을 수 있잖아요? 그렇잖아요?"

그렇게 말하고 종업원은 스와에게 비열한 웃음을 지어 보였다.

듣고 보니 부자연스럽다. 스와는 종업원이 들려준 현장 상황에 의문을 품었다. 종업원 말이 맞다면 다자와가 그 창부와 함께 호텔에 투숙한 것은 다른 남자들이 창부를 사는 목적 이외의 어떤 이유가 있었다는 말이 된다. 그렇다면…….

다자와는 그 토끼처럼 차려입은 창부와 무엇을 하려고 이 호텔에 왔을까? 애초에 그 토끼녀는 정말 창부가 맞을까?

"객실 쓰레기통에 그건 남아 있던가요? 그, 사용하고 버린……."

종업원은 스와의 말허리를 잘랐다.

"쓰레기통부터 카펫, 시트, 슬리퍼, 재떨이까지 경찰에서 전부 가져가서 저는 모릅니다. 자, 이제 됐죠? 나머지는 객실을 조사한 형사님과 경비 회사에 물어보세요."

정말 넌덜머리가 난다는 표정으로 종업원이 내치듯이 말했다.

"아, 그리고요, 그 여자들은 중요한 단골이니까 너무 괴롭히지 마셨으면 좋겠군요. 이 근방은 그 GAPS라는 경비 회사 덕분에 야쿠자와 소매치기도 없고, 무엇보다 그 여자애들 장사가 누구한테 피해를 주는 것도 아니잖아요."

아무래도 이 종업원에게 정보를 더 캐내기는 힘들 것 같았다. 스와는 언짢아하는 종업원에게 고개 숙여 인사하고 러브 호텔 할렐루야를 나왔다.

기요스 서로 가기 위해 길을 걷는데 문득 누군가의 시선이 느껴졌다. 누가 보고 있나? 스와는 멈춰 서서 천천히 고개를 돌려 주위를 살폈다.

도로변에 가로등이 서 있다. 조도 감지기가 달려 있어서 낮에는 점등되지 않는다. 그 가로등 위쪽으로 스와는 천천히 시선을 옮겼다. 그리고 그곳에서 자신을 내려다보고 있는 것을 발견했다.

그것은 방범 카메라 렌즈였다. 전구를 수납한 후드 밑에 투명한 플라스틱 상자가 있고 그 속에 방범 카메라가 설치되어 있다. 그 카메라 렌즈가 가만히 스와를 응시하고 있다. 가만 보니 그 너머에 있는 가로등에도, 또 그다음 가로등에도 방범 카메라가 설치되어 있었다. 에도 구역에는 520기의 방범 카메라가 있다고 기자키는 말했다.

스와의 머릿속에 문득 묘한 이미지가 엄습했다.

렌즈 저편에 누군가가 있다. 그 누군가는 엷은 웃음을 짓고 모니터를 가만히 응시하고 있다. 그리고 그 모니터에는 카메라를 올려다보는 스와의 얼굴이 비치고 있다.

카메라는 줌백을 시작한다. 위에서 내려다보는 스와의 모습은 점점 작아져 풍경에 섞이며 사라진다. 마침내 화면은 에도 구역 전체를 담고, 이스트헤븐 전체를 담고 그리고 마지막으로 기하학적 형태를 한 기요스의 전모가 비친다.

인공위성 승무원이나 천국의 주민이 아닌 한 그런 영상을 보고 있는 자가 있을 리 없다. 하지만 스와는 머릿속에 떠오른 그 이미지에 왠지 소름이 좍 돋는 것을 느꼈다.

제2부

09 상실자

15년 전.

2008년 2월.

도쿄 도 오타 구 게이힌지마.

한밤중의 캄캄한 아스팔트를 빗방울이 거세게 후려치고 있었다. 차갑고 무거운 빗방울.

문득 번개가 카메라 플래시처럼 터져서 한밤중의 지면을 대낮처럼 환하게 비추었다. 비에 젖은 도로에 뒤틀린 자세로 쓰러져 있는 인간의 모습이 몇 분의 1초 동안 얼핏 떠올랐다.

흠뻑 젖은 검은 장발. 속이 비쳐 보일 것처럼 하얀 손발. 젊은 여성이다. 검은 상의와 스커트, 까만 로우힐. 물기에 절반쯤 투명해진 하얀 면 셔츠. 그 머리 부분을 중심으로 검붉은 얼룩이 주위 노면에 고인 빗물 속으로 번지고 있었다. 그 여성에게서 흘러나온 피였다.

그 여성의 모습은 번개가 사라진 순간 사람 형상의 새카만 실루엣이 되어 암흑에 녹아들며 사라졌다. 그리고 거대한 바위가 구르는 듯한 굉음이 잠시 어두운 밤하늘을 흔들었다.

진자이 아키라는 흠뻑 젖은 채 그 검은 그림자를 넋 놓고 바라보고 있었다. 아니, 번개 덕분에 망막에 새겨진 널브러진 젊은 여성의 잔상을 응시하고 있었다. 그리고 그 광경을 진자이는 아직도 믿지 못하고 있었다.

쇼, 코?

그렇게 중얼거렸을 텐데 진자이의 입에서는 목소리가 나오지 않았다. 다만 떨리는 입술이 언어 모양대로 움직였을 뿐이다. 히와라 쇼코. 진자이 발치의 물 고인 아스팔트 노상에 쓰러져 있는, 지금은 그저 고깃덩어리로 변한 인간의 이름이었다.

진자이는 몽유병자처럼 천천히 무릎을 꿇고 쇼코였던 물체의 상반신을 안아 일으켰다. 쇼코의 가지런한 얼굴은 총탄을 정통으로 맞아 왼쪽 절반이 석류처럼 부서져 있었다. 진자이는 그 상처를 손가락으로 힘없이 매만졌다. 진자이의 머리카락을 타고 내리는 빗물이 피범벅 얼굴에 뚝뚝 듣고 있었다.

마침내 진자이 입에서 기계의 톱니바퀴가 삐걱거리는 듯한, 짐승이 으르렁거리는 듯한 소리가 새어 나오기 시작했다. 꼭 깨문 입술에서 피 한 줄기가 흘러내렸다.

하지만 아무리 후회해도 히와라 쇼코가 죽었다는 사실이 뒤집힐 리 없었다.

"진자이 선배는 왜 형사가 되었어요?"

달리는 차의 조수석에서 쇼코가 불쑥 물었다.

"응?"

운전석에 앉은 진자이는 그 질문이 당혹스러웠지만, 전방을 주시한 채 무뚝뚝하게 대답했다.

"경시청 채용 시험에 어찌어찌 합격한 뒤 우연히 이 부서에 배치되었기 때문이지."

"우연히 배치되어서라니, 그게 다예요?"

쇼코는 어이없다는 듯한 투로 말했다.

히와라 쇼코는 25세. 경시청에 들어온 지 3년 차의 신참이다. 작년 4월 경찰학교와 연수를 마치고 진자이가 속한 다카이도 서 형사조직범죄대책과에 배치되었다. 그날따라 드물게 사무실에서 수사 보고서를 작성하던 진자이는 과장에게 붙들려서 쇼코의 지도 담당으로 임명되었다.

자네도 벌써 서른다섯 살이야. 자기 업무만 하지 말고 후배 지도도 맡아주어야지. 상대가 젊은 아가씨인데 설마 싸우기야 하겠어. 나중에 이걸 읽어둬. 과장은 그렇게 말하며 쇼코 신상서를 진자이 책상에 던져두었다.

잘 부탁드립니다, 하고 과장 옆에서 고개를 숙이는 쇼코를 진자이는 넌더리 나는 심정으로 바라보았다. 왜 내가 여대생 티도 못 벗은 풋내 나는 계집애를 뒤치다꺼리해야 하나. 물론 그것은 자신이 못나게 행동해왔기 때문이었다. 수사를 놓고 다른 수사원들과 지겹도록 충돌해온 진자이인지라 과장의 명령을 거절할 핑계를 떠올릴 수 없었다.

그 뒤로 10개월 동안 진자이는 하는 수 없이 쇼코를 데리고 다니며 담당 사건 몇 건을 수사해왔다. 그리고 비가 쏟아지는 오늘 밤도 어느 사건을 수사하기 위해 차량으로 이동하는 중이었다.

빗줄기가 거세어졌다. 진자이는 와이퍼 속도를 높이고 어깨를 으쓱해 보였다.

"뭐, 사격 훈련에서 남들보다 성적이 쪼끔 좋았어. 그래서가 아닐까?"

"저는 그건 아니라고 생각해요."

쇼코는 확신한다는 듯이 말했다. 진자이는 의아한 듯이 물었다.

"그럼 뭣 때문이라는 거지?"

"선배는 형사가 되려고 태어난 사람이에요."

쇼코는 냉큼 잘라 말했다.

"그래서 경찰관이 되기로 생각한 거고 경시청에도 채용되었고 이 부서에 제대로 배치된 거죠. 그런 운명이었던 거예요."

운명론자가 아닌 진자이는 그 말에서 조금도 현실감을 느끼지 못했다.

"난 너랑 달라. 형사가 되고 싶은 생각은 요만큼도 없었어."

처음 만났을 때 쇼코는 진자이 옆 좌석에 앉으며 이렇게 말했었다.

저는 형사가 되고 싶어서 경시청 시험에 응시했어요. 자신

166

에게 할당된 책상을 쳐다보며 환하게 빛나던 쇼코의 눈초리를 진자이는 떠올렸다.

왜 형사가 되고 싶은지 진자이는 묻지 않았다. 눈앞에 서 있는 어린 아가씨에게 아무 흥미도 없었기 때문이다. 아마 TV 형사 드라마에라도 푹 빠졌던 게지. 그렇다면 사흘이면 눈물을 짜기 시작할 테고 세 달도 못 채우고 사표를 던질 것이다. 진자이는 그렇게 생각했다. 그러나 히와라 쇼코는 그로부터 7개월이 지난 지금도 기꺼이 형사 일을 하고 있었다.

"이 지겨운 짓거리, 언제 때려치워도 상관없어."

왼손으로 핸들을 잡고 오른쪽 팔꿈치를 창틀에 걸친 채 진자이는 중얼거렸다.

"급료 좋고 편한 일자리만 있다면 당장이라도 때려치운다."

그러자 조수석의 쇼코가 갑자기 웃음을 터뜨렸다.

"선배가 형사 말고 할 수 있는 직업이 있기는 해요?"

그리고 오래전부터 준비해둔 것처럼 쇼코가 그 이유를 줄줄이 나열했다.

"윗사람에게 쓸데없이 들이받고 마음에 안 드는 지시가 떨어지면 펄펄 화를 내고 자기 의견이 통하지 않으면 금방 삐치고 중요하지 않은 회의다 싶으면 멋대로 빠지고 수사에 쓴 경비도 귀찮다는 이유로 정산하지 않고 수사에 몰두하면 며칠씩 자취를 감춘 채 연락도 없고. 그런 사람은 일반 회사라면 즉시 모가지예요."

당사자를 앞에 두고 시원하게 깎아내리는구나, 하고 진자이는 어이없어했다. 하지만 곰곰이 생각해볼 것도 없이 쇼코의 말은 다 사실이었다. 자신에 대한 솔직한 평가를 들으면 누구나 화를 낸다고 하지만 묘하게도 화가 나지 않았다.

진자이는 쇼코의 옆얼굴을 힐긋 째려보고, 내가 너한테까지 그런 말을 들어야겠냐, 하고 내심 툴툴거렸다.

사실 쇼코는 회의에 성실하게 참석하고 서류나 전표도 꼼꼼하게 작성하며, 철야를 하더라도 반드시 독신자 숙소로 돌아가 목욕을 하고 옷을 갈아입고 가볍게 화장까지 하고 출근한다. 신참으로서 당연한 태도이고 젊은 여성의 낙이기도 하며, 또 경찰이라는 남성 사회에서 여성이 무시당하지 않고 버텨내는 데 필요한 태도일 것이다.

그러나 지금 진자이에 대한 거침없는 평가에서도 알 수 있듯이 발언할 때는 상대가 선배든 상사든 일체 거리낌이 없고 잘못됐다고 생각한 일에는 단호하게 반대했다. 그런 의미에서는 진자이와 닮았다고 할 수도 있었다.

매일 슈트에 바지만 입던 쇼코가 어느 날은 불쑥 스커트를 입고 왔다. 별일이네, 하고 생각했지만 진자이는 아무 말도 하지 않았다. 말 많은 동료가, 애인이라도 생겼어? 하고 놀렸지만 쇼코는 웃기만 할 뿐 아무 말이 없었다.

"진사이 선배는 어느 쪽이 좋아요?"

나중에 쇼코는 진자이에게 물었다.

"아무거면 어때. 자기 마음에 드는 걸 입으면 되지."

"역시 저는 스커트가 안 어울리죠? 다리도 굵고."

"굵긴. 날씬하기만 하구만."

진자이가 별 의미 없이 그렇게 대답하자 쇼코는 기쁜 듯이 미소를 지었다. 그 뒤로 쇼코는 매일 스커트 차림으로 출근하게 되었다.

쇼코는 그런 여자였고 진자이는 그런 사내였다. 그리고 이 날도 쇼코는 스커트 차림이었다.

조수석에서 무릎을 모으고 앉은 쇼코는 문득 불안한 목소리로 말했다.

"아무래도 지원을 요청하는 게 좋지 않았을까요?"

두 사람이 차를 타고 향하는 곳은 하네다 공항 북쪽에 있는 매립지 게이힌지마 창고 거리였다.

진자이와 쇼코는 어떤 사고를 조사하고 있었다. 그것은 꼭 1주일 전 심야에 구가야마에 사는 에다라는 변호사 부부가 구가야마 3가와 4가의 경계에 있는 고가도로에서 게이오 이노카시라 선 선로로 추락하여 전신 타박상으로 사망한 건이었다.

자택 주변을 탐문한 결과, 에다 부부는 심야 2시경 자택 근처에서 고가도로 방향으로 걷고 있었다는 것을 알아냈다. 조깅 중인 청년이 목격했다.

고가도로는 양쪽 보도에 높은 펜스가 있게 마련인데, 마침 하루 전에 달리던 차량이 충돌한 탓에 중앙 부분이 파손되어 보행인이 추락할 만한 구멍이 생긴 상태였다. 때문에 로프와 벽지로 주의를 촉구해놓았지만 심야 시간대라서 에다 부부가 그것을 못 보았을 가능성이 컸다.

때문에 다카이도 서는 심야 2시경에 부부가 어딘가로 외출하던 중 고가도로를 지날 때 부부 가운데 한 사람이 펜스가 부서진 곳으로 추락하려고 하자 다른 한 사람이 구하려고 하다가 함께 추락한 것으로 판단하고 사고사로 처리하기로 결정했다.

하지만 진자이는 사건성을 직감했다. 살인 사건이라고 느낀 것이다.

우선 심야에 부부가 함께 외출할 만한 일이 있었다는 점이 의문이었다. 외식이나 산책을 할 시간대도 아니고, 의뢰인이 급히 호출했다고 해도 부인을 동반했다는 것이 의아했다. 게다가 남편 사체에 손목시계가 없다는 것도 마음에 걸렸다. 남편은 손목시계 마니아인 듯했다. 자택에 고급 손목시계가 열몇 개나 있었기 때문이다.

에다 변호사 부부는 누구의 부름을 받고 나갔다가 살해당한 것은 아닐까. 진자이는 그렇게 생각했다.

그러나 진자이의 수사는 어려움에 빠졌다. 에다 변호사의 전문 분야는 해외 기술 특허가 중심이어서 원한이 얽힐 만한 관계를 찾을 수 없었다. 또 에다 부부는 둘 다 어릴 적부터 미국에서 생활한 이른바 귀국 자녀였다. 에다가 부인과 함께 귀국하여 도쿄에서 변호사 활동을 시작한 것은 불과 3년 전이다.

게다가 에다 부부의 양친과 형제도 이미 사망했고 교류하는 친척도 없었다. 부부에게는 미국에서 낳은 아들이 하나 있지만, 미국에서 미술인지 뭔지를 공부하느라 벌써 몇 년이나 일본에 온 적이 없다고 한다.

에다 부부 주변에는 교류하던 인물이 거의 없었다. 이것이 다카이도 서에서 쉽게 사고사로 단정한 근거이기도 했다.

그런데 오늘 예전에 이용한 적이 있는 정보원이 진자이에게 한 가지 정보를 귀띔해주었다. 에다 변호사의 것으로 보이는 손목시계가 어느 조폭단원에 의해 중고품 가게에 팔렸다는 것이다. 정보원은 그 조폭단원이 장물을 은닉한 것으로 짐작되는 장소도 알고 있었다. 그것이 지금 두 사람이 찾아가고 있는 게이힌지마의 창고였다.

진자이는 가볍게 코웃음을 치고 쇼코에게 물었다.

"겁나?"

그때 진자이는 스스로는 깨닫지 못하고 있었지만, 역시 이 아이도 여자였구나, 하는 남성 특유의 치졸한 우월감에 빠져 있었다. 게다가 여자 후배에게 잘난 척하고 싶은, 만용을 부추기는 감정도 분명히 갖고 있었다.

진자이는 내처 말했다.

"그 건이 살인이라 해도 아마 곧 만나게 될 놈은 용의자가 아닐 거야. 그저 장물을 모아다가 팔아치우는 놈일 거다. 하지만 범인과 연결된 선을 가지고 있을 가능성도 전혀 없지는 않겠지. 서에서 사고사로 밀어붙이는 이상 뭔가 새로운 단서를 잡지 못하면 아무도 내 얘기를 들어주지 않을 거야."

"겁 같은 거, 안 나요."

쇼코는 제법 호기롭게 말했다.

"다만, 좋지 않은 예감이 들어요. 뭔가 잘못된 방향으로 가고 있는 것 같은…….

"너도 사실은 사고사라고 생각하는 거야?"

그렇게 묻는 진자이를 향해 쇼코는 힘주어 고개를 가로저었다.

"그렇지 않아요. 저도 선배와 마찬가지로 그냥 사고사는 아니라고 봅니다. 아니, 어쩌면 배후에 뭔가 대단한 것이 숨어 있는지도 모른다고……. 그래서 불안한 거예요."

쇼코는 두려워하는구나. 그때 진자이는 그렇게 단순하게 생각하며 쇼코의 말을 흘려들었다. 조폭단원의 소굴로 쳐들어가는 것은 쇼코에게 첫 체험이다. 젊은 여자가 공포를 느낀다고 해도 이상할 것이 없다. 생각해보면 사체나 범죄자를 상대해야 하는 이 직업은 좋은 대학을 졸업한 젊은 여자가 스스로 뛰어들 만한 일이라고 보기도 힘들다.

문득 진자이는 쇼코에게 이렇게 묻고 싶은 충동을 느꼈다.

쇼코, 너는 왜 형사가 되고 싶었던 거지?

그때 쇼코는 긴장한 목소리로 앞 유리창 너머를 손으로 가리켰다.

"저기로군요."

창고 거리 안쪽에 어느 기업명이 적힌 낡은 창고가 있었다. 진자이는 고개를 가볍게 끄덕이고 헤드라이트를 환하게 켠 채 그 창고를 향해 핸들을 돌렸다.

"걱정 마. 조폭 다루는 데는 익숙하니까. 오늘은 그자를 족쳐서 장물의 출처만 불게 하면 돼."

진자이가 그렇게 말하자 쇼코는 씽긋 웃었다.

"저는 선배를 믿어요."

진자이도 고개를 끄덕였다.

하지만 진자이는 결정적인 방심과 실수를 모르고 있었다.

"어허, 이런. 아가씨를 먼저 쏴버린 거냐?"

어둠 저쪽에서 탄식 섞인 목소리가 들렸다. 그 말에 검은 그림자 몇 개가 어둠 속에서 비열한 목소리로 저마다 대답했다.

"이런 바보 자식. 순서가 바뀌었잖아. 아깝네."

"난 저놈을 겨냥했는데 저 아가씨가 갑자기 앞으로 튀어나온 거야."

진자이는 자신의 목 아래쪽에 오른손을 대보았다. 피가 미끈거렸다. 자신의 피가 아니었다. 날아온 총탄이 진자이 가슴에 박히기 직전에 쇼코의 안면을 부수면서 튄 피였다.

"아깝네. 이놈을 없애버린 뒤에 이 아가씨랑 밤새 즐기고 싶었는데."

"그러고 보니 내가 아직 여형사랑 해본 적이 없네."

"그건 그래!"

검은 그림자들이 와락 웃었다.

"어이, 지금이라도 늦지 않았잖아? 면상은 묵사발이 되었지만 몸뚱이는 예뻐."

"젠장, 봐주라! 얼굴이 묵사발이 된 시체랑 한 따까리 하라는 거냐? 농담이 너무 심하네!"

다시 비열한 웃음소리가 어둠 속에서 들렸다.

진자이의 눈이 점차 어둠에 익숙해졌다. 어둠 속에 있는 사람은 모두 다섯 명. 다들 오른손에 총을 들고 있는 것 같았다.

"……버리겠어."

이번에는 목소리가 되어 나왔다.

"엉?"

"뭐라고?"

어둠 속에 있는 남자들이 갑자기 목소리가 거칠어졌다.

"어이, 지금 뭐라고 했냐, 형사 나리?"

"빗소리 때문에 못 들었다. 한 번만 더 말해볼래?"

진자이는 쇼코의 사체를 안은 채 다시 한 번, 이번에는 분명하게 말했다.

"죽여버리겠어."

"뭐라?"

다시 검은 그림자들 쪽에서 요란한 웃음소리가 날아왔다.

"짭새란 놈이 골치 아픈 소리 하고 있네."

"게다가 너, 사람 죽여본 적이나 있냐?"

"쏘고 싶으면 쏴봐. 공무원에게 그런 배짱이 있겠냐마는."

"형사니임, 저희, 자수할게요. 제발 죽이지 마세요."

검은 그림자 하나가 놀리는 투로 말했다. 또 웃음소리가 와락 일어났다.

다른 남자가 훈계하는 투로 말했다.

"어이, 형사 나리, 당신, 우리가 장물을 내다 판 놈들이니까 변호사 부부를 죽인 범인을 알고 있을 거라고 생각해서 여기까지 찾아온 거 아냐? 그럼 우리를 죽이면 곤란하지. 목숨은 살려놓고 체포해야지, 죽여버리면 사건의 진상이 영구 미제로 남잖아. 이 아가씨도 죽은 보람이 없고 말이야."

"어이, 쓸데없는 소리 하지 마."

"뭐 어때. 어차피 죽을 놈인데."

다섯 명 가운데 하나가 진자이에게 한 걸음 다가섰다. 수염을 기른 사내였다.

"우선 네가 가지고 있는 장난감이나 버려."

수염 사내가 진자이에게 턱짓을 했다.

진자이는 쇼코의 몸을 아스팔트에 가만히 뉘어놓고 천천히 일어섰다. 그리고 손에 들고 있던 소형 자동권총 시그자우어 P232SL을 아무렇게나 던져버렸다. 권총은 몇 미터 저쪽에서 탁, 하는 견고한 금속음과 함께 나뒹굴었다.

그것을 본 수염 사내는 흡족한 듯이 고개를 끄덕였다.

"어이, 그 정보를 귀띔해준 정보원을 자기편이라고 믿은 모양이군. 놈은 이중 스파이였어. 짭새한테 우리 정보를 흘려주고 우리에게는 짭새들의 동향을 알려주었지. 경찰 중에 살인을 의심하는 놈이 있다고 하기에 우리가 놈을 시켜서 경찰에 허위 정보를 흘려주었지. 그러자 당신들이, 감히 겨우 둘이서 어슬렁어슬렁 찾아온 거야."

진자이는 자신이 얼마나 어리석었는지를 깨닫고 속이 뒤집혔다.

내가 멍청한 탓에 쇼코가 죽었다.

내가 쇼코를 죽인 거다.

"그래, 네가 짐작한 대로였다. 그 변호사 부부는 우리가 죽였다. 마슈의 부탁을 받고서. 그 참에 손목시계를 벗겨 온 것은 조금 쪽팔리지만, 그건 벌써 해외에 팔았다."

"마슈?"

진자이의 눈썹이 꿈틀 움직였다.

"마슈라니, 그게 누구지?"

수염 사내가 어깨를 으쓱해 보였다.

"마슈를 찾아봤자 소용없다. 이 세상에 없는 놈이니까."

······없다?

이 세상에 없다니, 무슨 말이지?

진자이가 그 말의 의미를 생각하고 있는데 수염 사내가 이렇게 말했다.

"그래, 마슈는 없는 놈이다. 하지만 놈은 이제 곧 돌아온다. 돌아오면 이 나라는 마슈의 차지가 된다."

돌아온 대답 역시 의미를 알 수 없는 말이었다.

일본이 마슈라는 자의 차지가 된다고? 진자이는 혼란스러웠다.

뭐지? 마슈는 대체 어떤 자인가? 왜 그 변호사 부부를 죽였지? 그리고 앞으로 무얼 하려고 하는 거지?

"그놈은 미다스 왕이야. 건드리는 것은 전부 금으로 변해버리지. 우리는 그 미다스 왕이 앉을 의자를 준비하는 거야. 그

의자에 앉을 마슈는 나중에 우리를 위해 만 엔짜리 지폐를 비처럼 쏟아지게 해줄 거다. 어이, 나도 제법 학식이 있어 보이지? 보통은 이렇게 근사하게 표현하지 않잖아. 나는 하우스 웨이터 출신의 야쿠자이지만 이래 봬도 대졸자라고."

큭큭, 하고 한바탕 웃고 난 뒤 수염 사내는 오른손의 총을 진자이에게 향했다.

"자, 얘기는 끝났다. 마지막으로 말해두지만 우리를 원망하진 마라, 전부 마슈가 그린 그림이니까."

"마슈란 말이지."

차가운 비가 쏟아지는 소리 속에서 얼어붙을 것처럼 냉랭한 목소리가 울렸다. 진자이의 목소리였다.

"뭐?"

"네놈들을 시켜서 그 변호사 부부를 죽이고 쇼코를 죽게 한 것이 마슈라는 이름을 가진 자였군."

수염 사내는 고개를 끄덕였다.

"그렇지. 그 변호사 부부를 추락 사고로 꾸며서 죽여라. 그걸 눈치 챈 놈이 있으면 한 놈도 남기지 말고 다 죽여라. 그리고 내 모습은 완전히 지워라. 그게 마슈의 요구였으니까."

"마슈는 그 변호사 부부를 왜 죽였지?"

"그런 건 몰라. 우린 마슈에게 부탁을 받았을 뿐이다. 가령 안다고 해도 네가 알면 뭘 어쩌게? 이제 곧 죽을 놈이."

수염 사내는 가소롭다는 듯이 다시 웃었다.

"너를 부추긴 정보원도 여기 바다 매립지의 쓰레기 밑에 묻혀 있다. 이제 너만 죽으면 사건의 진상을 의심할 놈은 하나도 없게 돼. ……아, 그렇지."

그리고 남자는 방금 생각났다는 얼굴로 다시 영문을 알 수 없는 말을 뱉어냈다.

"너와 이 아가씨 사체도 저기 쓰레기 섬에 묻어줄게. 그 섬이 이제 곧 천국으로 바뀔 거거든. 죽어서 영원히 천국에 살게 됐으니, 진짜 부럽다."

수염 사내는 오른손을 수평으로 쳐들고 총구를 진자이에게 향했다. 베레타 M92FS. 조폭이 소지하는 무기치고는 드물게도 군용이었다.

"그럼 그 아가씨랑 천국에서 행복하게 살라고."

그때 수염 사내의 발치에서 탁, 하는 소리가 났다. 젖은 도로에 뭔가가 떨어지는 소리였다.

"나는, 살아남는다."

그것은 진자이가 던져버린 경찰 배지였다.

"살아남아서, 마슈라는 자를 반드시 찾아낸다. 내가 여기서 죽으면 에다 부부의 죽음은 사고로 처리되고 정보원과 우리도 실종으로 처리되겠지. 에다 부부를 죽이고 정보원을 죽이고 쇼코를 죽인 자를 처벌할 사람이 없게 돼. 그러니까 나는, 반드시 살아남는다."

진자이는 혼잣말처럼 그렇게 말하고 고개를 들고 수염 사내를 쳐다보았다.

"그걸 위해서 필요하다면 너희들을 전부 죽이겠다."

"우리를 죽여?"

수염 사내가 의아한 듯 고개를 갸웃거렸다.

"맨손으로 어떻게? 네놈이 무슨 수로?"

"어두워서 보이지 않나 보지?"

진자이가 그렇게 대답했다.

"아까 버린 총은 내 동료가 갖고 있던 거다."

수염 사내의 얼굴이 즉시 굳어버렸다. 동시에 그자의 베레타가 진자이를 향해 불을 뿜었다.

그러나 총탄은 진자이의 볼을 스치고 뒤쪽의 창고 벽돌 벽에 튕겨 나갔다. 남자가 방아쇠를 당기기 직전에 진자이가 오른쪽으로 몸을 날렸던 것이다.

그대로 물 고인 도로 위를 구르며 진자이는 왼쪽 옆구리의 홀더에서 권총을 뽑았다. 뉴남부 M60. 진자이가 애용하는 권총으로 구형이 된 지 오래인 리볼버이다.

땅, 하는 묵직한 총성과 동시에 수염 사내의 가슴에서 피의 비말이 안개처럼 터져 올랐다. 사내의 몸이 뒤로 날아가 웅덩이에 등부터 떨어져 큰대자로 뻗었다. 경찰의 권총은 첫 발이 공포탄이라는 소문이 있지만 그것은 사실이 아니다. 어느 총이나 '풀 메탈 재킷'이 장탄수 상한선까지 장전되어 있다.

"어, 이 새끼가!"

"쏴!"

"죽여버려!"

나머지 네 명이 저마다 악을 썼다.

총성이 연달아 울리며 총탄 여러 발이 진자이를 향해 발사되었다. 그러나 포복하듯 달리는 진자이를 맞추지 못했다.

조폭단원의 사격 경험이라야 해외여행 때 쏴본 몇 발이 고작일 것이다. 어둠 속에서 움직이는 표적은 맞추기 힘들다. 오히려 총구가 뿜는 불꽃 때문에 자신들의 위치만 진자이에게 똑똑히 알려주었다. 반면에 진자이는 다양한 상황을 상정한 사격 훈련을 충분히 받았다.

진자이는 바닥을 기어서 움직이며 표적을 향해 두 번째 총탄을 조준 사격했다. 두 번째 사내가 진자이의 총탄을 가슴에 맞고 공중제비를 돌며 쓰러졌다. 다른 자들이 마구 총을 쏘기 시작했지만 진자이는 이미 위치를 바꾼 뒤였다. 세 번째 사내가 복부를 감싸며 쓰러졌다. 그리고 네 번째 사내가 이마에 피를 뿜으며 몸을 뒤틀면서 도로에 고꾸라졌다.

혼자 남은 다섯 번째 사내는 공포에 사로잡혔다. 마치 악마가 어둠 속에 숨어서 자신을 노리고 있는 기분이었다. 사내는 권총을 양손으로 쥐고 총구를 여기저기로 바쁘게 돌리고 있다가 문득 등 뒤로 오싹하는 공포를 느끼고 천천히 뒤를 돌아다보았다.

사내 바로 뒤에 진자이가 서 있었다.

"총을 버려."

진자이의 총이 사내를 정통으로 겨누고 있었다.

"나와 경찰서에 가서 마슈에 대하여 아는 바를 전부 말하겠다고 약속해라. 그러면 쏘지 않겠다."

그러나 남자는 비명을 지르며 진자이 쪽으로 총구를 돌렸다. 사내가 방아쇠를 당기기 직전에 진자이의 총구가 먼저 불을 뿜었다. 미간을 관통당한 사내가 골풀무를 밟듯이 뒤로 몇 발자국을 걷다가 그대로 도로에 자빠져 움직이지 않았다.

한밤중의 거리에 정적이 찾아왔다.

퍼붓는 비가 아스팔트 도로를 때리는 가운데 진자이는 천천히 주위를 둘러보았다. 사내 다섯 명이 노상에 쓰러져 있었다. 뉴남부 M60의 장탄수는 다섯 발. 한 발만 빗나갔어도 살아남지 못했을 것이다. 진자이는 그제야 그 사실을 의식했다.

진자이는 휴대폰을 꺼내 엄지로 액정 화면을 두드리고 왼쪽 귀에 갖다 댔다. 그리고 상대방이 나오자 띄엄띄엄 말하기 시작했다.

"수사 중에 괴한 다섯 명에게 공격을 받았지만 전원 사살했습니다. 조폭단원으로 보입니다. 신원을 조사해주세요. 게이힌지마 창고 거리입니다. 그리고……."

진자이는 그 대목에서 일단 말을 멈췄다. 통화하는 상대는 다카이도 서의 상사 같았다.

"현장에 함께 출동한 히와라 쇼코 순사는 그자들의 저격으로 순직했습니다. 히와라는 제 차 조수석에 눕혀놓겠습니다. 잘 부탁드립니다. 그동안 신세 많이 졌습니다."

그리고 진자이는 자신을 부르는 상대방 목소리를 무시하고 휴대폰을 껐다.

주범의 이름은 마슈. 형사인 자신이 직접 확보한 정보이지만 이것만으로 경찰이 움직여줄 거라고는 도저히 기대할 수 없었다. 마슈가 어디 사는 누구인지도 모르고 주범이란 증거도 전혀 없다. 그리고 마슈를 알고 있을지 모르는 다섯 명은 자신이 살기 위해 전원 사살하지 않을 수 없었다.

이대로 다카이도 서에 돌아가면 자신은 아마 살인죄나 중과실치사죄로 구속될 것이다. 상대방이 무장한 조폭단원이라고 해도 다섯 명이나 사살한 만큼 여론을 잠재우기 위해서라도 실형을 면하기 힘들다. 그리고 실형이 확정되는 순간 자신은 징계 면직되고 수사 속행은 불가능해질 것이다.

만에 하나 다행히 재판에서 정당방위가 인정되었다고 치자. 그런 경우에도 결심까지는 짧게 잡아도 몇 년은 걸릴 것이다. 그동안 에다 변호사 부부의 죽음은 사고사로 처리되고 진상은 어둠에 매장될 것이다.

그런 상황은 무슨 일이 있어도 받아들일 수 없었다. 죽은 쇼코의 원한을 풀기 위해서라도. 그렇다면 나는 이제 다카이도 서로, 경찰관으로 돌아갈 수 없다는 말이 된다. 진자이는 그렇게 각오를 했다.

진자이의 눈에 바닥에 떨어져 있는 자신의 경찰 배지가 들어왔다. 그 순간 쇼코의 말이 머릿속에 살아났다.

"선배는 형사가 되려고 태어난 사람이에요. 그래서 경찰관이 되기로 생각한 거고 경시청에도 채용되었고 이 부서에 제대로 배치된 거죠. 그런 운명이었던 거예요."

진자이는 마음속에서 쇼코에게 말을 건넸다.

'쇼코, 난 이제 형사가 아냐. 형사 노릇 말고는 재주도 없는 사내가 형사가 아니게 되었다면 이제 뭐가 되어야 하지?'

진자이는 비를 맞는 경찰 배지를 바라보다가 이윽고 눈길을 외면하듯 몸을 돌려서 걷기 시작했다.

그때 뒤에서 가래가 낀 듯한 목소리가 희미하게 들렸다.

"이봐, 당신."

진자이는 걸음을 멈추고 돌아다보았다.

목소리의 주인은 고인 빗물에 똑바로 누워 있는 수염 사내였다. 그자의 하얀 셔츠는 피로 검게 물들고 입가에는 거품 섞인 피가 한 줄기 흘러내리고 있었다.

"구급차를, 불러주지 않겠나?"

진자이는 감정이 빠져나간 눈빛으로 말없이 사내를 내려다보았다. 수염 사내는 진자이를 보고 체념한 듯 맥없이 후우, 하고 숨을 토했다. 그리고 혼잣말처럼 말했다.

"역시 도박으로는, 널 못 당하겠다. 응? 마슈."

수염 사내는 영문 모를 미소를 짓고 있다가 입으로 피를 울컥 토하고는 그대로 조용히 눈을 감았다. 그러고는 다시는 입을 열지 않았다.

진자이는 비를 맞으며 심야의 창고 거리를 걸었다. 목적지 같은 것은 없었다.

죽여주마.

걸으면서 진자이는 머릿속으로 수없이 되뇌었다. 아마 경찰은 너라는 존재를 알아내지 못할 것이다. 하지만 내가 찾아내마. 응분의 대가를 치르게 해주마. 그것은 죽음 말고는 있을 수 없다. 아니. 가령 경찰이 너라는 존재를 알아낸다고 해도 네가 체포되기 전에 내가 먼저 죽일 것이다.

"기다려라, 마슈."

그렇게 중얼거리고 신 앞에 맹세하는 증인 같은 몸짓으로 품속 홀더에 있는 애용하는 권총 뉴남부 M60을 상의 위로 꾹 눌렀다.

10 추적자

"스와 군, 손님이 오셨어요."

기요스 호스피털센터와 호텔 할렐루야를 돌아보고 난 다음 날 오전 9시. 서에 출근한 스와가 자리에 앉으려고 할 때 기자키 계장이 알려주었다. 기자키는 변함없이 출근이 빠르다.

"저에게요? 이렇게 이른 시간에?"

"슈트를 입은 젊은 여잡니다. 뭔가 중요한 일 같아서 소회의실로 안내해두었어요."

누구지? 전혀 짚이는 사람이 없었다.

일단 기자키에게 고맙다고 인사하고 검은 가죽 브리프케이스를 책상 위에 내려놓고 소회의실로 가려고 했다. 그러자 기자키가 자연스럽게 다가와 작은 소리로 말했다.

"그 뒤 어떻게 됐습니까? 무슨 진전이라도?"

"역시 수상한 점이 여러 가지 발견되었습니다."

스와도 작은 소리로 대답했다.

"앞으로 한동안 다자와 씨가 호텔에 동반했다는 창부를 추적할 겁니다. 잘하면 찾을 수 있을지 몰라요."

기자키는 눈을 휘둥그레 뜨고 고개를 살짝 주억거렸다.

"아무도 눈치 채지 못하게 움직이세요. 그리고 또 보고해주세요."

기자키는 그렇게 속삭이고 뒷짐을 지고 천천히 자기 자리로 걸어갔다.

일본보험조사서비스주식회사 보험조사원 아오키 가스미.

건네받은 명함에 그렇게 되어 있었다.

"보험 조사 회사 분이군요?"

스와가 그렇게 확인하자 파이프의자에 앉아 있던 여성이 말없이 고개를 끄덕였다.

스와는 눈앞의 여성을 관찰했다. 가느다란 금속테 안경, 쇼트커트 머리에 감색 재킷과 스커트, 그리고 광택 있는 하얀 블라우스를 받쳐 입었다.

보험조사원이란 보험 가입자가 보험금 지급을 청구할 때 정말로 지불해야 마땅한지를 조사하는 사람이다. 조사를 한다는 점에서 탐정 사무소나 흥신소 등과 업무가 유사하다. 다른 점이라면 조사 내용이 보험 사고에 국한된다는 것뿐이다. 사내에 조사부를 둔 보험 회사도 있지만 전문 조사 회사에 위탁하는 보험 회사도 많다.

책상 위에는 플라스틱 용기에 담긴 커피 한 잔이 김을 올리고 있었다. 아마 기자키가 내주었을 것이다. 하지만 아오키 가스미는 커피에는 손도 대지 않고 무릎 위에 양손을 올려놓고 책상 위로 시선을 떨어뜨린 채 가만히 앉아 있었다.

상대방이 말이 없자 어쩔 수 없이 스와가 먼저 입을 열었다.

"그런데 나한테 무슨……."

"스와 씨는 무사시노 서에서 어느 노인의 추락사 사고를 조사하신 적이 있죠?"

아오키 가스미는 대뜸 진지한 표정으로 물었다.

"벳쇼 스스무라는 노인입니다. 기억하세요?"

어찌 잊겠는가. 스와가 기요스 서에 전임하기 직전에 무사시노 시의 번화가 건물에서 비상계단을 내려가던 노인이 빌딩 사이의 좁은 틈새로 추락하여 사망한 사고. 바로 한 달쯤 전의 일이다.

"아. 그래요. 그러고 보니 그런 사고가 있었죠."

스와는 짐짓 시치미를 뗐다.

선배 다자와 마코토가 의문사한 탓에 스와는 현재 그 수사에 중점적으로 시간을 할애하고 있었다. 그러나 무사시노 서에서 마지막으로 맡은 사고가 스와의 머리에서 지워질 리 없었다. 지워지기는커녕 지금도 그 사고에서 납득하지 못할 점들을 느끼고 있었다.

전근한 자신한테까지 보험조사원이 찾아왔다는 것은 보험회사도 그 사고에 의문을 품고 있는 걸까? 스와도 보험조사원이 그 사고를 어떻게 평가하는지가 궁금해졌다. 그래서 우선 상대방이 어떻게 나오는지를 보기로 한 것이다.

"물론 사건성이 있는지 없는지를 조사했어요. 하지만 그 뒤에 금방 전근하게 되어 내가 마무리 짓지는 못했죠. 제 후임자가 계속 조사해서 최종적으로 사고사로 판단했다고 들었습니다. 고인이 가입한 생명보험사나 손해보험사에도 그렇게 통지했을 겁니다."

그러자 아오키 가스미가 고개를 가로저었다.

"경찰이 어떻게 판단했는지는 관심 없습니다. 저는 스와 씨의 생각을 듣고 싶습니다."

"내 생각을?"

스와는 그 말에 위화감을 느꼈다. 평범한 사실 관계 조사가 아닌 것처럼 느껴졌던 것이다.

아오키 가스미는 스와에게 내처 질문했다.

"스와 씨는 사고 현장과 사체를 직접 보았나요?"

"예. 내가 제일 먼저 현장에 도착했으니까."

"뭐 이상한 점은 없었나요?"

아오키 가스미는 스와의 얼굴을 빤히 쳐다보았다.

"스와 씨가 형사의 경험에 비춰볼 때 조금이라도 이상하다고 느낀 점이 있었다면 부디 저에게 말씀해주셨으면 합니다. 아무리 사소한 거라도 좋습니다. 부탁드립니다."

제발 감추지 말아요, 틀림없이 이상한 점이 있었을 거예요, 그녀의 눈은 그렇게 스와를 압박하고 있었다. 결국 이 여성은 그 건이 단순한 추락사가 아니라고 확신하고 있는 것이다.

"아오키 씨, 라고 했나요?"

스와는 여전히 신중하게 말을 건넸다.

"아까도 말했지만 무사시노 서는 그 건을 사고사로 판단하고 사체검안서도 발행했어요. 만약 이 판단에 의문이 있다면 나한테 말할 게 아니라 무사시노 서로 가서……."

"가보았습니다."

아오키 가스미는 스와의 말을 차단하듯이 강한 투로 말했다.

"무사시노 서뿐만 아니라 신주쿠 서, 아타고 서, 오우메 서에도 가봤습니다. 하지만 사고가 틀림없다, 납득하지 못하겠다면 직접 조사해봐라, 라고 어디서나 판에 박힌 대답만 하더군요. 여기저기 알아보다가 이제야 사고 현장과 사체를 직접 본 형사님을, 스와 씨를 만나러 온 겁니다. 스와 씨가 마지막 희망입니다."

"아, 잠깐만."

스와는 혼란스러웠다. 왜 여기서 신주쿠 서, 아타고 서 같은 엉뚱한 경찰서 이름이 몇 개나 튀어나오는지 이해할 수 없었다.

"대체 무슨 얘깁니까? 당신은 무사시노 서 관내에서 일어난 사망 사고를 알아보려고 온 거 아닙니까?"

아오키 가스미는 고개를 가로저었다.

"무사시노 시의 추락사는 사고가 아닙니다."

"그럼 뭐죠?"

아오키 가스미는 냉큼 대답했다.

"살인입니다."

"살, 인?"

스와는 저도 모르게 상대방의 말을 따라 했다.

아오키 가스미는 스와의 눈을 쳐다보며 고개를 끄덕였다.

"네. 그 노인은 살해된 거예요."

스와는 심장 박동이 빨라지는 것을 느꼈다.

사고가 아니라 살인이다.

예상 밖의 말이 날아들었다는 느낌과 함께 마음속 어디선가는 그 말이 나올 줄 예상했었던 것 같은, 묘하게 납득이 되는 기분도 들었다.

그러나 경찰관으로서는 냉큼 승복하기 힘든 이야기였다. 그 사고가 살인 사건이라면 수사에 중대한 실책이 있었다는 말이 되기 때문이다.

"살인이라니, 심상치 않은 말을 하는군. 무슨 근거로 그렇게 말하는 거죠?"

"근거는 있습니다. 하지만 그걸 말씀드리기 전에 먼저 말씀해주세요."

아오키 가스미는 자세를 바로 하고 스와를 똑바로 쳐다보았다.

"스와 씨는 제 말을 믿어주시는 건가요? 추락사 현장과 사체를 보고 어떻게 생각하셨는지를 솔직하게 말씀해주실 건가요?"

대화가 여기에 이르자 스와는 마음을 먹었다. 혼자서 이것저것 고민해봐야 신통한 게 없다는 것은 알고 있었다. 무엇보다 아오키 가스미의 생각을 꼭 듣고 싶었다.

스와는 그 사건에서 느낀 이상한 점들을 아오키 가스미에게 말했다. 가장 납득하기 힘든 것은 너무나 많은 우연이 개입된 사고라는 점. 우연히 방문한 술집, 우연히 고장 난 승강기, 때마침 부서져 있던 비상계단의 난간. 더구나 노인이 추락사한 건물은 재개발로 곧 철거될 예정이었다.

게다가 노인은 이곳 기요스에 있는 카지노 이스트헤븐에 드나들다 재산을 탕진했다는 점. 노인은 사고로 죽어서 부인에게 생명보험금과 손해보험금을 남길 수 있었지만, 자살이었다면 상해보험금이 나오지 않아 빚을 갚을 수 없었을 것이다.

그대로 살아 있었다면 가족은 더 힘들었을 것이다. 도박으로 인한 파탄은 개인 파산을 신청하지 못할 가능성이 있고, 신청하더라도 집을 팔고 무일푼이 되는 데다 생명보험도 해약해야 했을 것이다. 즉 유족에게는 사고사가 가장 유리한 상황이었다.

그리고 무엇보다 그 트럼프 카드가 수수께끼였다. 노인의 사체 곁에 떨어져 있던 '검은 천사'가 인쇄된 트럼프 카드는 대체 무엇일까.

"검은 천사, 카드."

멍하니 중얼거리는 아오키 가스미에게 스와는 고개를 끄덕여 보였다.

"그래요. 노인이 드나들었다는 기요스의 카지노 이스트헤븐과 무슨 관계가 있는지도 모른다고 생각했지만."

아오키 가스미는 연방 고개를 희미하게 끄덕였다.

"저 말고도 있었군요. 의문을 느끼는 사람이."

그리고 하얀 볼에 눈물이 한 줄기 흘러내렸다.

"스와 씨를 만나러 오길 잘했군요. 정말 다행이에요."

스와는 눈앞의 여성을 바라보았다. 오래도록 성과가 없던 외로운 싸움에서 겨우 희망을 발견하자 넋을 놓아버린 것이다. 스와는 그렇게 짐작했다.

아오키 가스미는 하얀 레이스 손수건으로 눈가를 찍어내고 옆 의자에 놓아둔 검은 브리프케이스를 집어 들었다. 그리고 그 안에서 서류가 든 클리어파일을 꺼내 스와 앞에 내밀었다.

"이것들은 전부 올해 들어 여러 생명보험사와 손해보험사에서 보험금이 지불된 사망 사고들입니다."

스와는 파일에서 다섯 매의 서류를 꺼내어 들여다보았다. 그것은 지난 1년이 채 안 되는 기간에 일어난 다섯 건의 사고에 대한 보험금 지불 내역이었다.

귀가 중이던 노인이 다리에서 추락하여 익사한 스미다 구의 사고.

워킹을 하던 노인이 산책로에서 계곡으로 추락하여 사망한 오우메 구의 사고.

산책하던 노인이 산책로 다리의 계단에서 굴러 사망한 미나토 구의 사고.

장을 보고 돌아가던 노인이 역 플랫폼에서 떨어져 사망한 신주쿠 구의 사고.

그리고 술을 마시고 돌아가던 노인이 건물 비상계단에서 추락하여 사망했다는 무사시노 시의 사고.

스와는 미간을 찡그렸다. 매우 유사한 사고가 도내 다섯 군데에서 일어났다. 아오키 가스미는 조사를 위해 무사시노 서 외에 신주쿠 서, 아자부 서, 아타고 서, 오우메 서에도 찾아갔다고 했는데, 그 이유를 이제야 알았다. 당연히 스미다 구의 무코지마 서나 혼조 서에도 찾아갔을 것이다.

그러나……, 하고 스와는 생각했다.

다툰 흔적도 남기지 않고 사고를 위장하여 노인을 떠미는 것이 가능할까?

그래, 가령 전기 충격기를 사용하면 가능하지 않을까?

전기 충격기의 전압은 10만 내지 90만 볼트로 가정용 콘센트의 1000배 내지 9000배나 높다. 그러나 인체에 영향을 주는 것은 전압이 아니라 전류이다. 5밀리암페어 이상의 전류가 흐르면 생명이 위험할 수 있지만 전기 충격기의 전원은 알칼리 건전지여서 3밀리암페어밖에 안 된다. 가정용 콘센트의 정격 전류는 15암페어. 전기 충격기의 500배이다.

따라서 전기 충격기로 감전시키면 인체에 심각한 손상을 주지 않고 전신을 마비시켜 근육의 힘을 빼앗을 수 있다. 전기와 전극의 발열로 피부나 의복에 1밀리미터 이하의 미세한 화상이 남는 경우가 있지만, 그것을 찾아내기는 매우 힘들다. 게다가 노인들의 사체는 벌써 오래전에 화장되었을 것이다.

그 사고는 역시 우연이 아니었단 말인가? 스와의 몸에 식은

땀이 배어나왔다.

그날 벳쇼 스스무라는 노인은 누군가의 연락을 받고 그 주점으로 갔다. 그리고 밤늦게 귀가하려고 할 때는 이미 승강기가 그 누군가에 의해 망가진 상태였다. 하는 수 없이 노인은 비상계단을 통해 내려갔다. 그 비상계단 중간에 그 누군가가 노인을 기다리고 있었다……

"이 다섯 건의 사고에는 몇 가지 공통점이 있어요."

아오키 가스미는 스와의 얼굴을 쳐다보며 말했다.

"먼저, 사망한 사람은 모두 고령의 연금생활자입니다. 다음은, 모두 추락사였습니다. 게다가 사망한 고령자들은 모두 재산을 어느 정도 가지고 있었는데, 최근 재산 대부분을 기요스의 카지노 이스트헤븐에서 탕진했습니다."

"이스트헤븐에서."

스와는 저도 모르게 그 말을 따라 했다.

"그렇습니다."

아오키 가스미는 고개를 크게 끄덕였다.

"그리고 사망한 이 고령자들은 모두 소비자금융에 거액을 대출한 상태였습니다. 이 대출금도 카지노 때문에 낸 것이 틀림없어요."

"하지만."

스와는 애써 냉정하게 반론했다.

"물론 비슷한 사고들이 일어나고 있죠. 하지만 그것이 살인사건이라면 범인이 있고 동기가 있어야 해요. 그건 알죠?"

그렇다. 스와가 담당했던 무사시노 시의 추락 사고에서도 사망한 노인의 주변에서는 인간관계의 갈등이 일체 발견되지 않았고 노인을 죽일 만한 동기를 가진 인물도 찾을 수 없었다. 그것이 사건성 없음, 즉 사건이 아니라 사고라고 판단한 결정적인 이유였다.

"가령 이 다섯 노인들 사이에 뭔가 관계가 있었다거나, 다섯 명 모두에게 원한을 품을 만한 사람이라도 있나요?"

아오키 가스미가 고개를 가로저었다.

"조사해보았지만 이 다섯 명의 피보험자들 사이에는 아무런 접점도 없었습니다."

"전혀 접점이 없는 연금생활자 노인 다섯 명을 죽여서 대체 누가 득을 본다는 거죠?"

아오키 가스미는 이렇게 말했다.

"소비자금융, 보험 회사, 카지노, 도쿄 도, 그리고 국가입니다."

"뭐라고?"

눈이 휘둥그레진 스와를 향해 아오키 가스미가 말했다.

"이 다섯이 공모하여 노인 다섯 명을 죽인 겁니다. 아니, 다섯 명이라는 인원은 제가 파악할 수 있었던 인원에 불과합니다. 제가 모르는 곳에서 수십 명, 어쩌면 수백 명의 노인이 살해되어 사고로 처리되었을 가능성이 있습니다."

스와는 말문이 막혔다. 너무 황당한 이야기라서 뭐라고 반응해야 좋을지 알 수 없었다.

소비자금융, 보험 회사, 카지노, 도쿄 도, 그리고 국가. 이 다섯이 공모하고 관민이 협력해서 살인을 저지르고 있다……. 아오키 가스미의 이야기는 황당하다는 말 말고는 달리 표현할 길이 없었다. 다른 말로 하자면 농담, 아니 망언이라고밖에 할 수 없었다.

"당신, 머리가 어떻게 된 거 아냐?"

스와가 겨우 입을 열었다.

"그런 유명한 기업이 살인 같은 걸 저질러? 하물며 도쿄 도와 국가가 대량 살인에 가담하다니, 설마 그런 일이."

"저도 그때는 그렇게 말했습니다. 설마 그런 일이 있겠느냐고."

아오키 가스미는 무릎에 놓은 자신의 양손으로 시선을 떨어뜨리며 그렇게 중얼거렸다.

"그때?"

스와가 묻자 아오키 가스미가 고개를 들었다.

"이 다섯 건에는 뭔가가 숨겨져 있는 게 아닐까. 어쩌면 다섯 노인은 사고로 죽은 게 아니라 누군가에게 살해된 것은 아닐까. 제 상사가 그렇게 말했을 때입니다."

아오키 가스미는 한숨을 짓고 이야기를 계속했다.

"내가 독자적으로 이 다섯 건의 사고를 조사해보겠다. 상사는 저에게 그렇게 말하고 소비자금융, 보험 회사, 이스트헤븐에 매일처럼 드나들며 탐문하고 다닌 모양입니다. 업무에 열정적이고 옳지 않은 일을 지나치지 못하는 매우 엄격한 상사였습니다. 그리고 2주쯤 지난 어느 날…….."

아오키 가스미는 여전히 눈물이 남은 눈으로 스와의 눈을 쳐다보았다.

"그 상사는 귀가하다가 뺑소니차에 치여 돌아가셨어요."

스와는 안면이 굳어지는 것을 느꼈다.

아오키 가스미는 이렇게 계속했다.

"관할 경찰서는 즉시 사고사로 판단했습니다. 다른 보험 조사 회사에 의해 조사가 이루어지고 보험금도 금방 지불되었습니다. 상사를 치여 죽인 범인은 아직 밝혀지지 않았습니다."

우연이겠지, 스와는 그렇게 말하려고 했지만 말이 나오지 않았다.

그 상사의 죽음은 아마 뺑소니 같은 것 때문은 아닐 것이다. 건드리지 말아야 할 것을 건드린 탓에, 그의 행동을 마뜩잖게 여긴 누군가가 교통 사고를 위장하여 치여 죽인 것이다. 형사의 감과 경험이 머릿속에서 그렇게 속삭이고 있었다.

문제는 누가 그런 짓을 했는가이다. 눈앞에 있는 여성이 말하듯이 기업과 지자체, 정부라는 이야기는 너무나 황당무계한 이야기처럼 들렸다.

"그러나 백보 양보해서 기업이라면 몰라도 도쿄 도, 심지어 국가가 살인에 연루되었다는 것은, 전혀 불가능하지는 않더라도 도저히……."

"스와 씨는 정말로 국가가 시민의 생명을 귀하게 여긴다고 믿습니까?"

아오키 가스미는 조용한, 그러나 날카로운 투로 차분하게 말하기 시작했다.

"그럼 전쟁은 왜 일어난 거죠? 아편, 각성제, 담배 같은 중독 물질을 팔 수 있게 허가해서 국민 건강과 이익을 맞바꾼 것은 누굽니까? 공해니 약해니 식품첨가물 피해니 하는 사태는 왜 일어나는 거죠? 시민이 타국에서 납치되면 국가가 구출하려고 진심으로 애쓰던가요? 유일한 원폭 피폭국이면서도 고집스레 원전을 추진하는 것은 어째서입니까?"

스와는 말문이 막혔다. 아오키 가스미는 개의치 않고 계속했다.

"경마, 경륜, 경정, 오토레이스 같은 도박을 공영으로 운영하고 누가 봐도 도박이 분명한 파친코를 '3점 방식'*이라는 궤변으로 묵인하여 도박 의존증 환자를 대량으로 만들어내고 있는 게 누구입니까? 그것도 모자라 2020년에는 마침내 완전한 도박장인 카지노를 기요스에 개업한 것이 누구입니까?"

"좋아요. 부탁이니까 진정해요."

스와는 아오키 가스미의 말에 압도되면서도 간신히 끼어들

---

* 파친코는 현금이나 유가증권을 상품으로 제공하는 것, 손님에게 제공한 상품을 직접 되사들이는 것, 게임용으로 제공한 구슬 등을 손님이 영업 장소 밖으로 반출하는 것을 법률로 금지함으로써 파친코가 도박이 되는 것을 방지한다. 그러자 업체에서는 ①손님이 딴 구슬을 경품으로 바꿔주고, ②손님은 이 경품을 외부의 법률상 '고물상'으로 등록된 교환소에서 현금으로 바꾸고, ③경품수집상이 교환소에서 경품을 사들여 파친코에 판매하는 방식을 취함으로써 법망을 피하고 있다. 이렇게 경품을 이용한 3단계 거래 방식을 취하는 것이 '3점三點 방식'이다.

었다.

"소비자금융, 보험 회사, 카지노, 도쿄 도, 거기에 국가가 최소 다섯 명의 노인을 사고사로 위장해서 죽이고, 이를 눈치 챈 당신의 상사까지 죽였다고 믿는다면, 그 동기를 설명해줄 수 있어요? 노인들이 죽으면 그놈들이 무슨 이익을 보는지."

"그럼 먼저 소비자금융과 보험 회사입니다."

아오키 가스미는 자신을 안정시키려는 듯 심호흡을 한 번 하고 나서 말하기 시작했다.

"스와 씨는 예전에 소신이나 단신, 또는 리보단신이라 불리던 보험이 있던 걸 아세요? 정식으로는 '소비자신용단체생명보험'이라는 보험입니다."

그거라면 스와도 들어본 적이 있었다. 1993년 소비자금융의 파산에 대비한 보험으로서 생명보험사들이 공동출자한 것이 소비자신용단체생명보험, 줄여서 '소신'이다.

소비자금융에서 대출을 받은 손님이 사망했는데 그 유족이 부채 상속을 거부할 경우, 소비자금융은 대출금을 회수하지 못하게 된다. '소신'은 그런 상황이 발생할 때 '사망한 고객의 잔여 채무를 보험금으로 보상한다'는 보험 회사 상품이었다. 면책 기간은 1년. 고객이 자살한 경우라도 계약으로부터 1년만 경과하면 지불된다.

소비자금융업체들이 모두 이 '소신'에 참가했다. 소비자금융은 대출금 회수 불가라는 리스크를 피할 수 있고 보험 회사는 안정적인 보험료 수입이 보장된다. 즉 소비자금융과 보험 회사 양자의 이해가 맞아떨어진 것이다.

그러나 이 '소신'이 보급됨에 따라 사회 문제가 잇달아 발생했다. 일부 업자가 고객에게 '돈을 갚지 못할 거면 전차에 뛰어드는 게 어때?' 하고 협박이나 다름없는 말을 하는 사태가 일어나고, 실제로 빚 때문에 자살하는 사람이 상당수 있다는 소문이 퍼지기 시작했다. 마침내 매스컴이 '목숨을 담보로 잡는 보험'이라고 보도하는 사태가 벌어졌다.

그러자 금융 담당 장관이 금융청에 조사를 지시했고, 금융청은 개정대금업규제법안에 '자살일 경우 보험금 지급을 금한다'는 조항을 담았다. 때문에 '소신'은 보험 상품으로서의 매력을 잃고 보험 회사는 속속 그 보험 상품의 폐지를 발표했다. 소비자금융은 안정을 꾀하기 위해 은행과 제휴하게 되고, 소비자신용단체생명보험은 자취를 감추게 되었다.

"'소신'은 이미 없어진 줄 아는데?"

"네. 2006년까지는 대부분의 보험 회사가 폐지 혹은 신규계약 중단을 발표했습니다. 하지만 최근 그와 유사한 보험이 다시 나타났습니다. '유기자遊技者신용단체생명보험'이라는 것인데, 우리는 '카지노보험'이라고 부릅니다."

"카지노보험?"

"소비자금융에서 대출을 받은 고객이 상환 불능에 빠진 경우 보험 회사가 소비자금융에게 잔여 채무를 보상한다는 겁니다. 소비자신용단체생명보험과 다른 점은 피보험자가 '카지노 이스트헤븐에 고객으로 등록된 고령자'로 한정된다는 겁니다.

주택융자를 대출해주는 은행이 드는 '기구機構단체신용생명보험'처럼 목적이 한정된 생명보험입니다."

"그 카지노보험이 생긴 뒤에 어떤 일이 일어난 거죠?"

"카지노에서 재산을 탕진한 고령자가 돈이 궁해서 소비자금융에 찾아오면 소비자금융은 돈을 얼마든지 빌려주게 되었습니다. 그 대출금도 다시 카지노로 흡수될 가능성이 높지요."

도박으로 빚을 낸 자는 그것을 갚기 위해 다시 도박에 대출금을 쏟아붓는다. 그것은 스와도 진저리가 날 정도로 잘 알고 있는 일이다.

"그리고 그 고객이 죽어서 상환 불능이 되더라도 잔여 채무는 카지노보험에서 보상해줍니다. 소비자금융으로서는 리스크가 전혀 없죠. 고객이 사망하면……."

고객이 사망하면…….

그러면 무사시노 시의 사고로 소비자금융과 보험 회사는 이익을 얻었을까? 그 노인은 소비자금융에서 500만 엔을 대출했다. 그 잔여 채무가 보험금으로 지불되었다면 소비자금융은 불만이 전혀 없다. 이자까지 다 쳐서 받아내니까.

그러면 보험 회사는 어떤가. 소비자금융에서 다달이 보험료가 들어오므로 수익이 많아졌을 것이다. 그러나…….

"보험 회사에는 이득이 없는 거 아닌가요? 무사시노 시의 추락사를 예로 들면 사망한 노인의 유족에게 생명보험사와 상해보험사에서 1500만 엔을 지불해야 합니다. 그리고 소비자금융에 500만 엔을 지불하면 총 2000만 엔을 지출해야 합니다. 다달이 보험료를 받는다고 해도 보험금 지급으로 큰 적자가 났을 텐데?"

아오키 가스미는 고개를 가로저었다.

"적자는 나지 않아요. '재보험'을 드니까."

"재보험?"

"보험 회사는 거액의 보험금 지급이 발생할 때를 대비하여 그 리스크에 보험을 드는 겁니다. 그것을 재보험이라고 합니다."

재보험이 있는 덕분에 보험 회사는 어떤 경우라도 손해를 보지 않게 되어 있다. 전후에 파산한 보험 회사가 여덟 개 사인데, 전부 보험금 지급 때문이 아니라 자금 운용에 실패한 탓이었다……. 아오키 가스미는 그렇게 설명했다.

"그리고 카지노에서 빨아들이는 방대한 자금을 운용하기 위해서 카지노 이스트헤븐이 설립한 재보험 회사가 있습니다. '기요스재보험회사'라고 하는데, 카지노보험에 든 고령자가 가입하는 모든 보험을 이 재보험 회사가 혼자 떠맡고 있습니다."

재보험 회사라는 것이 있다는 것을 스와는 미처 모르고 있었다. 그 재보험 회사를 이스트헤븐이 직접 경영하고 있다는 것이다.

"스와 씨. 그 무사시노 시에서 죽은 노인은 카지노에서 얼마나 탕진했습니까? 이스트헤븐은 그 노인의 돈을 얼마나 빨아들인 겁니까?"

스와가 급하게 계산하며 대답했다.

"재산에서 약 2000만 엔을 잃고 소비자금융에서 약 500만 엔을 빌렸으니까······."

다 합치면 약 2500만 엔. 스와는 새삼 놀랐다.

보험 회사가 유족과 소비자금융에 총 2000만 엔을 지불해도 그 돈은 재보험 회사가 전액 메워준다. 그리고 재보험 회사를 경영하는 카지노 이스트헤븐으로 2500만 엔이 들어간다. 이스트헤븐은 500만 엔의 이익을 올렸다. 또 재보험 보험료가 매달 보험 회사에서 재보험 회사에, 즉 이스트헤븐에 입금되고 있다.

아오키 가스미는 고개를 끄덕이고 말했다.

"고령자가 사망하면 소비자금융, 보험 회사, 이스트헤븐 삼자가 저마다 이익을 챙깁니다. 이런 구조를 이해하시겠어요? 더구나 그때 사망 이유는 자살이 아니라 사고사여야 합니다."

사고사라면 카지노의 희생자라는 사실이 알려지지 않는다. 게다가 유족에게 생명보험금뿐만 아니라 상해보험금도 지급되므로 유족이 소동을 피울 가능성도 낮다. 그러므로 자살이 아니라 사고사를 위장하여 죽였다. 가스미는 그렇게 말하고 싶은 것이다.

카지노가 고객을 모아 재산을 탕진하게 한 뒤 소비자금융으로 유도한다.

소비자금융은 대출금에 대한 이자를 얻고, 리스크는 보험 회사가 카지노보험으로 보상한다.

보험 회사는 소비자금융에게 보험료를 받고, 소비자금융에 지급한 보험금은 재보험 회사에 부담하게 한다.

재보험 회사는 보험 회사에 지급한 보험금을, 카지노가 손
님에게 우려낸 돈으로 보전한다.

카지노를 축으로 형성된 감탄스러울 정도로 잘 짜인 이익공
동체. 그리고 이 이익공동체 위에 도쿄 도와 국가가 있다는 것
이다.

"애초에 무리하게 카지노를 유치한 것이 도쿄 도와 국가니
까 국가와 도쿄 도가 이득을 얻고 있다는 점에 대해서는 새삼
말할 것도 없습니다. 카지노, 소비자금융, 보험 회사가 이득을
얻으면 도쿄 도와 국가는 그들에게 막대한 세금을 거둡니다.
부동산을 가진 고령자가 사망하면 상속세가 들어옵니다. 그러
나 이런 세수는 부차적인 이득일 뿐입니다."

아오키 가스미의 목소리에는 강렬한 분노가 배어 있었다.

"고령자들이 카지노에 저금을 쏟아부으면 막대한 휴면 자
산이 시장에 유통되고 경기 상승을 기대할 수 있지요. 그리고
무엇보다 고령자가 사망하면 연금, 의료, 복지, 생활보호 등에
투하되는 거액의 '사회보장 급부금'을 아낄 수 있어요. 도쿄
도와 국가에게는 이것이 가장 큰 매력입니다."

재무성이 2013년에 계산한 바에 따르면 앞으로 2년 후인
2025년에 일본 정부가 부담해야 할 사회보장 급부금은 약
146조 엔. 그리고 그 80퍼센트인 약 117조 엔이 65세 이상
의 고령자에게 급부된다. 그때의 고령자 인구가 약 3700만 명

으로 추정되므로 고령자 일인당 1년에 급부되는 금액은 약 316만 엔이다. 아오키 가스미는 그렇게 설명했다.

"65세인 노인이 평균 수명인 83세까지 산다면 그동안 일인당 5688만 엔이 필요합니다. 그 돈을 국가와 지자체가 부담해야 합니다."

"역으로 말하면 고령자 한 사람이 죽으면 5688만 엔이 굳는다……."

저도 모르게 중얼거린 스와에게 아오키 가스미가 고개를 끄덕였다.

"2015년에 '단카이 세대'가 65세를 넘은 뒤로 일본은 역사상 어느 나라도 경험한 적이 없는 초고령화 사회에 돌입했어요. 사회보장 급부금 문제는 일본이라는 나라를 멸망으로 이끌지도 모르는 문제입니다. 그 돈을 아끼는 가장 효과적인 방법은 고령자 수를 줄이는 것, 국가와 지자체가 그렇게 생각했다고 해도 이상할 게 없지요."

스와는 거의 사고 정지 상태에 빠졌다.

소비자금융, 보험 회사, 카지노, 도쿄 도, 국가, 이 다섯이 결탁하여 죄 없는 노인들을 잇달아 살해하고 있다……. 그럴 리 없다고 생각하면서도 사실 이 다섯이 저마다 막대한 이익을 얻고 있다는 것은 아무래도 사실 같았다.

문득 스와는 또 다른 뭔가를 깨달았다.

"도쿄 도가 카지노에서 고령자를 우대하여 이용을 장려하는 것도 설마……."

노인들을 카지노로 불러들여 도박 의존증에 빠뜨린 뒤, 재산을 탕진하게 해서 보험에 들게 해놓고 살해한단 말인가?

스와는 등줄기가 오싹해지는 것을 느꼈다.

무엇보다 이스트헤븐에는 벌레퇴치기가 날벌레를 꾀어 들이듯 노인들을 유인하는 장치가 준비되어 있다. 고령자의 카지노 이용을 촉진하기 위해 65세 이상의 도민에게 주어지는 '고령자 유흥 우대 제도', 통칭 '실버컴프'가 그것이다. 컴프란 카지노 용어로, 양질의 단골에게 제공되는 서비스를 뜻한다.

실버컴프의 내용은 카지노 칩 1만 엔어치, 호텔 1박 무료 숙박권, 레스토랑 1만 엔 무료 이용권 등 모두 여덟 개 항목. 이 특전은 매달 지급되는데, 사용하지 않으면 한 달 기한으로 실효되며 다음 달로 이월되지 않는다. 즉 사용하지 않으면 사라지는 권리이다.

이렇게 고령자들은 이스트헤븐으로 유인되었고, 그 가운데 다섯 명이 지난 1년이 채 안 되는 기간 동안 유사한 추락 사고로 사망했다.

"모든 것이 카지노 때문입니다."

가스미는 자신의 발언을 재확인하듯 연방 고개를 희미하게 끄덕이며 혼잣말처럼 말했다.

"기요스에 카지노가 들어서고부터예요."

두 사람 모두 침묵했다. 그리고 잠시 그대로 답답한 시간이 흘렀다.

"그렇다고 해도."

마침내 넋이 나간 듯한 목소리로 스와가 침묵을 깨뜨렸다.

"그럼 나보고 무얼 하라는 거죠? 가령 당신 말이 전부 사실이라고 합시다. 일본에 카지노가 탄생한 것을 계기로 관민이 협조하는 거대한 이익공동체가 생겨나고, 카지노에 노인들을 유인하여 저마다 이익을 확보한 뒤 살해해왔다……. 그런 무서운 범죄가 은밀히 진행되고 있다고 칩시다. 그럼, 이 범죄의 존재를 어떻게 증명하죠?"

스와는 초조감을 드러냈다.

"아니, 애초에 누가 범인이죠? 범인은 어디 있습니까? 대체 나는 누굴 추적하고 누굴 추궁하고 누굴 체포하면 되죠?"

노인들과 아오키 가스미의 상사가 정말로 살해된 거라면 그 여섯 건의 사고를 철저히 재조사하고 실행범을 찾아내서 체포할 수 있을지 모른다. 하지만 범인은 아마 고용된 자일 터이니 체포한다고 사건이 해결되지는 않을 것이다. 여섯 건의 살인 뒤에 거대한 이익공동체가 존재한다는 것을 증명하여 그것을 해체하기 전에는 이 사건이 종결되는 일은 없을 것이다.

그리고 이와 비슷한 노인 사고사는 그 밖에도 더 일어나고 있을 가능성이 있다. 아까 아오키 가스미가 말한 것처럼 수십 명, 혹은 수백 명의 노인이 사고사로 위장되어 살해되고 있는지도 모른다.

하지만…….

도쿄 도와 국가까지 참여한 거대한 이익공동체가 존재한다면 일개 경찰관인 자신이 진실을 추적해낼 수 있을까? 아마 힘들 것이다. 이것은 기업 범죄를 담당하는 검찰청 특수부를 중심으로 정치 범죄를 담당하는 경찰청 경비국과 경시청 공안부, 그리고 경시청 형사부의 수사 제1과, 수사 제2과가 함께 나서야 할 초대형 사건이다.

그리고 그런 대대적인 수사에 나서기에는 물증이 너무나 없다. 노인 다섯 명과 가스미의 상사의 사망은 이미 사고사로 결론이 났다. 이제 와서 수사를 재개해도 조사 자료가 남아 있지 않을 가능성이 있다. 일단 조사를 담당한 각 관할서의 체면도 걸린다. 재수사는 매우 곤란할 것이 틀림없다.

"실은 저 혼자 능력으로 이런 대형 음모를 감지한 건 아닙니다."

아오키 가스미가 문득 그렇게 말했다.

"제 친구 중에 하마나 료스케라는 프리랜서 잡지 기자가 있어요. 회사에는 상의할 만한 사람이 없어서 그 친구와 상의해왔는데, 이야기를 거듭해나가는 과정에서 방금 말씀드린 구조를 파악하게 된 거예요."

스와는 새삼 납득했다. 보험조사원이기 때문에 얻을 수 있는 정보가 바탕이 되었겠지만 분산된 정보에서 방금 들었던 추론을 이끌어내기는 쉽지 않을 것이다. 그 하마나라는 기자는 아마 기업 범죄나 정치 범죄를 취재한 경험이 있을 것이다.

"하마나는 도쿄 도와 국가가 카지노를 도입한 데 의문을 품고 있는 정치가를 만나서 얘기를 들어봐야 하는 거 아니냐고 생각하고 있어요. 스와 씨는 어떻게 생각하세요?"

"글쎄요……."

물론 도나 국가가 범죄에 관여했다면 뭔가를 알고 있는 정치인이 있을지 모른다. 정치인이 아니면 접하기 힘든 정보도 있을 것이다. 게다가 카지노에 얽힌 범죄로 짐작되는 만큼 카지노에 비판적인 정치인이라면 힘이 되어줄지 모른다.

여하튼 뭔가 구체적인 정보가 없으면 경찰 조직을 움직일 수 없다.

"그 정치인 말인데, 생각해둔 사람이 있어요? 약소정당 소속이나 무소속이라면 도움이 안 될지도 모르는데."

아오키 가스미는 즉시 힘차게 고개를 끄덕였다.

"힘이 되어줄지도 모르는 사람을 찾아냈어요. 아직 신인 정치인이지만 정부 여당 소속 의원이고 초당적으로 결성된 '도박 피해를 생각하는 모임'의 대표를 맡고 있어요. 일본에 카지노를 도입하는 데에도 처음부터 반대했다고 합니다. 낡은 파벌에도 속하지 않은 만큼 그 의원이라면 자유로운 활동이 가능하지 않을까 하고 하마나도 말하더군요."

아오키 가스미는 스와에게 힘주어 말했다.

"게다가 몇 해 전에 부모를 사고로 잃은 사람이라 고아 후원에도 힘을 쏟고 있어요. 이번 희생자를 위해서도 힘이 되어줄 게 분명해요."

그 이야기를 듣고 스와는 어느 인물이 떠올랐다.

"혹시 그 사람 아닌가요? 미국에서 온 귀국 자녀이고, 변호사를 거쳐 국회의원이 된……."

"맞아요."

스와를 바라보며 아오키 가스미가 힘 있게 고개를 끄덕였다.

"중의원 의원 에다 아즈마 씨입니다."

11 수긍해주는 자

"미안합니다, 너무 고물이죠? 전기차나 하이브리드차가 아니라서 되게 시끄러울 거예요."

운전석의 젊은이가 미안해하며 큰 소리로 말했다.

짧은 머리, 청바지, 갈색 가죽제 쇼트부츠, 거기에 카키색 보머 재킷. 프리랜서 잡지 기자 하마나 료스케이다. 현재 25세. 조수석의 아오키 가스미하고는 고교 동창이라고 한다.

"내 차도 이제 곧 열 살이 되는 고물이야. 고물이라면 어느 차한테도 지지 않지. 아니, 내 차가 훨씬 더 시끄러울걸."

뒷좌석의 스와가 그렇게 대답하자 하마나는 놀란 얼굴로 돌아다보았다.

"그래요? 스와 씨는 뭘 타시는데요?"

"까만 스파이더 듀엣. 이봐, 이 차, 무인운전차가 아니잖아? 위험하니까 앞을 잘 보고 운전해."

하마나는 당황하며 몸을 돌린 뒤 기쁜 듯이 떠들어댔다.

"우와! 부럽다! 나도 알파를 사고 싶은데, 왜 이렇게 돈도 안 되는 일만 하고 다니는지. 그래도 이놈이 연비는 시원찮아도 아주 잘 나가요. 꽤 마음에 들더라고요. 실은 로터리 엔진 차를 꼭 타보고 싶었거든요."

하마나의 차는 2012년식 4도어 세단 마쓰다 RX-8, 컬러는 오로라블루마이카. 양산 승용차로는 최후의 휘발유 로터리 엔진 탑재 차량이다. 후속 모델인 수소 로터리 엔진 차량이 꽤 오래전부터 개발이 진행되어왔지만 2023년인 지금까지도 발매에 이르지 못하고 있다고 하마나는 설명했다.

"다들 친환경, 친환경 하는 시절이니까 수소 로터리 엔진 차가 나오면 즉시 바꿀 예정이에요. EV인지 AV인지, 그런 건 자동차라고 할 수도 없죠. 건전지와 모터로 움직이다니, 전기면도기도 아니고. 자동차라면 역시 실린더 속에서 연료를 펑펑 폭발시키며 달려야죠!"

스와는 웃음을 짓고 백미러에 비친 하마나의 눈을 보았다.

아오키 가스미가 기요스 서의 스와를 찾아온 날 저녁, 하마나가 즉시 스와의 휴대폰으로 연락해왔다. 하마나는 초인사도 하는 둥 마는 둥 하고는 최대한 빨리 에다 의원을 만나고 싶다, 그때 꼭 동석해주었으면 좋겠다고 부탁했다. 스와는 언제든 좋으니 에다와 약속을 잡아보라고 대답했다. 그러자 사흘 뒤 하마나가 전화해서 에다와 약속 시간을 정했다고 알려주었다.

기요스에서 만나는 것은 보안을 위해 피하는 것이 좋겠죠, 하고 하마나가 말해서 스와도 동의했다. 그래서 오늘 세 사람은 시오도메에 있는 시티호텔 라운지에서 만나 지하 주차장에서 하마나의 차를 타고 롯폰기에 있는 에다 아즈마의 사무소로 가기로 했다.

자동차에 대한 취향으로 사람을 판단하는 것이 이상하게 보이겠지만, 스와는 이 낡고 희귀한 차를 타는 하마나라는 젊은 이에게 금세 친밀감을 느꼈다. 대상이 뭐든 마니아 수준의 취향을 가진 사람은 신용할 수 있다. 근거는 없지만 그런 잣대가 스와의 마음에는 있었다.

"하마나. 에다 의원을 만나더라도 처음부터 너무 격의 없이 아무 얘기나 하면 안 돼."

조수석의 아오키 가스미가 하마나에게 경고했다.

"그 사람이 우리 편이 되어줄지 어떨지 아직 모르니까. 어떤 사람인지부터 정확히 파악해야 해."

"내가 보기엔 괜찮을 것 같은데! 전에 에다를 인터뷰한 선배 정치 기자가 있는데, 어떤 사람이냐고 물어보니까, 젊은 사람치고는 신념이 확고한 훌륭한 정치가다, 언젠가 장관이 되지 않을까 감탄했다고 했거든."

"그렇다면 다행이지만."

가스미의 불안은 당연한 것이었다. 카지노를 축으로 관민이 뭉친 이익공동체가 존재하며, 그들이 살인을 저지르고 있다, 라고 하면 당연히 누구나 황당무계한 이야기로 들을 것이다. 비웃음만 사고 쫓겨날 공산이 크며, 묘한 망상에 빠진 삼인조가 왔다고 경찰에 신고당할 가능성도 없다고 할 수 없다.

"아, 스와 씨, 이거요!"

하마나가 왼쪽으로 몸을 틀며 하얀 카드 몇 장을 스와에게
내밀었다.

명함이었다. 일본보험조사서비스주식회사 보험조사원 스
와 고스케. 명함에는 그렇게 인쇄되어 있었다. 주소나 전화번
호도 가스미의 명함과 같은 내용이었다.

"경찰이 우리와 동행한다면 아무래도 이상하겠죠? 그래서
가스미네 회사의 명함을 빌려서 만들어둔 겁니다. 그러니까
오늘은 가스미의 동료로 행동해주세요."

스와는 난감했다.

"이거, 신분 사칭이잖아. 게다가 요즘 짓는 아파트에는 생체
인증 오토록이 설치되어 있지 않나?"

"그건 주민용 키리스 인증 시스템이죠. 거기 사는 주민들은
손바닥을 가까이 대기만 하면 문이 열리지만, 방문객은 예전
과 마찬가지로 방문처의 주인이 잠금 장치를 해제해주어야 합
니다."

하마나는 새침한 얼굴로 그렇게 말했다.

스와는 자신의 가짜 명함을 보며 가만히 한숨을 지었다.

에다 아즈마의 사무소가 있는 낡은 아파트는 대사관들이 모
여 있는 한적한 구역에 있었다. 건축한 지 30년은 돼 보였지만
외장을 보니 원래 돈을 많이 들인 구조 같았고 유지와 보수도
잘되었는지 노후된 느낌도 없었다.

현관 옆에 수위실이 있고 그 안에 제복을 입은 수위가 있었다. 하마나가 용건을 말하자 수위는 세 사람에게 마이넘버 ID 카드를 요구했다. 그것을 휴대형 리더에 대고 개인정보 가운데 열람이 허가된 부분을 기록한 수위는 마침내 세 사람을 통과시켜주었다.

꽤 오래된 건물인 탓이겠지만 아파트에는 생체 인증 장치는 없고 키나 암호로 푸는 구식 시스템이었다. 투명한 자동문 옆에 숫자키와 카메라가 달린 인터폰이 있었다. 하마나가 에다의 사무소 번호를 누르자 여성의 목소리가 응답하고 현관문이 열렸다.

13층, 그러니까 그 아파트의 최상층에 에다의 사무소가 있었다. 하마나가 초인종을 누르자 비서로 보이는 여성이 문을 열고 세 사람을 안쪽에 있는 방으로 안내해주었다.

"처음 뵙습니다. 에다 아즈마라고 합니다."

에다는 책상에서 일어나 웃는 얼굴로 세 사람에게 걸어와 차례대로 악수를 나누고 문에서 볼 때 오른쪽 안쪽에 있는 소파 세트로 세 사람을 안내했다.

신장은 180센티미터쯤 돼 보였다. 훤칠하고 마른 몸을 차분한 진회색 슈트로 감쌌다. 콧날이 곧고 윤곽이 뚜렷한 얼굴에 검은 머리를 짧게 쳐서 올백으로 넘겼다. 검고 굵은 눈썹에 까만 홍채를 가진 커다란 눈에서는 에너지가 느껴졌다.

명함 교환이 끝나자 세 사람은 왼쪽부터 하마나, 아오키, 스와의 순서로 소파에 앉고 에다는 건너편에 앉았다. 방금 전의 여비서가 금세 커피를 내왔다. 비서가 유리 테이블에 커피 잔 네 개를 놓아주고 목례를 하고 나갈 때까지 스와는 짐짓 자연스럽게 실내를 관찰했다.

본래는 거실이었던 곳을 개조했는지 칠팔 평쯤 되는 공간이었다. 들어가서 왼쪽 구석에 목재 양소매책상, 그 위에 컴퓨터와 프린터와 전화기. 목재 사진 액자가 하나. 사진은 이쪽에서는 보이지 않지만 에다는 지금도 독신이라고 하므로 사고로 타계했다는 부모 사진이 끼워져 있는지도 모른다.

책상 뒤쪽의 벽은 전체가 방대한 양의 책을 수납한 책장으로 되어 있었다. 법률이나 정치 관련서와 함께 도박이나 카지노에 관한 책도 상당한 공간을 차지하고 있었다. 아래쪽 단에 꽂혀 있는 많은 대형본은 미술서일 것이다. 책등에 유명한 화가나 미술관 이름이 보인다. 입구 정면에 해당하는 하얀 크로스 벽도 액자에 표구한 유화가 걸려 있다.

방 안을 관찰하면서 스와는 미리 조사해온 에다 아즈마의 이력을 떠올렸다.

에다 아즈마, 39세. 1984년 뉴욕에서 변호사로 일하던 일본인 아버지와 역시 일본인 어머니 사이에 외아들로 태어났다. 어릴 적부터 그림에 흥미가 있어 대학도 퍼슨즈 미대에 진학. 그 대학을 졸업하기 직전에 부모는 일본으로 돌아갔지만, 에다는 미술 공부를 위해 미국에 남았다. 그리고 아르바이트를 하며 미국 전역의 미술관들을 돌아보았다.

그리고 라스베이거스에 머물 때 에다에게 부모의 부고가 날아들었다. 부모는 불운하게도 파손된 고가도로에서 선로로 추락하여 사망했다.

에다는 부친의 유지를 잇기 위해 일본에 건너와 법과대학원에 입학하고 3년 뒤 사시에 합격했다. 그리고 이 롯폰기에 '에다 아즈마 법률 사무소'를 개업했다. 그 이후 귀국 자녀 출신에 미일 간의 법률 문제에 해박하므로 TV 등 매스컴에 등장할 기회가 많아지고 용모가 단정한 덕분에 점차 인기와 지명도를 높여갔다.

한편 에다는 라스베이거스에서 머문 기간이 길어서 카지노에 관한 지식이 풍부하며 동시에 도박 피해 문제에도 조예가 깊었다. 그리고 일본에서 카지노가 해금되는 상황에 대비하여 장차 국정에 참가할 의사를 표명했다. 그리고 10년 전 총선에서 여당의 중의원 전국구로 출마하여 멋지게 당선되어 국회의원이 되었다.

스와는 다시 자연스럽게 사무소 내부를 둘러보았다. 일반적으로 국회의원 사무소라고 하면 반드시 호접란이 장식되고 벽에는 자신의 선거 포스터가 죽 걸려 있게 마련이다. 그리고 눈에 잘 띄는 자리에 자신이 받은 감사장이나 정재계 거물의 붓글씨, 해외 VIP와 악수한 사진, 영문 모를 트로피 따위를 전시하게 마련이다.

그러나 에다의 사무소에는 그런 허식이 일체 없었다. 면적도 꼭 필요한 최소한의 공간으로 보이고 간소하달까 기품이 느껴졌다.

"공간이 너무 좁아 죄송합니다, 스와 씨."

문득 그런 말이 들렸다.

그쪽을 보니 에다가 웃음을 지으며 자신을 보고 있었다. 그 까만 눈동자에 속마음을 투시당한 기분이 들어 움찔했다.

"여기는 변호사 시절부터 사용해온 사무소입니다. 조금 좁지만 그 대신 임대료도 쌉니다. 저는 이른바 '사무소비'*는 계산하지 않고 있거든요. 정식 사무소는 의원회관에 두고 있지만 상담 내용에 따라서는 손님을 그곳으로 초대하기 힘든 경우도 있어서요."

에다가 미안한 듯이 해명했다.

"사무소가 낡고 지저분해서 놀라셨을 겁니다. 생체 인증 오토록이 없어서 불편하긴 하지만 임대료가 저렴하니까요."

"아뇨, 에다 선생, 좋은데요."

스와가 수습하려고 하자 에다는 곤혹스러운 웃음을 지었다.

"그냥 에다 씨라고 불러주세요. 국회의원이나 변호사가 성직자도 아닌데 선생이라 불리니 아무래도 어색하군요."

아무래도 에다는 스와가 사무소를 관찰하는 동안 스와를 관찰하고 있었던 듯하다. 게다가 명함을 슬쩍 보고서도 벌써 스

---

* 정치자금규정법에 따라 국회의원이 제출해야 하는 정치 자금 수지 보고서의 지출 항목 가운데 하나. 정치활동비는 건당 5만 엔 이상의 지출에 대해서는 자세한 내용과 영수증 사본을 첨부하도록 되어 있는데, 경상 비용에 속하는 사무소비는 총액만 기재하고 자세한 내용이나 영수증 사본 첨부가 의무로 되어 있지 않다. 그런데 임대료가 공짜인 의원회관에 사무실을 운영하는 국회의원이 거액의 지출을 '사무소비'로 처리하여 정치 문제로 비화된 일이 여러 번 있다.

와의 이름을 기억했고 겸손한 태도를 허물지 않는다. 소문대로 빈틈이 없는 사람이다. 스와는 새삼 그렇게 느꼈다.

에다는 환한 표정으로 세 사람의 얼굴을 둘러보았다.

"그런데, 기요스 카지노에 대하여 제게 할 이야기가 있다고 하셨지요?"

이스트헤븐의 도박 피해 문제를 상의하고 싶다고 하자 에다는 흔쾌히 시간을 내주었다. 그러나 구체적인 내용에 대해서는 밝히지 않았다. 에다라는 인물이 자기들의 이야기를 믿어줄 것인가. 우선은 그것을 판단하는 것이 먼저였다. 세 사람은 이야기의 흐름에 따라서는 아무 이야기도 하지 않고 돌아오는 상황도 상정하고 있었다.

아오키 가스미가 긴장한 투로 입을 열었다.

"에다 씨는 일본에서 카지노를 개장하는 것을 일관되게 반대하셨다고 들었는데, 그건 사실입니까?"

"네, 그렇습니다."

에다는 가스미를 바라보며 진지한 표정으로 고개를 끄덕였다.

"아오키 씨는 제가 '도박 피해를 생각하는 모임'의 대표를 맡고 있다는 것을 아십니까? 사실 카지노 해금이 논의되던 시기에는 조건에 따라서는 찬성하려고 생각했습니다. 그러나 지금은 완전히 비판적인 의견을 갖고 있습니다."

"그건 어째서입니까?"

이번에는 하마나가 물었다. 그러자 에다가 이렇게 되물었다.

"하마나 씨. 현재, 아니 기요스에 카지노가 생기기 전부터 내내 그랬지만, 가동 중인 도박 기기가 세계에서 가장 많은 나라가 어느 나라인 것 같습니까?"

"도박 기기라면 슬롯머신 말인가요?"

"그렇습니다. 일본에서는 각종 무늬가 그려진 바퀴들이 회전하는 릴머신을 슬롯머신이라고 부르지만, 영어권에서는 동전이나 메달을 투입하는 도박 기기를 두루 일컫는 이름입니다. 릴머신 외에도 비디오슬롯, 비디오포커, 경마 게임, 오토룰렛 등까지 포함하는 것이 슬롯머신이고 도박 기기입니다."

하마나는 잠시 생각하다가 대답했다.

"기요스의 카지노가 생기기 전부터 세계 최고였던 나라입니까? 그럼 역시 라스베이거스가 있는 미국이겠죠?"

에다는 어두워진 표정으로 고개를 가로저었다.

"아닙니다."

"아닙니까? 그럼 마카오? 아니면 최근 카지노에 힘을 쏟고 있는 싱가포르인가요?"

에다는 하마나에게 이렇게 대답했다.

"정답은, 일본입니다."

"일본? 설마요!"

놀라 소리를 지르는 아오키 가스미에게 에다가 설명했다.

"2011년 호주의 도박기기제조사협회 GTA는 전 세계에 701만 1000대의 도박 기기가 존재하며, 그 가운데 421만 1000대가 일본에 있다고 발표했습니다. 즉 전 세계 도박 기기의 약 60퍼센트가 일본에 집중되어 있는 겁니다. 2위 미국이 86만 2000대라고 하니까 일본은 미국의 다섯 배나 됩니다."

가스미가 충격을 받은 투로 말했다.

"그렇게 엄청나게 많은……."

스와도 의문을 내놓았다.

"하지만 대체 일본의 어디에 있다는 거죠? 일본에서는 공영 도박을 제외하면 모든 도박이 불법이잖아요? 하우스가 있다고 하지만 설마 그렇게 많은 기기가."

하마나는 그 내용을 금방 알아차린 듯했다.

"파친코 말이군요?"

에다는 고개를 크게 끄덕였다.

"그렇습니다. 일본에서 파친코는 법률상으로는 레저 기기이지 도박용 기기가 아니라고 되어 있습니다. 하지만 경품을 현금으로 교환할 수 있다는 이유로 GTA는 파친코를 도박으로 간주합니다. GTA뿐만 아니라 이것은 일본의 파친코에 대한 여러 외국의 공통된 인식입니다."

즉 여러 외국에서는 일본을 세상에서 도박을 제일 쉽게 할 수 있는 나라로 보고 있다는 말이다. 스와는 씁쓸한 기분으로 에다의 이야기를 들었다.

에다는 계속 말했다.

"외국만이 아닙니다. 2012년 아사히신문은 '파친코, 경마 등 다양한 도박이 있는 일본'이라고 했고, 2013년에도 '경마나 파친코 같은 도박은'이라고 썼습니다. 전국지에서도 파친코를 도박이라고 공언한 겁니다. 이것은 일본인 대다수가 파친코를 도박으로 인식하고 있다는 것을 보여주는 증거죠."

"역시 파친코였군."

하마나가 납득했다는 듯이 날카로운 표정으로 연방 고개를 끄덕였다.

"예전에 병적인 도박 중독자를 취재한 적이 있는데, 그때 절감한 것은 파친코의 최대 문제점은 법적으로 도박이 아니라 레저로 간주되고 있다는 겁니다. 법 규제가 없으니 전국 방방곡곡 어디에나 개점할 수 있고 주부나 학생도 심심풀이 삼아 손쉽게 시작하고 있어요."

하마나는 열띤 말투로 계속했다.

"전국에 약 200만 명의 도박 의존증 환자가 있다고 하는데, 대부분 파친코로 입문한 사람들입니다. 이들은 파친코를 시작으로, 물론 이것만 해도 사채 지옥이나 가정 붕괴 같은 심각한 사태를 낳고 있지만 더 본격적인 도박으로 들어섭니다. 스포츠 도박이나 하우스 같은 비합법적인 도박도 이런 토양에서 자라나는 겁니다."

"하마나 씨 말씀이 맞습니다."

에다도 동의했다.

그는 파일에 있는 자료를 제시했다.

"게다가 매출을 볼까요? 2007년 미국 게이밍협회가 공표한 미국의 '상업적 카지노'의 매출은 344.1억 달러입니다. 환율을 1달러당 100엔으로 치면 3조 4410억 엔이죠. 이것은 그 후

222

에도 미세하게 증가하고 있다고 합니다. 이에 비해 일본의『레저 백서 2012』에 따르면 파친코의 연간 매출은 18조 8960억 엔입니다."

"일본의 파친코가 미국의 전체 카지노보다 약 5.5배나 되는 매출을 올린다는 겁니까?"

아오키 가스미가 놀라서 말했다.

"미국 인구가 일본의 약 2.4배라는 점을 잊지 마세요. 일인 당 금액으로 계산하면 13.2배입니다. 게다가 미국의 카지노 인구에는 외국인 관광객이 다수 포함되지만 파친코 인구는 거의 다 일본에 거주하는 사람들입니다."

에다는 그렇게 덧붙이고 세 사람을 둘러보았다.

"제가 조건에 따라서는 카지노 해금을 찬성할 생각이었다고 앞에서 말했던 것도 국가가 도박에 대한 이런 모호한 태도를 바꾸고 확실한 법을 정비할 기회라고 생각했기 때문입니다. 국가가 파친코를 도박으로 규정하고 법 규제나 폐지를 목표로 논의하게 된다면, 제한된 장소에 카지노를 허가하는 것도 의미가 있다고 봤습니다. 그러나……."

에다는 어두워진 표정으로 이렇게 계속했다.

"유감스럽게도 국가는 파친코 문제에는 전혀 손을 대지 않고 카지노만 허가했습니다. 도쿄 도와 국가는 과연 그런 태도로 카지노를 엄격하게 관리하고 조절할 수 있을까요? 심히 의심스럽다고 하지 않을 수 없죠."

"정말 그래요, 맞습니다!"

"저도 그렇게 생각합니다."

하마나와 가스미가 흥분해서 입을 모았다.

"뿐만 아니라 저는 지자체와 국가가 왜 충분한 논의도 없이 카지노 해금을 강행했는지 강한 의심을 가지고 있습니다. 뭔가 숨겨진 의도가 있을 거라는 생각도 듭니다. 가령 관과 민이 이권을 위해 유착했거나 정치 헌금 때문일 수도 있고, 아니면 다른 이익이 있는지도 모르죠."

에다는 미간을 찡그리며 눈을 감았다.

하마나 툐스케와 아오키 가스미는 소파의 오른쪽 구석에 앉은 스와에게 동시에 곁눈을 던졌다. 보세요, 에다 의원은 믿을 수 있다니까요, 모든 것을 털어놓읍시다, 두 사람의 눈은 그렇게 말하고 있었다.

"그럼, 에다 씨."

세 사람의 왼쪽 끝에 앉아 있던 하마나가 들고 온 가방에서 파일을 꺼냈다.

"이제 본제로 들어가겠습니다. 이 보고서를 읽어보시겠습니까?"

하마나가 작성한 보고서를 다 읽은 에다는 잠시 생각에 잠겼다.

보고서는 다섯 노인의 의문사에서 시작하여, 노인들이 모두 카지노 이스트헤븐에 드나들었다는 것, 사고를 조사하던 아오키 가스미의 상사가 뺑소니 사고로 사망한 것을 보고했다. 그리고 이 밖에도 노인의 의문사가 더 많이 존재할 가능성이 있음을 제기했다.

나아가 '카지노보험'과 '기요스 재보험 회사'의 존재를 근거로, 이 일련의 수상한 사망 사고의 뒤에는 고령자의 자산을 노리는 소비자금융, 보험 회사, 카지노, 도쿄 도, 국가, 이 다섯의 무서운 음모가 있다, 그렇게 결론짓고 있었다.

"믿을 수 없군요."

에다는 마침내 눈을 뜨고 심각한 표정으로 고개를 좌우로 저었다.

"관민이 공모해서 이런 무서운 범죄를 저지르고 있다니, 도저히 믿을 수 없습니다. 그러나⋯⋯."

그 대목에서 에다는 망설이는 듯이 말을 끊었다가 작심한 듯이 다시 입을 열었다.

"저는, 이 음모가 존재할 가능성을, 완전히 부정할 수가 없군요."

"정말입니까!"

아오키 가스미가 상체를 앞으로 내밀었다.

"네. 부정은커녕 짚이는 점이 있습니다."

에다는 세 사람을 둘러보며 이렇게 계속했다.

"하마나 씨가 작성한 고발 문서를 읽고 제일 먼저 떠오른 것이 지금으로부터 11년 전 후생노동성이 발표한 간병 지원에 관한 문서입니다."

"간병 지원, 이라고요?"

에다는 어리둥절한 표정을 짓는 하마나에게 고개를 끄덕이고 자리에서 일어섰다. 그리고 방 안쪽에 있는 책상으로 걸어가 서랍에서 파일 홀더 하나를 꺼냈다. 그것을 들고 소파로 돌아와 서류 한 부를 빼내서 세 사람 앞에 내놓았다.

"이것은 2012년에 발표된 후생노동성의 「정책 리포트」입니다."

가운데 앉은 하마나가 그 서류를 읽기 시작했다. 스와도 오른쪽에서 문서를 들여다보았다.

그 보고서는 '카지노가 노인의 간병 지원에 도움이 되며 치매 개선에 효과가 있다'는 것을 보여주는 사례를 소개하고 있었다. 실제로 사이타마 현 와코 시가 '어뮤즈먼트 카지노'라는 모의카지노를 만들고 개호 지원 사업의 일환으로 활용해서 효과를 보고 있다는 보고가 사진과 함께 소개되어 있었다.

〈인구가 약 7만 명인 사이타마 현 와코 시는 간병 지원을 위해 다양한 대책을 시행하고 있습니다. 그 가운데 하나가 '어뮤즈먼트 카지노'인데, 룰렛이나 트럼프 같은 오락성 있는 설비를 활용한 프로그램입니다.

참가자는 게임에 집중하며 이기기도 하고 지기도 하고, 웃기도 하고, 점수 계산도 합니다. 이것은 곧 가벼운 치매증을 치유하는 프로그램에 자연스레 참가하는 것입니다. 이렇듯 감정을 풍부하게 표현할 수 있는 장을 제공함으로써 '다음에 또 오고 싶다!'는 참여 의욕을 고취하고 '침거 예방'에도 도움이 되

고 있습니다.〉

에다는 그 옆에 다른 자료를 펼쳐놓았다. 이 「정책 리포트」
가 발표되고 그 이듬해인 2013년 1월에 어느 전국지의 웹사
이트에서 출력한 것이었다.

"후생성 보고서에 의해 정부의 허가를 얻은 어뮤즈먼트 카
지노는 사이타마에 이어 히로시마나 야마구치의 민간 간병 시
설에서도 채택되고 마침내 전국적으로 확산되게 되었습니다.
그 시설 대부분은 파친코나 게임센터를 소유한 기업이 운영하
고 있습니다."

〈우선 1924년생 여성이 뇌파 측정기를 달고 파친코를 즐겼
다. 간병 매니저에게 핸들 조작법이나 게임 요령 등을 배우며
게임을 했다. 그 여성은 게임이 끝난 뒤, '재미있고 뇌에 좋다
니 반가운 일'이라며 웃는 낯으로 말했다. 게임으로 뇌가 훈련
되고 있다는 것은 데이터로도 확인할 수 있었다.

테이블 게임으로는 여성 다섯 명이 블랙잭을 했다. 간병 매
니저를 딜러로 세우고 담소하며 게임을 즐겼다. 이런 게임에
열중하는 것은 뇌에 자극을 주고 훈련이 될 뿐만 아니라 간병
매니저나 동료들과의 의사소통을 촉진하며, 이는 치매 예방과
재활로 연결된다.〉

"그렇다면, 이건."

하마나는 놀란 얼굴로 서류에서 고개를 들었다.

"이미 2012년부터 후생노동성, 즉 국가가 '도박은 고령자 간병 지원에 효과가 있다'고 발표하고 카지노 환영 분위기를 조성해서 해금을 지원했군요? 그리고 동시에 고령자에게 정책적으로 카지노를 장려하고 전국 지자체나 민간 간병 시설에 어뮤즈먼트 카지노라는 모의카지노를 도입하도록 장려해왔다는……."

"이 자료들을 보면 그렇게 볼 수도 있습니다."

에다는 신중하게 대답했다.

"'오다이바 카지노 구상'이 제기된 당초에 카지노를 해금해야 하는 이유로 제시된 것은 도쿄 만에 카지노를 축으로 하는 대규모 종합 리조트를 만들어 대규모 고용을 창출하는 동시에 해외 관광객을 유치하여 외화를 획득해야 한다는 것이었습니다. 이른바 도쿄 만 IR 구상이죠. 오다이바가 기요스로 바뀌고 도쿄 만 MR 구상으로 이름이 바뀌었지만 그 설명은 달라지지 않았습니다. 그러나……."

아오키 가스미가 에다의 말을 이었다.

"그러나, 카지노를 해금해야 할 이유가 또 하나 있었던 거죠."

에다는 고개를 끄덕였다.

"당시 일본은 심각한 재정난에 처해 있었습니다. 후생성 보고서가 발표된 2012년 12월에 도쿄 도지사를 그만두고 신당을 결성한 마키하라 유타로는 매스컴 앞에서 이렇게 발언합니다. '나라 빚이 900조 엔이 넘지만 저금이나 주식 등 국민이 가지고 있는 개인 자산은 1500조 엔이 넘는다. 정부는 왜 이 돈을 활용하지 않는가?'"

그런 말을 한 정치가가 있었단 말인가, 하고 스와는 충격을 받았다. 즉 마키하라는 국가가 국민의 개인 자산을 자유롭게 사용할 권리를 가지고 있다고 생각했던 것이다.

에다의 설명에 따르면 그 수치는 총무성 통계국이 2011년에 발표한 「2009년 전국 소비 실태 조사」에 근거했다고 한다. 이 조사는 5년마다 실시되는데, 그중에는 국민의 가계 자산도 언급되어 있다. 가계 자산이란 예금 같은 '금융 자산'과 부동산인 '택지·주택 자산' 등을 말한다.

그리고 이 「2009년 전국 소비 실태 조사」는 '가계 자산은 70세 이상이 가장 많으며 30세 미만의 5.9배' '독신 세대의 가계 자산도 70세 이상이 가장 많다'는 제목으로 설명하고, 나아가 '일본 금융 자산의 61퍼센트는 60세 이상의 고령자가 보유하고 있다'고 명기했다고 한다.

아오키 가스미가 저도 모르게 끼어들었다.

"그건 마치 국가가 '노인들이 이렇게 돈을 쌓아두고 있다. 토해내게 하라'라고 선동하는 거나 마찬가지 아닙니까!"

에다는 이 말에는 부정도 긍정도 하지 않고, 하던 이야기를 계속했다.

"이 2011년에 발표된 통계가 국가 방침에 커다란 영향을 준 것으로 보입니다. 그 직후에 정부는 두 가지 정책을 실행에 옮겼기 때문입니다. 2013년 1월의 상속세 인상과 역시 그해

5月의 '마이넘버 제도'*입니다. 이것은 모두 고령자의 자산에 과세하기 위한 정책으로 평가됩니다."

상속세는 고령자가 죽으면 그 자산을 국가에 넘기게 하려는 것이다. 그리고 마이넘버 제도는 국민의 개인 자산을 완전히 파악하여 과세하기 위한 정책, 즉 '자산 과세'를 위한 준비로 보인다. 그리고 개인 자산 대부분은 60세 이상의 고령자가 소유하고 있다.

"그리고 카지노 역시 고령자로부터 자산을 빼앗기 위한 도구로 도입되었다……."

하마나가 고개를 크게 끄덕였다.

"도지사로 있을 때부터 마키하라 유타로는 카지노 해금파의 최선봉이었습니다. 마키하라는 국민 자산을 빨아들이는 장치로 카지노를 도입하려고 했던 거죠. 그리고 마키하라의 구상을 승계하여 차기 도지사가 된 이토다 마키가 일본에 카지노를 도입하는 데 성공했다, 그렇게 생각할 수도 있습니다."

카지노를 도입한 목적은 외화 획득과 국민의 개인 자신을 약탈하는 데 있었다.

에다가 암시하는 사실은 스와로서는 도저히 믿기지 않는 것이었다. 그러나 에다가 눈앞에 펼쳐놓은 자료는 정부의 공식 문서이며 정치가의 발언이며 전국지의 보도이며 실행된 정책이었다.

---

* 한국의 주민등록번호.

"어? 자, 잠깐만요."

하마나가 뭔가 생각난 듯이 급하게 입을 열었다.

"마키하라 유타로와 이토다 마키라면 카지노 해금의 최선봉이자 '도쿄 올림픽 유치 운동'의 중심인물이잖아요? 2016년 대회 유치에 실패한 뒤에도 도쿄는 계속 유치 운동에 나섰다. 그 결과 2020년 대회 유치에 성공하여 도쿄에서 올림픽이 개최되는 동시에 일본 최초의 카지노가 들어섰다. 이것은 곧……."

아오키 가스미가 그다음을 이었다.

"도쿄 올림픽을 호기로 카지노 해금에 나선 게 아닌가. 카지노를 해금하기 위해 도쿄 올림픽을 유치했다, 그런 거네요?"

"그렇게 생각할 수도 있겠어."

하마나가 진지한 표정으로 고개를 끄덕였다.

"과거에 런던에서도 유사한 일이 있었어요. 2012년 런던 올림픽 개최 당시 영국은 '아스퍼스'라는 영국 최대급의 카지노를 건설하고 올림픽 공원 옆에 선행 오픈했습니다."

에다가 혼잣말처럼 말했다.

"그리고 도쿄 역시 오다이바에서 올림픽을 개최하고 그 남쪽인 기요스에 카지노를 선행 오픈했습니다. 그리고 도쿄 올림픽은 17일간 약 850만 명의 내장객을 모았습니다. 올림픽은 카지노를 해금하는 데 더없이 좋은 오프닝 이벤트라고 할 수 있습니다."

스와는 세 사람의 추론에 현기증이 나는 기분이었다. 그런 일이 있을 리 없다는 생각과, 정치가라면 능히 그럴 수 있겠다는 생각이 머릿속을 뱅뱅 돌고 있었다.

"조사해봅시다."

에다 아즈마가 결연한 얼굴로 말했다.

"누차 말씀드렸지만 도쿄 도와 국가가 국민의 재산을 빼앗는 장치로 카지노를 이용하고 민간 기업과 공모하여 살인을 하다니, 아니 최소한 살인을 알고도 모르는 척하고 있었다니, 도저히 믿을 수 없는 이야기입니다. 하지만 2012년부터 2020년까지 카지노가 해금되기까지의 흐름을 보면 묘하게 설득력이 있는 것도 사실입니다."

"해주시겠습니까!"

상체를 내밀며 말하는 하마나에게 에다는 다시 고개를 끄덕였다.

"다행히 저는 카지노를 검증하는 위원회의 위원장이어서 카지노를 둘러싼 도쿄 도와 국가의 동향에 관한 정보가 가장 많이 모이는 자리에 있습니다. 카지노보험, 기요스 재보험 회사, 고령자 우대를 어느 기관의 누가 발안했는지, 그리고 승인한 행정관청의 책임자는 누구였는지, 우선은 그것부터 알아봅시다."

"고맙습니다!"

아오키 가스미가 머리를 깊이 숙였다. 그리고 걱정스러운 투로 말했다.

"하지만, 부탁해놓고 이런 말을 하기는 뭣하지만, 에다 씨가 위험하지는 않을까요? 벌써 여섯 사람이나⋯⋯."

살해되었는지도 모르는 상황이다. 가스미는 그 말을 삼켰다.

"제 목숨도 위태롭다는 겁니까?"

에다는 고개를 갸우뚱거렸지만 곧 가스미에게 웃는 얼굴을 보였다.

"완벽하게 안전하다고는 할 수 없지만, 저는 외출할 때면 경호원이 따르고, 누가 국회의원의 목숨을 노린다면 경찰도 가만히 있지는 않을 겁니다. 게다가 그런 짓을 저지르면 거대한 음모가 존재한다는 것을 조직 스스로 폭로하는 거나 마찬가지 아닙니까. 그보다는 아오키 씨, 하마나 씨, 그리고 스와 씨."

에다는 세 사람을 둘러보았다.

"저는 당신들이 더 걱정입니다. 뭔가 구체적인 증거가 나와서 검찰과 경찰이 본격적인 수사에 나설 때까지는 이 이야기를 다른 곳에 전하지 않는 것이 좋을 겁니다. 그 조직에 누가 연루되어 있는지 전혀 알 수 없으니까요."

그리고 에다는 이렇게 덧붙였다.

"저도 제 인맥을 통해서 나름대로 조사하겠지만, 정보는 많으면 많을수록 좋겠지요. 만약 세 분이 뭔가를 파악하면 그게 뭐든 괜찮으니까 저에게도 알려주십시오. 괜찮겠습니까?"

"그야 물론이죠."

"약속드리죠."

하마나 료스케와 아오키 가스미는 저마다 그렇게 말했다.

스와는 문득 묘한 기시감에 사로잡혔다. 에다 의원이 방금

한 말을 어디서 들어본 적이 있는 것 같았다.

스와는 잠시 머릿속을 더듬다가 이윽고 기억을 떠올렸다. 그것은 기요스 서의 상사 기자키 계장이 했던 말이었다.

'스와 군이 다자와 군의 죽음과 GAPS를 조사하고 있다는 것을 다른 사람이 절대로 모르게 해야 합니다. 그리고 아무리 사소한 거라도 뭔가를 파악하면 계속 혼자 추적하지 말고 반드시 나에게 보고해주세요. 알겠습니까?'

그렇다, 다자와 마코토. 그 선배 형사도 호텔 창문으로 추락해서 죽었다. 그리고 다자와는 기요스 카지노 특구를 관리하는 세이안카이와 깊은 관계를 가지고 있었다. 만약 다섯 노인들과 아오키 가스미의 상사의 사고사가 모두 추락사를 위장한 조직의 계획적 살인이었다면.

'동일범?'

스와는 마른침을 삼켰다. 다자와도 같은 조직에게 살해되었을까? 그리고 저 세이안카이라는 단체도 GAPS라는 경비 회사도 관민이 협력한 카지노 이익공동체의 일부일까?

그렇다면, 다자와는 왜 살해되었지?

"왜 그러세요, 스와 씨?"

하마나가 의아한 듯이 스와의 얼굴을 들여다보고 있었다. 아오키 가스미와 에다 의원도 스와를 쳐다보고 있었다.

"아, 아뇨, 아무것도."

스와는 간신히 그렇게 대답했다.

아마 이 에다 아즈마라는 의원은 믿을 만한 사람일 것이다.

아오키 가스미와 하마나 툐스케는 그렇게 판단한 듯하고 스와도 그런 느낌을 받았다. 게다가 지금으로서는 에다 말고는 의지할 만한 인물이 전혀 없었다.

다만 스와는 에다의 경력에서 단 한 가지가 마음에 걸렸다.

"에다 씨는 라스베이거스에서 오래 지내셨군요?"

한가하게 잡담을 꺼내는 투로 스와가 그렇게 말했다.

"아까 듣기로는 부모님 부음을 받은 것도 라스베이거스였다고 하던데요."

"예, 그렇습니다."

그것이 왜? 하는 듯한 표정으로 에다가 스와의 얼굴을 쳐다보았다.

"라스베이거스라면 세계 최고의 카지노 도시죠. 미술 공부를 하시던 에다 씨가 왜 그런 도시에 살았던 거죠?"

에다는 미소를 짓고 스와의 눈을 보며 말했다.

"꼭 형사님 같군요."

그리고 시선을 돌리며 어깨를 살짝 으쓱해 보였다.

"라스베이거스는 예술의 도시이기도 하죠. 돈이 넘쳐나는 곳이니까요. 유감스럽게도 구겐하임 에르미타주는 2008년에 문을 닫고 말았지만, 라스베이거스미술관은 컨템퍼러리아트에서 세계적으로도 손꼽히는 평가를 받았고 벨라지오 호텔에도 유명한 아트 갤러리가 있습니다. 그 밖에도 고급 호텔이나……."

잠시 뜸을 두고 나서 에다는 이렇게 계속했다.

"카지노 VIP룸 중에는 화가의 작품 목록에도 올라 있지 않은 비장의 컬렉션을 아무렇지도 않게 걸어놓은 곳도 있답니다."

"그렇습니까? 카지노의 VIP룸에요?"

스와는 고개를 끄덕였다.

"그런 의원님이 왜 카지노를 혐오하게 된 거죠?"

"라스베이거스에 살았기 때문이죠."

당연한 거 아니냐는 투로 에다는 즉답했다.

"돈이 모인다는 것은 세상의 모든 욕망이 모여든다는 걸 뜻합니다. 모든 범죄가 태어나고 모든 비극이 일어난다는 말이죠. 기요스를, 나아가 도쿄를 그런 도시로 만들어서야 되겠습니까. 안 그렇습니까?"

그렇게 말하고 에다는 까만 눈동자로 스와의 얼굴을 쳐다보았다.

그때 어디선가 오르골 음악이 희미하게 흐르기 시작했다. 에다가 슈트 안주머니에 오른손을 넣고 스마트폰을 꺼냈다. 오르골 음악은 그 착신음이었다. 에다는 액정 화면을 힐끗 보고 세 사람에게 고개를 까딱했다.

"잠깐 실례합니다. 당 청년부의 연락 같군요."

그리고 에다는 그 단말기를 왼쪽 귀에 대고 작은 소리로 통화하기 시작했다.

방금 그것은 무슨 곡이지? 들어본 적이 있는데…… 스와는 저도 모르게 그 멜로디를 되새겼다. 거의 8분 음표만으로 구성된 단조롭게 반복되는 3박자 리듬. 작은 배를 타고 파도에 한

가롭게 흔들리는 듯한 선율. 오래전 어린 시절에 들었던 것 같은 평화롭고 그리운 선율.

잘 자라 우리 아가
앞뜰과 뒷동산에—

그 멜로디를 타고 문득 그런 가사가 머릿속에 떠올랐다. 스와는 기억해냈다. 그것은 분명히 「모차르트의 자장가」라는 곡이다.

에다는 금방 전화를 끊고 단말기를 슈트 안주머니에 넣으며 쓴웃음을 지었다.

"죄송합니다. 급하지 않은 용건은 메일로 해주었으면 좋겠는데 말이죠."

"아련하네요, 그 곡."

스와가 대수롭지 않게 말하자 에다는 당황하는 표정이 되었다.

"네?"

"에다 씨 휴대폰의 착신음 말입니다. 「모차르트의 자장가」 잖아요. 저도 어릴 적에 들어본 적이 있습니다. 그 곡을 좋아하세요?"

"아."

에다는 씽긋 웃었다.

"그냥 우연히 고른 거죠, 뭐. 기계적인 전자음도 마음에 안

들고 요즘 유행하는 가요도 잘 모르니까요. 클래식 소품 중에서 적당히 고른다는 것이."

"그런 점이 또 멋지세요!"

하마나가 감탄한 듯이 커다란 소리로 말했다.

"미국에서 태어나고 자란 분이 몸매도 늘씬하고 미남이신데다 미술에 조예가 깊고, 졸지에 부모님 뒤를 잇기로 결심하자 사법 시험에 금방 합격해버리고, 선거에 나가자 그대로 당선되시고! 게다가 클래식 음악에도 해박하시니, 정말이지 하늘은 에다 씨에게 뭘 더 내려줘야 만족하실지!"

"저는 그저 운이 좋았을 뿐입니다."

에다는 겸연쩍어하지도 않고 담담하게 말했다.

"사시를 쳐서 변호사가 된다는 건 예전에는 상상해본 적도 없었습니다. 하지만 합격했을 때 저는 생각했죠. 어쩌면 나에게는 나 자신도 자각하지 못한 재능이 있어서 그것을 발휘하면 뭔가 커다란 일을 해낼 수 있지 않을까."

그리고 자기 말을 곱씹듯이 조용히 계속했다.

"그것은 분명히 아주 짜릿하고 스릴 있는 순간이었어요."

그때 스와는 에다의 까만 눈에 방금 전까지와는 다른 빛이 한순간 스치는 것을 본 것 같았다. 하지만 에다의 표정에서 그 이상은 아무것도 읽어낼 수 없었다.

아파트를 나서자 맨 앞에 걷던 아오키 가스미가 걸음을 멈추고 스와를 돌아다보았다.

"스와 씨. 왜 그런 걸 물었죠?"

"그런 거?"

"라스베이거스에 살았던 사람이 왜 카지노를 싫어하냐, 그런 거 말예요. 스와 씨는 에다 씨를 믿지 못하나요?"

"아, 아니."

스와가 곤혹스러운 듯 어깨를 으쓱했다.

"그다지 깊은 의미는 없어. 직업병이라고나 할까. 카지노를 둘러싼 범죄와, 라스베이거스에 살던 남자라는 조합이 조금 마음에 걸려서."

"라스베이거스에 살아봤으니까 카지노의 무서움을 알았다, 그렇게 말하지 않던가요? 뭐 이상한 점이라도 있나요?"

가스미의 말에는 분명히 가시가 있었다. 힘이 돼줄 법한 정치가를 가까스로 찾아냈는데 당신이 의심을 한단 말이냐? 그런 말을 하고 싶을 것이다.

"그건 알지만, 내가 마음에 걸리는 것은 그런 게 아니라."

스와는 새삼 자신을 돌아보았다. 나는 왜 에다 아즈마에게 그런 질문을 했을까? 그렇다, 그 이유는…….

"애초에 대학을 졸업하고 미술 공부를 하던 에다 씨가 왜 라스베이거스에 정착하게 되었느냐 하는 거지. 나는 미술에는 문외한이지만 유명 미술관이 있는 도시는 따로 있지 않나? 가령 뉴욕이라든지."

"그야 미국의 3대 미술관이라면 뉴욕의 메트로폴리탄미술관, 시카고미술관, 그리고 보스턴미술관을 꼽죠."

하마나가 그렇게 중얼거리고는 바로 이렇게 고쳐 말했다.

"하지만 나도 가스미와 마찬가지로 그냥 우연이라고 봐요. 미국 전역의 미술관들을 찾아서 그야말로 작은 시골까지 돌아보다가 우연히 라스베이거스에 들러서 잠시 살아보고 싶어진 거 아닐까요?"

"그건 그럴 수도 있겠지만."

우연히……. 그 말이 도리어 스와의 마음을 불안하게 했다.

저 무사시노 시의 노인 추락사 사건. 우연히 기치조지에 나갔고 우연히 그 주점에 들어갔으며, 때마침 승강기가 고장 났고, 때마침 비상계단 난간이 망가져 있던 탓에 추락사했다. 그 우연의 반복에서 뭔가 석연치 않은 것을 느꼈고, 아오키 가스미가 가져온 정보를 통해 사고가 아니라 사건일 가능성이 부각되었던 것이다.

그렇다, 그리고 현장에 떨어져 있던 그 트럼프 카드.

"하마나 씨, 한 가지 조사해주셨으면 하는 게 있어."

"뭡니까?"

스와는 슈트 안주머니에서 투명한 비닐봉지에 든 카드 한 장을 꺼냈다.

추락사한 노인 옆에 떨어져 있던 '검은 천사' 트럼프이다. 입수한 경위를 간략히 설명한 뒤 스와는 카드를 하마나에게 건네주었다.

"이게 어떤 트럼프인지 알고 싶어. 일본산인지 외국산인지, 제조사는 어디인지, 어디서 파는지, 재질은 무엇인지 등 뭐든지 좋아."

받아 든 하마나는 해에 비춰 보듯이 쳐들고 비닐 너머로 앞뒤를 관찰했다.

"지극히 평범한 플라스틱 트럼프로 보이는데요. 이거, 일련의 사건들과 무슨 관계가 있는 건가요?"

"전혀 무관한 건지도 몰라. 적어도 기요스 카지노에서 사용되는 것은 아닌 것 같아. 경찰에서는 사고로 처리하고 끝내버린 사건이어서 공개적으로 조사할 수는 없어. 그래서 자네한테 부탁하고 싶은데."

"알겠습니다! 며칠만 시간을 주세요."

하마나는 씽긋 웃고 트럼프가 든 비닐봉지를 가방에 넣었다. 그리고 스와에게 고개를 까딱하고 아오키 가스미와 함께 애차를 세워둔 코인 주차장으로 향했다.

스와는 혼자 남자, 방금 전까지 있었던 13층의 한 집을 올려다보았다.

그곳에는 젊은 시절 카지노의 도시 라스베이거스에 살며 미술을 공부했다는 국회의원의 사무소가 있다. 그리고 기요스의 카지노에 드나들던 노인의 사체 옆에 떨어져 있던, 그림이 인쇄된 트럼프 카드.

카지노와 그림. 이것도 우연일까?

물론, 우연이겠지. 스와는 스스로에게 그렇게 말했다. 나는 유복한 집안에서 태어나고 뛰어난 두뇌로 국회의원까지 빠르게 출세해버린 에다 아즈마라는 남자를 질투하는 것일지도 모른다.

도쿄 도와 국가가 정말로 범죄에 관여했는지를 조사할 수단이 나에게는 없다. 일단은 에다 의원에게 맡기는 수밖에 없다. 내게는 따로 조사해야 할 것이 있다. 선배 형사 다자와 마코토의 추락사이다.

다자와의 죽음도 거대한 음모의 일부인 것이 틀림없다.

스와의 내부에서 그 생각은 거의 확신이 되고 있었다.

12 실종된 자

기요스 카지노 특구 중앙에 우뚝 서 있는 이스트헤븐타워. 높이 377.6미터, 이스트헤븐의 상징인 거대 카지노 외에도 호텔, 레스토랑, 바, 영화관, 그리고 일본을 대표하는 수많은 브랜드 점포들을 수용한 70층의 마천루이다.

오후 2시 40분.

스와 고스케는 그 이스트헤븐타워 지하 1층의 온갖 고급 브랜드숍이 줄지어 있는 쇼핑몰을 걷고 있었다.

천장이 높은 호화롭고 여유로운 공간. 광택 있는 하얀 벽과 바닥이 다운라이트 조명을 받아 전체가 빛을 발하는 듯한 착각에 빠진다. 고급감과 청결감이 넘쳐나는 이 몰은 전체적인 인상이 국제공항 면세점 플로어와 매우 흡사하다.

둥근 고리형 공간의 중앙을 통과하며 완만한 커브를 그리는 통로. 그 통로 양쪽에 줄지어 있는 반짝거리는 선반과 상품들. 숍들이 정연하게 구획되어 있는 탓일까, 아니면 숨 막힐 듯한 향수와 화장품 냄새 탓일까. 스와는 마치 여성의 화장 팔레트 속에 들어온 것처럼 거북함을 느끼고 있었다.

오늘 스와는 평소처럼 검은 슈트 차림이 아니었다. 아래는 검은 워시아웃 진, 위는 검은 가죽 재킷. 그 속에 하얀 면 셔츠. 얼굴에는 연갈색 선글라스. 카지노에 온 김에 쇼핑에 나선 사람처럼 차려입었다.

스와는 건들건들 걸으며 짐짓 자연스럽게 좌우로 시선을 던지고 있었다. 온갖 국적의 사람들이 즐거운 얼굴로 오가며 숍에서 걸음을 멈추고 상품을 구경하고 있다. 커플, 젊은 여성 그룹, 중년층 여성 그룹. 그 인파 사이로 감색 제복을 입은 경비원이 종종 순찰을 돌고 있다. GAPS 경비원이다.

여기는 아니겠군.

스와는 걸으면서 그렇게 생각했다. 이곳은 여성 손님이 압도적으로 많고 고급품을 진열한 탓에 경비원도 많이 배치되어 있다. 그러므로 스와가 찾는 것은 여기에서는 볼 수 없을 것이다. 스와는 고급 브랜드가 모여 있는 지역을 지나 계속 걸었다.

쇼핑가가 끝나고 한산한 휴게소가 나왔다. 음료, 패스트푸드, 신문 잡지 따위를 파는 자판기들이 벽을 따라 죽 늘어서 있고 중앙에 휴게용 의자가 나란히 놓여 있다. 그 안쪽에 흡연 장소 표시판이 보였다. 이런 곳도 국제공항 내부와 비슷했다. 사실 요즘은 흡연 장소가 아예 없는 완전 금연 공항도 늘고 있다.

이 근방에서 기다려볼까. 스와는 일단 흡연 부스로 들어가 한 대 피우기로 했다.

수동 문을 열고 유리로 격리된 수조 같은 부스로 들어가니 몇몇 사람이 자리를 잡고 있었다. 전 세계에서 모여든 담배를 끊지 못한 못난 인간들이 말없이 연기를 마시고 내뿜고를 반복하고 있었다. 스와도 그 속에 섞여서 노란 담뱃갑에서 한 개비를 꺼내 불을 붙이고 연기를 길게 빨아들였다.

아케이시아. 스와가 에도 구역에 처음 갔다가 노점에서 구입한 담배이다. 그 뒤로 스와는 끊었던 담배를 다시 피우게 되어 이 노란 포장의 아케이시아를 하루 한 갑씩 피우게 되었다. 이 담배는 이스트헤븐을 테스트마켓으로 삼아 선행 판매하는 것이어서 다른 도시에서는 아직 구할 수 없는 듯했다.

이런 거, 피우지 않는 게 좋은데. 생각은 그렇게 하면서도 차마 못 끊고 똑같은 담배를 계속 사고 있다.

카지노가 있는 기요스 서에 배치된 직후에 선배 형사 다자와 마코토가 의문사를 했고, 무사시노 서에서 마지막으로 담당한 사고도 그 배후에 관민이 공모한 음모의 그림자가 떠올랐다. 스와가 해야 할 일은 산더미처럼 많았다.

그 스트레스를 풀 수만 있다면 담배 정도는 괜찮지 않을까. 때가 되면 다시 끊으면 되지. 스와는 그렇게 스스로 변명했다.

흡연 부스를 나온 스와는 휴게소 의자에 앉았다. 그리고 특별히 하는 일도 없이 시선을 두리번거리며 잠시 멍하니 시간을 보내고 있었다.

"아저씨, 시간 있어?"

오른쪽에서 불쑥 목소리가 들렸다. 스와가 고개를 돌리자 젊은 여자가 서 있었다.

"나, 목이 마른데, 뭐 마실 것 좀 사줄래?"

빨간 하이힐 샌들을 신은 맨다리가 대미지 가공 데님 숏팬츠에서 쭉 뻗어 나와 있다. 상반신은, 이걸 뷔스티에라고 하던가, 남자 눈에는 코르셋으로밖에 보이지 않는, 배꼽이 나오는 짧고 까만 옷을 입었다. 드러난 양어깨에 파란 장미 문신이 보였다. 머리카락은 전체적으로 가볍게 컬을 준 긴 금발인데, 붙임머리인지도 모른다.

"좋지. 저기 커피스탠드라도 괜찮나?"

스와가 그렇게 반응하자 여자는 번들거리는 분홍색 입술을 삐죽거리며 불만스러워했다.

"커피를 마시자고 할 때가 아니잖아? 여자가 같이 마시자는데."

"대낮부터 술? 어디서 마시자는 거지?"

그러자 여자는 의미심장하게 입꼬리를 치켜 올렸다.

"물론 방에서 마셔야지, 내 방."

"이 근처에 사나?"

여자는 질렸다는 듯이 목소리가 거칠어졌다.

"아이, 알면서 왜 이래! 호텔방에서, 룸서비스로 샴페인 한 병 시켜서 마시자는 말이잖아! 카지노에 왔으면 지갑 빵빵한 아저씨잖아? 아, 미리 말하지만 깎아달란 말은 안 돼. 여기 아가씨들은 모두 동일 요금이거든."

결국 이 여자는 이스트헤븐을 어슬렁거리며 손님을 잡는

'회유어'라 불리는 거리의 창부이다. 심심해 보이는 남자에게 접근해서 계약이 성립하면 '호텔 이스트헤븐'에 잡아둔 객실로 데려가서 거래를 완수하는 것이다.

"동일 요금?"

"기본 요금만. 그다음은 시간과 서비스 내용에 따라 서로 상의해서 정하고."

여자는 엄지를 제외한 네 손가락을 세워 보였다.

"저렴하네. 4000엔?"

"농담해? 당연히 4만 엔이지! 이봐, 갈 거야, 안 갈 거야?"

구체적인 금액이 나오자 스와는 여자 얼굴을 손가락으로 가리켰다.

"매춘방지법을 위반한 현행범이다."

젊은 여자는 아뿔싸, 라는 듯이 낯을 찡그리고 길고 알록달록한 손톱이 달린 오른손으로 얼굴을 감쌌다.

"미치겠네."

그러나 여자는 곧 토라진 듯이 팔짱을 끼고 세게 나왔다.

"이봐, 경찰 아저씨, 이거 너무하잖아. 함정 수사라니."

"나는 경찰이 아니라 청소년지도사야. 이런 짓을 하면 곤란하지."

신분 사칭도 이것으로 두 번째인가. 스와는 속으로 한숨을 지었다.

청소년지도사는 각 단위 경찰의 위촉으로 유흥가에서 청소년을 선도하는 민간 자원봉사자를 말한다. 스와가 경찰이 아니라는—실제로는 경찰이지만—것을 안 여자는, "뭐야, 사람 놀라게" 하며 금세 안도하는 표정으로 변했다.

"늘 이 근방에서 손님을 물색하나?"

"무슨 상관이셔."

얼굴을 휙 돌리며 토라지는 여자에게 스와가 말했다.

"얘기만 잘되면 오늘 일은 없었던 일로 해줄 수도 있어."

"뭐?"

여자는 좋아하기는커녕 노골적으로 불쾌한 표정이 되었다.

"그 대신 공짜로 해달라는 건 아니겠지? 기요스 서 짭새들처럼."

"뭐라?"

놀라는 스와를 보고 여자는 애원하는 표정이 되었다.

"그렇잖아, 경찰이면 몰라도 청소년지도사가 그러지는 않겠지? 좀 봐줘, 응? 오늘이 처음이었단 말이야, 다시는 안 할 테니까. 응? 응?"

여자는 스와를 쳐다보며 두 손을 모았다. 아무리 생각해도 초범일 리가 없고 '다시는 안 할' 리도 없지만, 그보다도 기요스 서의 동료들이 그런 짓을 하고 있었단 말인가, 하며 암담한 심정에 빠졌다.

"그게 아니라 누굴 좀 찾고 있어. 아니, 사람이 아니라 동물이라고 해야 하나."

"동물?"

스와는 토끼처럼 하얗게 차려입는 창부를 찾고 있다고 설명

248

했다.

"근데 청소년지도사가 왜 그 아이를 찾지?"

동료를 팔 수 없다는 건가? 의심스러운 눈초리로 쳐다보는 여자에게 스와는 하는 수 없이 거짓말을 했다.

"가족이 수색 의뢰를 했거든. 어머니가 중병으로 쓰러져서 빨리 연락하고 싶대."

"어머, 딱해라!"

가만 생각하면 앞뒤가 안 맞는 이야기였지만 여자는 순순히 믿는 듯했다.

"하지만 그렇게 생긴 아이는 본 적이 없는데."

여자는 불쑥 마스코트와 이미테이션 주얼리가 주렁주렁 달린 스마트폰을 꺼내 검지로 액정 화면을 누르기 시작했다.

5분도 지나기 전에 스마트폰이 연방 진동했다. 여자는 그때마다 스마트폰에 문자를 입력했고 마침내 스와에게 말했다.

"에도 쪽에서 일하는 아이들한테도 물어봤지만 아무도 모른대. 그 아이, 이런 장사 하는 아이가 아닌가 봐."

스와를 믿었는지 여자는 여러 동료들에게 문자나 SNS로 물어봐준 듯하다. 결국 단서는 얻지 못했지만 이 구역에서 찾지 못했다는 것도 하나의 성과였다. 스와는 여자에게 고맙다고 말하고 일어섰다.

"이런 알바는 빨리 때려치워. 기요스는 조폭을 깨끗하게 몰아낸 덕분에 너희가 삥 뜯길 염려가 없지만, 질 나쁜 손님을 만나서 봉변을 당하면 어쩌려고 그래."

"있어."

젊은 여자는 한숨 섞인 목소리로 말했다.

"있다니, 뭐가?"

"삥 뜯는 야쿠자. 일하는 거 들키면 절반을 뜯긴다고. 그래서 기본 요금이 4만 엔이라고 했던 거야. 계산이 편하니까."

스와는 귀를 의심했다. 카지노 이스트헤븐이 영업을 시작하기 전에 도쿄 도가 경시청에 엄명을 내린 것이 '기요스 카지노 특구에서 조폭을 철저히 추방'하라는 것이었다. 때문에 GAPS라는 경비 회사도 허가해준 것이고, GAPS 경비원이 페인트탄을 장전한 모의총을 소지하는 것을 특별히 허가해준 것도 그것이 가장 큰 이유였다.

"그 대신 손님이 말썽을 피우면 연락하라고 숫제 보디가드처럼 굴어. 보디가드치고는 비용이 너무 비싸잖아. 경찰에 몰래 신고할까 생각도 해봤지만 내가 찔렀다는 것이 들통날 게 뻔해서 이젠 포기했어. 어!"

여자는 갑자기 몸을 긴장시키며 작은 목소리로 스와에게 말했다.

"저놈이야! 경찰에 알리겠다고 협박해서 매상을 절반이나 뜯어가는 놈! 놈들은 모두 그렇게 뜯어가."

스와는 여자의 시선을 좇았다. 시선 끝에 이쪽을 향해 천천히 통로를 걸어오는 덩치 커다란 남자가 있었다.

그 남자를 보며 여자는 지겹다는 듯이 중얼거렸다.

"기요스의 야쿠자들은 이상해. 제복을 입고 돌아다니고."

남자는 감색 제복을 입은 GAPS 경비원이었다.

오후 10시 15분, 에도 구역.

스와는 시끌벅적한 유흥가 인파 속을 저녁 6시부터 벌써 네 시간 넘게 돌아다니고 있었다. 거리 옆 어두운 구석에서 요란하게 차려입은 여자를 발견하면 청소년지도사를 사칭하며 토끼처럼 차려입은 여자를 모르느냐, 추락사한 형사를 손님으로 받은 적은 없느냐고 물었다. 그러나 여자들은 모두 도리질을 할 뿐이었다.

'노는 여자'로 보이는 어느 아가씨는 스와에게 이렇게 말했다. 이 근방에는 동물 복장, 하녀 복장, 애니메이션의 등장인물, 게임 캐릭터 분장 등을 하고 호객 행위를 하거나 전단지를 돌리는 여자들이 워낙 흔해서 토끼 차림을 한 아이를 특별히 기억하는 사람은 없을 것이다…….

또 어느 젊은 창부는 이렇게 말했다. 이곳에서 손님을 물색하는 여자애들은 어느 음식점이 맛있고 저렴하다든가 오늘은 단속이 실시된다든가 이런 변태 손님이 있으니 조심하라든가 하는 정보를 나누는 네트워크가 형성되어 있다. 즉 동업자끼리는 다들 아는 사이여서 그런 마니아 복장을 한 아이가 있다면 모를 리가 없다. 게다가 자기가 어울렸던 손님이 호텔에서 뛰어내렸다면 제 입으로 떠들고 다니지 않았을 리가 없다…….

그렇게 해서 스와는 두 가지 가능성에 다다랐다.

첫 번째 가능성. 다자와와 투숙한 창부는 전에도 그 호텔에 왔었다는 토끼 차림의 창부하고는 다른 인물이다. 목소리가 조금 비슷한 탓에 호텔 종업원이 동일 인물로 착각했을 뿐이다.

두 번째 가능성. 다자와와 투숙한 것은 토끼 차림을 한 여자와 동일 인물이 맞지만, 그녀는 창부가 아니다. 무슨 이유 때문인지 다자와와 토끼녀는 창부와 손님의 관계를 위장하고 러브호텔에 투숙했다.

스와는 두 번째 가능성이 유력하다고 보았다. 창부가 맞다면 동료들을 상대로 그렇게 탐문했는데도 그림자조차 보이지 않을 수는 없기 때문이다.

그러면 그녀는 대체 누구인가. 소란한 인파 속을 걸으며 스와는 내내 생각했다.

거리의 방범 카메라에 찍혀 있다면 이야기는 간단하다. 그러나 기요스에 있는 모든 방범 카메라는 GAPS가 관리하고, 기요스 서 형사과가 GAPS에 영상을 요청해서 조사해보니 그런 여자는 찍혀 있지 않았다고 한다. 이것은 상식적으로 있을 수 없는 일이었다. GAPS가 여자가 찍힌 영상을 감추고 있다. 스와는 그렇게밖에 생각할 수 없었다.

이스트헤븐타워에서 만난 젊은 창부는 GAPS를 야쿠자라고 표현했다. 스와는 처음부터 GAPS를 수상쩍게 보며 다자와의 추락사에 관련되었을 가능성을 의심해왔고, 지금은 확신으로 변하고 있었다.

그렇다면 생각을 수정해야 했다.

지금까지는 토끼녀가 GAPS의 일원이며, 다자와 살해에 가

담했다고 생각했다. 그러나 그것이 아니라 GAPS 역시 토끼녀를 찾고 있고, 경찰보다 먼저 찾으려고 영상을 감추었다고 보는 것이 타당하지 않을까? 물론 그것은 토끼녀를 죽여서 입을 막기 위해서일 것이다.

그러나 애초에 그녀는 왜 토끼 복장 같은 걸 했을까? 왜 귀가 두 개 달린 모자를 쓰고 하얀 옷 일색이라는 묘한 차림을 했을까? 스와로서는 그것도 마음에 걸렸다.

"우우―."

문득 스와의 발치에서 신음 소리가 들려 스와의 생각이 중단되었다.

도로 옆 쓰레기장에 나이 든 남자가 누워 있었다. 낡은 갈색 인조피혁 점퍼에 회색 작업 바지, 야구모 밑으로 수염을 아무렇게나 기른 얼굴이 보였다. 아무래도 만취한 것으로 보였다.

스와는 한숨을 지으며 걸음을 멈추고 노인을 향해 다가섰다.

"이봐, 나잇살이나 먹어가지고 이게 뭐 하는 거야. 창피하지도 않아?"

스와의 태도는 냉랭했다. 필시 이 늙은이도 정부의 고령자 우대 조치에 혹해서 카지노에 드나들다가 도박에 빠져 생활이 망가졌을 것이다. 그러나 생활안전과 경찰관인 만큼 못 본 척할 수도 없었다. 이 노인이 아리랑치기라도 당하면 업무만 더 늘어날 것이다.

"어이, 이봐, 집이 어디야?"

스와는 노인을 일으켜주려고 팔을 잡았다. 노인은 쓰레기 속에서 느릿느릿 상반신을 일으켜 멍한 눈으로 스와의 얼굴을 보았다. 술 냄새와 니코틴 냄새가 섞인 숨이 얼굴로 불어와 스와는 저도 모르게 인상을 찌푸렸다.

"고, 스케?"

노인이 의아해하는 얼굴로 갈라진 목소리를 냈다.

"너, 고스케지? 그렇지?"

스와는 노인의 얼굴을 들여다보았다. 기억 속의 얼굴보다 많이 마르고 주름살투성이가 되기는 했지만 분명 그는 스와가 잘 아는 남자였다.

스와 노보루. 스와 고스케가 중학생 때 종적을 감추어 그대로 생이별했던 아버지였다.

노인은 얼굴을 잔뜩 우그러뜨리고 양손으로 스와의 어깨를 잡았다.

"듬직하게 컸구나, 고스케. 정말 의젓해졌어. 이렇게 좋은 가죽 옷을 다 입고. 너 지금 뭐 하고 사냐? 사나에는 잘 있고?"

"경찰이다. 어머니는 10년 전에 죽었다."

스와가 아무 감정도 실리지 않은 목소리로 말하자 노인의 눈동자가 흔들렸다.

"그래?"

"그래, 라니?"

스와는 아버지의 멱살을 잡고 거칠게 끌어 올렸다.

"네놈이 도박에 미친 탓에 어머니가 얼마나 고생했는지 알기나 해? 네놈이 떠넘긴 빚을 갚느라 하루도 못 쉬고 아침부터 밤까지 일하셨다. 몸이 망가져도 돈이 없어서 병원에도 못 가고 고생하다 내가 고교를 졸업하기 전에 돌아가셨다. 어머니는 네놈이 죽였어! 그런데도 여전히 이런 델 드나들어!"

"그래?"

그 말 말고는 어휘를 다 잃어버린 것처럼 아버지는 계속 같은 말만 반복했다.

스와가 어릴 적에 아버지는 늘 술에 취해서 돌아와 어머니와 스와를 때렸다. 그리고 집 안을 다 뒤집어 어머니가 감춰둔 돈을 찾아내서는 다시 노름판으로 달려갔다. 스와는 그런 아버지가 무서워 견딜 수 없었다. 동시에 미워서 견딜 수 없었다.

그러나 지금 눈앞에 있는 것은 몸도 제대로 가누지 못하는 일개 호호할아범이었다. 약자를 학대하는 기분이 들어 스와는 참담한 심정으로 멱살을 놓아버렸다. 아버지는 그대로 도로에 주저앉아 맥없이 바닥으로 시선을 떨구었다.

스와는 지갑에서 지폐를 전부 꺼내 아버지 앞 아스팔트 바닥에 획 던졌다.

"어디 사는지 모르지만 얼른 눈앞에서 꺼져. 그리고 두 번 다시 기요스에 얼씬거리지 마. 꼴도 보기 싫어."

아버지는 지폐를 보자 바닥에 엎드려 그것들을 주워 모았다. 그리고 얼른 작업복 바지 주머니에 찔러 넣으며 말했다.

"집은 없어. 라운지에서 살다시피 하고 있지."

"라운지?"

아버지는 스와를 올려다보며 빙긋이 웃었다. 앞니가 두 대나 빠졌다.

"응. 카지노에서 두 층만 올라가면 있지. 공짜로 먹고 마시고 목욕탕과 사우나도 있고 잠깐 눈도 붙일 수 있어. 예순다섯 살만 넘으면 이용할 수 있지. 나도 이제 예순아홉 살이잖아. 정말이지 오래 살고 볼 일이야."

이스트헤븐에 '실버라운지'라는 고령자 전용 무료 라운지가 있다는 것은 스와도 들어서 알고 있었다. 고립되기 쉬운 도시의 고령자들이 서로 어울릴 수 있는 장소로, 도쿄 도 예산으로 운영되고 있다고 한다. 또 고령자는 이스트헤븐과 도내 각처를 왕복하는 도영 셔틀버스를 무료로 이용할 수 있다.

"이스트헤븐은 진짜 천국이야. 우리 늙은이들의 천국."

아버지는 고양된 얼굴로 말했다.

"늙은이들은 외롭거든. 비바람을 뚫고 당당하게 인생길을 걸어왔는데, 정신을 차리고 보니 어느새 구석으로 쫓겨나 있는 거야. 가령 어느 날 내 집에 돌아가 보니 내가 늘 앉았던 자리에 낯선 놈이 앉아 있다가, 이제 여기는 당신 자리가 아니다, 꺼져라, 그런 말을 들은 기분이란 말이지. 세상 모든 사람들에게 너는 이제 필요 없으니 꺼져, 라는 소리를 들은 기분이라고."

그렇게 말하며 아버지는 스와 쪽으로 상체를 기울였다.

"하지만 여기에서는 외롭지가 않아. 언제나 친구들이 있어서 이런 얘기 저런 얘기 나눌 수 있지. 카지노 직원들도 다 좋은 사람들이야. 우리를 귀찮아하질 않아. 언제나 친절하게 맞아주고 기분 좋게 놀게 해준다고. 게다가 말이야."

그 대목에서 아버지는 행복한 듯 빙글빙글 웃었다.

"우리가 카지노에서 재미나게 노는 것이 세상 사람들한테도 좋은 일이잖니. 나 같은 놈도 세상에 보탬이 될 수 있다는 게 무엇보다 기쁜 거야."

좋은 일이라고? 아버지가 지금 무슨 소리를 하고 있는 것인지 스와는 전혀 알 수 없었다.

"웃기는 소리. 도박 따위가 세상에 보탬이 될 리 없잖아."

그러자 아버지는 점퍼 주머니에 왼손을 찔러 넣더니 작고 두툼한 책자를 꺼내 스와에게 내밀었다. 빨간 합성피혁 표지의 그 책은 너덜너덜해지도록 읽고 또 읽었는지 아코디언처럼 부풀어 있었다.

"고스케, 내가 성서를 읽고 있단다."

스와는 귀를 의심했다. 어머니는 독실한 크리스천이었지만 스와가 아는 아버지는 난폭하고 탐욕스럽고 여자를 밝혀서 종교나 도덕하고는 전혀 인연이 없는 남자였기 때문이다.

"사나에가 예전에 매일 이걸 읽었지? 예수가 어쨌다는 둥 사랑이 어쨌다는 둥 하면서. 그때는 그 소리를 들으면 까닭 없이 속이 뒤집혀서 마누라를 주먹으로 패고 발로 차고 했지만, 이제는 알겠구나. 좋은 말씀이 많이 나와, 이 책에는. 더 일찍 알았어야 했는데."

아버지는 소중한 물건을 다루듯 성서를 들고 3분의 1쯤 되는 페이지를 펼쳐놓고 거기 적혀 있는 문장을 천천히 나지막한 소리로 읽기 시작했다.

"이 어리석은 자야, 바로 오늘 밤 네 영혼이 너에게서 떠나가리라. 그러니 네가 쌓아둔 것은 누구의 차지가 되겠느냐?"

그 말투가 엄숙하다고 해도 좋을 정도여서 마치 다른 사람이 읽는 것 같았다.

어릴 적에 어머니가 성서를 읽어준 덕분에 스와도 그 구절을 알고 있었다. 신약성서 누가복음의 '어리석은 부자의 비유'라 불리는 구절이다. 어느 부자가 곧 죽을 운명인 줄도 모르고 커다란 창고를 짓는다. 그는 몇 년 치의 작물과 재산을 그 창고에 쌓아놓고 안심하며 오로지 먹고 마시기 시작한다. 그것을 본 하느님이 하신 말씀이라는 것이다.

이제 곧 죽을 자가 재산을 쌓아놓은들 무슨 소용이냐. 하느님은 그러게 말했던 것이다.

예수도 이 말씀을 인용하며 제자들에게 이렇게 말했다. 재물을 넘쳐나도록 가지고 있어도 사람의 수명은 재산으로 어찌해볼 수 있는 것이 아니다. 자신을 위해 재물을 모아도 하느님 앞에 풍요로워질 수 없다.

"나는 깨달았다, 고스케."

정신을 차리고 보니 아버지가 생선 같은 눈빛으로 스와의 얼굴을 보고 있었다.

"늙은이가 돈을 가지고 있어봐야 좋은 일은 하나도 없어. 하지만 카지노에서 돈을 쓰면 그 돈이 나라에 들어가고 세상에 나돌면서 많은 사람들에게 보탬이 되지. 그러니까 여기서 도박을 하면 늙은이도 세상에 보탬이 되는 거야. 그러다가 빈손이 되었을 때 진짜 천국에 갈 수 있는 거다."

아버지는 성서의 다른 페이지를 펴고 거기 있는 문장을 읽었다.

"부자는 하늘나라에 들어가기가 어렵다. 거듭 말하지만 부자가 하느님 나라에 들어가는 것보다는 낙타가 바늘귀로 빠져나가는 것이 더 쉬울 것이다."

신약성서 마태복음에 나오는 유명한 예수의 말이었다.

이유는 알 수 없지만 구약 신약을 불문하고 성서에는 도박을 금하거나 꾸짖는 말이 전혀 나오지 않는다. 모세의 십계에도, '일곱 가지 대죄'에도 도박죄는 포함되지 않는다. 물론 그렇다고 하느님이나 예수가 도박을 희사로 인정하거나 장려한 것도 아니다.

"누가……."

스와는 그제야 목소리를 짜냈다.

"누가, 그런 걸 가르쳤지?"

아버지는 그 물음을 기다렸다는 듯이 대답했다.

"천사님이지."

수염을 아무렇게나 기른 얼굴과 앞니 빠진 입으로 웃는 아버지의 표정은 기쁨으로 가득 차 보였다.

"저 하늘 위에, 아주 높은 곳에 천사님이 계신단다. 우리 늙은이들을 늘 지켜보시고 이끌어주시지. 라운지에 있는 노인들이 다 그렇게 말하더라."

천사.

이 말을 듣는 순간 스와는 모든 의문이 풀리는 기분이었다. 처음 에도 구역을 찾았을 때 중화요리점에 찾아온 GAPS 경비원은 옛 시를 인용하며 스와에게 이상 없음을 고했다.

'천사는 천국에 있고 세상은 모두 무탈하네.'

그때 스와는 묘한 불안감을 느꼈다. 정말로 누군가가 저 하늘 위에서 인간들을 내려다보고 있는 것처럼 느껴졌다.

다자와 마코토가 추락사한 러브호텔에 들렀을 때도 거리에 설치된 방범 카메라를 보면서 그런 기분을 느꼈다. 마치 누군가가 높은 하늘 위에서 인간들의 생활을 찬찬히 관찰하고 있는 것 같은 오싹한 이미지가 스쳤던 것이다. 그리고 지금 비로소 스와는 그 불안한 느낌의 정체를 알 것 같았다.

그래. 나는 마음 한쪽에서 늘 의문을 느끼고 있었다.

누가 트럼프에 인쇄할 그림으로 '검은 천사'를 택했나?

누가 담배에 '아케이시아(성궤 나무)'라는 이름을 붙였나?

누가 경비 회사에 '수호천사(가디언 엔젤)'라는 이름을 붙였나?

누가 이 매립지를 '성스러운 땅(기요스聖洲)'으로 명명했나?

그리고 누가 카지노에 '천국(헤븐)'이라는 이름을 붙였나?

'천사'가 아닐까? '천사'가 이 쓰레기 매립지 위에 모조 보석 같은 세계를 만들어낸 것이 아닐까?

소비자금융, 보험 회사, 카지노 이스트헤븐, 도쿄 도, 그리고 국가. 관민이 협조한 거대한 조직이 자연발생적으로 생겨났을 리는 없다. 그리고 그런 조직이 자동적으로 제휴하여 범죄를 저지를 리도 없다. 아마도 주모자 한 사람의 뜻대로 모든 것이 계획되고 그의 손바닥 위에서 모든 일이 진행되고 있는 것은 아닐까? 그 주모자가 '천사'인 것은 아닐까?

아니, 그런 존재가 있다면 그놈은 '천사'가 아니라 '악마'라 불러야 마땅하지 않을까. 성서에 따르면 악마 역시 천사 가운데 하나이다.

스와는 아버지를 다그쳤다.

"그 천사님이란 사람을 만나본 적이 있나?"

아버지는 눈을 휘둥그레 뜬 채 고개를 가로저었다.

"어디 나 같은 것이 만나 뵐 수나 있나. 천사님은 평소에는 눈에 보이지 않아. 이 세상에는 없는 분이니까."

스와는 미간을 찡그렸다.

"이 세상에 없다고?"

"없지. 하지만, 있어. 선택받은 사람만 만나 뵐 수 있어. 다들 그렇게 말하더라고."

평소에는 모습이 보이지 않는다. 없지만 있다. 선택받은 사람만 만날 수 있다. 아버지 이야기는 의미가 모호해서 종잡을 수 없었다.

스와는 이렇게 해석했다. 아마 이런 이야기는 노인들 사이에 떠도는 소문일 것이다. 노인들이 천사에 관한 단편적인 정보를 모아서 막연하게 공유하고 있는 천사의 이미지일 것이다. 그리고 그 이상의 내용은 아버지나 다른 노인들이나 모르고 있을 것이다.

"얘, 담배 좀 있니?"

스와는 주머니를 뒤져 아케이시아와 일회용 라이터를 꺼내 길바닥에 주저앉아 있는 아버지에게 툭 던져주었다. 얼른 담배를 뽑아 물고 불을 붙이려고 하는 아버지를 스와는 냉랭한 눈으로 내려다보고 있었다.

"역시 맛있구나, 이 노란 담뱃갑."

아버지는 눈을 가늘게 뜨고 두 콧구멍에서 담배 연기를 길게 뿜어냈다.

"늘 라운지 흡연 코너에 놓여 있어서 공짜로 얼마든지 피울 수 있거든. 그래서 가지고 다니는 걸 자꾸 깜짝 잊어버리지."

그 모습을 바라보면서 스와는 역시 담배를 끊어야겠다고 생각했다.

"여기 있으면 어떤 놈에게 살해될지 몰라. 당장 어디로든 가버려."

스와는 그렇게 말하고 등을 돌려 떠나려고 했다.

"이스트헤븐을 조사하고 있냐?"

아버지가 스와의 등에다 대고 말했다. 그 말에 스와는 저도 모르게 걸음을 멈췄다.

"경찰관인 네가 한밤중에 이런 데를 어슬렁거리는 것을 보니 뭔가를 조사하는 게지? 그것도 아마 카지노에 얽힌 무엇이겠구나. 내가 카지노 얘기를 꺼내자 도박을 싫어하는 네가 귀를 쫑긋 세웠거든. 내 말이 맞지?"

"당신이 상관할 일이 아냐."

그렇게 말하면서도 아버지의 눈치에 꽤 놀랐다.

자기와 같은 피가 흐르고 있어서일까? 그래서 나는 경찰이 되었을까? 잠깐 그런 생각을 하다가 스와는 내심 격하게 부정했다. 도박 중독자의 말이 어쩌다 들어맞았을 뿐이다.

"어때, 내가 좀 도와주랴?"

아버지는 불쑥 그렇게 말했다.

"내 얘기가 도움이 되었지? 카지노를 조사하는 거라면 당연히 내가 너보다 더 잘 알지. 카지노 직원들 얼굴도 다 알고, 라운지에 모이는 늙은이들한테 뭐든 물어볼 수 있어. 어때, 나도 도울 수 있게 기회를 다오. 뭐든지 할 테니까."

아버지는 두 손으로 길바닥을 짚으며 스와에게 가까이 왔다. 그러나 그 모습을 보는 스와의 가슴에 떠오른 것은 아버지에 대한 강렬한 혐오뿐이었다.

"어머니를 죽인 죄값음이라도 하겠다는 건가."

침이라도 뱉듯이 스와가 쏘아붙였다.

"들러붙지 마. 당신이 이제 와서 뭘 하더라도 노름빚을 떠넘기고 어머니와 나를 버리고 사라진 죄는 지워지지 않아. 나는 영원히 당신을 용서하지 않아. 그 더러운 손을 빌릴 마음은 손톱만큼도 없어."

그리고 스와는 아버지에게 등을 돌리고 걷기 시작했다. 다시 부를 줄 알았지만 아버지는 아무 말도 하지 않았다.

이스트헤븐을 종단하는 넓은 중심 도로로 나와, 스와는 건너편을 바라보았다.

시야 중앙에 별이 총총히 반짝이는 하늘이 보이고 그 아래로 거대한 원주형 탑이 희미한 빛을 발하며 우뚝 서 있다. 70층 마천루 이스트헤븐타워이다. 그 자태는 마치 우주로 곧장 연결되는 궤도 승강기처럼 보이기도 한다.

그 발치에 하얗게 빛나는 조도 구역이 밤의 밑바닥을 밝히며 펼쳐져 있다. 산뜻하고 청결하고 활기차고 빛이 넘쳐나서 늘 크리스마스 같은 거리. 그 거리의 인도는 이탈리아 거리를 모방했는지 대리석이나 반암 같은 하얗고 아름다운 돌 블록을 깔았다.

그러나 그 돌 블록을 들춰보면 지하 몇 미터부터 그 밑으로는 전부 쓰레기다. 거죽을 아무리 아름답게 꾸며도 이곳은 온 도쿄에서 폐기된 쓰레기를 모아다가 도쿄 만을 매립하여 세운 '쓰레기 매립지 나라'이다.

이 세상에 천국이라는 것이 있다고 해도······.

스와는 조도 구역을 바라보며 생각했다.

그것은 이런 쓰레기로 이루어진 곳에 있을 리 없다.

그리고 만약 이 세상에 천사라는 것이 존재한다고 해도, 이런 '쓰레기 매립지 나라'의 지배자일 리는 없다.

13 소곤거리는 자

손목시계의 바늘이 밤 10시 26분을 가리켰다.

스와가 아버지와 십수 년 만에 재회하고 이틀 뒤, 스와와 하마나는 에도 구역에 있는 작은 중국 요릿집 홍위紅玉의 맨 구석에 있는 자리에 앉아 있었다.

자단 테이블 위에는 예의 트럼프 카드가 투명한 비닐봉지에 든 채 놓여 있었다. 그 옆에는 빨간 소흥주가 담긴 술잔, 백자 디캔터와 붉은 칠을 한 아이스 페일, 초록색 칭타오 맥주 작은 병, 그리고 요리가 담긴 접시 세 개.

두 시간 전 스와는 하마나에게 카드에 대하여 파악한 정보를 보고하고 싶다는 전화를 받았다. 그때 하마나가 아직 저녁을 먹기 전이니 기요스에서 만나 식사를 하면서 이야기하자고 해서 스와는 전에 가본 적이 있는 이 식당으로 그를 안내했다.

한산한 음식점으로 두 사람이 들어서자 빨간 차이나드레스를 입고 땋은 머리를 양어깨로 내린 그 아가씨가 다가왔다. 아가씨는 스와의 얼굴을 보더니 "아, 뱀띠 아저씨" 하고 맞아주고, 스와가 입을 열려고 하자 아무 말도 말라는 듯이 손을 내두르고는 냉큼 가게 안쪽으로 들어갔다.

두 사람이 구석 자리에 앉아서 기다리자 아가씨는 소흥주 온더록스 세트와 지난번과 같은 세 종류의 요리를 내왔다. 목이 마른 하마나가 조심스레 "저어, 맥주를" 하자 시원한 칭타오 맥주가 탁, 하는 소리와 함께 테이블에 놓였다. 그때부터 두 사람은 대화를 시작했다.

"묘하게 편안한 식당이군요. 게다가 주문하기도 전에 알아서 술과 요리를 내오다니, 편해서 좋네요."

하마나는 작은 사방등이 천장에 매달린 식당 내부를 편안한 표정으로 둘러보았다. 오늘도 식당에는 여성 가수가 노래하는 중국 가요가 작은 볼륨으로 흐르고 있었다.

"음식과 술이 다 맛있는 가게야."

그렇게 응하고 스와는 작은 소리로 덧붙였다.

"저 아가씨만 조금 더 상냥하면 만점인데 말이야."

하마나는 튀김으로 젓가락을 뻗으며 고개를 크게 끄덕였다. 스와가 마음에 쏙 들어 하는 무슨 '산지'인데, 쉽게 말해서 개구리 튀김이다.

"그러게요. 저 구낭姑娘, 생긴 건 귀여운데 참 아쉽네. 역시 여자는 애교예요. 가스미도 그래요. 바탕은 아주 괜찮은 아이인데 성질이 여간 드세야죠. 조금 더 귀여운 구석만 있어도 잘 풀렸을 것 같은데."

하마나는 아오키 가스미가 없는 자리라고 함부로 실례되는 말을 주워섬겼다. 그리고 문득 생각난 듯이 스와에게 물었다.

"스와 씨가 스물여덟 살이죠? 아직 독신이고?"

"응. 왜?"

"가스미, 어때요?"

"어떠냐니?"

무슨 말인지 몰라 되묻자 하마나는 안달이 난 듯 상체를 기울였다.

"아뇨, 그게, 왜 있잖아요, 예쁘다든가 별로라든가, 내 타입이라든가 아니라든가, 이런저런 느낌이 있을 거 아닙니까?"

스와는 잠깐 생각하고 솔직하게 말했다.

"미인이고 성실하고 머리 좋고 멋진 사람이지."

"그래요? 그렇군요!"

하마나는 흡족한 듯이 연방 고개를 끄덕이고 튀김 하나를 젓가락으로 집어 올리며 조심스레 입을 열었다.

"그런데 스와 씨는 뱀띠세요? 아까 그 아가씨가 그러던데."

"아니, 돼지띠야. 뭔가 착각했겠지."

"아아, 다행이다!"

하마나의 얼굴이 확 밝아졌다.

"나는 파충류나 양서류가 딱 질색이거든요. 뱀이나 도마뱀, 개구리처럼 피부가 미끄덩거리는 놈들. 스와 씨가 뱀띠였다면 진짜 싫었을 거예요."

스와는 하마나가 젓가락으로 집어 든 튀김을 보며 물었다.

"개구리도 딱 질색인가?"

"네. 정말이지 보기만 해도 속이 메스꺼워요. 실수로 건드리기라도 하면 심장마비로 쓰러질걸요."

그렇게 말한 하마나는 스와가 말릴 겨를도 없이 튀김을 통째로 입에 넣었다. 그리고 우적우적 씹다가 문득 멈추더니 눈을 동그랗게 뜨고 소리쳤다.

"스와 씨, 이 튀김!"

스와의 얼굴이 굳었다.

하마나가 내쳐 소리쳤다.

"엄청 맛있네요! 튀김옷이 바삭바삭하고 톡 쏘는 매운 맛! 속살은 탱탱하니 씹는 맛이 일품이고 육즙 풍부하고!"

"그래? 다행이군."

스와가 표정이 이상해지지 않도록 애쓰며 고개를 끄덕이자 하마나는 얼른 두 번째 튀김을 입에 넣었다.

"껍질도 꼬들꼬들하고 별미네요!"

"그렇지?"

"잔뼈가 조금 있네요."

"그럴 거야."

"근데 아주 작은 놈인가 봐요."

"아니, 오히려 대형……. 아, 그것보다."

튀김 재료로 화제가 옮겨 가려고 하자 스와는 얼른 본제로 돌렸다.

"이 '검은 천사' 카드 말인데, 뭐 파악한 것이 있다고?"

"아, 그렇지! 우리가 그것 때문에 만났죠."

하마나는 젓가락을 내려놓고 비닐봉지에 든 카드를 집어 들었다.

"실은 이거, 트럼프 카드가 아니었어요."

뜻밖의 말에 스와가 미간을 찡그렸다.

"트럼프가 아냐?"

"네. 트럼프 무늬를 인쇄했을 뿐이죠. 아무래도 크기가 이상하다 싶어서 재보니까 역시 그렇더군요."

일본에서 일반적인 '브리지 사이즈'라 불리는 트럼프 카드는 규격이 59밀리×89밀리이다. 그러나 이 카드는 57밀리×85밀리여서 가로변은 거의 비슷하지만 세로변이 4밀리나 짧다. 이것은 '일본철도 사이버네틱스협의회'가 책정한 '사이버네틱스 규격'이라 불리는 크기라고 한다.

"사이버네틱스 규격은 각 철도 회사의 정기권, 예전의 패스네트, 쿠오QUO 카드 외에 각종 선불 카드 등의 자기 카드나 스이카Suica나 파스모PASMO 같은 IC 교통 카드에 사용되는 규격입니다. 이런 카드를 만드는 인쇄 회사에 지인이 있는데, 그에게 보여주자 두께 0.2밀리의 박형 '비접촉 IC 카드'라고 확인해주더군요."

이 카드는 종이처럼 얇지만 리라이트 기능이 있는 플렉시블 IC 칩이 내장되어 있어 정보의 읽기 쓰기가 가능하다고 한다.

"그 IC 칩에 어떤 정보가 들어 있는 거 아닐까? 그 인쇄소 지인이라면 읽을 수 있을 텐데."

긴장하며 묻는 스와에게 하마나는 고개를 가로저었다.

"IC 칩이 망가져 있더군요. 무슨 데이터가 들어 있던 것 같은데, 살릴 수 없었습니다."

"그럼 이 카드를 만든 인쇄소를 알아내면 누가 주문한 것인지 알 수 있겠네?"

하마나는 슬픈 표정으로 스와에게 대답했다.

"이 카드에 내장된 IC는 네덜란드의 펠릭스 일렉트로닉스 사가 개발한 것으로, 구미나 아시아 여러 나라에서도 이런 카드를 생산하고 있다고 합니다. 모든 인쇄 회사에 다 문의하기는 힘들지 않겠어요? 시판되는 카드를 사다가 정보를 입력했을 수도 있다고 하더군요."

"그래?"

스와는 어깨를 떨어뜨리고 소흥주를 단숨에 들이켰다.

"그렇다면 이 카드를 누가 무엇을 위해 만들었는지 전혀 모른다는 건가?"

그러자 하마나가 이렇게 말했다.

"용도라면 전혀 알 수 없는 것은 아닙니다. 이것은 인증에 사용하는 카드입니다. 리더기나 디지털 사이니지 같은 단말기에 갖다 대면……."

"디지털 사이니지란 게 뭐지?"

"전자 간판입니다. 왜 있잖아요, 역 통로 같은 곳에 붙어 있는 액정 포스터. 그런 겁니다. 그 안에도 단말기가 들어 있어서 이런 카드를 갖다 대면 숨겨진 그림이나 동영상이나 문자가 나오기도 합니다. 그것으로, 음⋯⋯."

하마나는 어휘를 궁리하며 스와에게 설명했다.

"그러니까 대응하는 단말기에 카드를 갖다 대면 카드 주인을 인식하고 장치가 모종의 동작을 일으키는 겁니다. 문이 열리거나 뭔가가 가동되거나 모니터에 뭔가가 출력되거나. 그래요, 쉽게 말해서 전자키, 카드키 같은 거죠."

결국 이 '천사의 카드'는 소유자가 어딘가에서 뭔가를 가동하기 위해 제작된 전용 '열쇠'인 것이다.

"하지만요."

비닐봉지에 든 카드를 보며 하마나가 고개를 갸우뚱했다.

"분명한 것은 이것이 구식이라고 할까, 유행을 지난 장치라는 겁니다. 요즘은 생체 인증이 꽤 많은 곳에서 채택되어서 지금은 이런 걸 들고 다니지 않아도 손바닥만 갖다 대거나 눈동자를 보여주는 것으로 끝나잖아요. 역 개찰도 상점의 지불도 그렇게 하고 있잖아요. 왜 요즘 이런 걸 만들었을까요."

듣고 보니 그랬다. 요즘은 신용 카드 결제도 카드 없이 생체 인증으로 끝낸다. 이 식당에서 계산할 때도 그렇다. 생체 인증은 위조 카드나 패스워드 도용 같은 범죄를 예방할 수 있어서 훨씬 안전하다.

"뭔가 짐작되는 용도는 없나? 생체 인증으로는 할 수 없는 일이라든지."

스와가 그렇게 묻자 하마나는 팔짱을 끼고 잠시 생각하다가 이윽고 입을 열었다.

"네트워크와 분리된 독립된 시스템에서 사용하는 게 아닐까요?"

"독립된 시스템."

"네. 생체 인증 단말기는 철도 회사, 은행, 신용 판매 회사, 그리고 국가가 공동 구축한 개인정보 데이터베이스를 사용하니까, 절대 공개하지 않는다고 하지만, 누가 언제 어디서 무엇을 했는지가 전부 기록으로 남습니다. 그런 기록을 남기고 싶지 않은 거겠죠."

"기록을 남기고 싶지 않다……. 그러니까, 범죄 목적이 있다는 말이군."

그러나 그것은 처음부터 알고 있었던 것이다. 그리고 이 카드에 인쇄되어 있는 것이 '천사' 그림인 만큼 스와는 누가 이것을 만들었는지에 대하여 이미 가설을 가지고 있었다.

스와는 하마나에게 오래전 생이별했던 아버지를 우연히 만난 사실을 이야기했다. 그리고 이스트헤븐에서 노인들이 천사님이라 부른다는 존재에 대하여 이야기했다.

"천사님, 이라고요?"

하마나가 눈을 동그랗게 떴다.

"그래, 천사야. 생각해봐. 소비자금융, 보험 회사, 이스트헤븐, 거기에 도쿄 도와 국가. 이만한 조직들이 협조해서 범죄를 저지르고 있다면 그것을 계획한 자가 있을 것이고, 뒤에서 조종하는 자 없이 실행할 수는 없겠지."

두 사람 말고는 손님이 없었지만 스와도 목소리를 최대한 낮추어 말했다.

"애초에 기요스—성스러운 땅이라는 이름을 비롯해서 여기에는 기독교적 은유가 넘쳐날 정도로 많아. 이스트헤븐—극동의 천국이라는 이름의 카지노. 아케이시아—성궤 나무라는 이름의 담배. GAPS—수호천사라는 이름의 경비 회사. 이 '검은 천사' 카드도 그런 은유 가운데 하나가 아닐까?"

하마나는 잠시 말이 없다가 이윽고 불안한 얼굴로 입을 열었다.

"실은 무관하다고 생각해서 지금까지 말하지 않은 게 있는데요, 이 '검은 천사' 카드에 그려진 옛 그림의 제목이 '죽음의 천사'라고 하더군요."

"죽음의 천사?"

스와가 저도 모르게 따라 말하자 하마나 료스케는 불길하다는 듯이 고개를 끄덕였다.

"그렇습니다. 하고많은 이름 중에 하필이면 '죽음의 천사'라는 불길한 이름이 붙어 있더군요."

하마나는 맥주병을 들고 그대로 한 모금 마시고는 내처 말했다.

"예술대 서양화과 교수에게 물어보았는데, 작가는 19세기 프랑스 화가 오라스 베르네라고 합니다. 사랑하는 딸이 요절하자 베르네가 죽음이라는 것의 불합리함을 한탄하며 그렸다는 이야기가 전해진답니다. 결국 이 그림은 '죽음의 천사'가 베르네 딸을 죽음의 세계로 데려가는 장면인 거죠."

"하지만."

덩달아 스와도 얼음을 채운 소흥주 잔을 입으로 옮기며 말했다.

"천사라는 건 신의 심부름꾼일 뿐 악마도 아니고 사신도 아니잖나? 천사가 사람을 죽이는 일도 있나?"

"저도 그게 이상해서 '죽음의 천사'라는 것을 여러 가지로 조사해보았어요. 그런 천사가 있는지."

하마나는 미간을 모으며 계속했다.

"스와 씨, 구약성서에 출애굽기라는 것이 있는데, 거기에 나오는 '마지막 재앙'이라는 일화를 아세요?"

스와는 고개를 끄덕였다. 어릴 적 어머니에게 들은 적이 있었다.

야훼를 받드는 이스라엘 백성이 이집트에서 노예로 학대받던 시절에 야훼는 이집트에 다양한 재앙을 내려 이스라엘 백성을 해방하라고 압박한다. 마지막으로 야훼는 이집트에 태어나는 모든 맏이를 몰살하겠다고 선언한다. 그리고 이스라엘 백성에게는 대문에 산 제물의 피를 발라 이스라엘 백성의 집이라는 것을 표시하여 '파괴자'로 하여금 그냥 지나가도록 하라고 명한다.

출애굽기 12장 12절과 13절에는 이렇게 적혀 있다.

〈그날 밤 나는 에짚트 땅을 지나가면서 전국에 있는 맏이들을 사람이건 짐승이건 모조리 치리라. 또 에짚트의 신들도 모조리 심판하리라. 나는 야훼다. 집에 피가 묻어 있으면 그것이 너희가 있는 집이라는 표가 되리라. 나는 에집트 땅을 칠 때에 그 피를 보고 너희를 쳐 죽이지 않고 넘어가겠다. 너희가 재앙을 피하여 살리라.〉

"그 '파괴자'라는 놈이 교회에서는 '죽음의 천사'라 불린다고 합니다. 즉 천사 중에는 죄 많은 인간을 죽이는 천사가 분명히 있다는 겁니다."

"죄 많은 인간을 죽이는, 천사……."

스와는 등이 오싹하는 것을 느꼈다.

"네. 이 '죽음의 천사'가 대문 앞을 지나가는 동안 신을 믿는 자는 불에 구운 새끼 양고기, 누룩 없는 빵, 과일과 나무 열매 소스, 포도주 등 하느님이 정한 식사를 먹어야 합니다. 이것을 '과월의 식사' 혹은 '제효제除酵祭'라고 부른다고 합니다. 나중에 예수 그리스도는 죽기 전날에도 이 전통대로 제자들과 '최후의 만찬'을 갖게 되죠."

하마나는 그렇게 덧붙이고 스와의 얼굴을 보았다.

"스와 씨는 선배 형사 다자와 씨도 '천사'에게 살해되었다고 생각하시는 거죠?"

"음, 그래."

스와가 고개를 끄덕이자 하마나는 이렇게 말했다.

"어쩌면 다자와 씨도 '천사'의 존재를 눈치 채고 누가 '천사'인지 찾고 있었던 건 아닐까요? '천사'가 그것을 알고 먼저 살해해버렸다는…….”

“나도 그럴 가능성이 높다고 생각해.”

그렇게 말하고 스와는 소흥주 잔을 입으로 옮겼다.

“만약 ‘천사’가 이스트헤븐을 축으로 하는 음모의 중심인물이라면 여기 기요스에 있는 조직은 ‘천사’와 깊은 관계가 있겠지. 아니, ‘천사’가 만들었다고 봐야 할 거야. 세이안카이와 GAPS 말이야. 특히 GAPS는 너무 수상해.”

스와는 하마나에게 GAPS가 방범 카메라를 관리하는 것, 이스트헤븐 전역을 경비한다는 것, 그리고 기요스 서의 기능을 넘겨받고 있는 것, 페인트탄만 사용한다고 하지만 실탄도 발사할 수 있는 권총을 장비한 것, 그리고 창부들이 GAPS를 가리켜 ‘제복 입은 야쿠자’라고 부른다는 것을 이야기했다.

“다자와 씨가 추락사했을 때 GAPS 경비원 두 명이 즉각 현장에 도착했지만 수상한 인물은 발견하지 못했다고 하더군. 다자와 씨가 누구에게 떠밀려서 죽은 거라면 범인과 GAPS가 한통속이고 GAPS가 범인을 도망하도록 길잡이 노릇을 했다고밖에 생각할 수 없어. 방범 카메라 영상도 GAPS라면 얼마든지 장난칠 수 있고.”

그렇다면……. 이야기를 하면서도 스와는 궁리하고 있었다.

다자와가 세이안카이의 뇌물을 받거나 카지노에서 넋 놓고 즐기는 것처럼 보인 것도 세이안카이나 GAPS를 안심시키고 동시에 뭔가를, 아마도 ‘천사’의 정체를 찾기 위한 연극이었던 것은 아닐까?

환영회를 핑계로 스와를 세이안카이의 면면들에게 선보인 것도 이자들의 존재를 기억해두라고 말하고 싶었던 것이 아닐까? 또 이스트헤븐타워 레스토랑의 룸에서 굳이 GAPS 경비원에게 페인트탄을 쏴 보인 것도 스와에게 보내는 다자와의 메시지였던 것이 아닐까? 이놈들은 우리의 적이라고…….

그렇게 생각하자 스와는 미안한 기분에 사로잡혔다.

'이봐, 스와, 이건 말이야, 기요스 서에서는 다들 받는 거라고. 왜 그럴까를 좀 생각해봐.'

다자와는 그렇게 말했다. 지금이라면 그 말의 의미를 이해한다. 세이안카이가 기요스 서를 조종하고 있다, 기요스 서는 세이안카이를 거스르지 못한다, 다자와는 그걸 가르쳐주고 싶었던 것이다.

그리고 다자와는 마지막으로 스와에게 이렇게 말했다.

'너는, 계속 그렇게 살아!'

그것은 다자와를 비난하는 스와를 비아냥거리는 말이 아니었다. 고급 손목시계 뇌물을 바닥에 내동댕이친 스와를 보고 반가워서 칭찬해준 것이다. 그런 다자와에게 스와는 '당신을 경멸합니다'라고 말했다. 다자와는 그때 어떤 심정이었을까.

그리고 스와는 기자키 계장이 말한 또 한 명의 순직한 형사 이야기를 떠올렸다. 기요스 남쪽에 있는 황무지에서 창부와 동반 자살을 했다는 젊은 경찰관. 사체와 함께 각성제가 발견되었다고 했다. 다자와 사례와 똑같지 않은가. 그 형사도 다자와와 마찬가지로 '천사'의 정체를 조사하려다가 살해당한 것은 아닐까.

"빌어먹을!"

스와는 소흥주를 단숨에 삼키고 테이블에 탁, 소리가 나도록 거칠게 잔을 놓았다. 잔에 있던 얼음이 튀어 오르고 그 가운데 하나가 테이블 위를 굴렀다.

"스와 씨, 술이 조금 과하셨어요."

하마나의 걱정 어린 목소리에 주변을 둘러보니 빈 디캔터가 테이블 위에 나란히 놓여 있었다. 언제 이렇게 마셨을까. 디캔터가 비면 아가씨가 재빨리 테이블로 다가와 소흥주가 가득 찬 디캔터를 내려놓고 잔에 얼음을 채워주었다. 그래서 자신도 모르는 사이에 과음한 듯했다.

"'천사'가 내 적이다."

그렇게 목소리를 쥐어짜낸 스와에게 하마나가 말했다.

"아뇨. 우리의 적입니다. 스와 씨에게는 선배 다자와 씨를 죽인 적. 가스미에게는 신뢰하는 상사를 죽인 적. 그리고 국민을 속이고 무고한 노인들을 연쇄 살인하고 있다면 저널리스트인 저에게도 절대로 용서할 수 없는 적입니다."

하마나가 불쑥 물었다.

"스와 씨는 왜 경찰관이 되었죠?"

"나?"

사실대로 말해야 할지 망설였다.

그야 물론 생계를 위해서였다. 아버지가 파친코와 도박에 미처 스와와 어머니에게 빚을 넘긴 채 종적을 감춘 뒤, 어머니와 둘이서 극빈자 생활을 견뎌내야 했다. 대학 진학은 꿈도 못 꾸고 고교 3학년이 되자 8월에 경시청 채용 시험에 응시했다. 그렇게 취직해서 어느새 10년이 지났다. 그것이 전부였다.

"왜? 경찰관 깜냥처럼 보이지 않아서?"

스와가 대답을 얼버무리며 반문하자 하마나는 눈을 휘둥그레 뜨고 양손을 얼굴 앞에서 내둘렀다.

"천만에요. 그 반대예요! 타고난 경찰관으로 보여요. 천직을 찾으셨구나 하고 생각한걸요."

천직? 그럴까? 스와는 자신이 경찰관으로 어울리는지 어떤지 생각해본 적도 없었다.

"제가 지금은 별 볼 일 없는 프리랜서지만 실은 출판사에 들어가 편집 일을 하고 싶었어요."

하마나는 그렇게 이야기를 시작했다. 테이블에 칭타오 맥주 세 병이 빈 병으로 서 있었다.

"편집자는 무슨 일을 하는 건데?"

"기획을 하고 잡지나 단행본을 만들죠. 작가는 출판사 편집자에게 일감을 받아서 취재를 하거나 원고를 쓰죠. 말하자면 하청을 받아서 일하는 겁니다. 근데, 혹시 아세요? 출판사라는 곳이 좋은 대학을 나오지 않으면 들어가기가 힘들어요. 저는 공부에 취미가 없고 고졸이라서 애초부터 가망이 없었던 거죠."

그렇게 말하고 하마나는 자조하듯이 웃었다.

"그래서 이번 일이 돈은 안 되지만, 제 스스로 신중하게 생각하며 여기저기 이야기를 듣고 다니니까 아주 즐거워요. 죽은 사람들을 생각하면 철없는 거겠지만요. 게다가."

그 대목에서 하마나는 고개를 한 번 끄덕이고 빙긋 웃었다.

"만약 정말로 관과 민이 공모한 무서운 음모가 있다면 그걸 철저히 취재해서 책으로 펴내고 싶습니다. 그럴 수만 있다면 이 나라도 조금은 좋아질지 모르고 저도 작가가 되길 잘했다고 생각하지 않을까 해서요."

하마나의 웃는 얼굴을 보고 스와도 조금은 기분이 편해지는 것 같았다.

나만이 아니구나. 다들 불안한 것이다.

어떻게 살아야 하는가. 이렇게 살아도 괜찮은가. 나는 지금 정말 잘 살고 있는가.

"그런데 그 '천사'란 놈이 정말 있는 걸까요?"

하마나는 혼잣말처럼 가만히 말했다.

"겨우 한 사람이 이스트헤븐을 지배하고, 세이안카이와 GAPS를 만들고, 관민이 협력하는 이익공동체를 만들고, 파악된 것은 다섯 명이지만 아마도 더 많은 노인들을 죽이고, 경관도 둘이나 살해하고, 조사 중이던 가스미의 상사를 죽이고. 저는 아직 믿기지가 않아요. 정말 있다면 대체 어디 있을까요? 무엇 때문에 그런 짓을 하는 걸까요?"

아버지의 말이 불길한 인상과 함께 스와의 뇌리에 살아났다.

'천사님은 평소에는 눈에 보이지 않아. 이 세상에는 없는 분

이니까.'

이 세상에 없는 자라니, 대체 그게 무슨 말일까?

그리고 이 세상에 없는 자를 체포한다는 것이 가능하기나 한 걸까.

현재 스와가 가지고 있는 유일한 단서는 다자와와 함께 있었다는 토끼 같은 옷차림의 창부이다. 아니, 창부인지 아닌지 확인하지 못했지만, 젊은 여자다. 그러나 기요스를 샅샅이 돌아다니며 탐문해도 아직 토끼녀의 꼬리조차 잡지 못했다. 다행스러운 것은 아직 GAPS도 토끼녀를 찾아내지 못한 것 같다는 것이다.

"제가 이스트헤븐에 잠입하겠습니다."

하마나는 결연한 표정으로 스와에게 말했다.

"스와 씨의 아버님이 말하는 천사가 정말로 있다면 실버라운지에 모이는 다른 노인들한테도 뭔가 이야기를 들을 수 있을지 모릅니다. 천사가 누구인지, 세이안카이 관계자인지 GAPS 사람인지, 아니면 다른 누구인지. 잘하면 뭔가 알아낼 수도 있어요."

"그럴지도 모르지만, 위험해. 나는 찬성할 수 없어."

스와는 고개를 가로저었다. 스와는 세이안카이와 GAPS에 얼굴이 알려져서 잠입 수사가 애초에 불가능하다. 하지만 하마나라면 아직 얼굴이 팔리지 않았을 것이다. 그러나 위험이 따르는 일이다. '천사'는 최소한 여덟 명을 살해했을 가능성이 있는 놈이다.

"위험하다는 건 잘 압니다. 하지만 이 일만은 해내고 싶어요. 아까도 말했지만 이건 제 존재 이유가 걸린 일입니다."

"하지만……."

주저하는 스와에게 하마나가 웃어 보였다.

"괜찮다니까요! 이래 봬도 잠입 취재로 특종을 여러 번 건진 몸이라고요. 작년에는 택배업자로 가장하고 어느 대기업에 들어가 부패 사건의 증거 자료를 로커에서 몰래 빼내 디카로 찍어서……. 어, 내가 또 입방정을! 못 들은 걸로 해주세요!"

스와는 저도 모르게 쓴웃음을 지었다.

"그럼 잠입 준비도 있어서 저는 이만."

하마나는 초록색 맥주병을 비우고 일어났다.

"내일 아침 일찍 에다 씨에게 카지노에 드나드는 노인들이 '천사'라고 부르는 존재가 있다는 것을 보고할 겁니다. 에다 씨라면 아마 다른 경로로 그 '천사'의 정체를 알아봐주지 않을까요?"

하마나가 확신하는 투로 말했다.

국회의원 신분이고 카지노에 관한 지식도 풍부한 에다 아즈마이므로 '천사'가 정계에 뻗어놓은 뿌리를 일부나마 파악해낼 수 있을지 모른다. 아니, 유감스럽게도 에다 아즈마 말고는 정치계의 정보를 구해줄 사람이 없었다.

"그래? 정말 조심해야 해."

스와는 진지한 얼굴로 하마나에게 말했다.

"만약 우리의 짐작이 맞다면 '천사'는 아무렇지도 않게 사람을 죽이는 놈이야. 벌써 최소한 노인 다섯 명과 형사 두 명, 그리고 아오키 씨의 상사를 죽였어."

"알겠습니다. 가스미한테도 잘 말해둘게요. 그리고 에다 씨한테도."

하마나도 진지한 얼굴로 고개를 끄덕였다.

"그리고 한 가지."

"예, 뭐죠?"

그렇게 묻는 하마나에게 스와는 대수롭지 않은 투로 물었다.

"자네, 배는 괜찮아?"

지갑을 꺼내려고 하는 하마나를 말리며 스와는 도리어 택시비라고 1만 엔권 지폐를 쥐어주었다. 스와도 봉급이 많지는 않지만 언론에 발표할 수도 없는 내용을 자비로 취재하고 있는 하마나에게 조금이나마 보태주고 싶었다. 이런 거래는 전자 신호를 매개로 이루어질 수 없다. 지폐의 존재 가치가 아직은 유효한 것이다.

하마나는 당치 않다고 거절했지만 스와가 물러서지 않을 것을 알았는지 황공해하는 얼굴로 "그럼 고맙게 받겠습니다!" 하고 씽긋 웃고 스와가 내민 돈을 받았다.

스와도 '죽음의 천사' 카드를 상의 안주머니에 넣고 일어섰다. 그러자 곧 차이나드레스를 입은 아가씨가 무선 생체 인증 단말기를 들고 왔다. 스와는 그 위에 오른손 손바닥을 비쳐서 계산을 마쳤다.

"니스흔유이쓰더你是很有意思的, 조팡셴셩諏訪先生."*

아가씨는 중국어로 말하고 의미심장하게 입꼬리를 치켜 올렸다. 당신, 재미있군요, 스와 씨, 그런 뜻이었다.

그러나 중국어를 모르는 스와는 그 의미는 물론이고 아가씨가 자기 이름을 중국식으로 말했다는 사실도 알지 못했다. 손님에게 건네는 의례적인 인사로 알고 스와도 아가씨에게 웃음을 보이고 바로 음식점을 나섰다.

밖으로 나오자 식당 앞에 빈 택시가 서 있었다. 하마나는 그 택시를 향해 손을 쳐들고는 스와를 돌아다보았다.

"그럼, 에다 씨와 통화하면 다시 보고드릴게요."

"응, 잘 부탁해. 자꾸 말해서 미안하지만, 조심해야 해."

"알고 있습니다. 고맙습니다."

두 사람 앞에서 택시 문이 열리자 하마나가 뒷좌석에 올라탔다.

"오늘 즐거웠습니다. 다음에 또 한잔해요. 잘 들어가세요!"

하마나는 창유리를 내리며 그렇게 말하고 스와를 향해 힘차게 손을 흔들었다.

택시는 뒷좌석 창유리 밖으로 하마나의 팔이 나와 있는 모습으로, 오다이바 혹은 헤이와지마로 연결되는 기요스의 중심 도로를 달려갔다.

* '조팡'은 '스와諏訪'의 중국식 독음.

그때 또 스와는 누군가의 시선을 느꼈다. 짐짓 자연스레 주위를 살펴보았지만 시야에는 술에 취한 사람만 보일 뿐 수상한 사람은 없었다. 문득 생각이 나서 천천히 하늘을 올려다보았다. 그곳에는 에도 거리를 밝히는 가로등이 서 있었다.

그 가로등 위에 방범 카메라 한 대가, 작동 중임을 표시하는 작고 빨간 LED를 밝히며 스와를 가만히 내려다보고 있었다.

14 방황하는 자

2년 전.

2021년 2월.

도쿄 도 미나토 구 롯폰기.

　수척한 사내가 검은 코트 주머니에 양손을 찔러 넣은 채 한밤의 붐비는 거리를 걷고 있었다. 쑥대머리라고 해도 좋을 만큼 손질이 전혀 안 된 장발 머리. 여윈 볼에서 턱 끝까지 수염이 덥수룩하게 자랐다.

　한껏 치장하고 즐기러 나온 사람들이 활보하는 롯폰기에서는 이방인이라고 해도 좋을 모습이었지만, 왠지 주의해서 보지 않으면 그냥 지나치고 말 정도로 전혀 이목을 끌지 않는 인상이었다. 검은색 일색의 복장으로 수척한 몸뚱이를 감싼 탓일까. 아니면 이목을 끌지 않으려고 애쓰는 몸짓이 습성이 되어버린 탓일까.

마치 주변을 걷는 누군가의 그림자라도 되는 양 진자이 아키라는 발소리도 없이 조용히 걷고 있었다.

그 뒤로 13년이 흐르고 말았다. 어언 13년이다.

어둠에 묻혀 롯폰기의 혼잡한 거리를 걸으며 진자이는 그 생각만 하고 있었다. 나이를 헤아리지 않게 되고 꽤 긴 세월이 흘렀고, 당시 35세였던 그는 올해 48세가 되었을 터였다.

벌써 13년이나 지났지만 히와라 쇼코의 주검의 감촉과 무게는 진자이의 손에서 가실 줄 몰랐다. 아니, 오히려 세월이 쌓일수록 더욱 생생하고 선명해지는 것 같았다. 차가운 비에 흠뻑 젖은 옷, 엉뚱한 방향으로 맥없이 널브러진 팔다리, 어디에도 힘이 들어가 있지 않은 탓에 납덩이처럼 무거운 몸뚱이, 그리고 매 초마다 차갑게 식어가는 살갗.

너 때문이다. 네가 죽인 거야.

쇼코가 떠오를 때면 늘 등 뒤에서 누군가가 진자이를 그렇게 저주하며 몰아세웠다.

그 누군가는 아마도 진자이 자신일 터였다. 쇼코를 죽인 진자이를 누구보다 증오하는 것은 어느 누구도 아닌 진자이 자신이었기 때문이다.

진자이는 히와라 쇼코의 주검을 그녀가 늘 앉았던 조수석에 눕혔다. 처참하게 부서진 얼굴을 상의로 덮어서 가렸다. 그리고 다카이도 서의 상사에게 전화를 걸고, 자신이 죽인 여섯 명—조폭단원 다섯 명과 쇼코—의 사체를 남긴 채 게이힌지마의 창고 거리를 떠났다.

그날 밤 진자이는 거리에서 은행 ATM 기기를 발견하자 예금을 전액 인출했다. 그리고 눈에 띄는 대부업체 사무실마다 들어가 한도액까지 대출하며 다녔다. 물론 갚을 생각은 처음부터 없었다.

양심의 가책 따위는 전혀 없었다. 어차피 빈자貧者를 울려서 우려낸 돈이다. 대부업체 사람들이 직장, 즉 다카이도 서에 쳐들어와 돈 갚으라고 난동을 부릴 만큼 용기가 있지는 않을 것이다. 부모 형제 집으로 돈을 받아내러 찾아갈지는 모르지만, 경찰관의 가족을 공갈협박하는 무모한 짓은 못 할 것이다. 애초에 진자이의 개인적인 빚이므로 가족에게는 변제할 의무도 없다.

그리고 어느 정도 규모가 된 현금을 들고 진자이 아키라는 도회의 어둠 속으로 스며들 듯이 종적을 감추었다.

날품팔이로 간이 숙박소를 전전하며 새벽부터 공사 현장에서 곡괭이를 휘둘렀다. 혹은 수상쩍은 부품 공장에서 기숙하며 단순 작업을 했다. 그리고 저녁이면 코인 샤워를 이용해서 조금 깨끗한 옷으로 갈아입고 밤거리로 나섰다. 신주쿠, 이케부쿠로, 우에노, 아카사카, 그리고 롯폰기. 그렇게 밤새 유흥가를 어슬렁거렸다.

물론 밤을 즐기기 위해서가 아니었다. '마슈'를 찾기 위해서였다.

'역시 도박으로는, 널 못 당하겠다. 응? 마슈.'

진자이의 총격에 쓰러진 수염 사내가 마지막으로 남긴 말이다. 그것이 마슈라는 남자를 찾는 유일한 단서이다. 마슈는 '도박을 하는 남자'이다. 그리고 누구도 당해내지 못할 정도로 실력 있는 도박꾼이다. 그렇다면 도쿄 도내에 있는 무수한 하우스 가운데 어느 곳에는 마슈의 흔적이 반드시 남아 있을 것이다.

그래, 내가 찾아야 할 것은 마슈의 흔적이다. 아마 마슈는 이미 하우스에는 없을 것이다.

'놈은 이제 곧 돌아온다. 돌아오면 이 나라는 마슈의 차지가 된다.'

'그놈은 미다스 왕이야. 우리는 그 미다스 왕이 앉을 의자를 준비하는 거야.'

수염 사내는 그렇게 말했다.

결국 마슈는 13년 전에는 이미 일본에 없었다. 그리고 돌아왔을 때는 '미다스 왕'이 되어 있는 것이다. 미다스 왕은 아마도 막대한 돈을 낳는 조직의 우두머리를 말하는 것이 아닐까? 일본을 자기 차지로 만들어버릴 정도로 대단한. 그렇다면 이미 하우스 같은 곳에 드나들 일은 없을 것이다.

하지만 마슈의 흔적은 어느 하우스엔가 반드시 남아 있을 것이다.

진자이는 하우스를 여러 군데 돌아다니며 마슈의 흔적을 몇 개 찾아냈다.

"그런 놈은 전에도 본 적이 없고 아마 앞으로도 보기 힘들 거다. 바카라에서는 절대로 지는 법이 없거든."

"말이 없는 남자였어. 아무하고도 얘기를 하지 않았고, 같이 오는 놈도 없었어."

"검은 가죽 재킷에 늘 진한 선글라스를 썼어."

"머리는 금발이었어. 원래부터 금발인지 염색한 것인지는 모르지만."

그리고 진자이가 얻은 가장 중요한 단서는 이것이었다.

"딱 한 번, 놈이 화장실에서 세수를 하는 걸 봤는데, 눈이 파랗더라고."

"눈이 파랗다고?"

의표를 찔린 진자이가 저도 모르게 물었다. 상대방은 고개를 끄덕였다.

"응. 바다나 호수처럼 진한 파란색이었어. 틀림없이 서양인의 피가 섞인 거야."

바카라에서는 절대로 잃지 않는 남자. 말없는 남자. 금발 머리. 그리고 파란 눈.

그것이 진자이가 알아낸 마슈의 전부였다. 그리고 13년이 지나도록 진자이는 마슈의 그림자조차 볼 수 없었다.

'마슈를 찾아봤자 소용없다. 이 세상에 없는 놈이니까.'

수염을 기른 조폭단원의 말이 다시 뇌리에 떠올랐다. 그 뒤로 13년 동안 그 말은 마치 돌에 새긴 예언처럼 결코 지워지지 않고 진자이를 내내 조롱해왔다.

그렇다, 13년이다.

진자이가 신분을 완전히 버리고 나서 올해 2월로 13년이 지났다.

진자이는 독신이므로 아마 부모 형제가 가정재판소에 실종 신고를 했을 것이다. 그리고 벌써 오래전에 수리되어 실종 선고가 내려졌을 것이다.

결국 나는 오래전에 죽은 것이다.

진자이는 새삼 그런 생각을 했다.

실종 선고가 내려지면 실종 기간이 7년을 채운 시점에 법률 상 사망한 것으로 된다. 결혼한 사람은 결혼이 해소되고 재산 은 상속되며 생명보험금도 지급된다. 애초에 진자이에게는 아내가 없고 재산도 없으며 보험료 미납으로 생명보험도 실효되었을 것이다. 결국 자신이 죽는다고 무슨 변화가 일어난 것도 아니었다.

그러나 법률에 의해 공식적으로 망자로 인정된 것은 역시 진자이에게 깊은 감개를 불러일으키는 사건이었다.

"이봐, 쇼코. 난 죽어버렸어."

진자이는 죽은 여자에게 혼잣말처럼 토로했다.

형사 노릇 아니면 할 줄 아는 일이 없는 사람이라는 소리를 쇼코에게 들었던 자신이 경찰관을 그만두고 우여곡절 끝에 망자가 되고 말았다. 쇼코와 마찬가지로 망자가 되었다지만 저승에 가서 쇼코를 만날 수 있는 것도 아니다. 쇼코의 원수를 찾아내지도 못했다. 그저 죽기만 했을 뿐 도움이 안 되는 망자, 그것이 진자이였다.

예전에 자신은 쇼코에게 반했었다. 그래서 쇼코를 죽인 놈들을 용서할 수 없었고, 쇼코를 죽이게 만든 마슈를 용서할 수 없었다. 진자이는 그렇게 생각하고 있었다.

하지만 요즘은 그 생각이 그다지 정확하지 않다는 것을 알게 되었다.

13년이 지난 지금, 나는 쇼코를 사랑하고 있는 것은 아니지 않은가?

진자이는 그렇게 생각하지 않을 수 없었다.

쇼코가 살아 있을 때도, 자신에 대한 그녀의 호의를 분명히 느끼고 있었다. 진자이도 다른 여성을 대할 때와는 다른 감정을 품고 있었다. 그러나 두 사람이 형사로서 팀을 이룬 만큼 그것은 서로에게 결코 입 밖에 내지 말고 봉인한 채 끝내야 할 감정이었다. 그리고 언젠가 부서도 달라지면 그대로 사그라질 운명에 있는 감정이었다.

그러나 쇼코가 죽음으로 인해 쇼코에 대한 감정은 진자이의 마음에 영구히 새겨져서 남고 말았다.

늘 진자이가 운전하는 차량의 조수석에 앉았던 쇼코. 등이 구부정한 진자이와는 달리 늘 허리를 꼿꼿이 펴고 있던 쇼코. 언제부턴가 스커트를 입게 되었지만 스스로도 익숙지 않은지 스커트 자락을 연방 당겨 내리던 쇼코. 잘 웃던 쇼코, 툭하면 화를 내던 쇼코, 그래도 결코 내 앞에서는 울지 않던 쇼코.

13년이란 긴 시간이 지난 지금도 진자이 내부의 쇼코는 퇴색은커녕 더욱 또렷하고 생기 있게 존재하고 있었다.

그리고 쇼코를 앗아간 자에 대한 증오도 사라지는 일이 없었다. 아니, 증오의 불길은 진자이 내부에서 점점 사납게 타오르고, 그 불길에 타고 남은 재처럼 뚝뚝 떨어지는 원한은 마음속 밑바닥에 쌓여 뜨거운 콜타르처럼 부글부글 꺼멓게 소용돌이치고 있었다.

"몬덴회라고?"

진자이가 문자 건너편에 앉은 노인이 고개를 갸웃거렸다. 코 밑과 턱에 수염을 아무렇게나 기르고 거의 백발에 가까운 머리를 뒤에서 하나로 묶었다.

"아, 지금은 몬덴회 소속이 아니겠군. 이미 뿔뿔이 흩어진 조직이니까."

롯폰기 지하에 있는 오래된 바였다. 어두운 내부의 다운라이트 속으로 담배 연기가 천천히 감돌고 있다. 콘크리트 벽에 위스키 라벨이나 록 가수 사진이 붙어 있고 검은 카운터 뒤에 술병이 죽 늘어서 있고 맥주 네온사인이 켜져 있다. 플로어에는 목재 테이블 세트가 몇 개 놓여 있다. 80년대부터 시간이 멈춘 것 같은 바였다.

그 테이블 가운데 하나에서 진자이는 어느 조폭 똘마니 출신의 노인을 붙들고 술을 마시고 있었다. 이 노인과는 최근 알게 되었는데, 롯폰기를 수십 년간이나 얼쩡거리는 별 볼 일 없는 늙은이였다. 하지만 그런 이력 덕분에 젊은 놈들한테는 들을 수 없는 이야기가 나올 것도 같았다.

심야가 되고 술기운도 제법 돌았다고 생각될 무렵, 노인은 문득 구미가 당기는 이야기를 꺼냈다. 삼사 년 전까지 이 지역을 관장하던 몬덴회라는 조직폭력배들이 있었는데, 그 몬덴회에 속했던 자를 어디선가 오래간만에 보았다는 것이다.

몬덴회는 광역지정폭력단의 2차 조직*으로, 진자이가 근무할 당시 'G 등록'**에 따르면 구성원은 100명 전후로 확인된 바 있다. 다만 몬덴회의 회장 몬덴 히로노리는 13년 전 누군가의 칼에 찔려 죽었다. 도박판에서 있었던 갈등이 원인이라는 풍문이 있었다. 그 사건을 계기로 몬덴회는 해산 상태가 되고 조직원은 다른 조직에 흡수되지도 못하고 흩어졌다고 알려졌다.

"몬덴회 출신이란 그자가 어쨌는데?"

그러자 노인은 이렇게 말했다.

"그 술, 맛있겠는걸. 나도 좀 마시고 싶네."

진자이가 어깨를 으쓱해 보이자 노인은 카운터를 향해 같은 걸 더블로 달라고 소리쳤다. 노인이 주문한 것은 진자이가 마시던 올드 그랜 대드 114. 그 이름대로 알코올 도수 114프루프, 즉 57도의 버본 위스키이다.

웨이터가 그 더블스트레이트를 테이블에 놓고 돌아가자 남자는 기쁜 표정으로 후룹, 하고 한 모금 마셨다. 그리고 "크아,

---

* 각 지방자치체의 공안위원회가 해당 지역에 본거지를 둔 단체 중에 반사회성이 강한 단체를 폭력단대책법에 기초하여 폭력단으로 지정하는데, 그 범위가 전국적인 조직을 광역지정폭력단이라고 한다. 그 광역지정폭력단의 간부를 우두머리로 하여 독자적인 세력을 가질 경우, 그 조직을 '2차 조직'이라고 한다.

** 조직폭력단의 구성원의 호적 정보, 차량 번호, 수입원, 범죄 경력, 친족, 교우 관계 등 광범위한 신상 정보를 구축한 경찰청 데이터베이스.

이거 독한데" 하고 수염과 함께 입술을 핥으며 그 이야기를 재개했다.

"처음에는 어디서 본 적이 있는 놈인데, 하고 생각했지. 나중에 생각해보니 몇 년 전까지 몬덴회의 부두목으로 있던 놈이더라고. 깜짝 놀랐지. 야쿠자 간부였던 놈이 그런 데서 그런 일을 하고 있을 줄은 몰랐거든."

노인의 이야기는 중요한 정보는 감춘 채 변죽만 울리고 있었다.

"그래, 뭘 봤는데?"

"어허! 요즘 사람들은 물건마다 값이 있다는 걸 모른다니까!"

갑자기 엉뚱한 곳으로 눈길을 돌리고는 조롱하는 투로 요란하게 탄식을 흘렸다.

"예전엔 영양가 있는 얘기를 들려주면 이삼 일은 먹고살 수 있는 용돈을 쥐어주었는데 말이야. 요즘 젊은것들은 남의 얘기 듣는 걸 공짜인 줄 알아. 이봐, 나는 연금인지 뭔지를 한 푼도 받아보지 못한 처지인 데다 이 나이가 되도록 모아놓은 돈도 없거든."

이 추레한 노인은 진자이가 자기 이야기에 흥미를 보이는 것을 민감하게 알아차린 듯했다. 이런 유형의 인간은 떠받들어주면 한없이 거만하게 굴고, 약한 모습을 보이면 냉큼 달려들어 골수까지 빼먹으려고 든다.

"됐으니까 하던 얘기나 마저 해보슈, 노인장."

진자이는 애써 차분한 목소리로 가만히 말했다.

"들어봐서 진짜 영양가 있는 얘기면 오늘 꼭지가 돌도록 마실 수 있게 해줄 테니까. 싫으면 관두고."

진자이는 거래하자는 뜻을 내비치며 조건을 제시했다.

"사람 참 야박하게 나오네. 왜 이래, 겁나게. 꼭 짭새한테 조사받는 것 같잖아."

노인은 비굴한 웃음을 짓고는 체념한 듯 다시 이야기를 시작했다.

"기요스야."

"기요스?"

"응. 작년 올림픽 때 국가의 허가를 받고 그 쓰레기 섬에 노름판이 섰잖아? 무슨 꼬부랑글씨 이름을 가진 그거 말이야. 나도 거기에 가봤거든."

"이스트헤븐 말인가?"

그 말을 하는 순간 진자이의 머릿속에 그 남자가 마지막으로 뱉었던 말이 살아났다.

'역시 도박으로는, 널 못 당하겠다. 응? 마슈.'

마슈와 관계가 있는 이야기인 게 틀림없다. 진자이는 그렇게 직감했다.

"그래, 뭐시기 헤븐인지 뭔지 말이야. 아니꼬울 정도로 멋을 부린 곳이더군. 친치로린*도 없고 물 건너온 트럼프 노름밖에

---

* 주사위를 이용한 일본의 전통적인 노름.

없어서, 나처럼 나이 먹은 도박사한테는 애들 장난 같더군. 그런데 거기에 무슨 라운지라고, 늙은이들한테 공짜로 먹고 마실 수 있게 해주는 곳이 있는데 거기서 가볍게 끼니를 때우고 있었지. 그러다가 그놈을 본 거야."

그렇게 말하고 노인은 진자이에게 얼굴을 가까이 대고 작은 소리로 계속했다.

"예전에 몬덴회의 부두목으로 있던 놈 말이야, 거기서 제복을 입고 의젓하게 버티고 서 있더란 말이지."

"제복?"

진자이는 미간을 찡그렸다. 야쿠자가 제복을 입고 있다니, 이건 무슨 말인가.

"경비원으로 있더라고."

어이가 없다는 듯이 노인이 고개를 저었다.

"그 뭐시기 헤븐인지 뭔지에는 그놈 말고도 흰둥이 검둥이 해서 눈매 사납고 덩치 좋은 외국인 경비원들이 수두룩하더라고. 놈들도 아마 얌전하게 살던 놈들은 아닐 거야. 역시 노름판에는 어김없이 야쿠자가 파고들게 마련이구나 하고 새삼 감탄했지."

이스트헤븐의 치안 유지를 위해 경시청이 기요스 서를 신설하고, 아울러 도쿄 도가 전문 경비 회사의 설립을 허가한 것은 진자이도 들어서 알고 있었다. 그 경비 회사—아마 GAPS라고 했던가—내부에 조폭단원 출신이 있더라는 것이다.

"괜찮은 일이잖아, 진드기 한 마리가 갱생했다는 건데."

조직폭력단의 간부 출신이 카지노 경비원으로 일하고 있다. 수상쩍은 이야기인 것은 분명했지만 진자이는 애써 무심한 척했다.

"어허, 내 말 좀 들어봐. 중요한 얘기는 지금부터야."

노인은 희미하게 웃었다.

"십육칠 년 전이었나, 형씨 궁둥이가 여전히 푸르스름할 때지. 근처에 어느 나라 대사관이 있었는데, 거기 지하에 하우스가 있어서 나도 한 번 뜯어먹으러 간 적이 있어."

하우스는 더 많은 손님을 유치하기 위해 종종 서비스 칩을 나눠줄 때가 있다. 가령 현금 10만 엔에 칩을 12만 엔어치 내주는 것이다. 뜯어먹으러 갔다는 것은 이 서비스를 노리고 카지노에 들어가 게임에는 참여하지 않고 그 칩을 다시 돈으로 바꿔서 나오는 갈취 행위를 말한다. 두 명이 서로 모르는 사이로 가장하고 들어가 바카라에서 서로 반대쪽에 배팅해서 갈취하러 왔다는 사실을 숨기기도 한다.

"그때 본 건데, 몬덴회의 몬덴 히로노리 회장과 금발에 선글라스를 쓴 젊은 놈이 굉장한 승부를 벌인 거야. 그 승부로 사오천만 엔은 움직이지 않았을까? 몬덴이란 놈이 엄청 잃었는지 얼굴이 새파랗게 질렸더라고. 그러다 막판에 수백만 엔을 떼어먹고 발라버렸다는 거야. 그런데, 그 금발의 젊은 놈이 마슈 아닐까?"

"뭐, 그럴지도 모르지."

진자이는 무심한 척 대답하면서도 흥분을 억누르느라 안간힘을 썼다.

틀림없다. 마슈는 기요스의 카지노 이스트헤븐에 있다.

아마 마슈는 그 후 몬덴회와 모종의 관계를 맺었을 것이다. 그리고 몬덴회 잔당이 이스트헤븐에 파고든 것을 보면 마슈도 이스트헤븐에 있을 가능성이 높다. 아니, 아예 마슈가 몬덴회 잔당을 조종하고 있을 가능성도 있다.

마슈는 최소한 십육칠 년 전부터 하우스에 드나들었다. 그리고 일이 년 정도 떼돈을 번 뒤 홀연히 종적을 감추었다. 그리고 기요스 카지노 특구에 이스트헤븐이 탄생하는 동시에 다시 나타난 것이다.

진자이는 오른손을 들어 웨이터를 불렀다.

"올드 그랜 대드 114. 병째 줘."

그리고 재킷 안주머니에서 지갑을 꺼내 1만 엔권 서너 장을 테이블 위에 던졌다.

"이걸로 계산하슈."

"어? 괘, 괜찮겠나?"

진자이는 자리에서 일어났다. 주점을 나가려고 하다가 문득 생각을 바꾼 듯 뒤를 돌아다보았다.

"어이, 형씨, 미다스 왕이란 임금을 알고 있나?"

"내 아는 사람 중에 임금님이 있을 리 없잖아."

어이없다는 듯이 말하는 노인의 모습에 저도 모르게 쓴웃음을 지으며 진자이는 다시 물었다.

"그럼 형씨. 만에 하나의 얘긴데, 만약 신이 형씨한테 '네가 만지는 것은 뭐든 금으로 바뀌는 능력을 주겠노라'라고 한다면 어떻게 할래?"

노인은 입을 멍하니 벌리고 있다가 진자이에게 반문했다.

"뭐든지 금으로 바뀐다니, 뭐든지 말인가? 술도, 먹는 것도, 여자도?"

진자이가 고개를 끄덕이자 노인은 이내 못마땅한 표정이 되었다.

"그런 빌어먹을 일이 있나! 사양하겠어."

진자이는 놀랐다. 그런 대답이 돌아올 줄 몰랐던 것이다.

"일을 하지 않아도 돈이 무한정 들어오는 건데, 좋잖아?"

"하지만 돈이란 건 뭔가 원하는 것을 구입할 때 쓰는 거잖아? 술이나 음식이나 여자 같은 것을 살 때 말이야. 그런 것까지 싹 금으로 바꿔버리면 어쩌라는 거야. 술, 음식, 여자도 없이 금만 산더미처럼 가지고 있으면 뭐해."

그리고 노인은 혼잣말처럼 가만히 중얼거렸다.

"그런 말을 하는 놈이라면 그자는 신이 아니라 악마야. 신이 맞다고 해도 그런 능력은 천벌이고 저주지. 있는 그대로가 제일 좋은 거야. 술은 술로, 음식은 음식으로, 여자는 여자로, 그리고 나는 나로 있는 게 좋아."

한밤의 어둠에 동화된 것처럼 롯폰기의 혼잡한 인파 속을 걸으며 진자이는 생각했다.

기요스 카지노 특구에서 태어난 일본 최초의 국가 공인 카지노 이스트헤븐. 쓰레기 매립지 위에 건설된, 이 나라에서 가장 욕망으로 범벅이 된 죄 깊은 지역. 미다스 왕이 사는 땅으로 그곳보다 어울리는 곳도 없을 것이다. 마슈는 반드시 그곳에 있다.

왜 나는 지금까지 깨닫지 못했을까. 진자이는 자신을 모질게 욕했다.

그걸 깨닫지 못한 것은, 세상의 눈길을 피해 어둠 속에 숨어 있을 범죄자가 설마 국가 공인 카지노에 드나들 리가 없다고 섣불리 생각한 탓이었다. 또 한 번의 방심이었고 중대한 과오였다.

이제 진자이에게는 정보가 필요했다. 이스트헤븐에 숨어 있는 마슈의 꼬리를 잡아채서 밖으로 끌어내기 위한 정보.

그 정보를 구할 방법은 이미 머릿속에서 결정되고 있었다.

15 귀환자

한밤의 어둠 밑바닥에서 파도 소리가 밀려온다.

나지막한 엔진음과 함께 희미한 진동이 두 다리를 타고 올라온다. 3월이 되었다지만 도쿄 만을 건너오는 밤바람은 냉랭하다. 스와는 얇은 수티앵 칼라 코트의 목깃을 세우며 옆에 서 있는 아오키 가스미를 보았다. 가스미 역시 얇은 감색 스프링 코트 차림이지만 특별히 추워하는 기색도 없이 펜스에 두 팔을 맡기고 멀리 펼쳐진 경치를 바라보고 있었다.

전장 약 65미터에 약 1700톤급, 700명을 수용하는 대형 유람선 아르셰 호. 스와 고스케와 아오키 가스미는 매일 밤마다 기요스를 한 시간 동안 주유하는 크루저의 전망 데크에 서 있었다.

선박 이름 아르셰는 프랑스어인데, 영어로는 아크Ark이다. 이는 구약성서에 등장하는 노아의 방주를 말한다. 일, 영, 불, 독, 러, 중, 한, 일곱 개 국어로 준비된 승객용 팸플릿에 따르면 아르셰 즉 아크는 십계 석판을 담는 계약 상자라는 의미이기도 하며, '피난처' '안전한 곳'이라는 뜻도 있다고 한다.

그런 연유로 팸플릿의 말미는 그 설명에 이어서 '안전하고 쾌적하고 가슴 설레는 크루징을 만끽하십시오. 이 배가 부디 두 분께서 사랑을 약속하는 추억의 장소가 되기를'이라는 간지러운 글로 마무리되어 있었다. 그러고 보니 주위 승객들은 대부분 남녀 커플들이었다. 두 남자가 함께 있는 것도 보이는데, 그들 역시 커플일 것이다.

크루저 좌현 방향의 캄캄한 도쿄 만 위로 이스트헤븐의 신기루 같은 야경이 보인다. 그 빛의 소용돌이 중앙에서 하늘을 향해 거대한 빛의 기둥이 우뚝 서 있다. 이스트헤븐타워이다. 쓰레기 매립지 위에 들어선 그악스러운 욕망의 거리이지만 그 풍광은 숨이 막힐 만큼 환상적이고 아름답다.

잡지 기자 하마나 료스케로부터 이스트헤븐 잠입에 성공했다는 연락이 온 것이 1주 전이었다. 이스트헤븐과 계약한 대규모 청소 회사에 아르바이트 직원으로 들어가는 데 성공한 것이다.

하마나가 이 회사에 잠입할 수 있었던 것도 실은 에다 아즈마 의원의 연줄에 의지한 것이었다. 지인이 일자리를 찾고 있는데, 정식 직장을 잡을 때까지 임시직이라도 좋으니 잠시 고용해줄 수 없느냐, 에다가 그렇게 제안했다고 한다. 국회의원의 소개인만큼 청소 회사도 두말없이 고용해주었다고 한다.

하마나는 카지노 내 여러 시설을 청소하고 다니며 '천사'에 관한 정보를 모으고 있었다. 그리고 오늘 처음으로 실버라운지에 들어가 그곳을 청소하게 되었다. 실버라운지는 카지노 이스트헤븐에 마련된 고령자 전용 무료 휴게소이다. 스와의 아버지도 이곳에 드나들며 '천사'라는 미지의 존재에 관한 소문을 접했을 것으로 짐작되었다.

오늘 아침 그 하마나가 스와와 아오키 가스미에게 이런 메일을 보냈다.

〈실버라운지에 있는 노인들 이야기를 통해 '천사'가 분명히 존재한다는 것을 알았습니다.
그리고 '죽음의 천사' 카드도 '천사'가 발급한 것입니다.
오늘 밤 일이 끝나면 더 상세히 말씀드리겠습니다.〉

그리고 하마나는 메일 말미에 스와와 가스미에게 이렇게 제안했다.

〈기요스를 한 바퀴 도는 크루저 '아르셰'의 마지막 배가 밤 10시에 기요스 잔교로 돌아옵니다.
스와 씨와 가스미는 그 크루저에 탑승해주세요.
저는 배가 도착하는 잔교에서 마중나온 사람처럼 기다리고 있겠습니다.
가스미, 가끔은 밖에서 기분전환도 해야지.
스와 씨, 죄송하지만 잘 부탁드립니다.〉

스와도 식당 같은 데서 만나는 것보다는 이목을 덜 끌 것 같아서 가스미와 함께 크루저 마지막 배에 탑승했던 것이다.

스와는 옆에 서 있는 가스미를 쳐다보았다. 하마나와 고교 동창이라고 하므로 자신보다 세 살 아래인 25세일 것이다. 주위 승객들도 아마 두 사람을 커플로 보고 있을 것이다.

그러나 젊은 여성과 대화하는 데 익숙지 못한 스와는 전망 데크 위에서 무슨 이야기를 나눠야 하는지 몰라서 잠시 어쩔 줄 모르고 있었다. 이리저리 궁리한 끝에 스와는 이렇게 입을 열었다.

"하마나라는 친구, 쾌활하고 좋은 사람이더군."

그러자 가스미는 쑥스러운 듯 어깨를 으쓱해 보였다.

"미안해요. 직업이 그래서인지 하마나는 남의 마음을 제멋대로 상상하고 오버해서 배려하는 경향이 있어요."

"배려?"

스와는 가스미가 무슨 말을 하는지 얼른 이해하지 못했다. 그러나 지난번 하마나를 만났을 때를 떠올리고 그제야 그녀의 말을 이해했다.

'스와 씨 아직 독신이죠? 가스미, 어때요?'

그러니까 하마나는 스와와 아오키 가스미를 배에 태우고 한 시간 동안 단둘이 보내게끔 이런 제안을 했던 것이다.

그걸 깨달은 순간 스와는 몹시 거북해졌다. 물론 가스미와 함께 있는 것이 불쾌할 리는 없었다. 다만 묘하게 그녀를 자꾸 의식하게 된 것이다.

꼭 중학생 애들 같군. 스와는 자신의 주변머리 없음에 한숨을 짓고 수면 위에 떠오른 이스트헤븐의 야경을 바라보며 화제를 바꾸려고 했다.

"우리 회사에서 하는 일도 상당한 악역이지만⋯⋯."

경찰이라는 단어를 입에 담지 않으려고 경관들은 모두 '회사'라고 말한다.

"보험조사원이란 것도 꽤 불행한 직업이군. 보험 계약자 중에 보험조사원에게 원한을 품는 사람도 있지 않나?"

결국 화제는 일 얘기였다. 스와 나름대로는 가스미에게 스트레스가 많은 업무 때문에 힘들겠다고 위로해줄 생각이었다.

그러자 가스미는 자조적인 웃음을 지으며 대답했다.

"그런 말 자주 들어요. 수천만 엔이나 하는 보험금을 받을 수 있었는데 너 때문에 한 푼도 못 받게 되었다. 너 때문에 집안이 풍비박산이다. 평생 저주해주마. 아니, 언젠가 꼭 죽여버리겠다⋯⋯."

스와는 가스미가 평소 감내하고 있다는 가혹한 말들에 미간을 찡그렸다.

"그런 심한 말을 하나."

"네. 쉽게 말해서 생명보험 계약자가 사고로 죽은 경우, 진짜 사고인지 자살인지 의심하는 것이 제 일이에요. 그리고 우리가 생명보험사에서 의뢰받는 건들은 면책 기간 안에 사고사를 가장하여 자살한 사례가 많아요."

사고사라면 생명보험금이 지급된다. 자살이라도 계약으로

부터 1년 이상 지나서 보험 회사가 정한 면책 기간이 지난 자살이라면 보험금이 지급된다. 그러나 면책 기간 내의 자살에는 생명보험금이 일체 지급되지 않는다. 사고사로 가장하고 보험금을 청구하면 사기죄에 걸린다. 이를 조사하는 것이 보험조사원이다.

"아니, 하지만."

스와가 당황해서 끼어들었다.

"그걸 밝혀내는 거야 당연히 해야 할 일이잖아? 애초에 받지 말아야 할 보험금을 사고사로 가장하고 사취하려는 거니까."

가스미는 옆에 서 있는 스와의 얼굴을 올려다보았다.

"자살이 정말 모두 자살일까요?"

"뭐?"

의미를 이해하지 못하고 당황하는 스와에게 가스미는 내처 말했다.

"가령 어느 경영자가 사악한 사기를 당해서, 혹은 사채업자에게 불법적인 금리로 돈을 빌렸다가 전 재산을 빼앗기고 막대한 빚을 져서 직원에게 줄 급료까지 다 없어졌다고 해요. 그렇게 경제적, 육체적, 정신적으로 한계에 몰린 끝에 자살한다면, 그것은 자살이 아니라 그를 궁지로 몰아넣은 자들의 살인 아닐까요?"

"하지만, 보통은 그걸 살인 사건이라고는……."

"살인으로 보지 않는다는 건 알아요. 하지만 그렇게 자살한 사람은 분명 은폐된 범죄의 피해자예요."

가스미는 체념한 듯이 고개를 끄덕였다.

"누가 그 한을 풀어주죠? 보험 계약자가 살해당한 경우는 경찰이 조사해서 배경을 전부 밝혀냅니다. 하지만 자살일 경우는 경찰도."

"사건이 아니라고 판단하는 순간 모든 수사를 즉각 중지해버리지."

스와의 말에 가스미는 다시 고개를 끄덕였다.

"경찰이 사고로 처리한 비범죄 사체 중에도 최소한 사고사는 아닌 사체가 포함되어 있어요. 가장 많은 것이 보험금을 노린 자살입니다. 물론 그런 경우는 우리 보험조사원이 철저히 조사합니다. 실제로 사고사라는 경찰의 판단을 뒤집은 사례도 드물지 않아요."

이번에는 스와가 고개를 끄덕였다. 경찰로서는 사건이 아니면 사고사든 자살이든 관할 밖이라는 점에서는 마찬가지이다. 사건이 아닌 사망 건을 철저히 조사하는 경우는 있을 수 없다. 그러므로 사고사가 사실은 자살이라는 사례도 적지 않은 것이다.

"그러나 우리 보험조사원의 조사에는 한계가 있어요. 우리는 조사권이 없고 감식 능력도 없고 인원과 예산도 한계가 있거든요. 아니, 그보다도……."

가스미는 전망 데크의 난간을 양손으로 꼭 잡았다.

"애초에 천만 단위, 억 단위라는 거액의 보험금이 걸린 사례가 아니면 우리 보험조사원이 나서질 않아요. 거액의 보험금이 발생하지 않는 사망에는 사고도 아니고 자살도 아닌 사망 건이 포함되어 있지는 않을까, 저는 그런 생각을 금할 수 없어요."

"세상에는 아무도 눈치 채지 못한 살인 사건이 있을 것이다, 그런 말인가?"

스와는 생각에 잠겼다. 사법해부를 실시한다면 사인을 꽤 높은 확률로 정확히 판정할 수 있을 것이다. 도쿄 스물세 개 구와 일부 대도시에서는 감찰의가 검시 및 해부를 실시하지만 그 밖의 지역에서는 경찰의, 즉 경찰의 위탁을 받은 시내 의사가 사인을 판단한다. 게다가 감찰의도 보통은 사법해부 같은 것은 하지 않는다. 검찰관이나 경찰서장이 법의학자에게 의뢰해야 비로소 실시된다. 그러므로 사법해부는 웬만해서는 실시되지 않는다.

가스미는 다시 스와의 얼굴을 보았다.

"어쩌면 살인 사건은 공표된 건수보다 훨씬 많지 않을까요? 보험금이 발생하지 않는 사고사라면 보험 조사 회사도 조사하지 않아요. 그것이 정말 사고사인지를 의심하는 사람도 없고 조사하는 사람도 없는 거죠."

"난 그런 사건은 없다고 믿고 싶지만."

스와의 궁색한 말에 가스미는 황망히 고개를 숙였다.

"죄송해요. 경찰을 비난하려는 건 아니에요. 제 상사가 늘 하던 말인데, 누구한테든 들려주고 싶어서."

"아오키 씨의 상사라면 그 뺑소니 사고로 죽었다는 상사 말인가?"

가스미는 굳은 얼굴로 고개를 끄덕였다.

"지금까지 묻지 않았지만."

스와는 잠시 주저하다가 이렇게 물었다.

"그 상사는, 남성이겠지?"

가스미는 지친 얼굴로 웃었다.

"역시 형사시네요. 아뇨, 지금은 생활안전과 소속이니까 정확하게 말하면 전 형사님이시죠. 아니면, 여자가 상사의 원수를 갚고 싶다고 말하면 그 상사가 남자라는 것을 누구나 알아차리는 걸까요?"

가스미는 미소를 지으며 계속 말했다.

"제가 혼자 동경했을 뿐이에요. 그분은 저를 그냥 부하 직원으로만 생각하셨을 거예요. 하지만 저는 늘 그분의 보호를 받고 있다고 느꼈어요. 그래서 늘 행복했죠."

가스미는 기요스의 야경을 바라보며 속삭이듯 말했다.

"그래서, 내게서 그분을 앗아간 자를 용서할 수 없어요. 절대로."

생각에 깊이 잠긴 표정이었다. 스와는 그녀의 옆얼굴을 가만히 쳐다보았다. 가스미의 희고 매끄러운 볼을 데크 바닥에 매립된 조명이 희미하게 비추고 있었다. 바닷바람에 날리는 까만 단발머리가 그 볼을 쓸고 있었다.

"이제부터는, 내가 지켜준다."

그렇게 말한 스와는 자기 말에 스스로 놀랐다.

내가 대체 무슨 소리를 한 거지? 승선했을 때 받아 마신 샴

페인에 감정이 고양된 걸까? 아니면 도쿄 만에 뜬 호화로운 유람선 갑판에서 눈부시도록 아름다운 야경을 그녀와 함께 바라보는 탓일까?

그러나 일단 흘러나온 말은 그치지 않았다.

"지금 우리가 밝혀내려고 하는 것은 무서운 범죄야. 당신한테도 위험이 미칠지 몰라. 하지만, 내가 지켜주겠어. 반드시 지켜준다."

두 사람은 잠시 말이 없었다. 스와는 배에 부딪치는 파도 소리와 바다를 건너오는 바람 소리가 갑자기 커진 것처럼 느꼈다.

긴 침묵을 깬 것은 가스미였다.

"고맙습니다."

가스미는 쓸쓸한 얼굴로 웃었다.

"하지만 스와 씨가 저를 지켜주려고 하는 것은, 그게 본분이기 때문이겠죠?"

"그건……."

스와는 말을 잇지 못했다. 그렇다고도 못 하고 아니라고도 못 했다. 경찰관이므로 시민의 안전을 지키는 것이 기본적인 업무이다. 하지만 가스미를 지키는 것을 순전히 업무라고 단언할 수는 없었다. 아니, 업무라고 말하고 싶지 않았다.

"괜찮아요. 남자들은 다 그래요. 애인이나 부인이 자기 인생에서 제일 소중하다고 생각하는 남자는 아마 없을 거예요. 남자가 제일 중요하게 여기는 것은 일이나 취미나 미래죠. 그러니까 자기 자신인 거예요."

"그렇지 않은 남자도, 있을 것 같은데."

스와가 간신히 그렇게 말하자 가스미는 또 희미한 미소를 지었다.

"그분도 그랬어요. 위험하니까 그만두라고 말렸지만 제 말은 들은 척도 않고 조사를 계속했고, 그러다가 나를 남겨두고 하늘나라로 떠나고 말았어요. 하지만 여자들은 달라요. 언제나 사랑하는 사람을 가장 중요하게 여기죠. 그래서 남자에게도 그걸 기대하고 말아요."

그리고 가스미는 스와의 눈을 쳐다보았다.

"스와 씨는 저를 지켜주겠다고 하셨죠?"

"음. 말했지."

"일을, 경찰을 그만두고라도, 저를 지켜주실 건가요?"

이번에는 스와도 대답할 수 없었다.

"농담이에요. 미안해요."

가스미는 고개를 저으며 사과했다.

"사실은 무서워요. 견디기 힘들 만큼 무서워요. 제가 추적하는 것을 알고 그 무서운 살인범이 지금이라도 저를 죽이러 올지 몰라요. 그런 생각을 하면 밤에 잠도 못 이뤄요. 그러니까……."

가스미는 스와의 눈을 보며 이렇게 말했다.

"업무로라도 좋아요. 스와 씨는 저를 지켜주실 건가요?"

"지켜준다. 약속한다."

겨우 그 말만 했다. 그러나 분명하게 말했다.

"그럼, 이제 무섭지 않아요."

가스미는 기쁜 표정으로 생긋 웃었다.

그것은 스와가 처음 보는 가스미의 화사한 웃음이었다.

"'천사'라면 기독교와 인연이 깊은 인물이겠군요."

크루저 아르셰에서 기요스 잔교를 향해 많은 승객들과 함께 부드럽게 흔들리는 트랩을 걸어서 내려가던 아오키 가스미가 작은 소리로 말했다.

"기요스라는 지명을 비롯해서 왜 이렇게 많은 장소에서 성서에 나올 법한 단어들이 쓰이고 있을까요. '천사'가 그렇게 명명한 거라고 생각하지 않고는 설명이 되지 않아요. 무엇보다 자신을 '천사'라고 부르게 했잖아요."

기독교와 인연이 깊은 인물. 그 말을 듣고 스와는 곰곰이 생각했다.

아닌 게 아니라 이번 사건에는 성서와 관련된 단어가 여러 개 나왔다. 그것은 기요스 탄생부터 사건 발발에 이르기까지 특정 개인이 관여되어 있는 증거라고 스와는 생각했다.

그러나 왜 성서에서 그런 단어를 끌어다 썼는지에 대해서는 스와로서도 짚이는 바가 없었다.

'천사'는 기독교 신자일까? 혹은 어떤 사정이 있어서 기독교에 해박해진 사람일까? 가령 자신이 크리스천 어머니에게 성서 이야기를 들으며 자란 것처럼. 가스미가 말하듯이 이것은 '천사'의 정체를 파악하는 데 중요한 단서가 될지 모른다. 스와도 새삼 그렇게 생각했다.

갑자기 스와의 뇌리에 어떤 인물이 떠올랐다.

그것은 기요스 서의 직속 상관인 생활안전과 제2계의 기자키 헤이스케 계장이었다. 기요스 서에 부임하던 날, 기자키가 한 말이 머릿속에 살아났다.

'일요일 아침이면 꼭 그 성당에 갔지요.'

'성경이라면 늘 서랍 속에 있어요. 읽고 싶으면 언제든 말해요.'

설마. 스와는 저도 모르게 쓴웃음을 지었다.

그 온후하고 너무나도 선해 보이는 사람이, 더구나 정년을 코앞에 둔 초로의 남자가 '천사'일 리는 없다. 무엇보다 기자키는 경찰관이 아닌가. 크리스천이라는 것 하나만으로 '천사'와 관련짓는 것은 너무나 어리석은 상상이었다.

트랩을 내려와 다른 승객들과 함께 야간 조명을 받고 있는 콘크리트 잔교를 걸어가자 개찰구 너머로 누군가가 보였다. 만면에 웃음을 짓고 스와와 가스미를 향해 손을 흔들고 있는 것은 하마나 료스케였다. 청소 회사의 작업복인지 회색 통옷을 입고 있다.

"스와 씨, 수고하셨어요! 가스미, 어땠어? 바다에서 보는 기요스 야경이?"

"응. 정말 아름다웠어. 그렇죠, 스와 씨?"

가스미는 그렇게 말하며 스와의 얼굴을 힐끔 보았다.

"어, 응. 아름답더군."

"오케이, 오케이. 두 분 모두 좋았다니 다행이군요! 아아, 나는 뭐냐."

짐짓 어이없다는 듯이, 그러나 반가워하는 얼굴로 그렇게 말하고 두 사람에게 다가온 하마나는 문득 긴장한 표정으로 변해서 속삭였다.

"이 근방에는 방범 카메라가 여러 대 있어요. 자리를 옮기죠. 요트 하버 너머에 이제 막 완공되어 아직 사용하지 않는 계류지가 있습니다. 거기에는 아직 방범 카메라가 없어요."

막 완공된 계류지는 아직 야간 조명이 없어서 캄캄하고 인기척도 없었다. 선좌에도 배 한 척 정박해 있지 않았다. 요트 로프가 바람을 가르는 휘파람 같은 소리도 로프가 돛대를 치는 종소리 같은 소리도 들리지 않는다. 어둠 속에 바람이 수면을 스치는 소리만 들릴 뿐이다.

도쿄 만에서는 가치도키, 유메노시마, 우라야스 같은 항만들이 유명하지만, 이스트헤븐과 함께 개장한 '기요스 마리나'는 주변에 카지노를 비롯한 레저 시설이 충실한 데다 바다에 가장 가까운 항만으로 인기가 높다. 모집 공고가 나기 무섭게 계류 신청이 쇄도하여 순식간에 선좌가 완판되었다고 한다. 그것이 급거 제2항만을 건설한 이유였다.

'기요스 마리나 제2하버'라는 표식이 걸린 그곳에는 방범 펜스가 없었다. 이제 막 공사가 끝났으므로 중기나 자재도 쌓여 있지 않았다. 세 사람은 가로로 뻗은 로프를 넘어 제2하버

316

로 들어갔다.

스와는 주위의 가로등이나 건물을 신중하게 살폈다. 아직은 어디에도 조명이 켜져 있지 않고 방범 카메라의 작고 빨간 LED 빛도 보이지 않았다. 아직 전원이 개통되지 않았을 것이다. 아마 이곳이라면 GAPS의 눈에 띄지 않을 것 같았다.

"타워에 있는 청소 회사 대기실에는 청소 작업 순서를 안내하는 이스트헤븐 겨냥도가 붙어 있어요. 그걸 보고 이곳이 아직 사용되지 않고 있다는 걸 알았죠."

하마나가 작은 소리로 흡족한 듯이 말했다.

"알선해준 에다 의원에게 감사해야겠군. 그래, 어떻던가?"

"'천사'는 틀림없이 있어요, 스와 씨."

어두워서 하마나의 표정은 잘 보이지 않지만 목소리에 확신이 담겨 있었다.

"실버라운지를 청소하면서 거기 모이는 노인들과 잡담을 나누며 물어봤어요. 그러자 다들 '천사'를 알고 있었어요."

스와는 고개를 끄덕였다. 붙임성 좋고 싹싹한 하마나니까 할 수 있는 활약이었다.

"그래, 노인들이 뭐라고 하는데?"

가스미가 감질난 듯이 하마나를 재촉했다.

"높은 하늘 위 어딘가에 '천국'이 있다는 거야."

하마나는 속삭이듯이 말했다.

"천국?"

스와는 저도 모르게 따라 말했다.

"그리고 '천사'가 거기 있다는 겁니다. 다들 그러더라고요."

스와와 아오키 가스미는 저도 모르게 얼굴을 마주 보았다. 상대방 얼굴은 보이지 않지만 아마 두 사람 모두 당혹스러운 표정을 지었을 것이다.

하마나는 하던 이야기를 계속했다.

"'천사'님에게 인정받은 사람만 '천국'의 부름을 받는답니다. 그곳은 생전 본 적이 없을 만큼 아름다운 곳이랍니다. 그리고 그곳에서 '천사'님과 함께 식사를 합니다. 그 식사가 '천사'님과 만나는 의식이라는 겁니다. 나도 어서 초대받고 싶다, '천국'이라니 얼마나 훌륭한 곳이겠느냐, 노인들이 다들 그렇게 말하더군요."

"잠깐! 그게 뭐야!"

작은 소리로, 그러나 강한 노기를 띤 목소리로 가스미가 빠르게 말했다.

"그게 무슨 '천사'가 있다는 증거야! 무슨 동화나 판타지 같잖아!"

"끝까지 들어봐."

하마나는 가스미를 제지하고 계속했다.

"'천사'님을 만나는 사람은 먼저 초대장을 받습니다. 그 초대장에 천사 그림이 그려져 있답니다. 실제로 한 노인은 '천사'님 만찬에 초대받은 사람이 몰래 보여줘서 카드를 직접 보았다고 하더군요."

"그 초대장이란 것이, 설마."

스와는 저도 모르게 상의 안주머니에 손을 댔다.

하마나도 고개를 끄덕였다.

"그래요, 스와 씨가 갖고 있는 '죽음의 천사' 카드예요. 무사시노 시에서 빌딩 사이로 떨어져 죽은 노인이 가지고 있던 거죠? 아마 그 카드는 '천국'에 들어가는 열쇠일 겁니다. 아마 그 카드에는 모종의 프로그램이 입력되어 있고, 한 번 사용하면 메모리가 자동적으로 초기화되어 다시 사용하지 못하게 해놓았을 것으로 짐작됩니다."

"그럼, 사망한 노인 중에 다른 네 사람은 왜 그런 카드를 가지고 있지 않았지?"

스와의 물음에 하마나는 이렇게 대답했다.

"제 상상이지만, 본래는 나중에 회수하게 되어 있던 게 아닐까요? 무사시노 시의 노인은 그걸 함부로 가지고 나갔던 거죠. 그리고 추락할 때 쓰레기 더미에 카드를 떨어뜨린 겁니다. 한밤중이어서 노인을 떠민 실행범은 쓰레기 위의 떨어진 카드를 보지 못한 게 아닐까요? 스와 씨가 그걸 발견한 거죠."

"그렇다면, 그 카드가 없으면 '천국'에 갈 수 없고 '천사'도 만날 수 없다는 건가?"

스와가 그렇게 중얼거리자 하마나도 유감스럽다는 듯이 고개를 끄덕였다.

"그런 거겠죠."

여하튼 이것으로 확실해졌다. '천사'는 분명히 이스트헤븐에 있다. 그리고 '천사'는 '죽음의 천사 카드'를 사용해서 노인들을 '천국'에 초대하고, 그 뒤에 진짜 천국으로 보낸다…….
즉 죽이는 것이다.

그러나 스와의 마음에 한 가지 의문이 떠올랐다.

'천사'는 왜 곧 살해할 노인을 만날까? '천사'를 가장한 살인자가 제멋대로 마련한 무의미하고 광기에 찬 의식일까? 아니면 무슨 확실한 목적이 있는 것일까?

"저어, 스와 씨."

하마나가 문득 조심스러워하는 투로 말했다.

"노인들은 모두 저를 호기심 많은 청소원이라고 생각했지만 딱 한 사람만은 '이것저것 캐고 다니는 것 같은데, 너, 정말 청소원이냐?' 하고 의심한 사람이 있어서 가슴이 덜컹했어요. 스와 노보루 씨라는 노인입니다. 스와 씨의 아버님이죠? 얼굴도 많이 닮았던데."

그의 말대로 스와의 아버지였다. 지금은 실버라운지에서 사는 거나 마찬가지라고 아버지는 그때 말했었다.

스와가 잠자코 있자 하마나는 내처 말했다.

"그런 곳에 방치해도 돼요? 가족이라고는 그분 하나뿐이실 텐데."

"자네랑 상관없는 일이야."

스와가 냉랭하게 쏘아붙였다.

하마나는 잠시 침묵하고 있다가 다시 입을 열었다.

"미국에서는 도박 의존을 '패솔로지컬 갬블링'이라는 병명으로 부르고, 세계보건기구도 이 용어를 사용합니다. 갬블을 끊지 못하는 사람이라는 뜻으로, 엄연한 질병이라는 거죠. 제가 예전에 갬블로 파멸한 사람들과 정신과 의사를 취재한 적이 있거든요."

하마나는 통옷 주머니에서 스마트폰을 꺼내 어떤 파일을 두 손가락으로 확대했다. 하마나의 얼굴이 액정 화면의 빛을 받아 희미하게 떠올랐다.

"2009년 후생노동성은 『정신 장애자의 지역 간병 장려에 관한 연구』라는 소책자를 공개했습니다. 그 책에 '소위 갬블 의존증의 실태와 지역 간병의 장려'라는 제목의 장이 있는데, 그것은 의대 부교수 이하 아홉 명이 전국 의료 기관과 관련 시설 열네 곳의 남녀 총 217명을 상대로 설문 조사한 결과를 보고한 겁니다."

액정 화면의 밝기를 낮추며 하마나는 계속했다.

"그중에 열네 종의 갬블링과 자살의 상관관계를 조사한 결과가 실려 있는데, 열네 종 가운데 첫 번째가 파친코, 두 번째가 슬롯머신, 포커머신입니다. 그다음 세 번째가 경마, 네 번째가 경륜, 다섯 번째가 경정, 오토레이스로 이어지고, 마지막 열네 번째가 증권 신용 거래, 선물 거래입니다."

가스미가 큰 소리를 내려다가 스스로 입을 틀어막았다. 그리고 작은 소리로 하마나에게 물었다.

"갬블링이라는 영어로 모호하게 표현되어 있지만, 결국 도박이란 거잖아? 제목부터가 '갬블 의존증'이라고 되어 있고. 역시 노동후생성, 즉 국가는 파친코도 도박이란 걸 인정한 셈이네?"

"의존증 환자 수에서 최상위이라는 것도."

하마나가 고개를 끄덕였다.

"국가는 주식이나 선물의 신용 거래도 도박으로 파악하고 있다는 건가."

스와도 어이없다는 투로 말했다.

신용 거래란 보유 자금의 몇 배나 되는 고액 거래를 하고 일정 기간이 지나서 정산하는 방식으로, 주식 시장이나 선물 시장, 그리고 FX 마진 거래 같은 외화 매매에서 이루어지는 방법이다. 이 레버리지라 불리는 배율 때문에, 성공적일 때는 막대한 이익을 올리지만 실패하면 거액의 빚을 떠안게 된다. 대단한 하이리스크 하이리턴 거래인 것이다.

"그리고 갬블링과 '자살 염려 경험', 즉 자살하려고 생각한 경험의 관계에 대하여 이렇게 나와 있습니다."

그렇게 말하고 하마나는 스마트폰에 출력된 자료를 읽었다.

〈자살 염려를 품은 경험에 대해서는, 병적 갬블러는 대조군보다 압도적으로 높은 비율이며(62.1퍼센트 vs. 14.6퍼센트), 자살 염려 경험이 있는 병적 갬블러의 89.9퍼센트(72명 가운데 64명)는 그 자살 염려가 병적 갬블링과 관련이 있음을 인정했다.〉

〈병적 갬블러가 평생 자살 염려를 경험하는 비율은 약물 사

용 장애 환자 정도는 아니지만 알코올 사용 장애 환자보다는 높다는 것을 보여준다.〉

〈대울병 특성 에피소드 진단을 받은 환자가 최근 1년 내 자살 염려를 경험한 비율은 19.4퍼센트로, 본 연구의 병적 갬블러 자살 염려 경험보다 훨씬 낮은 비율이었다.〉

〈병적 갬블링 문제는, 최소한 자살 경향이라는 점에서는 이미 의학적으로 확립된 정신 장애에 필적할 만큼 심각하다는 것을 보여준다.〉

"병적 갬블러의 90퍼센트가 갬블을 이유로 자살을 생각한 적이 있다는……."

스와는 사태의 심각함에 말을 잇지 못했다.

"자살을 생각한 사람의 비율은 약물 의존자보다 낮지만 알코올 의존자보다 높다고? 그리고 대울병 특성 에피소드라는 것은 우울병 증상이란 의미겠지? 우울 환자보다 갬블 의존자가 훨씬 더 자살 경향이 강하다니……."

가스미도 믿지 못하겠다는 표정이었다.

하마나는 스마트폰 액정 화면에서 시선을 쳐들었다.

"스와 씨, 아시겠죠? 갬블 의존은 병입니다. 그것도 자살을 생각하게 만들 만큼 아주 심각한 마음의 병입니다. 스와 씨 아버님도 병에 걸린 겁니다. 제대로 된 의료 시설에 입원시켜서 치료받게 하면."

"어머니가 살아 돌아오기라도 하나?"

스와가 차가운 목소리로 말했다.

"빚만 떠넘기고 혼자 도망친 그자 때문에 쉬지도 못하고 밤낮 일만 하다가 건강을 해치고 죽은 어머니가."

"그것은……."

하마나는 그렇게 말하려다가 다음 말을 잇지 못했다.

한밤의 요트하버에 잠시 침묵의 시간이 흘렀다.

"미안."

마침내 스와가 가만히 말했다.

"자네 말은 잘 알겠어. 아마 그자는 자네 말대로 병에 걸린 거겠지. 그러나 나는 그자가 저지른 짓을 절대로 용서하지 못한다. 아니……."

그 대목부터 스와는 봇물 터진 듯 멈추지 않고 말했다.

"나도 알아. 어머니가 죽은 건 아버지 때문만은 아니야. 어머니가 건강을 잃고 쓰러질 때까지 계속 일한 것은 아들을, 나를 키우기 위해서였다. 아들을 배불리 먹이고 남부끄럽지 않게 입히고 초등학교, 중학교, 고등학교로 남들처럼 교육시키기 위해서였다."

하마나도 가스미도 아무 말도 하지 않았다.

스와는 자기 말을 곱씹으며 내처 말했다.

"어머니 혼자였다면 어떻게든 살아갈 수 있었을 거다. 도망칠 수도 있었고 다른 남자랑 재혼할 수도 있었다. 하지만 내가 있었기 때문에 그러지 못했다. 어머니는 나 때문에 죽은 거야. 나는 그 책임을 그자한테 떠넘기고 있어. 내 죄를 감추려고 그 자를 계속 증오하고 있는 거야."

"그만!"

낮게 외치는 소리가 들렸다. 아오키 가스미였다.

"이제 그만해요, 스와 씨."

가스미는 양손으로 얼굴을 감쌌다. 그 가늘고 하얀 손가락 사이로 오열이 흘러나오기 시작했다.

그때였다.

아플 정도로 눈부신 빛이 세 사람을 향해 날아들었다.

스와는 반사적으로 왼쪽 팔뚝으로 눈을 가렸다. 동시에 오른손을 상의 속으로 집어넣어 왼쪽 옆구리의 홀더에서 권총을 뽑아 상대가 보지 못하도록 몸 뒤로 숨겼다. S&W · M37 에어웨이트. 뉴남부 M60을 대신하여 일본 경찰의 제식권총으로 지정된 기종으로, 알루미늄 합금 프레임의 경량 회전식 권총이다.

스와는 하마나와 가스미를 가리며 앞으로 나섰다. 겁에 질린 가스미가 뒤에서 스와의 슈트 자락을 꼭 잡는 것을 알 수 있었다.

저 강렬한 빛이라면 스와의 기억에 있었다. 미국의 군과 경찰에서 사용하는 휴대용 라이트 '슈어파이어'이다.

슈어파이어는 어둠을 밝히는 조명이 아니라 빛으로 눈을 멀게 하는 조명이다. 강력한 광선을 직시하면 망막이 일시적으로 기능을 상실한다. 그리고 인간은 눈을 보호하기 위해 반사적으로 눈을 감는다. 이를 이용하여 상대방의 운동 능력을 빼앗고 사고 정지 상태에 빠뜨리는 '광선 무기'인 것이다.

갑자기 800루멘이나 되는 강력한 빛을 받자 어둠 속에 있던 세 사람은 시력을 완전히 잃었다. 스와는 초조했다. 적의 위치를 전혀 파악할 수 없었다. 광원 뒤에 적이 있으리란 보장이 없었다. 적은 여러 명인지도 모른다. 여하튼 상대방 모습이 전혀 보이지 않으니 아무런 방법이 없었다. 스와는 아예 눈을 감고 시력이 회복되기를 기다리기로 했다.

"거기서 뭐 하는 거냐?"

빛 너머에서 커다란 목소리가 날아왔다. 스와는 눈을 감은 채 왼손으로 경찰 배지를 내밀고 그 목소리의 주인에게 소리쳤다.

"기요스 서 생활안전과의 스와다! 그쪽은 누구냐?"

"GAPS 경비원이다. 시설을 순찰하는 중이다. 질문에 답하라, 여기서 무엇을 하고 있나?"

역시 GAPS였다. 스와는 시력이 회복되는 시간을 벌기 위해 길게 이야기했다.

"길을 잃은 관광객 두 사람을 안내해주는 중이다! 걱정할 거 없다, 지금 나갈 것이다! 그 전에 우선 그 라이트를 꺼라! 아무것도 보이지 않는다!"

"그따위 경찰 배지, 진짜인지 가짜인지 누가 아나."

경비원 목소리에는 비웃는 울림이 있었다.

"이스트헤븐과 계약한 청소 회사에 수상한 자가 침입했다는 정보가 들어왔다. 너희들은 아니겠지?"

스와는 긴장했다. 하마나가 이스트헤븐에 잠입한 사실이 발각된 것이다. 그렇다면 저놈이, 혹은 저놈들이 하마나를 미행한 것일까? 대체 우리에게 무슨 짓을 하려는 걸까.

사실 GAPS의 장비는 저 라이트 말고는 시뮤니션 사에서 만든 FX탄, 즉 페인트탄용으로 개조된 모의총이 전부이다. 다자와 마코토나 노인들을 추락사로 가장하고 살해한 것이 GAPS라고 해도 이 자리는 그런 범행을 준비하고 나올 만한 상황이 아니다. 스와는 냉정하게 그렇게 생각했지만 한편으로는 정체 모를 불안감을 억누를 수 없었다.

GAPS 경비원이 다시 커다란 목소리로 말했다.

"거기 통옷 입은 남자, 앞으로 나와!"

"나가지 마."

스와가 재빨리 말했다.

"괜찮아요, 스와 씨. 지금은 저한테 맡겨주세요."

강렬한 빛에 눈을 가늘게 뜨고 하마나가 빙긋이 웃었다.

"이러니저러니 해도 경비 회사 사람이잖아요. 갱도 아니고, 함부로 하지는 않을 거예요. 게다가 경찰관인 스와 씨도 있잖아요."

하마나의 말에 가스미가 작은 소리로 말했다.

"안 돼, 하마나, 스와 씨 말대로 해."

"괜찮다니까! 스와 씨, 가스미를 잘 부탁해요."

그렇게 말하고 하마나는 스와 뒤에서 빠져나가 두 팔을 쳐들고 빛을 향해 걷기 시작했다.

"죄송합니다! 이런 곳에 함부로 들어와서! 그쪽이 시키는 대로 할 테니까 일단 그 라이트 좀 밑으로 내려주세요!"

스와의 눈이 서서히 라이트에 익숙해졌다. 아무래도 빛에 숨어 있는 사람은 두 명 같았다. 아까부터 심문하는 자와 또 한 명, 말없이 서 있는 덩치가 꽤 큰 남자이다.

"우린 이상한 사람들 아닙니다! 여기 계신 분은 정말로 기요스 서의."

푸슉, 하고 공기를 가르는 소리가 났다.

거의 동시에 하마나의 가슴께에 픽, 하고 뭔가 묵직한 것이 박히는 듯한 소리가 났다. 두 팔을 쳐든 하마나의 몸이 꿈틀, 하고 경련했다. 한 발, 두 발, 하마나는 그대로 뒷걸음질하다가 스와에게 등을 향한 채 천천히 넘어졌다.

"하마나!"

스와는 오른손에 총을 쥔 채 그의 몸을 두 팔로 받았다.

"어?"

스와의 품에서 하마나가 이상하다는 듯한 소리를 냈다. 그리고 오른손을 가슴에 댔다가 천천히 그 손바닥을 뒤집어보았다.

"뭐가 이렇게 빨갛죠? 스와 씨, 이거, 뭐죠?"

그렇게 물은 하마나의 입에서 울컥, 하고 피가 뿜어져 나왔다.

실탄?

스와는 눈앞에서 벌어지는 일이 믿기지 않았다. 하마나 료스케의 가슴을 빨갛게 물들이는 것은 페인트탄이 아니다. 하마나는 실탄에 저격당했다.

"갑자기 추워져. 이상해."

하마나는 피에 젖은 입으로 혼잣말처럼 중얼거렸다.

"책을, 책을 써야 하는데⋯⋯. 이 사건을, 사람들에게⋯⋯."

덜걱, 하고 하마나의 목이 앞으로 꺾였다. 동시에 하마나의 몸에서 힘이 빠져나갔다.

"하마나!"

가스미가 스와 앞으로 나와 두 어깨를 양손으로 잡고 흔들었다.

"하마나! 일어나! 뭐 해! 이런 바보! 어서 일어나!"

의심의 여지가 없었다. GAPS 경비원이 들고 있는 것은 페인트탄용으로 개조한 것을 본래대로 되돌린 진짜 베레타 M92FS이고, 거기에는 실탄인 9밀리 파라베럼탄이 장전되어 있는 것이다.

그리고 저 압축공기 같은 소리는 서프레서, 흔히 사이렌서라 불리는 소음기를 장착한 총의 사격음이다. 실제로 미군에는 베레타 M92FS를 수동단발식으로 개조하여 디스크가 들어간 소음기를 장착한 특수작전용 소음 피스톨이 있다고 들었다. 그 소리가 그렇게 작았던 것을 보면 그 기종인지도 모른다.

통행인이 없고 방범 카메라도 없는 제1하버를 모임 장소로 잡은 것이 오히려 상황을 불리하게 만들었다.

놈들은 우리 셋을 여기서 죽일 작정인 것이다.

"가스미! 뒤로 물러서! 내 뒤에 숨어!"

스와는 하마나의 주검을 얼른 콘크리트 위에 뉘고 가스미를 하마나에게서 떼어내려고 했다. 하지만 가스미는 하마나를 붙든 두 팔을 순순히 거두려고 하지 않았다. 뒤에서 양 겨드랑이로 팔을 넣어서 가까스로 가스미를 세웠을 때 다시 푸슉, 하는 공기 소리가 들렸다.

스와 앞에서 쿵, 하는 낮은 충격음이 울렸다. 동시에 가스미 가슴에서 혈액이 폭발하듯 터져 올랐다. 스와의 얼굴이 그 뜨거운 액체를 고스란히 뒤집어썼다. 그것은 크게 벌어진 스와의 눈에도 튀었다.

스와가 양 겨드랑이에 팔을 넣어 지탱하던 가스미의 몸이 그 순간 무거워졌다. 가스미는 그대로 만세를 부르는 자세로 스와의 품에서 미끄러져 스와의 발치에 무너져 내렸다. 쿵, 하는 소리가 울리고 가스미의 머리가 콘크리트 바닥에서 살짝 튀어 올랐다.

"가스미!"

스와가 가스미의 피로 범벅이 되어 절규했다. 그는 가스미의 몸을 안아 일으키고 가녀린 어깨를 두세 번 흔들었다. 하지만 가슴을 자신의 피로 빨갛게 물들인 아오키 가스미는 두 눈과 입술을 조금 벌린 채 밀랍 인형처럼 하얘진 얼굴을 움직이지 않았다.

뇌를 불로 지져버리는 양 분노가 활활 불타올랐다. 스와의 내부에 난생처음으로 인간에 대한 강렬한 살의가 솟아올라 온몸을 떨게 만들었다.

죽여주마…….

스와는 무표정하게 천천히 일어섰다.

죽여주마, 이놈들…….

M37을 쥔 오른손을 천천히 광원을 향해 처들었다. 자신이 저격당하는 것은 아무래도 좋았다. 하마나 료스케와 아오키 가스미를 죽인 자에 대한 도저히 억제할 수 없는 살의만이 스와의 온몸을 지배하고 있었다. 방아쇠에 건 검지에 힘을 주었다.

그 순간 스와의 뒤에서 땅, 하는 묵직한 총성이 울렸다.

스와는 자신의 어리석음을 깊이 후회했다. 적은 뒤에도 있었다. 나는 포위되어 있었구나. 스와는 두 다리가 무너져 내리는 듯한 절망을 느꼈다. 그리고 이내 찾아올 게 분명한 죽음을 각오했다.

하지만 스와의 등에서는 아무런 충격도 전해오지 않았다. 그 대신 앞쪽에서 탁, 하는 착탄음과 함께 남자의 비명이 울렸다. 스와에게 향하던 라이트 빛이 격하게 위아래로 흔들렸다. 탁, 하는 소리를 내며 라이트가 콘크리트에 떨어졌다. 라이트가 바닥을 구르자 그 빛이 빙글 돌며 바닥을 훑었다.

등 뒤에서 두 번째 총성이 울렸다. 방향이 바뀐 라이트 빛 너머에서 무거운 착탄음과 함께 단말마의 비명이 울렸다. 몇 초 뒤 풀썩, 하고 무거운 것이 콘크리트로 쓰러지는 소리가 들렸다.

그리고 제2하버는 쥐 죽은 듯 정적에 휩싸였다.

"제정신인가. 아니면 죽으려고 작정한 건가."

스와의 뒤에서 남자의 낮은 목소리가 들렸다.

스와가 돌아보자 오른손에 권총을 든 남자가 서 있었다. 총구에서 화약 연기가 희미하게 흘러나오고 있다. 이 남자가 GAPS 경비원을 사살한 것이다.

검은색 일색의 불길한 차림새였다. 편광렌즈인지 까만 선글라스를 쓰고 있다. 검은색의 얇은 상의와 바지, 검은 가죽 구두. 셔츠도 역시 검은색인데, 가슴을 크게 열어놓았다. 푸석푸석 헝클어진 머리카락이 어깨까지 닿아 있다. 수척한 볼에서 턱까지 수염이 함부로 자랐다.

사람을 둘이나 죽인 직후인데도 그자는 흥분도 감정도 전혀 드러내지 않았다. 아마 그에게는 특별한 일도 아닌 듯하다. 지금 당장 스와에게 발포해도 전혀 이상할 게 없을 인상이었다. '사신'이라는 것이 있다면 이런 자겠지, 스와는 그런 인상을 받았다.

"누구요?"

스와는 경계를 풀지 않고 오른손의 권총을 그 남자에게 향했다.

"생명의 은인에게 총구를 겨누나?"

스와와는 반대로 남자는 자기 총을 품속에 집어넣었다. 그리고 스와의 총은 안중에도 없는 듯이 천천히 다가왔다.

332

"그리고, 이건 살인이 아냐. 제삼자에 대한 정당방위지."

검은색 일색인 남자는 스와 곁에 서서 발치에 쓰러진 두 명을 내려다보며 선글라스를 벗었다. 맹금류 같은 날카로운 눈이 드러났다. 그때 스와는 비로소 그 남자가 사십 대 후반쯤 된다는 것을 알았다. 아울러 기분 탓인지 어디서 본 적이 있는 얼굴 같다는 기분이 들었다.

남자는 선글라스를 가슴 주머니에 꽂고 잠시 눈을 감았다. 묵도를 하는 듯했다. 이윽고 남자는 고개를 들고 스와를 보았다.

"자네가 부리던 에스인가?"

에스란 스파이의 S, 경찰 은어로 정보 제공자를 말한다.

"아니. 친구와, 이쪽은……."

스와는 말끝을 흐렸다. 아오키 가스미를 뭐라고 해야 좋을지 알 수 없었다. 그 대신 스와의 눈에서 뜨거운 것이 흘러나왔다. 스와는 그것을 훔치려고도 하지 않고 가스미였던 그것을 그저 바라보기만 했다.

남자는 스와를 바라보고 있다가 천천히 걷기 시작했다. 10미터쯤 전방에, 나뒹굴고 있던 라이트에 비추어진 GAPS 경비원 두 명의 사체가 있었다. 그는 엎드린 두 구의 사체를 발로 난폭하게 걷어차서 뒤집고 사체의 얼굴을 한 명, 또 한 명 내려다보았다. 한 명은 일본인이고 또 하나 덩치 큰 남자는 금발의 백인이었다.

"이 백인은 미국 경비 회사에 있던 퇴역 용병이야."

검은색 일색의 남자는 사체를 향해 턱짓을 했다.

"이쪽 일본인은 폭주족 출신의 소위 '한그레'*였던 놈이다."

"당신이 어떻게 그런 걸 알지?"

스와의 질문에는 대답하지 않고 남자는 상의 안주머니에서 연필형 휴대용 라이트를 꺼냈다. 그리고 주검이 된 백인 옆에 쪼그리고 앉아 얼굴을 뒤로 향하게 해놓고 눈꺼풀을 열고 펜 라이트를 비추었다. 안구를 살피는 듯했다.

"흠, 역시 아닌가 보군."

남자는 그렇게 중얼거리고 넌더리 난다는 듯이 콧김을 내쉬며 일어섰다. 그리고 다시 스와에게 걸어와 낮은 소리로 말했다.

"나를 방해하지 마라."

스와는 권총을 쥔 채 남자에게 물었다.

"무슨 말이지?"

"더 이상 이스트헤븐을 캐고 다니지 말란 말이다."

남자는 귀찮다는 듯이 그렇게 대답했다.

스와는 주눅이 들면서도 고개를 가로저었다.

"나는 대형 사건을 수사 중이다. 게다가 지금 중요한 인물이 둘이나 죽었다. 그러니 더욱더 수사를 멈출 수 없다."

그리고 스와는 총을 겨눈 채 남자를 추궁했다.

"그런데 대체 당신은 누구지? 왜 지금 여기 제2하버에 있지? 기요스에서 뭘 하고 있었지? 왜 총을 갖고 있지?"

"너저분하게 말이 많은 놈이군."

---

* 폭력 조직에 속하지 않은 채 범죄를 일삼는 집단을 뜻하는 말.

남자는 불쾌한 듯이 낯을 찡그렸다.

"한 번만 더 말해둔다. 더 이상 날 방해하면 죽인다."

남자는 무표정하게 그렇게 말했다. 그 얼굴은 농담을 하는 것처럼 보이지는 않았다.

"조금은 쓸 만한 놈인가 했더니 어리바리한 놈이군."

혼잣말처럼 그렇게 말하고 남자는 뒤로 돌아서 걷기 시작했다.

"거기 서!"

스와는 총을 남자의 등으로 향하고 외쳤다.

"대답해라! 당신, 대체 누구야!"

남자는 천천히 뒤를 돌아보았다. 그 손에는 어느새 총이 쥐어져서 스와의 가슴을 정확히 조준하고 있었다. 스와는 총을 쥔 채 움직이지 못했다.

남자는 스와를 보면서 천천히 총을 품에 넣었다. 그러고는 벌써 스와에게 흥미를 잃은 양 다시 스와에게 등을 돌렸다.

그리고 검은색 일색의 남자는 자기 옷과 같은 빛깔을 한 어둠 속으로 녹아들듯이 사라져갔다.

16 구속된 자

"'천사'라고?"

눈앞에 앉아 있는 제복 차림의 남자가 의아하다는 표정으로 스와 고스케에게 물었다. 기요스 서 형사과 과장 오노가와 게이조이다.

"네. '천사'입니다. 그자가 국가가 얽힌 이 범죄의 배후입니다."

스와는 초췌한 얼굴로 그렇게 대답했다.

오노가와는 옆에 앉아 있는 회색 슈트를 입은 남자를 힐끔 보았다. 스와가 모르는 남자였다.

오후 9시.

스와는 기요스 서 4층에 있는 형사부 조사실에 있었다.

지난밤 자정. 총성이 두 번 들렸다는 신고가 기요스 서로 날아들었다. 생활안전과 동료가 현장에 달려갔다가 거기 멍하니

서 있는 스와 고스케를 발견했다. 현장에는 젊은 남녀와 GAPS 경비원 두 명 등 모두 네 구의 주검이 나뒹굴고 있었다. 스와는 네 명의 살해에 관여했을 가능성이 있으므로 그 자리에서 신병이 구속되었다.

형사과의 사정청취에서 스와는 무슨 일이 있었는지를 설명했다. 그 진술의 진위가 판명될 때까지 스와는 기요스 서의 유치장, 일명 '돼지우리'에 구류되었다.

한편 사체 네 구에 대한 검시가 즉각 실시되었다. 하마나 료스케와 아오키 가스미로부터는 GAPS 경비원이 소유했던 베레타 M92FS의 9밀리 파라베럼탄이 발견되었다. 탄환의 선조흔도 경비원이 소유했던 총과 일치했다.

경비원 두 명의 사체에서는 38매그넘탄, 즉 회전식 권총용 총탄이 발견되었다. 이것은 스와의 M37에어웨이트에도 사용되는 범용 탄환이지만 스와가 소지했던 총에는 발포 흔적이 없고 총탄 수도 그대로 남아 있었다.

아침이 되자 스와는 다시 네 명의 사망에 관한 사정청취를 받았다. 그 결과 일단 살인 용의가 부정되어 유치장에서는 석방되었지만 독신자 숙소에서 근신하라는 명을 받았다. 그리고 밤이 되자 형사과장의 세 번째 사정청취가 실시된 것이다.

책상 건너편에 오노가와가 앉고 그 왼쪽에 슈트 차림의 남자가 앉았다. 입구 옆의 다른 책상에는 조서를 작성하는 서기 담당 형사가 앉았다.

"음, 그러니까 자네는 이렇게 말하고 싶은 거로군?"

오노가와 과장이 책상 위에서 양손을 잡았다.

"국가, 도쿄 도, 카지노 회사, 보험 회사, 소비자금융 회사, 이렇게 다섯이 한 덩어리가 되어 음모를 꾸미고 있다. 그 음모란 고령자를 카지노로 유인하여 빚을 지게 만든 뒤 사고로 위장하여 살해하고 각각 이익을 챙긴다. 그리고 그 범죄를 중심이 되어 지휘하는 것이 '천사'라 불리는 인물이다. 그런가?"

"네, 그렇습니다."

스와는 숨을 토하며 고개를 끄덕였다.

벌써 몇 번이나 되풀이한 설명이다. 몇 번을 말해야 믿어줄 거냐고 큰 소리로 외치고 싶은 심정이었다. 그래도 스와는 끈기 있게 설명을 거듭하고 있었다.

"그래, 그 '천사'란 자는 어떤 인물이지?"

"글쎄 모른다니까요."

스와는 다시 답답한 듯이 한숨을 지었다.

"그 정체를 추적하다가 잡지 기자 하마나 료스케와 보험조사원 아오키 가스미가 '천사'의 하수인인 GAPS 경비원 두 명에게 살해된 겁니다."

"그래, 그 자리에 검은 옷 일색으로 차려입은 '사신' 같은 남자가 나타났다."

"그렇습니다."

"그리고 사신은 그 경비원 두 명을 순식간에 살해하고 그대로 자취를 감췄다."

"그렇습니다."

긍정하면서 스와는 서서히 초조감과 조바심에 휩싸였다.

설명하면 할수록 이 사건은 현실감이 떨어지는 황당무계한 이야기처럼 들렸다. 스와는 마치 동화나 판타지 같다고 했던 가스미의 말이 떠올랐다. 그렇게 들려도 어쩔 수 없을 만큼 스스로 생각해도 현실감 없는 이야기였다. 과연 제삼자가 어떻게 받아들일지 스와는 불안해졌다.

"그래, 자네는 이상한 이야기를 하나 더 했지?"

"이상한 이야기?"

스와가 반발하듯 대꾸했다. 오노가와는 당황하며 고개를 가로저었다.

"아, 아닐세. 다자와 군이 죽기 직전에 만났다는 창부 이야기 말일세. 음, 아마 자네는 그 창부를 '토끼녀'라고 했던가."

"오노가와 과장님."

스와는 초조감에 사로잡혀 저도 모르게 엉거주춤 일어섰다.

"저는 지금까지 사실만 말해왔습니다. 다자와 씨가 살해된 호텔에 가서 종업원을 만나 탐문했고 그 뒤 에도 구역에서도 몇 번이나 탐문을."

"아, 알고 있네. 됐으니까 진정하게. 자, 앉게."

스와를 말리며 오노가와 과장은 옆의 남자를 보았다.

"어떻습니까? 선생."

선생이라 불린 슈트 차림의 남자는 납득했다는 듯 고개를 끄덕였다.

"전형적인 '2차 망상'의 여러 증상이군요."

"뭐요?"

스와는 저도 모르게 입을 멍하니 벌렸다.

슈트 차림의 남자는 아무래도 정신과 의사 같았다. 오노가와 과장은 지난 두 번의 사정청취를 통해 스와의 정신 상태를 의심하고 이 의사를 동석시킨 것이다.

선생이라 불린 남자는 스와가 곁에 없기라도 한 것처럼 사무적으로 설명을 했다.

"음모라는 말에서는 과대망상, 피해망상이 엿보이고, 방범 카메라를 의심하는 것은 주찰망상. 그 밖에도 관계망상, 도해망상, 종교망상이 보입니다. 경비 회사를 의심하는 것은 카그라스 증후군이군요. 우울증이나 약년성 인지증, 혹은 통합실조증에 걸렸을 가능성을 의심하는 게 좋을 겁니다."

스와는 기가 막혔다.

내가 병에 걸렸다고? 지금까지 있었던 일들 전부가, 추측한 일 전부가, 하나부터 열까지가 모두 나의 망상이라고?

"이봐, 스와 군, 자넨 격무로 지친 거야."

동정심을 숨기지도 않고 오노가와 과장이 스와에게 말했다.

"잠시 휴가를 내서 요양하는 게 어떤가? 건강해지면 좀 더 편한 부서에서 일하는 것으로 하고 말일세."

"지금 농담하십니까!"

스와는 결국 의자를 차며 일어섰다.

"제 정신 상태를 의심하는 건 괜찮습니다! 하지만 어제는 실제로 GAPS 경비원에게 하마나 씨와 가스미 씨가 살해되지 않았습니까. 이것만으로도 그 경비 회사가 범죄에 관련된 것이 분명하지 않습니까! 그걸 근거로 수사를 진행하면 '천사'의 존재도, 국가와 도쿄 도가 범죄에 가담한 사실도 줄줄이 밝혀질 겁니다!"

오노가와 과장은 말없이 스와를 올려다보고 있다가 이윽고 입을 열었다.

"아까 그 GAPS에서 연락이 왔네."

그 차분한 얼굴에서 스와는 불길한 예감을 느꼈다.

"그 죽은 경비원 두 명은 카지노를 장악하려는 폭력 조직 소속이란 혐의가 있어서 GAPS 내부에서도 조사 중이었다고 하네. 실제로 그 가운데 한 놈은 전에 도내 불량 그룹에 속해 있었다는 것이 밝혀졌네. 그리고 그 외국인은 용병 출신이라고 하더군. 아마 그 폭력 조직에 고용된 놈이겠지."

오노가와 과장은 유감스럽다는 듯이 한숨을 섞어 말했다.

"경비원 두 명을 사살한 총탄을 조사했지만, 꽤 오래 쓴 총인지, 아니면 총신 내부를 깎아놓았는지 선조흔이 거의 나오질 않았네. 일부러 가공한 거라면 정확성보다 익명성을 우선시한 총이겠지. 틀림없이 전문가 짓이야."

"말도 안 돼!"

스와는 선 채로 두 손바닥으로 책상을 쾅, 내리쳤다.

"그럼 하마나 료스케와 아오키 가스미는 왜 살해된 겁니까!"

"자네들이 뭔가를 찾고 있다는 걸 알고 자신의 정체를 추적하고 있다고 지레짐작한 거겠지. 그리고 자네가 '사신'이라 말한 자는 같은 폭력 조직의 청부살인업자로, 두 명의 잠입이 발각되려고 하자 조직의 정보가 새어 나가지 않도록 입막음을 위해 살해한 것으로 짐작되네."

스와는 분노로 몸이 부들부들 떨리는 것을 느꼈다. 경찰이 이렇게 자기 편할 대로 해석할 줄은 상상도 못 했던 것이다.

정신과 의사가 오노가와에게 말했다.

"살해된 하마나 료스케와 아오키 가스미 말인데, 그 두 사람은 원래 '2차 망상' 상태였던 것으로 추측됩니다. 그 두 사람이 음모니 천사니 하는 망상을 품자 여기 스와 씨도 그 말을 믿고 망상 세계에 끌려 들어간 게 아닐까요?"

그 말을 들은 오노가와는 납득한 듯이 고개를 끄덕이고 스와를 힐끗 보았다.

스와는 다시 의자에 앉았다.

말도 안 돼. 그럴 리가 없다. 의사의 말에 필사적으로 저항하면서도 이제 사건에 대한 스와의 확신은 조금씩 흔들리고 있었다. 두려운 일이지만, 그것은 한편으로는 자신이 제정신이라는 것에 대한 확신까지 흔들리고 있는 것인지도 몰랐다.

"아, 그렇지. 에다 의원이 있어요!"

스와는 오노가와 과장에게 상체를 기울였다.

"에다 의원에게 물어봐주세요! 왜 그 고아 구제 활동으로 유명한 에다 아즈마 의원 말입니다. 그 사람은 일본에 카지노를 허가하는 것에 처음부터 의문을 품었던 사람인데, 우리 이야기를 듣고 관민이 공모한 범죄의 가능성을 부정할 수 없다고 했습니다. 근거가 될 만한 자료도 많이 가지고 있어요. 현재 은밀히 정부 내부를 조사해주고 있습니다!"

오노가와 과장은 스와의 얼굴을 가만히 바라보았다.

"에다 의원이라면 오늘 아침 형사과 수사관이 만나고 왔네."

"그럼 다 아시겠군요! 에다 의원이 우리 이야기를 믿어준다는 것을! 그래요, 에다 의원은 국가와 도쿄 도에 카지노를 허가하도록 지원한 책임자를 알아보겠다고 했습니다. 어쩌면 지금쯤 뭔가 증거를 찾아내서."

흥분해서 쏟아내는 스와의 말을 차단하듯이 오노가와 과장이 말했다.

"웃었다고 하더군."

"네?"

그 말의 뜻을 몰라서 스와가 말을 멈추었다.

"분명히 하마나 료스케라는 기자, 아오키 가스미라는 보험조사원, 그리고 스와 고스케라는 보험조사원을 만났다고 했다더군. 그리고 그 세 사람에게 카지노를 둘러싸고 관민이 공모한 범죄가 있다는 이야기도 들었다고 했다네."

"신분을 사칭한 건 죄송합니다. 그러나 수사상 필요하다고 판단해서."

오노가와는 어깨를 으쓱해 보였다.

"그건 일단 불문에 부치겠네. 에다 의원은 카지노를 둘러싼 범죄가 존재할 가능성은 부정할 수 없다고는 했지만 '천사'니 '천국'이니 하는 꿈같은 얘기를 믿는다고 말한 기억은 없다고 하면서 쓴웃음을 지었다고 하더군."

스와는 쿵, 하고 의자에 주저앉았다. 그리고 고개를 좌우로 저으며 멍하니 중얼거렸다.

"에다 의원까지……."

그렇게 말하고 책상 위로 시선을 떨어뜨린 채 입을 다물어 버렸다.

오노가와는 곤혹스러운 얼굴로 옆의 의사를 쳐다보았다. 의사도 역시 어떻게 해야 좋을지 모르겠다는 듯 어깨를 으쓱했다.

"알겠습니다."

마침내 스와가 조용히 말했다.

"잠시 휴가를 내겠습니다. 이것저것 너무 많이 생각하느라 저도 지쳤어요. 잠시 쉬고 나서 기자키 계장님과 앞으로 어떻게 할지를 상의하겠습니다."

오노가와 과장이 안도하는 모습으로 웃음을 지었다.

"그래? 업무 걱정일랑 하지 않아도 좋으니 우선 컨디션을 회복하는 데 전념하게. 내가 총무과에 말해서 병결로 처리하라고 말해두지. 아, 아니, 자네가 병에 걸렸다는 건 아냐. 지쳤을 뿐이지. 병결로 처리하면 자네 경력에 흠이 되지도 않고 원하는 만큼 쉴 수 있으니까."

"고맙습니다."

스와는 일어나서 문을 향해 걷기 시작했다.

"아, 스와 군."

그의 등에다 대고 오노가와 과장이 말했다.

"혹시나 해서 묻네만, 자네, 이상한 약을 즐기는 건 아니겠지? 혹시 그렇다면 당장 없애버리게. 그런 사실이 알려지면 병결은커녕 징계 면직 가지고도 모자랄 테니까."

조사실 문을 나서자 초로의 남자가 미소를 짓고 서 있었다.

"수고했어요, 스와 군."

기자키 계장이었다. 기자키는 작은 소리로 스와에게 속삭였다.

"고생 많았어요."

"기자키 씨……."

온화한 기자키의 얼굴을 본 순간 스와의 온몸에서 회한이 복받쳤다. 뭔가 말하려고 했지만 아무 말도 나오지 않았다. 분노의 눈물이 흘러나오려고 하는 것을 두 주먹을 꽉 쥐고 간신히 참아냈다. 그러나 몸이 떨리는 것은 어쩔 수 없었다.

그러자 기자키는 주위에 들으라는 듯이 짐짓 커다란 목소리로 말했다.

"스와 군이 잠시 휴가를 낸다고요? 그럼 업무 인수인계도 있으니까 잠깐 부서로 돌아갑시다. 후임을 누구로 할지 상의해야 하니까."

그렇게 말하고 기자키는 스와의 어깨를 탁, 치고 앞장서서 복도를 걷기 시작했다.

스와도 힘없이 기자키의 뒤를 따랐다.

"잘 참았어요."

기자키의 말에 스와는 가만히 대답했다.

"그 상황에서는 시키는 대로 하지 않으면 제 처지만 더 힘들어질 것 같았으니까요."

"현명한 판단이었어요. 하지만, 스와 군."

캔 커피를 마시며 기자키가 조용히 말했다.

"자유롭게 움직여도 좋으니까 보고해달라고 내가 말했었죠?"

스와는 기자키가 이끄는 대로 기요스 서의 옥상에 올라와 있었다.

오후 9시가 지났을까? 도쿄 만에서 불어오는 바닷바람이 스와의 슈트 자락을 팔랑팔랑 흔들며 캄캄한 콘크리트 플로어를 지나갔다.

기자키는 지난번 저녁처럼 펜스 앞에 서서 어둠 속에 떠오른 에도 구역의 혼잡한 거리를 멍하니 바라보고 있었다. 스와는 기자키가 사준 캔 커피를 따지도 않은 채 오른손에 들고 그의 뒤에 서 있었다.

"전부 내 탓입니다!"

스와가 갑자기 피를 토하는 듯한 목소리로 외쳤다.

"위험한 수사라는 것은 알고 있었어요! 그런데도 하마나 군과 아오키 양을 희생시키고 말았습니다! 그 두 사람은 나 때문에 죽은 겁니다! 나는 경찰 자격이 없습니다!"

그리고 스와는 아오키 가스미가 자신을 찾아온 이후의 일들을 기자키에게 자세히 설명했다.

아오키 가스미와 하마나 료스케가 관민이 공모한 범죄의 존재를 감지하고 있었던 것.

에다 아즈마 의원을 만났고, 에다도 함께 조사를 시작하겠다고 말했던 것.

생이별했던 아버지를 우연히 만나 실버라운지에 드나드는 노인들이 '천사'에 대한 풍문을 이야기하고 있다는 것을 알아낸 것.

그 노인들을 탐문하기 위해 하마나가 에다의 소개로 청소 회사에 잠입하여 마침내 '죽음의 천사' 카드에 대한 정보를 확보한 것.

그 직후에 GAPS 경비원에게 하마나와 가스미가 사살된 것.

"노인 다섯 명, 가스미 씨의 상사, 그리고 하마나 씨와 아오키 씨가."

기자키 계장이 작은 커피 캔을 만지작거리며 중얼거렸다.

"그뿐만이 아닙니다! 다자와 선배도, 계장님이 말씀하신 예전에 죽었다는 그 젊은 형사도 틀림없이 그자들에게 죽은 게 틀림없습니다! 모두 '천사'에게 죽은 겁니다! '천사'의 존재를 폭로하려고 했기 때문에 놈에게 말살된 겁니다!"

기자키는 말이 없었다. 스와는 체념한 듯이 중얼거렸다.

"기자키 씨도 믿어주지 않는군요."

그러자 기자키는 이렇게 말했다.

"전에 스와 군에게 담배를 한 대 얻어 피웠지요. 이름이 뭐였죠? 그 노란 담뱃갑."

왜 지금 담배 이야기를 꺼낼까? 스와는 못마땅한 얼굴이 되었다.

"아케이시아 말입니까?"

"그래요, 그 아케이시아 말인데, 그때 조금 묘한 향이 섞여 있는 것 같았어요. 그래서 나도 한 갑 사다가 과학경찰연구소에 있는 친구에게 보내서 성분을 분석해보라고 부탁했어요. 그랬더니."

기자키는 펜스 너머를 바라보며 말했다.

"그건, 담배가 아니었어요."

"담배가 아니다?"

스와는 당혹스러웠다.

"그럼, 뭐라고 하던가요?"

"니코틴 대신 최근 미국에서 화학합성을 통해 개발한 트립타민 근연 물질이 검출되었다고 합니다."

"트립타민?"

스와는 이해하지 못하고 물었다.

"향정신성 물질입니다. 매직머시룸에 함유된 사일로사이빈이 트립타민에 가까운 물질이라고 합니다. 아케이시아에 함유된 물질은 신체나 뇌에 거의 피해를 주지 않기 때문에 일본에서는 불법 향정신성 약물로 지정되지 않았지만, 의존성이 매우 강한 물질이라고 합니다."

"그래요?"

스와는 숨을 삼켰다.

"그러니까 아케이시아는 국가가 안전성을 인정하고 제조를 허가한 '무해하고 강력한 의존기호품'인 겁니다. 이스트헤븐은 카지노의 실험 시설일 뿐 아니라 니코틴을 대신할 새로운 의존 물질의 실험 지역이기도 한 셈이지요."

기자키는 우울한 표정으로 계속 말했다.

"동시에 이 물질은 카지노에서 도박에 몰두할 때 황홀감을 높이고 도박 의존을 촉진하는 작용이 있지 않을까 추측됩니다. 아카시아 나무에는 LSD 작용을 하는 의존 물질 알칼로이드가 포함되어 있습니다. 그것이 아케이시아라는 이름의 유래겠지요."

무해하고 강력한 의존기호품, 그것은 곧 '무해한 마약'인 셈이다. 설마 그런 것이 일본에서 당당하게 판매되고 있을 리가……

그렇게 생각한 순간 스와의 등줄기로 싸늘한 것이 흘렀다. 자신도 분명히 아케이시아를 피운 후 이상한 고양감을 느꼈다. 그리고 초조하거나 불안해지면 그것을 피우고 싶어져서 매일 아케이시아를 사게 되었다. 게다가 스와의 아버지가 말했던, 실버라운지에 상비되어 있어서 무료로 피울 수 있는 담배라는 것도 아무래도 아케이시아 같았다.

"'천사'는 돈을 위해서라면 뭐든지 하는 인물 같군요. 게다가 이런 상품에 인허가를 받아냈으니 정부 내에도 세력이 파고들었겠지요."

"그럼, 제 말을, 믿어주시는 겁니까?"

스와의 말에 기자키는 곤혹스러운 듯이 한숨을 지었다.

그것을 본 스와는 대뜸 흥분해서 기자키의 등에다 대고 빠르게 쏟아냈다.

"이렇게 가만히 있을 때가 아닙니다. 형사과가 저렇게 나온다면 생활안전과 과장과 직접 담판해서 경시청 본부에 보고해 달라고 합시다. 이건 국가 규모의 범죄입니다. 앞으로 더 많은 노인 희생자가 나올 겁니다. 한시라도 빨리 특별수사본부를 세우고 공안과 제휴해서 대대적인 수사를."

"개시할 거라고 봅니까?"

기자키는 먼 데를 바라보며 말했다.

"어쩌면 스와 군 말대로 관민이 공모한 조직이 존재하고 무서운 음모가 은밀하게 진행되고 있는지 모릅니다. 그러나 현실을 보면 스와 군의 상상이 차지하는 비율이 너무나 큽니다. 구체적 증거는 아무것도 없다고 해도 좋겠지요. 게다가 스와 군과 정보를 공유하던 하마나 씨와 아오키 씨는 다 세상을 떠나고 말았어요."

그 말을 듣자 스와는 다시 말문이 막혔다.

"게다가 내가 조사해본 바로는 세이안카이는 이스트헤븐의 각 기업을 경찰관 재취직처, 이른바 낙하산 대상 업체로 삼고 있어서, 이미 수십 명이나 되는 경찰 퇴직자들을 임원으로 채용했다고 합니다. 특히 GAPS 같은 경비 회사는 경비업법에 의해 경비원 지도 교육 책임자를 두지 않으면 영업을 못 하는데, 경찰 퇴직자라면 쉽게 그 자격을 딸 수 있으니까요."

"그래서 경찰의 기능을 GAPS로 순조롭게 넘길 수 있었다는……."

저도 모르게 중얼거리는 스와에게 기자키는 씁쓸해하는 표정으로 고개를 끄덕였다.

"가령 지금 경찰 상부에 보고해본들 스와 군이 기대하는 것처럼 대대적인 수사가 시작될 거라고는 도저히 생각할 수 없어요. 수사는커녕 스와 군은 정말로 정신이 이상해졌다는 판정을 받고 강제 입원을 당할 겁니다. 그렇게 되면 경찰복도 벗어야 될 것이고 다시는 사건 수사를 못 하게 될 겁니다."

"말도 안 돼요!"

스와는 기자키의 등에다 대고 외쳤다.

"그럼 어떻게 하란 말입니까, 계장님?"

스와는 기자키를 다그쳤다.

"우리 경찰이 이런 사건을 모른 척한다면 누가 경찰을 대신해서 해결해줍니까? 그런 사람이 있기라도 합니까?"

그러자 기자키는 당연하다는 듯 이렇게 대답했다.

"있고말고요."

"누굽니까?"

"하느님입니다."

확신하는 투로 기자키가 단언했다.

"하느님?"

스와는 저도 모르게 따라 말했다.

기자키는 고개를 크게 끄덕였다.

"만약 정말로 스와 군 말대로 무서운 범죄가 일어나고 있고, 그것을 계획하고 실행하는 자가 있다면 하느님이 마냥 허용하실 리가 없어요. 범인이 '천사'를 자처하는 '가짜 천사'라면 더욱 그렇지요. 당연히 하느님은 다 보고 계십니다."

스와는 기가 막혀 잠시 가만히 있다가 가까스로 입을 열었다.

"그럼, 우리는 그저 하느님이 심판하실 때까지 멍하니 기다리고 있어라?"

"그렇습니다."

스와는 온몸에서 맥이 탁 풀렸다. 기자키가 경건한 크리스천인 것은 알고 있었지만, 이토록 현실과 동떨어진 사람인 줄은 몰랐다.

"무슨 말을 하는 겁니까, 말도 안 돼요!"

허탈함을 떨쳐내려는 듯 스와는 양손을 크게 휘둘렀다.

"하느님 같은 게 있을 리 없잖아요! 하느님이 범죄자를 심판해주신다면 우리 경찰이 무슨 필요가 있습니까! 우리가 무엇 때문에 매일 땀 흘리며 뛰어다니는 겁니까! 우리 아니면 범죄자를 잡는 사람이 없으니까 이러는 거 아닙니까!"

기자키는 동요하는 기미도 없이 물었다.

"그럼 스와 군이 말하는 '천사'는 정말 있는 겁니까? 있다면 그건 누굽니까? 그리고 어디 있습니까?"

"그건……."

스와는 조바심에 목소리가 거칠어졌다.

"어딘가에 반드시 있습니다! 그러니까 찾아내려는 거 아닙니까!"

"모습이 보이지 않는 자를 두고 '반드시 있다'고 한다면 하느님이 계셔도 좋지 않습니까?"

꼭 어린아이처럼 말하는구나.

스와는 더 이상 토론할 마음이 사라졌다.

"내 어머니도 그랬어요."

스와는 비아냥거리는 심정으로 기자키의 뒷모습을 바라보았다.

"크리스천이었던 어머니는 늘 계장님처럼 좋은 말만 했습니다. 아무리 괴로운 일을 당해도 이건 하느님이 주신 시련이다, 하느님은 감당치 못할 시련은 주시지 않는다, 그리고 언젠가 반드시 우리를 구원해주신다고 태평한 말만 했어요."

기자키는 침묵한 채 스와의 이야기를 등으로 듣고 있었다.

"하지만 어머니가 아무리 참아도 좋은 일이라고는 하나도 없었어요. 빚쟁이에게 쫓기던 아버지는 노름을 끊기는커녕 어머니와 나를 버리고 도망쳤어요. 어머니는 죽도록 일했어요. 하지만 생활은 나아지지 않았습니다. 어머니는 병원 갈 돈도 없었고, 병을 알았을 때는 이미 늦었을 때라 그대로 허망하게 돌아가셨죠. 정말이지 행복한 일이라고는 하나도 없었습니다."

"그래서 스와 군이 도박을 증오하는 거군요."

펜스 너머를 바라본 채 기자키가 중얼거렸다.

스와는 그 말에는 대답하지 않고 내처 말했다.

"하느님이 있다면 왜 어머니를 도와주지 않았습니까? 노인 다섯 명을, 아오키 씨의 상사를, 다자와 씨를, 그리고 하마나 군과 가스미 씨를 왜 외면한 겁니까? 기자키 씨가 대답할 수 있나요? 그럴 리가 없지요. 왜냐하면 하느님 같은 건 있지도 않으니까."

스와는 침이라도 뱉듯이 그렇게 말했다.

이 혐오감은 기독교적 은유로 범벅이 된 이 섬뜩한 사건 탓이었다. 여기 기요스에서는 하느님이나 성서에 관계된 어휘는 모두 불길한 어휘로밖에 들리지 않았다.

"하느님은 계십니다. 그리고 '하느님의 사자'도요."

기자키는 기요스 위로 펼쳐진 밤하늘을 올려다보며 담담하게 말했다.

"그리고 우리가 할 수 있는 일은 '하느님의 사자'와 함께 신의 의지대로 노력하는 것뿐입니다. 그렇지 않습니까?"

"그런 실없는 소리를 듣자는 게 아닙니다! 가르쳐주세요! 나는 경찰관으로서 어떻게 해야 합니까?"

이야기는 다시 원점이다. 스와는 분노를 채 억누르지 못하고 기자키를 추궁했다.

기자키는 펜스 밖 어둠을 시선으로 더듬으며 잠시 침묵했다. 뭔가를 말할지 말지 주저하는 것처럼 보이기도 했다.

"예전에 스와 군과 같이 젊은 형사과 경찰관이 있었어요."

기자키는 불쑥 스와를 돌아다보았다.

스와는 놀랐다. 기자키의 얼굴에는 침통이라고밖에 표현할 수 없는 표정이 떠올라 있었다. 그것은 스와가 처음 접하는 기자키 내부의 깊은 그늘이었다.

"그 사람도 아무도 믿어주지 않는 범죄를 추적하고 있었어요. 그리고 그 과정에서 소중한 사람을 잃었습니다. 아마 그 사람도 하느님을 내심 저주했겠지요. 왜 이런 범죄를 허용하는지, 왜 그따위 악인을 벌하지 않는지, 왜 소중한 사람을 죽게 했는지."

나와 다르지 않다. 그런 남자가 있었단 말인가. 스와는 그렇게 생각했다. 동시에 스와는 기자키가 그 남자에 대하여 깊은 회한을 품고 있는 것을 느꼈다.

"그 사람은."

스와는 저도 모르게 기자키에게 물었다.

"그 형사는, 어떻게 되었죠?"

"죽었어요."

기자키는 무표정하다고 해도 좋을 얼굴로 대답했다.

"스스로 죽음을 택했어요. 그리고, 죽고 나서 그는 '하느님의 사자'가 된 겁니다. 죽어서도 계속 싸우기 위해. 그는 지금도 계속 싸우고 있어요."

죽어서, '하느님의 사자'가 되었다?

스와는 그 말을 이해하지 못해 혼란스러울 뿐이었다.

"알겠어요, 스와 군?"

기자키는 평소의 온화한 표정으로 돌아와 스와에게 말을 건넸다.

"스와 군은 혼자 싸우고 있다고 생각하는지 모르지만, 결코 그렇지 않아요. 스와 군처럼 정의를 위해 싸우는 사람이 여럿 있습니다. 스와 군이 그것을 알지 못할 뿐입니다."

"위로하지 않아도 괜찮습니다."

그렇다, 이것은 크리스천인 기자키다운 비유일 것이다. 정의는 언젠가 반드시 승리한다고. 스와는 깊은 낙담과 함께 그렇게 생각했다.

그때 스와의 머리에 그 사신처럼 검은색 일색으로 차려입은 자의 모습이 되살아났다.

형사과의 오노가와 과장은 어느 폭력 조직의 청부살인업자일 거라고 말했다. 왜 그자를 떠올렸는지 자신도 알 수 없었다. '하느님의 사자'라 부르기에는 너무나도 불길한 그림자를 드리운 남자였다.

스와로서는 지금 당장 해야 할 일이 있었다.

"커피, 잘 마셨습니다."

스와는 그렇게 말하고 기자키에게 등을 돌렸다. 기자키가 말을 건넸다.

"어디로 가는 겁니까?'

돌아다보면서 스와가 대답했다.

"에다 의원에게 갑니다. 처음 만났을 때 그 의원은 우리 이야기를 전면적으로 믿어주었어요. 그런데 왜 이제 와서 태도가 돌변했는지, 그걸 묻고 싶습니다. 어쩌면 누군가에게, '천사'에게 협박을 당했는지 모릅니다. 그렇다면 '천사'가 누구인지 에다 의원이 알아냈을 가능성도 있어요."

기자키는 가만히 한숨을 지었다.

"말려도, 가겠지요?"

"기자키 씨에게는 피해가 가지 않을 겁니다. 휴가 중에 지인을 만나러 갈 뿐입니다."

스와는 아래층으로 이어지는 계단으로 뛰어가려고 했다.

"스와 군!"

기자키가 외쳤다. 스와는 멈춰 서서 다시 기자키를 돌아다보았다.

"아까 말한 그 죽은 형사 말인데, 스와 군이라면 어떻게 하겠습니까?"

기자키의 표정은 진지했다.

"자신의 가장 소중한 사람이 살해되고 그 범인은 멀쩡하게 살아남았는데 경찰은 누구 하나 사건을 추적하려고 하지 않아요. 이대로는 모든 진상이 어둠에 매장되고 맙니다. 당신이라면 어떻게 하겠습니까?"

이미 스와가 바로 그런 상황에 있었다.

"나는 그 형사와는 달라요. 설사 나 혼자 남더라도 경찰관으로서 계속 용의자를 추적할 겁니다. 그리고 반드시 체포해서 법으로 놈을 심판할 겁니다."

그리고 스와는 다시 몸을 돌려 계단을 뛰어 내려갔다.

캄캄한 옥상에서 기자키는 스와가 사라진 계단 입구를 응시했다. 그리고 스와의 잔상을 향해 가만히 중얼거렸다.

"꼭 그렇게 해주세요."

17 번복한 자

"어떻게 된 겁니까? 설명을 해주시겠습니까?"

스와는 노기가 담긴 눈으로 앞에 앉아 있는 에다 아즈마의 단정한 얼굴을 노려보았다.

"경찰관 신분을 숨기고 의원님을 만난 것은 사과합니다. 그러나 의원님은 하마나 기자와 아오키 보험조사원 이야기를 듣고 관민이 공모한 범죄의 존재는 '부정할 수 없다'고 하셨죠. 뿐만 아니라 존재를 뒷받침하는 다양한 자료를 보여주며 정부 관계자를 조사해보겠다고 말씀하셨습니다."

에다는 말없이 스와의 이야기를 듣고 있었다. 스와는 개의치 않고 계속 말했다.

"그런데 왜 기요스 서 형사를 만났을 때는 모든 사실을 부정하는 말씀을 하신 겁니까?"

오후 10시 45분, 도쿄 롯폰기.

스와는 에다 아즈미 의원의 개인 사무소에 와 있었다.

기자키 계장과 헤어진 뒤, 스와는 에다의 휴대폰으로 직접 연락했다. 그러자 에다는 바로 전화를 받아, 업무가 다 끝난 뒤라도 괜찮다면, 하며 방문을 허락해주었다.

에다의 사무소가 입주해 있는 낡은 아파트는 관리인이 상주하지 않는지 수위실은 닫혀 있었다. 스와는 입구의 숫자키에 사무실 호수를 누르고 인터폰 앞에서 대답을 기다렸다. 그러자 잠시 후 에다 본인이 응답하고 입구의 잠금 장치를 해제해주었다.

문을 열어준 것도 에다였다. 이미 깊은 밤이라 여비서는 벌써 퇴근했을 것이다. 커피라도? 하고 에다가 권하는 것을 사양하고 스와는 사무소 응접세트 소파로 걸어가 알아서 앉았다. 그리고 에다가 건너편 소파에 앉기 무섭게 냉큼 에다를 추궁하기 시작했다.

"분명히 저는 그때 당신들에게 그렇게 말했지요."

커다란 검은 홍채를 가진 눈으로 에다는 스와를 똑바로 보며 고개를 끄덕였다.

"그리고 즉시 카지노 해금에 관여한 정부 관계자를 내밀히 조사하기 시작했습니다. 그리고 기자 하마나 료스케 씨에게 '천사'라 불리는 수수께끼의 인물이 모든 사건의 주모자 같다는 연락을 받고 누가 '천사'인지 밝혀내려고 모든 자료와 기록을 샅샅이 조사해왔습니다. 그리고…….'

그 대목에서 말을 멈추었다가 다시 이렇게 이야기했다.

"'천사'라는 존재에 대하여 한 가지 결론에 도달했습니다."

스와는 심장이 쿵쿵 뛰는 것을 느꼈다.

"알아내셨습니까? '천사'의 정체를."

"네."

망설이는 기색도 없이 에다는 고개를 끄덕였다.

스와는 흥분한 나머지 저도 모르게 무릎에 얹은 양손을 꽉 쥐었다. 마침내 에다 아즈마 의원이 '천사'의 정체를 알아낸 것이다. 이제 경찰과 공안을 움직여서 이 은폐된 무서운 범죄를 백일하에 폭로할 수 있다. '천사'에게 살해된 다자와 마코토, 하마나 료스케, 그리고 아오키 가스미의 원수를 갚을 수 있다.

그렇다면 에다가 형사과 수사관에게 그렇게 말한 까닭은 한 가지밖에 없었다.

"협박당하셨나요?"

스와가 상체를 앞으로 기울였다.

"의원님은 '천사'의 정체를 알아내고 말았다. 그리고 '천사'에게, 혹은 '천사'가 만든 조직에게 생명의 위협을 느낄 만한 협박을 당했다. 그래서 의원님은 기요스 서의 형사에게 '천사'의 존재를 부정할 수밖에 없었다. 그런 거군요?"

"그렇지 않습니다."

에다는 천천히 고개를 가로저었다.

"그럼 왜……."

초조감을 감추지 못하는 스와에게 에다는 근심 어린 표정으로 말했다.

"없었습니다."

"예?"

"'천사' 같은 것은 없었습니다."

스와는 자기 귀를 의심했다.

"없었다, 고요?"

"예."

어두운 표정으로 에다는 확고하게 말했다.

"어떻게 그런……."

스와는 사무소 바닥이 기우뚱, 하고 크게 기운 듯한 기분이었다. 물론 그것은 정신이 아뜩해지는 허탈감이 부른 착각이었다.

다음 순간, 스와는 에다에게 거칠게 덤벼들었다.

"그럼 누가 노인 다섯 명과 가스미의 상사, 기요스 서의 형사 두 명, 하마나와 가스미를 죽였다는 겁니까? 이 사건들은 전부 우연에 우연이 겹쳐져서 일어난 사고일 뿐, 살인 사건이라는 것은 우리의 망상이라는 겁니까?"

형사과의 오노가와 과장이 동석시켰던 의사의 말이 스와의 뇌리에 살아났다.

"그렇지 않습니다."

에다는 스와의 얼굴을 바라보았다.

"일본에 카지노를 도입하고 이를 이용해서 고령자들이 보유한 막대한 자산을 국가, 도쿄 도 및 각 기업이 갖은 수단으로 뽑아내는 대규모 범죄가 있을지 모른다는 의심은 거두지 않았습니다. 그러나 이 범죄를 낳은 것은 일본이라는 국가와 일본에 존재하는 모든 조직이 유기적으로 활동하는 가운데 자연적으로 생겨난 '집합자아'가 아닐까요?"

"집합, 자아?"

어이가 없다는 투로 스와가 따라 말했다.

"그래요, 집합자아. 영어로는 그룹 에고라고 하죠. '천사'란 그 집합자아가 가상인격화한 것이지 '천사'라는 개인이 존재하는 것은 아닙니다. 종교의 '신'이나 '천사'와 마찬가지죠. 이것이 내가 다다른 결론입니다."

스와는 에다의 이야기를 멍하니 듣고 있을 뿐 아무 말도 할 수 없었다.

에다는 그런 스와를 보며 이야기를 계속했다.

"가령 과거에 일본이 저 끔찍한 전쟁에 돌입했을 때, 그것을 결정한 것은 어느 한 개인의 뜻이었을까요? 그게 아니라 당시 일본이라는 나라 전체에 전쟁을 원하는 공통 의사가 생겨나고, 그 의사에 따라 일본은 전쟁에 뛰어든 것 아닐까요?"

"그럼……."

스와는 그제야 혼잣말처럼 중얼거렸다.

"나는, 있지도 않은 범인을 찾아서, 지금까지 위태롭게 달려왔고, 그 결과 하마나와 가스미를 죽게 만들었다는……."

"스와 씨 탓은 아닙니다."

에다는 고개를 좌우로 저었다.

"실례지만 당신들의 경력을 조사해보았습니다. 스와 씨, 하마나 료스케 씨, 그리고 아오키 가스미 씨의 경력 말입니다.

'천사' 찾기에도 도움을 받았지만, 나에게는 조사에 능한 지인이 있어서요."

스와는 고개를 들어 에다를 쳐다보았다.

"스와 씨의 아버지는 '병적 갬블러'였다. 파친코에 빠진 것을 시작으로 금세 공영 도박에 손을 대고, 마침내 다른 불법적인 도박에도 손을 댔다가 막대한 빚을 지고 당신과 어머님을 버리고 종적을 감추었다. 그래서 당신은 잠재적으로 갬블이라는 것에 격한 증오심을 품게 되었다."

스와는 에다의 말에 반론할 수 없었다.

"게다가, 하마나 씨는 대형 사건으로 이름을 날릴 기회를 노리고 있었고, 아오키 씨는 사랑하던 상사의 죽음을 현실로 받아들이지 못하고 있었다. 이 상황이 결합되어 이번 비극이 일어난 겁니다. 당신에게는 아무 책임도 없습니다."

"어떻게 하면 되나요?"

스와가 조용히 말했다.

에다는 잠시 침묵했다. 그리고 가만히 한숨을 짓고 스와를 쳐다보며 말했다.

"이것은 일본이라는 나라의 구조가 낳은 범죄입니다. 물론 모든 사망자가 살해된 거라면 범행을 저지른 실행범은 있겠지요. 그러나 그 말단 범인을 체포해서 처벌한들 범죄를 근본적으로 해결할 수는 없다, 나는 그렇게 생각합니다."

"그래서!"

탕, 하고 스와는 눈앞의 테이블을 힘껏 내리쳤다.

"어떻게 하란 겁니까! 내가 어떻게 해야 죽은 사람들의 원한을 풀어주고 하마나와 가스미의 원수를 갚을 수 있습니까! 가르쳐주세요!"

"그것은 내가, 아니, 우리 정치가가 할 일입니다."

에다는 스와의 눈을 응시한 채 그렇게 말했다.

"이 나라의 구조를 바꿔서 이런 무서운 범죄가 일어나지 않는 나라로 바꾸는 것, 그것밖에 없습니다. 제발 저를 믿고 맡겨주세요."

"그렇게 태평한 말을 하고 있을 때가 아닙니다!"

스와는 벌떡 일어섰다.

"'천사'는 분명히 있습니다! 우리가 이렇게 얘기하는 지금도 놈은 누군가를 죽이려 하고 있는지 모릅니다! 왜 그걸 모릅니까!"

에다는 스와의 얼굴을 말없이 올려다보았다. 그 까만 눈에는 아무런 동요도 보이지 않았다.

스와는 소파에 앉아 상체를 등받이에 힘없이 맡기고 허공을 멍하니 바라보았다. 온몸에서 힘이 빠져 더는 아무 말도 하고 싶지 않았다.

에다 역시 아무 말도 하지 않았다.

영원처럼 느껴지는 긴 침묵의 시간이 흘렀다.

"스와 씨."

에다가 입을 열었다. 부드러운 목소리였다.

"나도 스와 씨처럼 어릴 적에 생계 때문에 고생한 적이 있어요. 먹을 것도 없어서 늘 배를 곯던 시절이."

에다의 얼굴에 미소가 떠올라 있었다.

"의원님이?"

스와는 저도 모르게 그렇게 물었다.

에다는 미국에서 유복한 변호사 가정에서 태어나 뉴욕의 일류 미대에 진학하고, 졸업 후에도 회화 공부를 이유로 미국 전역을 여행했다고 했다. 곤궁한 시절이 있었다는 것은 처음 듣는 이야기였다.

"아버님 사업이 잘 안되던 시기라도?"

에다는 미소를 지은 채 스와의 물음에는 대답하지 않고 이야기를 계속했다.

"그날도 나는 평소처럼 배가 너무 고파서 쩔쩔매고 있었죠. 정신을 차려보니 강가에 나와 있더군요. 그곳에는 빵만 하게 생긴 둥근 돌이 많았습니다. 아아, 이 돌이 전부 빵이라면⋯⋯. 나는 돌을 보며 그렇게 생각했어요. 그때 성서의 한 구절이 머리에 떠오르더군요."

에다는 그 구절을 암송했다.

"그 뒤 예수께서 성령의 인도로 광야에 나가 악마에게 유혹을 받으셨다. 사십 주야를 단식하시고 나서 몹시 시장하셨을 때에 유혹하는 자가 와서 '당신이 하느님의 아들이거든 이 돌더러 빵이 되라고 해보시오' 하고 말하였다."

스와는 당황하면서도 고개를 끄덕였다.

"그 이야기라면 저도 압니다. 그때 예수는 악마에게 이렇게 대답하죠. '사람이 빵으로만 사는 것이 아니라 하느님의 입에서 나오는 모든 말씀으로 살리라'라고."

신약성서 마태복음에 나오는 '황야의 유혹'으로 알려진 구절이다. 물질적인 풍요를 좇기보다 하느님에게 귀의하는 것이 중요하다는 것을 말하는 일화라고 한다.

"잘 아시는군요."

에다는 뜻밖이라는 듯 스와의 얼굴을 보았다.

"네. 어머니가 크리스천이었어요."

스와의 대답에 납득했다는 듯 고개를 끄덕이고 에다는 이야기를 재개했다.

"이 대화는 어디까지나 비유이며, 배고픔은 물욕을, 빵은 재산을 뜻하겠지요. 물욕을 충족시켜도 행복해질 수 없다, 믿음이 사람을 행복하게 한다는 것이죠. 그러나 아직 어린 데다 당장 배고파 죽을 것 같았던 나는 전혀 다르게 해석했습니다."

그때 일을 떠올리는지 에다는 후후, 하고 웃었다.

"오, 그래, 예수님은 돌을 빵으로 만들 수 있어. 정말 대단하다, 정말 부럽다. 나에게 그런 힘이 있다면 얼마나 좋을까. 그리고 나는 또 이런 생각을 했습니다."

에다의 얼굴에는 꿈꾸는 듯한 표정이 떠올랐다.

"예수님은 정말로 굶주려본 일이 없는 게 분명하다. 만약 돌을 빵으로 만들 힘이 내게 있다면 지금 당장 이 돌을 빵으로 만들어 먹겠다. 악마의 유혹이건 뭐건 상관없다. 굶어 죽고 싶지 않다. 무슨 짓을 해서라도 살고 싶다, 라고 말이지요."

스와는 에다의 힘겨웠던 어린 시절을 슬쩍 들여다본 것 같은 기분이었다.

그러나 에다는 과거 이야기를 하는 동안 그 단정한 얼굴에 내내 미소를 짓고 있었다. 사회적으로 성공한 지금은 쓰라린 과거도 웃으며 얘기할 수 있는 추억으로 승화된 것일까? 아니면 추억이란 아무리 괴로운 것이라도 그리움이 따르게 되는 걸까?

"에다 씨도 어릴 적부터 성서를?"

"네, 조금."

에다는 예전 기억을 더듬고 있는지 잠시 뜸을 두고 나서 대답했다.

"어릴 때 나에게 성서의 말씀을 가르쳐준 크리스천 여성이 있었어요. 마리아 선생이라는 분이었지요."

"마리아 선생은 학교 선생님인가요?"

"글쎄, 무엇을 하던 분인지는 잊었습니다."

에다는 그 마리아 선생에게 배운 덕분에 어릴 적부터 성서에 친숙했다고 한다. 그러나 그것은 미국에서 자란 아이라면 그다지 드문 일도 아닐 것 같았다.

"그보다, 스와 씨."

에다는 문득 화제를 돌렸다.

"당신이 이번 사건의 실행범을 추적하겠다면 나도 계속 정보를 모으겠습니다. 나도 범인이 체포되기를 바라니까요."

물론 노인 다섯 명을 비롯한 일련의 살인 사건의 실행범은 체포되어야 한다. 그러나 실행범은 돈을 받고 살인을 청부했을 뿐이며, 그 일련의 살인을 계획하고 지시한 것은 '천사'이다. 그리고 나아가 '천사' 위에는 아마 정계 거물이 있을 것이다.

'천사'의 정체를 밝혀내고 체포하기 전에는 관민이 공모한 거대한 음모가 존재한다는 것을 증명할 수 없다. 이 무도한 연속 살인을 끝장낼 수 없는 것이다.

그러나 나 말고 '천사'의 존재를 믿는 사람은 이제 한 사람도 없게 되었다.

스와는 깊은 허무감에 사로잡혀 정신이 아뜩해지는 기분이었다.

게다가 지금의 내 처지는…….

"실은 제가 잠시 휴가를 냈습니다."

스와가 그렇게 말하자 에다는 검은 눈을 크게 떴다.

"아, 그래요? 그럼 이 사건 수사는?"

"잠시 떠나 있게 되었습니다. 어차피 아무 증거도 확보하지 못한 상황이고요. 하지만 만약 에다 씨가 뭔가 유력한 정보를 찾으시면 꼭 연락해주십시오. 부탁드립니다."

스와는 고개를 숙이고 나서 작심한 듯이 일어섰다.

"늦은 시간에 죄송했습니다. 이만 실례합니다."

"스와 씨."

에다도 일어나며 스와에게 말했다.

"왠지 당신과는 좋은 친구가 될 것 같은 느낌이 듭니다. 꼭 다시 놀러와주세요. 그래요, 다음번엔 제 집에라도."

씽긋 웃고 에다는 스와를 향해 오른손을 내밀었다.

이런 습관도 미국에서 나고 자란 탓일 것이다. 스와는 그렇게 생각했다.

"그럼 한번 놀러가겠습니다."

그렇게 말하고 스와는 에다의 오른손을 꼭 잡았다.

18 속죄자

"자, 던졌다, 던졌다! 어디에 걸 거야?"

혼잡한 에도 뒷골목에 굵은 목소리가 저렁저렁 울렸다.

"어느 쪽이든 1000엔! 맞으면 두 배, 2000엔! 어이, 거기 금발의 핸섬한 유! 텐 달러가 체인지, 두 배, 두 배! 모르겠어? 됐으니까 얼른 텐 달러를 꺼내봐! 자, 저쪽의 차이나 형씨. 일본 돈으로 1000엔이야! 오, 핸섬 씨, 역시 걸 거야? 아, 고마워!"

많은 관광객들이 그 목소리의 주인을 에워싸고 신기한 듯이 구경하고 있다. 그 한복판 땅바닥에 책상다리를 틀고 앉아 큰 소리로 괴상한 말을 외치는 것은 앞니가 빠지고 머리카락이 푸석푸석한 노인이었다. 노인 앞에는 1미터×50센티쯤 되는 합판이 있고, 그 위에 카드 두 장이 적당한 거리를 두고 엎어진 채 놓여 있었다.

미국인으로 보이는 젊은 금발 청년이 한참 망설인 끝에 오른쪽 카드 앞에 1000엔 지폐를 놓았다. 그러자 노인은 영문을 알 수 없는 주문을 적당히 중얼중얼 외면서 양손을 뻗어 양쪽 카드에 손가락을 대고 동시에 뒤집었다.

돈이 걸린 쪽의 카드가 조커, 다른 쪽은 하트 에이스.

"Oh, My, God!"

청년이 예상되는 탄식을 토하며 제 머리를 감싸고 슬픈 목소리로 외치자 주위에서 웃음소리가 와락 터졌다. 노인은 얼른 1000엔권을 바지 주머니에 찔러 넣었다.

"예, 예, 유감입니다! 자, 또 걸 사람 없소! 룰은 간단해! 하트 에이스가 나오면 두 배로 주고 조커가 나오면 내가 먹고! 불우이웃 노인에게 기부했다 생각하시면 됩니다. 그게 오늘 저녁 내 저녁 밥값이거든."

주위 사람들에게서 다시 일제히 웃음이 터졌다.

"거기 형씨, 이쪽의 언니들, 어떻게 한몫 잡아보려고 이승의 천국인 이스트헤븐에 오셨겠지? 그렇다면 단돈 1000엔 한 장으로 내일의 카지노 운수를 시험해보는 건 어떻소!"

"이런 장난은 어디서 배웠지?"

"장난이라니, 당신이 무슨 상관이야! 어?"

노인이 고개를 들고 보니 앞에 스와 고스케가 불쾌한 얼굴로 서 있었다.

"고, 고스케?"

노인은 스와의 아버지 스와 노보루였다.

"그래서 나는 네 판에 한 판은 져주고 있다니까."

소홍주를 한 모금 꿀꺽 마시고 나서 아버지는 수염이 아무렇게나 자란 입을 삐죽거렸다.

"4000엔을 따도 2000엔을 돌려주니까 손님 처지에서는 환원율이 50퍼센트야. 국가나 도쿄 도에서 장사하는 복권 같은 것도 손님에게 돌려주는 돈은 겨우 45퍼센트 정도야. 내가 훨씬 양심적이지 않냐?"

아버지의 변명에 스와는 낯을 찡그렸다.

"그런 얘기가 아니잖아. 국가나 지자체가 아닌 개인이 도박장을 열면 도박개장죄에 걸려. 내가 봤기에 망정이지 다른 경찰관에게 잡히면 감방행이라고."

"흥. 파친코나 주식 투기꾼들은 그냥 놔두고 왜 나 같은 피라미만 가지고 그래."

아버지에게는 반성하는 기미가 전혀 없었다.

스와가 아버지에게 방금 딴 돈을 손님에게 돌려주라고 하자 주위를 에워싸고 있던 관광객들이 금방 흩어져버렸다. 스와가 경찰관이라는 것을 알았기 때문이다. 스와는 아버지를 일으켜 세워서 얼른 그 자리를 떴다. 기요스 서의 동료나 GAPS 경비원에게 들키면 일이 귀찮아질 것이 뻔했다.

갈 곳이 없어서 하는 수 없이 늘 가던 중화요리점에 아버지를 데려갔다. 식당으로 들어서자 머리를 땋아 내린 그 아가씨가 눈을 동그랗게 뜨고 반갑다는 듯이 소리쳤다.

"아, 휘시앙活像! 뱀띠 아저씨의 아버지 맞죠! 환잉환잉!"

첫눈에 부자지간임을 알 만큼 내가 이 인간쓰레기를 닮았단 말인가.

스와는 암담한 기분에 빠졌다. 하지만 아가씨는 평소 볼 수 없던 환하게 웃는 얼굴로 두 사람을 반갑게 맞아 얼른 테이블로 안내했다. 그리고 역시 주문을 하기도 전에 소흥주 디캔터와 얼음과 잔 두 개, 그리고 늘 내오던 안주 세트 2인분을 접시 세 개에 담아서 내왔다.

"아까 그 카드놀이는 야바위겠지? 언제 배운 거지?"

스와는 뚱한 얼굴로 물었다. 아무래도 아버지는 카드를 오픈하기 직전에 재빨리 바꿔서 승패를 조작하는 듯했다. 하지만 스와는 그 방법을 간파하지 못했다.

"뭐, 온갖 노름판과 하우스를 드나들며 살았으니까. 가끔 그런 데서 일하기도 했어, 잠깐씩."

아버지는 구체적인 대답을 피하려고 했지만, 그 손놀림은 상당한 내공이 있어 보였다.

"대체 어디까지 타락한 거야."

넌더리가 난다는 듯이 말하고 스와도 잔에 담긴 소흥주를 비웠다.

"믿을 수가 없어."

아버지가 작은 목소리로 가만히 말했다.

스와는 의아한 얼굴로 아버지를 쳐다보았다.

"뭐가?"

"지금 이렇게 너랑 마주 앉아서 술을 마시는 게 말이다."

아버지는 얌전한 얼굴로 소흥주가 든 잔을 양손으로 흔들었다. 빨간 액체 속에서 투명한 얼음이 달그락, 하는 소리를 냈다.

"네가 태어나던 날은, 아들이란 걸 알고 얼마나 기뻤는지 모른다. 어서 쑥쑥 커서 같이 캐치볼도 하고 낚시도 가고, 어른이 되면 같이 술도 마시고 해야지 했는데."

그리고 아버지는 희미하게 웃었다.

"이제 그런 일은, 절대로 없을 줄 알았다."

잠시 침묵한 뒤 스와는 입을 열었다.

"멋대로 떠들지 마."

그 눈에는 조용한 분노가 깃들어 있었다.

"이제 와서 동정을 사려고 해봐야 소용없어. 무슨 일이 있어도 나는 당신을 평생 용서하지 않아."

내뱉듯이 그렇게 쏘아붙이고 스와는 소흥주 잔을 단번에 비웠다.

"나한테 할 얘기가 있겠지?"

아버지가 불쑥 스와에게 말했다.

스와의 손이 멈췄다. 아버지는 계속 말했다.

"그렇게 증오하는 나에게 술을 사고 있잖아. 그건 나한테 무슨 볼일이 있어서겠지? 혹시 지난번에 끈질기게 물었던 '천사'님에 관한 거 아니냐?"

정곡을 찔리자 스와는 도리어 이야기 꺼내기가 어려워졌다.

스와가 오늘 저녁에 에도 구역에 온 것은 아버지를 찾기 위해서였다. 하마나 료스케와 아오키 가스미가 살해되었고 에다 아즈마 의원은 '천사' 같은 것은 없다고 결론지었다.

이제 스와에게 남은 수단은 하나밖에 없었다. 하마나가 이스트헤븐의 실버라운지에 잠입하여 탐문해 온 내용–'천사'는 노인을 살해하기 전에 먼저 '천국'으로 초대한다–에 매달리는 수밖에 없었다. 그것 말고 다자와, 하마나, 가스미를 살해한 '천사'를 추적할 방법이 없었다. 스와는 그렇게 생각했다.

아버지를 '천사'와 접촉하게 하면 '천사'의 정체를 파악할 수 있지 않을까? 스와는 그것을 아버지에게 부탁, 아니 명령할 생각이었다. 자신과 어머니를 버리고 어머니를 죽음으로 몰아넣은 자이므로 그 부탁을 들어주는 것이 당연하다고 생각했던 것이다.

하지만 냉정히 생각해보면 그것은 분명 매우 위험한 행동이었다. 자칫 잘못되면 아버지는 '천사'에게 살해될지 모른다.

'스와 씨, 아시겠죠? 갬블 의존은 병입니다. 그것도 자살을 생각하게 만들 만큼 아주 심각한 마음의 병입니다.'

하마나의 말이 문득 뇌리를 스쳤다. 당황한 스와는 그 목소리를 떨쳐내려는 듯이 머리를 좌우로 흔들었다.

"그래, 말해봐. 뭐든 할 테니까."

아버지는 잔을 테이블에 내려놓고 스와의 얼굴을 정면으로 쳐다보았다.

"뭔가를 한다고 해서 지금까지 내가 너한테 저지른 짓을 다 용서받을 수 있다는 생각은 요만큼도 하지 않아. 다만 뭐든 한 가지는 너에게 보탬이 되고 싶은 거다. 지금까지 아무것도 해주지 못했지만, 지금이라면 널 위해 뭔가 할 수 있는 일이 있겠지? 그렇다면 도울 수 있게 기회를 다오."

상반신을 테이블 쪽으로 기울이며 아버지는 스와에게 호소했다.

"응? 기회를 줘. 부탁한다, 이렇게 빈다."

"하지만, 그러다 죽을 수도 있는데?"

스와가 이렇게 말한 것은, 그래도 하겠느냐는 물음과, 싫으면 그만두라고 경고한 것이었다. 그러나 따지고 보면 그것도 아니었다. 만약 아버지에게 무슨 일이 생길 경우, 자신은 분명히 경고했다고 면책하려는 말이었다. 하지만 스와 자신은 그것을 깨닫지 못하고 있었다.

"상관없어."

아버지는 진지한 얼굴로 고개를 끄덕였다.

"살 만큼 살았다. 아무한테도 보탬이 못 되는 못난 인생이었어. 하지만 마지막으로 너에게 보탬이 될 수 있다니 정말 꿈만 같다. 안 그러냐? 이렇게 형편없는 인생에도 조금은 의미가 있었다는 거잖니."

그렇게 말하고 아버지는 눈을 가늘게 뜨며 가만히 미소 지었다. 아이처럼 순진무구하다고 해도 좋을 웃음이었다.

"고맙다, 고스케."

그 모습에 스와는 낭패했다. 자신과 어머니를 버리고 도망친 아버지가 이런 얼굴을 가진 사람인 줄은 꿈에도 생각하지 못했던 것이다.

그러나 다음 순간, 아버지는 표정이 일변하여 교활하게 빙글빙글 웃었다.

"그렇다고 나를 우습게 보면 곤란해, 꼬맹아."

낮고 서늘한 목소리였다.

"노름빚에 몰려 3층 화장실 창문으로 뛰어내린 적도 있다. 일본도와 권총을 들고 날뛰는 야쿠자들에게 밤새 쫓겨 다닌 적도 있어. 카지노는 어차피 나라에서 허가한 노름판 아니냐. 야쿠자가 운영하는 도박장에 비하면 아무것도 아니지. 걱정 붙들어 매놓고 기다려라."

정말 잘해낼지도 모른다. 스와는 아버지의 그 말에 의지하여 결심을 굳혔다.

스와는 상의 주머니에서 '죽음의 천사' 카드를 꺼냈다. 그리고 어떻게 하면 '천사'를 만날 수 있는지에 대하여 하마나와 함께 추리해낸 가설을 아버지에게 설명했다.

아버지는 진지한 표정으로 스와의 설명에 가만히 귀를 기울였다.

아들의 목소리를 한 마디도 놓치지 않고 귀 속에 새겨놓으려는 것처럼.

19 초대받은 자

"어? 왜 한 장을 더 돌려?"

소녀처럼 달뜬 목소리가 들렸다.

목소리의 주인은 칠십 대로 보이는 노파였다. 초록 나사로 상판을 마감한 타원형 테이블 위로 상체를 기울이며 카드를 보고 있다. 테이블 건너편에는 하얀 셔츠에 빨간 나비넥타이를 맨 젊은 남자가 서 있다. 남자는 곤혹스러운 듯 미소를 지으며 노파에게 이렇게 대답했다.

"네. 아직 승부가 결정되지 않았습니다. 한 장 더 돌리겠습니다."

"하지만 나는 뱅커에 걸었잖아? 뱅커는 그림 카드랑 5니까 5, 플레이어는 A와 2니까 3. 그래서 내가 이겼잖아? 바카라는 수가 높은 사람이 이기는 거니까."

노파 옆에 앉아 있던 역시 칠십 대로 보이는 노인도 입을 모았다.

"그렇지. 9에 가까운 패가 이기는 거라고 전에 이 사람이 가르쳤잖아."

나비넥타이는 미소를 지우지 않고 타이르는 듯한 투로 남녀 노인에게 말했다.

"잠깐 복습할 테니까 잘 들어주세요. 바카라에서는 카드 두 장을 더한 수의 끝자리 수로 승부를 정합니다. 9가 가장 강한 수이고, 그다음이 8, 7, 6으로 약해져서 0이 가장 약한 수입니다. A는 1, 그림 카드는 10으로 봅니다."

여성이 입을 삐죽거렸다.

"그건 알아. 그러니까 왜 5가 3에 이기지 못하느냐고 묻잖아."

"어느 한쪽이 내추럴, 그러니까 8이나 9면 승부는 카드 두 장으로 끝납니다. 하지만 어느 한쪽도 내추럴이 아니고 또 플레이어가 5 이하일 경우, 플레이어는 세 번째 카드를 받도록 정해져 있습니다. 지금은 3이죠? 5 이하니까 세 번째 카드를 돌려야 합니다."

그렇게 말하며 나비넥타이는 옆에 있는 상자에서 카드 한 장을 뽑아 P라 적힌 자리로 밀어놓고 오픈했다. 세 번째 카드는 하트 6, 합계 9. 최강의 수가 나왔다.

"이것으로 플레이어가 이겼습니다. 이제 뱅커는 세 번째 카드를 받을 수 없습니다."

"엥! 이거 너무하잖아! 두 장을 오픈한 상태에서는 내가 배팅한 뱅커가 이겼는데! 뱅커한테도 세 번째 카드를 줘야지!"

"그건 그럴 수 없습니다. 규칙이 그렇게 되어 있어요."

나비넥타이가 그렇게 말하자 두 노인은 동시에 한숨을 지었다.

"어렵네, 바카라."

"어려워. 도저히 기억을 할 수가 없어."

"기억할 필요는 없습니다."

나비넥타이가 상냥하게 말했다.

"규칙으로 정해져 있는 대로 딜러가 패를 돌리니까요. 손님은 그저 뱅커와 플레이어 중에 어느 쪽이 이길지만 예상하면 됩니다."

"그래? 그건 편해서 좋구먼."

"그럼 나는 다음 판에는 플레이어에 걸어볼까나."

"나는 다시 뱅커야! 이럴 경우 나나 이 사람 중에 어느 한쪽은 이기겠지?"

노파의 말에 나비넥타이가 미소를 지었다.

"같은 수가 나와서 비기는 경우도 있지만, 그럴 경우 칩은 돌려드립니다. 포커나 룰렛과는 달리 바카라에서는 참가한 사람이 전부 잃는 경우는 없습니다. 뱅커나 플레이어 중에 반드시 어느 한쪽은 이기죠. 그게 바카라의 좋은 점이지요."

좋은 점은, 개뿔.

그렇게 생각하며 스와 노보루는 노란 담뱃갑에서 담배 한 개비를 뽑아냈다. 그러나 이내 생각을 고쳐먹었는지 그것을 꾸겨서 재떨이에 던져버렸다. 이건 마약이야, 라고 했던 아들 고스케의 말이 떠오른 것이다. 사실 이 담배를 피우지 않고부터는, 머릿속에 늘 끼어 있던 안개 같은 것이 깨끗이 가신 듯한 기분이었다.

이스트헤븐타워 2층에 있는 실버라운지에서는 그날도 고령자를 위한 카지노 강좌가 열리고 있었다. 도박이란 것을 해본 적이 없는 노인들에게 카지노 놀이의 즐거움을 가르친다는 명목으로 매일 열리는 체험 게임이다.

마침내 노인들은 도박의 재미를 익혀서 진짜 카지노로 안내된다. 그리고 맹수가 대기하는 정글 같은 그곳에 내동댕이쳐진다. 그때부터는 지난 수십 년 동안 성실하게 일해서 어렵게 모아놓은 재산을 전부 토해내고 만다. 마치 가마우지 낚시에 동원되는 가마우지처럼.

스와 노보루는 도박에 빠져 살아온 탓에 재산이 한 푼도 없었다. 그리고 카지노에서는 늘 외상만 늘고 있었다. 이스트헤븐에 드나들고 얼마나 잃었는지를 제대로 계산해본 적은 없지만 아마 1000만 엔 가까이 되지 않을까.

그러나 노름에서 잃은 돈은 그저 숫자에 불과하다는 것을 스와 노보루는 알고 있었다. 쇼핑을 한 것도 아니고 먹고 마신 것도 아니다. 돈이 되는 뭔가를 대가로 받은 것도 아니다. 그저 돈을 테이블에 놓아두면 늘었다 줄었다 하다가 끝내는 어김없이 밑천까지 다 잃고 만다. 그것이 도박이다.

세상 상식으로 보자면 바로 그것이 사기 아닐까? 속아서 털린 거나 다름없는 돈인데, 돌려줄 필요가 있나? 그런 근본적인 의문이 스와 노보로의 마음에는 늘 있었다. 게다가 도박 빚을 떼먹어도 카지노가 힘들어질 일은 전혀 없지 않은가. 뭔가를 내준 것이 아닌 만큼 아무것도 잃지 않았으니까.

물론 도박장은 화려한 인테리어를 하고 많은 인력을 고용하고 호화로운 조명과 무료 알코올로 손님을 기분 좋게 해준다. 즉 설비 투자나 인건비, 광열비, 거기에 다양한 서비스에 많은 돈이 든다. 하지만 그것은 카지노라는 쥐덫에 손님이라는 지능 낮은 작은 동물을 유인하기 위한 미끼에 불과하다.

슬슬 때가 되었을 텐데.

따끔하게 쏘아보는 듯한 거북한 분위기를 스와 노보루는 벌써부터 피부로 느끼고 있었다. 그것은 수십 년 도박판 생활에서 익한 감 같은 것이었다. 빚이 더 불어나면 친절하던 도박장 인간들도 갑자기 엄니를 드러내며 돈을 갚으라고 윽박지르기 시작한다. 예전이었다면 스와 노보루는 이쯤에서 도망쳤을 것이다.

그러나 고스케, 즉 아들에게 한 약속이 있다. 지금부터가 내가 활약해야 할 때이다.

스와 노보루는 쥐덫에서 나가려고 하지 않고 가만히 웅크린 채 출입구가 덜컹, 하고 닫혀버릴 때를 기다리고 있었다.

"안녕하세요, 스와 씨."

흡연 코너에 있는 스와 노보루에게 누가 다가와 뒤에서 인사를 했다.

스와 노보루가 뒤를 돌아보자 검은 옷을 입은 남자가 미소를 지으며 서 있었다. 구면이 된 카지노 스태프였다.

"오늘은 좀 어떠세요?"

"전혀 안 되네. 물구나무 세우고 흔들어도 먼지 한 톨 안 나올 정도로 탈탈 털렸어."

어깨를 으쓱해 보이며 스와 노보루가 투덜거렸다.

"어이, 자네들이 쓰는 카드에다 혹시 장난질해놓은 거 아냐? 내가 여기서 포카든 바카라든 이겨본 적이 없어."

"아이고, 무슨 농담을."

스태프 사내는 요란하게 놀라는 시늉을 하고 나서 다시 미소를 지었다.

"따고 잃고는 그때그때 운에 달린 거죠. 스와 씨도 이제 곧 운이 찾아올 겁니다."

"그럼 오죽 좋을까마는."

그다지 기대하지 않는다는 투로 스와 노보루는 대답했다.

"그런데 말이야, 대체 내가 진 외상이 전부 합해서 얼마나 되지?"

"실은 그 건으로 오늘 상의를 드릴까 합니다만."

스태프는 여전히 공손하게 고개를 숙였다.

"가까운 시일 안에 스와 씨도 따실 거라고 생각합니다만, 그때까지 질병이나 사고 같은 만일의 사태가 있어서는 안 되겠지요. 그래서 앞으로도 계속 안심하고 즐기실 수 있도록 하기 위한 대책이라고나 할까요, 한 가지 제안을 드릴까 합니다만."

왔구나…….

긴장을 감추며 스와 노보루가 물었다.

"응? 제안이라니, 뭔데?"

"저희 카지노의 총지배인님이 스와 씨를 만나서 여러 가지 말씀드리고 싶다고 하십니다. 그 자리에서 스와 씨 형편에 맞는 플랜을 제안하실 겁니다."

총지배인.

필시 그자가 '천사'일 것이다.

스와 노보루는 동료 노인들이 수군거리던 풍문을 떠올렸다.

'천사'님에게 선택된 사람만 '천국'에 초대받을 받을 수 있다. '천사'님은 진수성찬을 대접해주신다. '천국'은 어떤 곳일까. 나도 가보고 싶다.

스태프는 슈트 속에서 하얀 봉투를 꺼내 스와 노보루에게 내밀었다.

"스와 씨를 위해 식사 모임을 준비했습니다. 이 속에 초대장이 들어 있습니다. 이 초대장을 가진 분만 그 방에 들어갈 수 있습니다."

그리고 스태프는 모임 장소의 위치와 가는 방법을 설명했다.

"오, 그런 데가 있었어? 이거 꽤 복잡하군."

"죄송합니다. 제가 안내해드리고 싶지만 저도 그곳에 들어갈 수 없어서요. 몇몇 단골손님에게만 드리는 초대장이니까 다른 손님한테는 말씀하시면 안 됩니다. 그리고 식사 모임을 마치고 돌아오시면 이 초대장은 반드시 제게 돌려주십시오."

"그 식사 모임에 가면 어떻게 되는 건데?"

"저희 카지노 총지배인을 만나서 잠시 말씀을 나누시면 스

와 씨에게 맡겨놓은 저희 돈은 상환하지 않으셔도 무방하게
될 겁니다."

즉 스와 노보루가 진 빚을 다 없애주겠다는 말이다.

스와 씨에게 맡겨놓은 저희 돈이라고? 놀고 있네.

스와 노보루는 속으로 욕설을 퍼부었다.

다양한 특전을 마련해서 노인들을 카지노로 유인하고 도박
요령을, 아니 겨우 배팅하는 방법만 가르쳐주고, 노인들의 돈
은 전부 빨아먹은 뒤 어느새 엄청난 빚을 떠안기는 구조가 아
닌가. 그런 부채는 부채가 아니다. 아니, 돈조차 아니다. 마이
너스 수치를 억지로 떠넘긴 것에 불과하다.

"외상을 갚지 않고도 계속 놀러 와도 좋다는 건가?"

"그렇습니다."

"그거 꿈같은 얘기이긴 한데, 대체 그게 어떻게 가능한 거
지?"

"지금까지 저희에게 빌린 금액을 저희 카지노가 권장하는
우량 금융 기관의 대출금으로 바꿔드립니다. 그럼 저희 카지
노에서 빌린 돈은 없는 게 되니까 계속 안심하고 즐기실 수 있
는 거죠."

그런 것이었군. 스와 노보루는 납득했다.

놈들은 이렇게 단순한 숫자였던 것을 돈으로 바꿔버리는 것
이다. 옛날에 연금술이라는 엉터리 과학인지 마법인지를 알아
내기 위해 수많은 사람들이 괴상한 연구를 거듭했다고 하지
만, 이놈들이야말로 연금술을 터득한 셈이 아닌가.

그래, 그 이름은 까먹었지만, 손으로 만지는 것은 전부 황금으로 바뀐다는, 동화에 나오는 그 왕 같구나.

스태프는 또 이렇게 말했다.

"어르신들은 지금까지 수십 년이나 이 나라를 지탱해오셨습니다. 그러니 앞으로는 인생을 마음껏 즐기셔야죠. 안 그렇습니까, 스와 씨?"

"그렇게 하면 다시 계속 놀러 와도 되나?"

"물론입니다."

"계속? 죽을 때까지?"

스와 노보루가 그렇게 묻자 검은 복장에 수염을 기른 스태프는 빙긋이 미소 지었다.

"그렇죠. 죽을 때까지."

20 떠도는 자

3년쯤 전까지 그 수로에는 이름이 없었다.

중앙방파제매립처분장, 통칭 '중방'의 안쪽과 바깥쪽의 경계를 직선으로 달리는 긴 수로는 도쿄 만을 항행하는 배가 광대한 매립지를 우회하지 않고 통과할 수 있도록 마련한 샛길 같은 물길에 불과했다.

그러나 2020년 이 수로의 동쪽 거의 절반이 도쿄 올림픽 보트 경기장으로 개조되었고, 올림픽이 끝난 뒤 '기요스 운하'라는 이름이 붙었다. 현재는 도내에 있는 대학의 보트부가 훈련장으로 사용하고 있고, 이스트헤븐의 소음을 피할 수 있는 산책 코스로서 도쿄 도민과 관광객이 사랑하는 휴식의 장소가 되었다.

사체가 발견된 것은 그 기요스 운하의 수면이었다.

오늘 아침 오전 5시 30분이 지났을 무렵. 냉동 식자재를 나르는 트럭 운전사가 가사이 방면에서 도쿄 게이트 브리지를 건넜다. 동서로 곧장 뻗은 도로를 잠시 직진한 트럭은 T자로에서 우회전하여 이스트헤븐을 향해 기요스 대교를 건넜다.

그때 트럭 운전사는 눈 아래 운하의 수면에서 헤엄치는 사람을 보았다. 처음에는 아직 이른 봄인데 참 성급한 사람도 다 있지, 하고 생각했지만, 다리를 다 건넜을 때야 그 사람이 옷을 입고 있다는 것을 알아챘다.

당황한 운전사는 트럭을 길가에 세우고 휴대폰으로 110에 신고했다. 그리하여 운하에 떠 있던 사람은 헤엄을 치는 것이 아니라 죽어 있다는 사실이 순찰차로 출동한 기요스 서의 경관들에 의해 확인되었다.

사람의 몸은 비중이 물보다 조금 높기 때문에 일반적으로 사체는 수면에 뜨지 않고 바닥으로 가라앉는다. 그리고 며칠이 지나면 부패가 진행되어 체내에 가스가 발생하고 내장이 풍선처럼 팽창하여 수면으로 떠오르게 된다.

검시 결과 그 남자가 죽은 것은 불과 몇 시간 전인 자정 전후로 판정되었다. 그런데도 사체가 가라앉지 않고 헤엄치는 것처럼 수면에 떠 있었던 것은 사체가 목재를 단단히 껴안고 있었기 때문이다.

아마 사망하기 전에 수면에 떠다니던 목재에 필사적으로 매달렸을 것이다. 그러나 그 목재가 굵지 않은 탓에, 물먹은 점퍼나 작업용 바지, 그리고 운동화를 신은 남자가 수면에 얼굴을 내밀고 있을 만큼 부력을 가지지 못했다.

기요스 서의 경찰관은 이렇게 생각했다. 사체에 외상도 없고 목재를 껴안고 있었으므로 살해되어 운하에 던져진 것은 아니다. 주위에 유서 같은 것도 발견되지 않았고 목재에 매달려 있는 것으로 보아 투신 자살도 아니다. 따라서 이 남자는 발이 미끄러져서 운하로 추락했고 목재에 매달려 있다가 호흡을 못 해서 익사한 것이다, 그렇게 판단하는 것이 가장 타당해 보였다.

그리하여 기요스 서는 사체를, 즉 스와 노보루라는 노인의 사체를 사고사로 처리하기로 했다.

작은 LED 전구 하나가 전부인 어둑한 방이었다.

눈앞에 있는 스테인리스 스트레처에 알몸으로 벗겨진 아버지가 심하게 변해버린 모습으로 눕혀져 있었다. 스와 고스케는 사체를 가만히 내려다보고 있었다.

"아버님이 틀림없지요?"

기자키 계장의 물음에 스와는 말없이 고개를 끄덕였다. 기자키는 사체를 향해 합장하고 잠시 묵도한 뒤 하얀 천으로 가만히 얼굴을 덮었다.

사체 머리맡에 조촐한 제단이 있어서 꽃병에 꽂은 국화가 공양되고 선향 몇 가닥이 연기를 올리고 있었다. 그 향로 옆에 작은 성서와 십자가가 달린 묵주가 놓여 있었다. 이것은 기자키 계장이 가져다준 것이었다.

"그럼 나는 그만 서로 돌아가겠네. 사건성은 없는 것 같으니까."

두 사람 뒤에 서 있던 형사과의 오노가와 과장이 출구를 향해 걷기 시작했다. 경찰서 사체 안치소는 건물 내부가 아니라 창고를 겸한 별동에 있었다.

"그런데 스와 군."

오노가와 과장이 문을 열다가 스와를 힐끔 돌아다보았다.

"잡지 기자, 보험조사원에 이어 이번에는 아버님인가? 자네는 사신 같은 남자를 보았다고 했지만, 마치 자네가 사신 같지 않은가. 자네 주변에서 잇달아 사람들이 죽어나가고 있어."

그리고 오노가와 과장은 쿵, 소리가 나도록 문을 닫았다.

"마음에 두지 말아요."

기자키 계장이 그렇게 말하자 스와가 입을 열었다.

"아뇨. 맞는 말입니다."

그리고 스와는 다시 입을 다물었다. 그래, 내가 죽였다. 세 사람 전부. 하마나 료스케와 아오키 가스미, 그리고 아버지를 죽였다. 그 생각이 스와의 머릿속을 자꾸자꾸 맴돌았다.

"스와 군."

기자키가 입을 열었다.

"아버지가 실수로 운하에 추락했다고 생각합니까?"

스와는 천천히 기자키를 돌아보았다.

"그런 일이, 있을 리 없지 않습니까."

이를 갈면서 스와가 목소리를 짜냈다.

"'천사'한테 죽은 겁니다. 뻔한 거 아닙니까. 내가, 아버지에게 그런 부탁을 한 탓에……."

아버지.

죽은 자를 스스로 그렇게 불렀다는 사실을 스와는 그제야 의식했다. 살아 있을 때는 한 번도 그렇게 불러본 적이 없다.

기자키는 계속 말했다.

"누가 떠민 거라면 반드시 다툰 흔적이 남습니다. 망자의 손톱에 상대방의 피부 조각이나 의류의 섬유가 남아 있다거나, 거칠게 잡혔던 자리에 내출혈이 나타나지요. 혹은 구타 흔적이나 전기 충격기에 의한 경도 화상 흔적이 있거나. 그런데 검시관의 보고에 따르면 아버님 시신에는 그런 흔적이 전혀 없었다고 합니다."

"그래서, 사고라는 겁니까?"

"아니."

기자키는 고개를 저었다.

"누가 떠민 것이 아니다. 사고도 아니다. 물론 자살도 아니다. 그렇다면 스와 군, 이랬을 가능성은 없는 걸까요?"

스와의 얼굴을 바라보며 기자키가 말했다.

"아버님은 스스로 운하에 뛰어들었다. 그리고 물에 떠 있던 목재에 매달렸다."

스와는 저도 모르게 후후, 하고 맥없이 웃었다.

"말씀이 앞뒤가 안 맞는군요. 스스로 운하로 뛰어들었다면 자살이고, 자살이라면 목재 같은 것에 매달릴 리가."

거기까지 말하다가 스와는 눈을 부릅떴다.

"누구에게 쫓기다가 스스로 운하에?"

기자키가 고개를 끄덕였다.

"그렇다면, 목재에 매달린 것은 살고 싶어서가 아닙니다. 뭍으로 올라가면 틀림없이 추격자에게 잡힌다. 그러니까 아버님은 그자의 손이 미치지 않는 운하 한복판에서 그대로 죽기를 각오한 겁니다. 죽으면 추적자는 사라져줄 테니까. 그리고 자신의 사체가 물속에 가라앉지 않도록 목재를 껴안았다. 그렇다면 그 이유는 뭘까요?"

스와는 넋 나간 얼굴로 중얼거렸다.

"뭔가를 감추고 있기 때문이다."

문득 스와는 빠르게 말했다.

"몰래 가지고 있던 뭔가를 아버지는 추적자에게 넘기고 싶지 않았다. 그래서 추적자에게 절대로 잡힐 수 없었다. 또 몰래 가지고 있던 무엇이 바닷물에 떠내려가는 것이 두려웠고, 당신이 죽더라도 사체가 물속에 가라앉지 않도록……."

"유품을 조사해봅시다."

기자키가 날카로운 얼굴로 스와에게 말했다.

"어쩌면 스와 군에게 주려는 무엇인가가 유품 속에 남아 있는지 모릅니다."

아버지의 유품은 스와가 조사를 받았던 방의 책상에 놓여 있었다.

갈색 합성피혁 점퍼, 다갈색 스웨터, 체크 무늬 플란넬 셔츠,

회색 작업복 바지, 속내의류, 양말, 그리고 까만 가죽 스니커즈. 재회한 날 쓰고 있던 야구 모자는 없었다. 지금 운하 밑에 가라앉아 있는지도 모른다.

스와는 그 의류를 일일이 뒤집어보고 주머니를 뒤지고 안감과의 틈새를 살펴보기도 했다. 하지만 그럴듯한 물건은 발견할 수 없었다.

마지막으로 스와는 아버지가 신었던 스니커즈를 집어 들었다. 두 짝 모두 바닷물에 젖어서 제법 묵직했다. 잡아당겨서 벗겼는지 신발 끈은 그대로 매듭이 지어져 있었다.

스와는 그 매듭에서 뭔가 위화감을 느꼈다. 오른쪽 신발 끈이 왼쪽에 비해 단단히 묶여 있었던 것이다. 스와는 오른쪽 신발 끈을 풀고 깔창을 빼내보았다. 그러자 깔창 밑 장심 부분에서 그림이 인쇄된 카드 한 장이 나왔다.

'죽음의 천사' 카드였다.

"그건 뭡니까?"

의아한 얼굴로 바라보는 기자키에게 스와는 무사시노 시에서 죽은 노인 옆에 떨어져 있던 카드와 똑같은 것이라고 설명했다.

"하마나 군이 알아낸 사실인데, 이것은 트럼프 카드가 아니라 IC 카드라고 합니다. 유감스럽게도 IC 칩이 망가져서 정보를 읽어낼 수는 없지만."

스와는 카드를 뒤집어보았다.

다이아몬드 4. 스와가 아버지에게 건넨 것은 분명히 스페이드 4였다.

"다른 카드로군."

저도 모르게 중얼거린 스와에게 기자키가 의아해하는 표정으로 물었다.

"뭐가 다릅니까?"

"내가 아버지에게 주었던 카드가 아닙니다. 이건 다른 카드예요."

아마 아버지는 에도 구역에서 하던 야바위 기술을 구사하여 자신이 가져온 카드와 이 카드를 바꿔치기했을 것이다. 더구나 그 카드에는 중앙의 공백 부분에 볼펜으로 휘갈겨 쓴 듯한 글자가 적혀 있었다.

〈천사는
제일 처음으로 좋은 소식을 전하고
돈을 거두는 자
천사는 천국의 하늘에 있다.〉

"이건 뭐지."

스와는 그 글자들을 멍하니 바라보았다.

"아버님의 필적입니까?"

기자키가 물었지만 스와는 판단할 수 없었다. 그러나 어딘지 자기 필체와 비슷한 것 같았다.

"그렇다면 '천사'에 대하여 뭔가 전하려고 하신 것 같군요."

분명 아버지가 신발 깔창 밑에 숨겼던 만큼 다른 의도는 생각하기 힘들었다. 그것을 전제로 스와는 문장 네 행을 다시 차분히 읽어보았다.

'천사'가 '제일 처음으로 좋은 소식을 전한다'는 것은 '처음에는 좋은 이야기를 속삭이며 접근한다'는 뜻일까? '돈을 거둔다'라는 것은 노인들에게 '가진 돈 전부를 우려낸다'는 것이리라. 그리고 '천사'가 '천국의 하늘에 있다'는 것은 당연한 말이다. 그렇게 생각하자 스와로서는 전혀 새로운 정보랄 것이 없었다.

스와는 어떻게 해야 할지 알 수 없었다. 이 글귀로 아버지는 스와에게 무엇을 전하고 싶었을까?

"야곱의 층계."

기자키가 불쑥 말했다.

"네?"

저도 모르게 쳐다보는 스와에게 기자키는 겸연쩍어하며 말했다.

"아, 문득 생각이 났어요. 구약성서에 야곱이라는 사람이 꿈을 꾼 이야기가 나오는데, 천사가 지상에서 하늘로 연결된 층계를 타고 천국에 오르는 것을 꿈에서 보았다는 겁니다."

아마 창세기 28장 12절이 맞을 거예요, 라고 기자키는 덧붙였다.

"그것이, 왜요?"

"아, 미안해요. '천사는 천국의 하늘에 있다'라는 구절을 보자 그냥 생각이 났을 뿐입니다."

기자키는 그렇게 말하고 백발을 긁적이다가 뭔가 생각이 떠오른 얼굴로 스와에게 말했다.

"스와 군이 가지고 있던 카드는 IC 카드 칩이 망가져 있었다고 했는데, 이것이 또 다른 카드라면 내부 데이터가 살아 있을 가능성이 있어요. 내가 적당한 이유를 대고 감식원에게 부탁해서 조사해달라고 하지요."

"부탁합니다."

스와는 카드를 건네주며 기자키에게 고개를 숙였다. 휴직 중인 처지이므로 기자키에게 부탁하는 수밖에 없었다. 아버지는 이 카드를 굳이 깔창 밑에 감추었다. 스와도 IC 칩이 살아 있을 가능성이 높다고 생각했다.

"아버님은."

기자키가 중얼거렸다.

"자기 목숨을 바쳐서 이 카드를 지키신 거군요. 그래서 카드는 무사히 스와 군에게 전해졌어요. 다 하느님의 역사입니다."

'상관없어.'

아버지를 마지막으로 만났던 날 저녁에, 스와가 아버지에게 죽을지도 모른다고 경고하자 아버지가 그렇게 대답했던 것이 생각났다.

'마지막으로 너에게 보탬이 될 수 있다니 정말 꿈만 같다. 안 그러냐? 이렇게 형편없는 인생에도 조금은 의미가 있었다는 거잖니.'

그리고 아버지는 미소를 지으며 마지막으로 이렇게 말했다.

'고맙다, 고스케.'

아들인 나를 도울 수 있는 것이 그토록 기뻤을까? 도박을 끊는다, 끊는다 하면서도 끝내 끊지 못하는 자신에게 절망하면서 십수 년 동안 아들에게 늘 깊은 죄의식을 느끼며 살아왔던 것일까?

스와로서는 알 수 없는 일이었다. 다만 그렇게 생각한 순간 스와의 시야가 부옇게 흐려졌다.

그날 밤 자정 전후.

스와는 갈지자걸음으로 에도 구역의 혼잡한 인파 속을 비틀비틀 걷고 있었다.

그 뒤로 독신자 숙소로 돌아가는 길에 편의점에서 싸구려 위스키를 두 병 사서 방에서 혼자 마셨다. 도저히 맨정신으로 있을 수 없었다. 술을 마시면서 스와는 카드에 적혀 있던 글귀, 아버지가 마지막으로 남긴 글귀에 대해서 내내 생각했다.

〈천사는

제일 처음으로 좋은 소식을 전하고

돈을 거두는 자

천사는 천국의 하늘에 있다.〉

빌어먹을 놈의 영감.

옮겨 적은 종이를 바라보며 스와는 죽은 아버지에게 욕설을 했다.

염병할, 대체 무슨 말을 하고 싶었던 거야. 이렇게 영문 모를 글이나 써 갈겨놓고. 이래서야 통 알 수가 없잖아. 죽어서까지 아들을 괴롭히고 싶나, 당신은?

하지만 스와가 몇 번을 읽어도, 죽은 아버지를 연방 타박해도, 호박색 액체를 위장에 몇 잔 들이부어도 그 구절의 의미를 알 수 없었다.

결국 위스키 두 병이 모두 바닥났다. 하지만 여전히 잠들 수 없었다.

'홍위'에 가자. 스와는 문득 그렇게 생각했다. 마지막으로 아버지를 만나 난생처음 단둘이 술을 마신 식당이기 때문에 가고 싶었던 것은 아니다. 다른 식당을 모르기 때문이다. 스와는 자신에게 그렇게 타이르며 숙소를 나섰다.

하지만 휘청거리는 걸음으로 에도 구역에 와보니 '홍위'는 불이 꺼져 있었다. 그리고 문에 '금일 임시 휴업'이라는 표지판이 걸려 있었다. 공교롭게도 오늘은 임시 휴업인 듯했다. 하는 수 없이 눈에 띄는 일본식 주점 체인점에 들어가 안주도 주문하지 않고 청주를 계속 마셨다.

그리고 기억이 끊길 때까지는 그리 오랜 시간이 걸리지 않았다.

어둠 속에서 하얀 무엇이 문득 가로지른 것 같았다.

스와는 몽롱한 상태에서 오른손 손등으로 눈을 비볐다. 그러고는 등에 이물감을 느끼고 상반신을 일으키며 주위를 둘러보았다.

스와는 에도 구역의 먹자골목 한쪽에 있는 쓰레기장에 벌렁누워 있었다. 주위를 지나가는 관광객이나 커플들이 스와를 내려다보며 혹자는 웃고 혹자는 미간을 찡그리며 지나갔다. 스와와 눈이 마주친 사람은 황망히 시선을 피하며 잰걸음으로 멀어져 갔다.

스와는 제 모습이 어처구니없어서 쓴웃음을 지었다. 재회할 때의 아버지와 똑같은 몰골을 하고 있지 않은가. 나도 온전하게 죽지는 못하겠구나.

그때 다시 하얀 뭔가가 건물 그늘로 숨는 것이 보였다.

토끼녀?

스와는 퍼뜩 정신을 차리며 벌떡 일어섰다.

아니, 일어났다고 생각했으나 다리가 말을 듣지 않아 다시 쓰레기 위로 고꾸라졌다. 알코올로 인한 해마의 마비는 나아진 듯하지만 아직 소뇌에 영향이 남아서 운동실조를 일으키고 있는 듯했다. 그래도 스와는 무릎에 손을 짚고 가까스로 일어서서 후들거리는 다리로 하얀 뭔가가 사라진 건물을 향해 뛰기 시작했다.

건물 모퉁이를 돌자 수십 미터 앞 도로에 하얀 옷 일색으로 입은 여자가 잰걸음으로 걸어가는 것이 보였다. 하얀 모자의 끝이 두 갈래로 갈라져 있어서, 걷는 리듬에 맞춰 모자 끝 두 갈래가 등 뒤에서 위아래로 까딱까딱 움직이고 있었다.

틀림없다. 토끼녀다.

선배 형사 다자와 마코토가 추락사하던 날 밤에 호텔에 함께 투숙했다는 창부. 현장인 러브호텔의 종업원은 여자를 보지 못했지만 전에 투숙한 적이 있는 '토끼처럼 차려입은 여자'와 목소리가 아주 닮았다고 했었다.

스와는 그 정보에 의지하여 이스트헤븐의 창부들을 탐문하며 돌아다녔다. 다자와의 죽음에 대하여 뭔가 알고 있을 것이기 때문이다. 하지만 결국 토끼녀를 알거나 보았다는 사람은 만날 수 없었다.

그 토끼녀가 지금 눈앞을 걷고 있다.

스와는 발소리를 죽이려 애쓰면서 빨리 따라잡으려고 뛰기 시작했다. 그러자 다시 알코올이 혈액 속을 돌기 시작했다. 스와의 시야 저쪽에서 토끼녀는 셋으로도 보이고 넷으로도 보이고, 위아래로 빙글빙글 돌기 시작했다. 스와는 제 뺨을 치면서 인파를 헤치고 토끼녀를 뒤쫓느라 안간힘을 썼다.

토끼녀가 문득 어느 빌딩의 지하 계단으로 사라졌다. 스와도 힘겹게 뛰어가 그 계단을 내려갔다. 토끼를 쫓아 땅속으로. 흡사 『이상한 나라의 앨리스』 같다. 취기 탓인지 문득 그런 망상이 스쳤다.

매립지 기요스는 지반이 약해서 방수만 조심하면 굴착하기는 쉽다. 그래서 에도 구역의 지하는 미로 같은 지하가를 이루고 있다. 사실 이스트헤븐타워를 비롯한 조도 구역의 고층 빌딩은 수면 밑 60미터에 있는 강고한 홍적세 암반에 토대를 마련해두었다.

스와의 10미터쯤 앞에서 토끼녀가 모퉁이를 왼쪽으로 돌았다. 스와도 뒤따라 모퉁이를 돌았다. 토끼녀가 통로 벽에 있는 키 작은 문을 열더니 허리를 구부리고 안으로 들어갔다. 스와도 그 문을 열고 안으로 뛰어들었다.

그곳은 카운터밖에 없는 어둡고 좁은 바였다.

검은 카운터 위에는 노란 할로겐라이트가 천장에 매달려 있었다. 가게 왼쪽은, 속에 조명을 설치했는지 희미하게 빛나는 하얀 유리 벽이다. 그 앞 선반에는 다양한 양주병과 잔들이 죽 놓여 있다. 카운터 앞에는 낮은 등받이가 달린 스툴이 나란히 놓여 있고 그 뒤는 노출 콘크리트 벽.

그리고 스와의 눈앞에 토끼녀가 팔짱을 끼고 서 있었다. 하얀 부츠, 하얀 레깅스, 하얀 미니스커트, 하얀 블라우스, 하얀 레이스 장갑, 하얀 쇼트 코트, 그리고 끝이 둘로 갈라진 하얀 펠트 모자.

토끼녀는 스와를 보며 한숨을 짓고는 이렇게 말했다.

"정말 집요하네. 역시 뱀띠다워."

그리고 토끼녀는 모자를 벗고 도리질을 했다. 그러자 땋은 머리 두 갈래가 툭 튀어나오듯이 나타났다.

토끼녀는 스와가 자주 가는 음식점 홍위의 점원 아가씨였다.

"파파가 죽어서 슬프죠? 불쌍한 스와 씨."

그렇게 말하고 토끼녀는 입술을 꾹 다물고는 얼굴을 온통 일그러뜨렸다.

"어떻게 된 거지?"

스와가 묻자 토끼녀는 손등으로 눈물을 훔치고 오른쪽으로 한 발 비켰다. 스와는 지금까지 보지 못했던 가게 안쪽으로 시선을 옮겼다.

스와의 심장이 쾅쾅 뛰었다.

카운터 가장 안쪽 자리에 누군가가 앉아 있었다.

검은 상의 속에 검은 셔츠를 입은 봉두난발의 사내, '사신'이었다.

"사신……."

저도 모르게 스와는 그렇게 말했다.

"나를 그렇게들 부르고 있나?"

입꼬리를 살짝 치켜 올리며 '사신'이 낮은 소리로 말했다.

"못 말릴 놈이군. 아버지까지 이용하다니."

"뭐라고?"

저도 모르게 욱해서 스와가 '사신'에게 다가가려고 했다. 하지만 그의 다리는 한 발 내딛고 멈추었다. '사신'의 오른손에 어느새 권총이 쥐어져 있고, 그 총구가 스와의 가슴을 똑바로 겨누고 있었다. 휴가 중인 스와는 권총을 휴대하지 않았다.

"칭찬한 건데."

그렇게 말하고 '사신'은 권총을 다른 손으로 옮겨 들어 카운터 위에 올려놓고 스와를 향해 획 밀어주었다.

"GAPS 경비원한테 빼앗은 거다. 도난 신고 같은 건 하지 않았을 거다."

스와는 그 총을 집어 들고 찰칵, 소리를 내며 그립에서 탄창을 뺐다. 베레타 M92FS. GAPS는 페인트탄용으로 개조하여 사용한다고 했지만 실탄을 장전할 수 있는 탄창이 장착되어 있었다.

"놈들 총은 전부 실탄용인가?"

스와가 탄창을 보며 낮게 말하자 '사신'이 고개를 끄덕였다.

"쉽게 말하면 GAPS는 사설 경찰, 아니, 사설 군대다. 적대하는 모든 비합법 조직을 배척하고 경찰의 개입 없이 기요스를 통치하기 위해서지. 거의 전원이 조직폭력배 출신이거나 불량배 출신, 혹은 용병 출신의 외국인이다."

"그러고 보니……."

스와는 베레타 그립에 탄창을 꽂아 넣었다.

"15년 전 히와라 쇼코 순사가 순직한 것도 이 총 때문이었나? 진자이 씨?"

'사신'의 뺨이 꿈틀, 하고 경련했다.

그리고 맹금류를 연상케 하는 그의 눈이 스와를 쏘아보았다.

"당신은 경시청 다카이도 서의 형사였던 진자이 아키라."

스와는 진자이의 시선을 정면으로 받아냈다.

"당신이 나를 구하려고 GAPS 경비원 두 명을 사살했을 때, 그 총성이 귀에 익숙하더군. 사격 훈련 때 한 번 쏴본 적이 있는 경찰의 예전 제식권총 리볼버 뉴남부 M60 소리와 아주 비슷했지."

진자이의 눈을 응시한 채 스와는 계속 말했다.

"게다가 당신은 죽은 두 명을 가리키며 '에스인가?'라고 경찰 은어를 썼어. '제삼자에 대한 정당방위'라는 법률 용어도. 그래서 당신이 경찰 출신이 아닐까 짐작했지."

진자이는 스와를 노려본 채 침묵을 지켰다.

"아버지가 이스트헤븐에 잠입해 있는 동안 나는 경시청 인트라넷에서 퇴직자 리스트를 검색했지. 그러자 당신 얼굴 사진과 진자이 아키라라는 이름이 나오더군. 수사 중에 히와라 쇼코라는 후배를 눈앞에서 잃자 다섯 명을 사살하고 그대로 종적을 감춘 사실도 그 사진을 보고 떠올렸다. 이 아가씨의 식당에 처음 갔을 때 GAPS 경비원이 당신 사진을 보여주며 돌아다니더군."

스와는 베레타를 카운터 위로 밀어서 진자이에게 돌려주었다.

"오토매틱인 이놈과는 달리 당신의 M60은 구형이고 구조도 단순한 리볼버라서 스스로 관리할 수 있었겠지. 하지만 총탄은 어떻게 마련했지? 당신이 실종되었을 때 탄창이 비어 있었을 텐데. 다섯 명을 사살했으니까."

"모르는 게 좋다."

진자이는 베레타를 집어 들고 천천히 품에 넣었다.

스와는 어깨를 으쓱해 보이고 하던 이야기를 계속했다.

"그리고 당신은 실종되고 7년 뒤에 사망했다. 실종 선고가 내려져서 호적이 말소되었다는 말이지. 이제 진자이 아키라라는 사람은 존재하지 않아."

"그렇군."

진자이는 무표정하게 고개를 끄덕였다.

"다자와가 인정할 만한 자로군."

그 말에 스와는 놀랐다.

"다자와 씨를 잘 아나?"

"다자와는 내가 다카이도 서에 있을 때 후배였는데, 은밀히 날 도와주고 있었다. 이 아이는……."

진자이는 카운터 안을 향해 턱짓을 했다. 거기에는 토끼녀가 말없이 앉아 있었다.

"이름이 춘나인데, 나와 다자와의 연락을 중개해주고 있었다. 다자와의 휴대폰은 음성은 물론이고 문자까지 전부 도청되고 있다고 봐야 했으니까. 게다가 다자와를 직접 만날 수도 없었다. 기요스는 물론이고 지금은 도내 곳곳에 방범 카메라라는 이름의 감시 카메라가 설치되어 있다."

진자이는 춘나라는 아가씨와 알게 된 내력을 이야기했다.

진자이는 기요스에 온 직후에 어느 시설 출입문에서 홍채 인증 보안 장치에 걸렸다. 카메라가 홍채의 무늬를 인식하여 데이터베이스에 조회하는 시스템이다. 실종 선고가 떨어져서 호적상 존재하지 않는 사람이 된 진자이는 데이터베이스에 개인정보가 등록되어 있지 않았다.

진자이를 숨겨준 것이 춘나였다. 그녀와 '홍위'의 요리사는 중국에서 온 불법 체류자로, 그 사실을 냄새 맡은 GAPS 경비원에게 늘 돈을 뜯기고 있었다. GAPS에 쫓기는 진자이를 보왔을 때 춘나는 자신들과 같은 불법 체류자거나, 그게 아니더라도 비슷한 부류라고 판단했던 것이다.

"에도 구역에는 이런 불법 체류자의 네트워크가 있다. GAPS가 경찰에 통보하지 않은 탓에 너희들은 모르고 있지. 나도 그 덕분에 살아난 셈이다. 이 바는 불법 체류자가 경영하는 가게인데, 빌딩 도면에는 존재하지 않는다. 그 밖에도 에도에는 세이안카이도, GAPS도, 경찰도 파악하지 못한 장소가 몇 군데 있다."

진자이는 희미한 미소를 지었다.

"당신이 기요스 서에 부임한 뒤 내가 춘나에게 부탁해서 당신과 접촉하게 했다. 어떤 인물이기에 다자와가 칭찬을 했는지가 궁금했다. 춘나도 믿을 만한 사람이라고 해서 오늘 여기로 안내하게 한 거지."

스와는 한숨을 지었다. 만취한 사람을 이리저리 끌고 다니며 뛰어다니게 하다니, 안내치고는 너무 심한 안내였다. 게다가 아무래도 하마나와 '홍위'에서 상의할 때, 이 아가씨가 대화 내용을 다 듣고 있었던 듯했다. 일본어를 거의 못한다고 생각하고 방심했던 것이다.

"땋은 머리를 감추기 위해 일부러 그런 차림을 한 건가?"

스와는 놀란 얼굴로 춘나를 쳐다보았다.

"왜요, 커아이可愛(귀엽다)하지 않나요?"

그렇게 말하고 춘나는 혀를 날름 내밀었다.

스와는 다시 숨을 크게 내쉬고 진자이에게 돌아섰다.

"그런데 진자이 씨. 당신은 다자와 씨까지 끌어들여서 기요스에서 뭘 한 거지? 나는 다자와 씨가 '천사'를 추적하다 살해된 줄 알았는데, 아무래도 아닌 것 같군. 다자와 씨가 살해된 것은 혹시 당신에게 협조한 탓인가?"

"천사?"

스와의 말에 진자이가 의아한 듯이 미간을 찡그렸다.

스와는 진자이에게 카지노 이스트헤븐을 배경으로 관민이 공모한 음모에 대하여 설명했다.

'천사'라 불리는 인물이 주모자 같다는 것. 무사시노 시에서 주운 카드가 '천사'와 만나기 위한 열쇠일지도 모른다는 것. 스와의 아버지가 '천사'의 정체를 알아내기 위해 잠입했던 것. 사체로 발견된 아버지가 또 다른 카드를 숨기고 있었던 것. 그리고 이런 글귀가 그 카드에 적혀 있었다는 것.

그러나 진자이는 흥미가 없는 듯 어깨를 으쓱해 보일 뿐이었다.

"천사인지 뭔지는 아무래도 상관없다. 내가 추적하는 건 마슈다."

"마슈?"

이번에는 스와가 당혹스러워했다.

"그래. 쇼코를 죽인 놈이다. 그리고 다자와도 죽였다."

진자이의 이야기는 이러했다.

15년 전 스기나미 구의 구가야마에서 에다라는 변호사 부부가 고가도로에서 추락해서 죽은 사고가 있었다. 진자이는 사고 현장을 살펴보고 사고사가 아니라 타살일 것으로 생각했다. 그리고 후배 히와라 쇼코와 수사를 진행하다가 범인의 함정에 빠져 히와라 쇼코는 사살되었다.

그리고 그때 에다 변호사 부부를 청부살해하고 진자이와 히와라 쇼코를 죽이라고 명령한 것은 마슈라는 이름을 가진 자라는 것을 알았다. 진자이는 그렇게 말했다.

"에다 씨의 부모는 사고사가 아니었다는 건가?"

"에다 아즈마를 아나?"

스와는 카지노를 반대하는 에다 의원과 거대한 음모에 대하여 상의했는데, 결국 에다 의원은 '천사'라는 존재는 없는 것으로 결론을 내렸다고 설명했다.

"자네가 에다 부부의 아들을 만나고 있었을 줄이야. 세상 참 좁군."

진자이는 에다 의원에 대한 흥미를 금세 잃어버린 듯했다.

에다 아즈마의 부모는 추락사가 아니라 살해되었다.

스와는 자신의 위장 근처에 응어리 같은 위화감이 생겨나는 것을 느꼈다. 마슈라는 자가 에다 변호사 부부를 죽이면서 '천사'가 노인 다섯 명을 죽인 것과 마찬가지로 '추락사로 위장'하는 방법을 취했던 것이다.

진자이는 이야기를 본제로 돌렸다.

"나는 10년 이상이나 도내의 하우스들을 탐문하고 다니다가 마침내 마슈가 이스트헤븐에 있는 것 같다는 정보를 알아내고 기요스에 왔다. 지금까지 파악한 놈의 특징은 두 가지다.

하나는 젊은 시절부터 도내 하우스에 출몰했으며 바카라에서는 패한 적이 없다고 알려져 있다는 것. 또 하나는 금발에 푸른 눈을 하고 있다는 것이다."

마슈라는 이름, 금발에 파란 눈. 스와는 상상한 것을 솔직히 말했다.

"서양인인가?"

"혼혈인지도 모른다. 일본어를 잘하는 것 같으니까."

진자이는 계속 말했다.

"다자와는 이스트헤븐의 경영자 단체 세이안카이에 접근해서 그런 특징을 가진 인물을 찾고 있었다. 하지만 마슈가 누구인지 특정하지 못한 채 살해되었다. 마슈에게 당했겠지."

진자이는 눈에 차디찬 분노를 띠며 내뱉듯이 말했다.

다자와도 추락사로 위장되어 살해되었다. '천사'가 노인 다섯을 죽인 것과 같은 방법이다. 그래서 스와는 다자와를 죽인 것이 '천사'라고 생각하고 있었던 것이다.

진자이가 불쾌감이 묻어나는 말투로 덧붙였다.

"물론 마슈가 본명이라고 장담할 수는 없다. 그냥 통칭이거나, 외국인이라면 세례명인지도 모른다. 마슈라는 이름은 성서에 나오는 열두 사도 가운데 하나인 마태의 영어명이라서 미국이나 영국에서는 흔한 세례명이라고 하니까."

"마태?"

스와는 그 이름이 묘하게 마음에 걸렸다.

어디선가 들어본 것 같았다. 물론 마태가 예수의 열두 사도 가운데 하나라는 것은 전부터 알고 있었다. 그것과 관계없이 바로 얼마 전에 마태라는 이름을 들어본 것 같았다. 마태, 어디서 들었지? 마태.

그때 갑자기 스와의 머릿속에 아오키 가스미의 목소리가 울렸다.

"'천사'라면 기독교와 인연이 깊은 인물이겠군요.'

그리고 이번에는 아버지의 엄숙한 목소리가 울렸다.

'부자는 하늘나라에 들어가기가 어렵다. 거듭 말하지만 부자가 하느님 나라에 들어가는 것보다는 낙타가 바늘귀로 빠져나가는 것이 더 쉬울 것이다.'

그것은 십수 년 만에 아버지를 재회했을 때, 아버지가 암송하던 신약성서 마태복음의 구절이었다.

"마태."

스와는 얼른 슈트 주머니에 오른손을 찔러 넣어 종잇조각 하나를 꺼냈다. 아버지가 감추어두었던 카드에 적혀 있던, 의미를 알 수 없는 글귀를 필사해둔 메모지였다.

거기에는 이렇게 적혀 있었다.

〈천사는
제일 처음으로 좋은 소식을 전하고
돈을 거두는 자
천사는 천국의 하늘에 있다.〉

"마태였나."

스와는 메모를 보면서 놀란 얼굴로 중얼거렸다.

"무슨 말이지?"

진자이도 스와의 머릿속에서 뭔가가 일어나고 있다는 것을 눈치 챈 듯했다.

"진자이 씨."

스와는 확신과 함께 진자이에게 고했다.

"당신이 추적하는 마슈와 내가 추적하는 '천사'는 동일 인물이다."

"무슨 뜻이지?"

스와에게 받은 메모지를 돌려주며 진자이가 물었다.

"천사는 제일 처음으로 좋은 소식을 전하고 돈을 거두는 자. 이 글귀를 보았을 때 나는 이렇게 해석했다. '천사는 혹하는 돈벌이 얘기를 꺼내어, 있는 돈을 전부 빼앗아가는 자다.' 그러나 그건 나나 아버지나 이미 아는 이야기여서 이제 와서 새삼 전할 만한 이야기는 아니다. 결국 나는 이 글귀를 완전히 잘못 해석하고 있었던 거지."

"그럼 어떻게 해석해야 하지?"

"이건 성서에 나오는 열두 사도의 하나인 마태에 대하여 쓴 글귀다."

진자이는 당혹스러운 표정을 지었다. 스와는 개의치 않고 계속 말했다.

"사도 마태는 신약성서의 맨 처음에 등장하는 마태복음의
저자로 알려져 있지. 그리고 마태복음에는 예수의 제자가 되
기 전에 세리稅吏였다는 사실이 객관적으로 적혀 있다. 아마 이
런 글귀였던 것 같다."

〈예수께서 그곳을 떠나 길을 가시다가 마태오라는 사람이
세관에 앉아 있는 것을 보시고 "나를 따라오라" 하고 부르셨
다. 그러자 그는 일어나서 예수를 따라나섰다.〉

"'좋은 소식'이란 '복음'을 말하는 것 같다. 그러면 '제일 처
음으로 좋은 소식을 전하고'란 성서에 있는 복음서 네 개 가운
데 '제일 처음에 등장하는 복음서를 썼다'라는 뜻이지. '돈을
거두는 자'란 세리. 그러므로 이 세 행은 '천사의 정체는 마태
오다'라는 의미가 된다."

"마태오, 즉 마슈."

진자이가 가만히 흘린 말에 스와는 고개를 끄덕였다.

"마태오라는 것은 그리스어로 마타이오스에서 나온 말이
다. 이탈리아어로는 마테오, 독일어로는 마테우스, 프랑스어
로는 마테유, 그리고 영어로는 당신이 말한 대로 마슈. 즉 내가
추적하는 '천사'는 당신이 추적하는 마슈인 거지."

진자이는 잠시 멍하니 있다가 이윽고 생각을 정리하듯이 이
렇게 말했다.

"그래? 도박 중독자였던 자네 아버지는 예전에 어느 하우스

에서 마슈를 만난 적이 있었던 거로군. 그리고 '천사'와 만났을 때 상대방이 마슈라는 것을 알았던 거야."

스와는 아버지가 왜 그렇게 에둘러 표현했는지 생각해봤다.

아버지가 죽은 뒤 만약 '천사'의 부하에게 카드를 빼앗기면 아들인 스와가 '천사'의 정체를 추적하고 있다는 사실이 드러나고 만다. 아버지는 그것을 걱정했다. 그리고 최근 성서를 읽고 있던 아버지는 성서를 이용한 암호라면 크리스천 어머니의 슬하에서 자란 아들이 이해할 수 있을 것이라고 생각했던 것이다.

'하지만.'

"문제는 마지막 한 행이다. '천사는 천국의 하늘에 있다'. 이걸 모르겠군. 아무리 생각해도 너무나 당연한 말이야. 아버지는 대체 무슨 말을 하고 싶었던 걸까. 아마 '천사' 즉 마슈가 있는 장소를 전하려고 한 것 같은데."

높은 하늘 위 어딘가에 '천국'이 있다? 그리고 '천사'는 거기 있는 것 같다.

이스트헤븐에 청소부로 잠입한 하마나 료스케도 카지노에 있는 노인들이 이렇게 수군거리더라고 했었다.

진자이가 물었다.

"'천사'가 어떤 놈인지 자네가 파악한 것은 없나?"

스와는 고개를 저었다.

"아무것도 모르겠어. 금발에 눈동자가 파랗다는 것도 오늘 처음 들었으니까."

대답하면서 스와는 다시 아버지의 말을 떠올렸다.

'나 같은 것이 만나 뵐 수나 있나. 천사님은 평소에는 눈에 보이지 않아. 이 세상에는 없는 분이니까.'

"'천사'는 이 세상에 없다."

스와가 혼잣말처럼 중얼거렸다.

"없어?"

진자이의 눈이 금세 가늘어졌다.

"아버지는 카지노 라운지에 모이는 노인들이 '천사'님에 대해서 그렇게 수군거린다고 했었다."

진자이도 가만히 말했다.

"쇼코를 죽인 놈들 가운데 하나도 비슷한 말을 했다. 마슈를 찾아봤자 소용없다, 이 세상에 없는 사람이라고. 그때는 절대로 찾지 못할 거라는 의미로 해석했었는데."

이 세상에 없는 자, 그것이 '천사'이고 마슈이다.

그러면 이 세상에 없는 인간은 어떤 인간인가.

"뭐, 남 말할 처지도 아니구먼."

진자이가 자조적으로 희미하게 웃었다.

"나도 호적상으로는 이 세상에 없다. 말하자면 망령 같은 놈이지. 망령이 천사를 찾고 있는 셈인가."

갑자기 스와의 몸에 전기가 치달았다.

방금 진자이가 한 말에 뭔가 중대한 것이 숨어 있는 것 같았다.

진자이는 15년 전 다섯 사람을 사살하고 종적을 감췄다. 그로부터 7년 뒤 실종 선고가 내려져 진자이는 법률상 사망한 것으로 되고 호적이 말소되었다. 그러므로 진자이는 존재하지 않는 인간인 것이다. 그런데 '천사' 역시 존재하지 않는 인간이라면…….

"충분해."

스와의 생각이 정리되기 전에 진자이가 입을 열었다.

그리고 진자이는 카운터에 올려놓은 오른손을 천천히 꽉 움켜쥐었다.

"마슈가 '천사'라면 놈을 죽일 이유는 이미 충분하다."

"죽여?"

스와는 그 말을 추궁했다.

"나는 오로지 그것을 위해서 지난 15년을 살아왔다. 내 손으로 마슈를 죽이기 위해서."

진자이는 이 가는 소리를 내며 스와를 날카롭게 쏘아보았다.

"무슨 일이 있어도 마슈가 있는 곳을 알아내라. 자네가 추적하는 '천사'가 마슈라면 마슈는 자네의 원수이기도 해. 하지만 자네는 놈을 죽이지 못해. 그러니 내가 놈을 죽인다. 놈을 심판할 방법은 그것밖에 없다."

"그런 거라면 당신에게 협력할 수 없어."

스와가 즉각 거절했다.

"물론 나는 '천사'에게 친구와 아버지를 잃었다. 그 마슈라는 자가 '천사'라면 아무리 증오해도 모자란다. 하지만 나는 경찰관이다. 그놈이 아무리 극악한 자라도, 사람을 여럿 죽인

자라도, 당신이 죽이게 놔둘 수는 없다. 체포해서 사건의 전모를 자백하게 하고 법으로 심판해야 한다. 그렇지 않으면 나는 망자들에게 얼굴을 들지 못한다."

"아니."

진자이는 천천히 고개를 가로저었다.

"자네도 이미 알고 있을 거다. 경찰은 그놈을 체포하지 못해. 체포는커녕 수사할 의지도 없어. 그래서 자네는 혼자 놈을 추적하고 있잖아. 안 그래?"

스와는 말문이 막혔다. 진자이는 스와의 얼굴을 쳐다보며 내처 압박했다.

"자네는 그런 적 없나? 누군가를 죽이고 싶을 만큼 증오한 적이?"

그 말에 스와는 가슴이 뜨거워졌다.

그리고, 떠올리고 말았다.

'죽여주마.'

그때의 기억과 함께 강렬한 살의가 스와의 가슴속에 살아났다.

분명히 그때 스와는 죽이겠다고 다짐했다. 하마나 툐스케와 아오키 가스미가 자기 눈앞에서 GAPS 경비원에게 살해되던 그때. 그 확고한 살의에 떠밀려 스와는 그자들에게 총구를 겨누었다.

진자이가 쏘지 않았다면 내가 죽였을 것이다.

스와는 등이 오싹해지는 것을 느꼈다.

그리고 스와는 그 기억을 지우려고 안간힘을 썼다. 그런 적 없다. 절대로 없다. 그것은 격정에 사로잡힌 탓에 순간적으로 혼란을 일으켰던 것뿐이다. 나는 설사 내가 총탄을 맞더라도 상대방을 향해 방아쇠를 당기지는 않았을 것이다.

"나는, 당신과는 달라."

스와는 일어섰다.

"진자이 씨, 당신은 동료를 지키지 못한 죄책감과 분노 때문에 동료를 죽인 다섯 명을 사살했다. 그리고 사람을 죽인 경찰관이라는 사실을 견디지 못하고 도망친 거다."

"뭐라고?"

스와를 올려다보는 진자이의 눈이 이내 가늘어졌다.

"진자이 씨, 언제까지 도망쳐 다닐 생각이지? 당신은 지금 이대로라면 그저 개인적 원한에 사로잡힌 살인자일 뿐이야."

가게 안에 긴장이 팽팽해졌다.

누구도 입을 열려고 하지 않았다. 스와는 진자이를 가만히 내려다보고 있었다. 진자이는 무표정하게 스와를 올려다보고 있었다. 춘나는 마치 마네킹처럼 꼼짝도 하지 않고 시선을 아래로 향한 채 앉아 있었다.

진자이가 조용히 입을 열었다.

"그래. 나는 그냥 살인자다."

그 얼굴에는 아무런 표정도 드러나지 않았다.

"그러니까 마슈는 반드시 죽일 거다. 만약 나를 방해하면."

그 대목에서 말을 끊었다가 진자이는 낮은 목소리로 이렇게 계속했다.

"그때는, 너를 죽인다."

스와는 말없이 몸을 돌렸다. 그리고 출구를 향해 걷기 시작했다.

"충고하겠다."

진자이의 목소리에 스와는 걸음을 멈췄다.

"네 행동은 전부 놈에게 파악되고 있는 것 같다. 요트하버 건도 그렇고 아버지 건도 그렇고, 네 움직임은 미리 파악되어 있었다고밖에 볼 수 없다."

스와의 등줄기로 차가운 것이 흘러내렸다.

그 등을 향해 진자이는 이렇게 말했다.

"어느 누구도 믿지 말아야 해."

22 위장한 자

오전 3시.

에도 구역 지하에 있는 바에서 독신자 숙소로 돌아온 스와는 슈트로 갈아입고 바로 옆에 있는 기요스 서로 갔다.

승강기를 타고 3층으로 올라가 자기 사무실, 즉 생활안전과 제2계의 문을 열고 안을 들여다보았다. 업무를 거의 다 GAPS에 위탁한 생안 2계에는 아무도 남아 있지 않았다. 다행히 당직 서원도 당직실에 들어가 잠시 눈을 붙이고 있는 듯했다.

스와는 자기 책상에 앉아 데스크톱 컴퓨터를 켰다. 그리고 지문·장문 인증 단말기 위에 오른손을 비추고, 내장 카메라에 눈을 가까이 대 홍채 인증을 마치고, 나아가 가상 키보드로 ID와 패스워드를 적고, 랜덤으로 나오는 일그러진 리캡차를 입력하여 경시청 인트라넷에 접속했다.

스와가 굳이 경찰서에 나온 것은 비공개로 되어 있는 경시청 수사 및 조사 기록을 찾아보기 위해서였다. 그가 보고 싶었던 것은 15년 전 진자이 아키라가 실종된 계기였던 구가야마에서 일어난 에다 변호사 부부의 추락사 건이었다. 스와는 '구가야마' '에다' '변호사'라는 검색어로 방대한 기록 문서를 검색하고 모니터에 출력된 모든 페이지를 순서대로 훑어보기 시작했다.

그리하여 스와는 사고 개요를 파악할 수 있었다.

2008년 2월 8일 오전 4시 48분, 후지미가오카 역을 발차한 게이오 이노카시라 선의 기치조지 행 하행 첫차는 2분 뒤 다음 역인 구가야마 역에 도착했다. 그때 전차 운전사가 앞쪽 선로 위에, 그러니까 '이나리 고가도로' 바로 밑에 두 남녀가 쓰러져 있는 것을 발견했다.

운전사는 즉시 구가야마 역에 연락하고, 역무원은 두 사람을 눈으로 확인한 뒤 즉시 110번에 신고했다. 약 5분 뒤 순찰차와 구급차가 도착했지만 두 사람은 이미 숨이 끊어져 있었다.

소지품을 통해 두 사체는 근처에 사는 에다 변호사 부부라는 것을 알아냈다. 사체에는 다툰 듯한 흔적이 없었고, 선로 위로 지나가는 고가도로에서 파손된 난간이 발견되어 에다 부부는 심야에 고가도로를 건너다가 실수로 추락사한 것으로 판단되었다.

심야 2시경에 조깅을 하던 청년이 고가도로 방향으로 걷고 있는 에다 부부를 목격했다. 따라서 부부가 추락한 것은 그 직후였을 것으로 추정되었다.

신원이 밝혀지자 다카이도 서는 자택의 유품을 조사하여 유일한 혈육인 아들 에다 아즈마의 휴대폰 번호를 찾아내서 연락했다. 미국 네바다 주 라스베이거스에 있던 에다 아즈마는 연락을 받자 즉시 귀국하여 다카이도 서에 출두했다. 에다 아즈마는 시신을 확인하고 사체가 부모라는 것을 확인했다.

　다카이도 서는 부모의 시신을 장례 회사를 통해 에다 아즈마에게 반환했다. 그러나 장례는 치러지지 않고 에다 부부는 이튿날 화장되었다. 그 이유는 장례 회사가 다카이도 서에 제출한 장례 보고서에 적혀 있었다.

　에다 부부는 양가 부모가 일찍 타계하여 형제자매가 없는 외동이였으며, 에다 아즈마가 알고 있는 친척이 한 명도 없었다. 또 부부가 수십 년이나 미국에 살았으므로 일본에 있는 지인은 기업 측의 담당자 정도였다. 때문에 유족 에다 아즈마는 일본에서 장례를 치러도 조문객이 없을 터이니 장례는 필요없다고 판단했던 것이다.

　부모의 유골을 다마 지방의 묘지에 매장한 뒤 에다 아즈마는 일단 라스베이거스로 돌아갔다가 한 달 뒤에 다시 일본으로 왔다. 그리고 3년 후 사법 시험에 합격하여 변호사가 되었고, 나아가 3년 뒤에는 중의원에 출마하여 정치가로 변신했다.

　스와는 컴퓨터 화면을 보며 생각에 잠겼다.

　에다 아즈마의 경력을 조사할 때는 알지 못했던 사실을 하나 발견할 수 있었다. 에다 아즈마는 부모의 '장례를 치르지 않았다'는 것이다.

물론 그 이유는 충분히 서술되어 있는 것처럼 보인다. 에다 아즈마의 부모 두 사람은 모두 친형제가 없고, 일본에 막 귀국한 처지라 친구나 지인도 없었다. 때문에 에다 아즈마는 장례식을 치를 필요를 느끼지 못했다. 즉 일본에는 에다 변호사 부부를 아는 사람이 거의 없었던 것이다.

스와는 문득 어떤 사실을 깨달았다.

'그렇다면 이것은.'

일본에는 에다 아즈마와 면식이 있는 인물이 전혀 없다는 말 아닌가?

에다는 미국에서 나고 자랐다. 미국에는 친구나 지인이 있을 테지만, 생활한 적이 없는 일본에는 지인이 없다.

즉 일본에는 에다 아즈마의 얼굴을 아는 사람이 한 명도 없는 것이다.

가령 미국의 친구나 지인이 일본을 방문한다고 해도 에다 아즈마의 얼굴을 정확히 판별할 수 있을까? 에다를 만난 것은 15년이나 지난 일이다. 대학 시절과 마흔에 가까운 지금은 얼굴 생김새와 체형도 달라졌을 것이다.

본래 서구인은 아시아인의 얼굴을 구별하기 힘들어한다고 한다. 10년쯤 전에 동영상 포털 사이트에 '아시아인이 싫은 열 가지 이유'라는 백인 청년의 동영상이 업로드되어 물의를 일으킨 적이 있다. 그 이유 가운데 첫 번째가, '얼굴이 다들 똑같아서 기분 나쁘다'라는 것이었다. 모두 피부가 노랗고 머리카락이나 눈동자가 까맣기 때문일 것이다.

"머리카락, 그리고 눈동자 색……."

스와는 문득 진자이의 말이 떠올랐다.

'놈의 특징은 두 가지. 하나는 바카라에서는 패한 적이 없다고 알려져 있다는 것. 또 하나는 금발에 푸른 눈을 하고 있다는 것이다.'

어쩌면…….

스와는 다시 경시청 데이터베이스를 검색했다. 지금까지 기록되어 있는 범죄자 및 행방불명자, 사망자 목록을 찾아서 다시 조건을 좁혀서 검색했다. 그리하여 원하던 데이터가 출력되었다.

스와는 액정 화면으로 그 결과를 보면서 마른침을 꿀꺽 삼켰다.

"뭐 하세요?"

갑자기 뒤에서 목소리가 들려서 스와는 흠칫 몸을 긴장시켰다. 스와는 천천히 뒤를 돌아다보았다.

거기에는 생활안전과 제2계의 기자키 헤이스케 계장이 서 있었다.

"기자키 씨……."

스와는 후우, 하고 숨을 토했다.

"놀래지 말아요. 심장마비로 쓰러지는 줄 알았잖아요. 이런 시간에 웬일이세요?"

"다음 주에 이스트헤븐 개업 3주년 행사가 있어서요. 그 경비 태세를 위해서 내일은 아침부터 전체회의가 있는데, 회의 자료를 하나 만들어야 하는 것을 깜빡 잊었어요."

기자키는 그렇게 말하며 머리를 긁적였다.

도쿄 올림픽이 개최된 것은 3년 전인 2020년 7월 24일. 그 4개월 전인 4월 1일에 카지노 이스트헤븐이 문을 열었다. 그리고 다다음 주 토요일인 2023년 4월 1일이 개업 3주년에 해당하는 날이기 때문에 대규모 기념식이 예정되어 있다.

"그것보다, 놀란 것은 오히려 납니다. 휴가 중인 스와 군이 이런 시간에 사무실에서 뭘 하는 겁니까?"

"조사할 것이 있었어요. 기자키 씨."

스와는 얼른 주위를 살펴보고 아무도 없는 것을 확인하자 작은 소리로 말했다.

"진자이 아키라라는 사람을 아세요?"

기자키는 잠깐 뜸을 두고 나서 천천히 고개를 끄덕였다.

"네. 압니다. 15년쯤 전에 실종된 다카이도 서의 경찰관이죠? 폭력단에 동료 형사를 잃자 그 조폭단원 다섯 명을 사살하고 그대로 연락을 끊은."

"진자이를 만났습니다."

"정말입니까?"

눈을 휘둥그레 뜬 기자키에게 스와가 고개를 끄덕였다.

"진자이가 실종될 때 수사하던 것은 에다라는 변호사 부부가 고가도로에서 추락사한 건이었습니다. 사망자는 에다 아즈마 의원의 부모입니다. 진자이는 그 건을 사고를 가장한 살인 사건으로 보고 동료와 둘이서 은밀히 수사하고 있었습니다. 추락사를 가장한 살인, 뭐 생각나는 것 없나요?"

"설마, '천사'?"

기자키가 긴장한 얼굴로 낮게 물었다.

"그렇습니다. 무사시노 시 외에 도내 다섯 군데에서 일어난 노인들의 추락사 사고. 게다가 러브호텔 7층에서 뛰어내려 죽은 다자와 씨의 사고. 아마 '천사'는 15년 전에 에다 부부를 살해할 때 추락사로 가장하면 살인을 은폐하기 쉽다는 것을 배웠을 겁니다."

스와는 속삭이듯이 계속 말했다.

"진자이는 에다 부부를 죽인 실행범들을 만났습니다. 해서 살인을 계획하고 지시한 주범이 따로 있다는 것을 알아냈어요. 마슈라는 이름을 가진 남자입니다. 진자이는 종적을 감춘 뒤에도 혼자 수사를 계속해서, 마슈가 하우스에서 바카라의 고수로 소문났던 남자이며 금발에 푸른 눈동자를 가졌다는 사실을 알아냈습니다."

스와는 아버지가 '죽음의 천사 카드'에 남긴 네 행의 문장 가운데 처음 세 행은 사도 마태오, 영어로는 마슈를 가리키는 것이 아닌가 하는 추론을 기자키에게 말했다.

"그러니까 스와 군은."

기자키는 미간을 찡그렸다.

"'천사'의 정체는 15년 전에 에다 의원의 부모를 살해하도록 지시한 마슈라는 거군요?"

"아버지가 남긴 글귀를 믿는다면 그렇게 됩니다. 아마 아버지는 예전에 어느 하우스에서 마슈를 직접 본 적이 있을 겁니다. 오랜 세월을 그런 곳만 드나들었으니까."

"그럼 마슈는 15년 전에 왜 그런 짓을 저지른 겁니까?"

"에다 아즈마로 변신하기 위해서겠죠."

스와는 단언했다.

"에다 아즈마가 바로 마슈입니다. 그리고 에다 아즈마야말로 이 매립지를 기요스라 명명하고, 카지노 이스트헤븐을 만들고, 관민이 공모한 노인 연쇄 살해를 통해서 연금술을 실현하고 있는 '천사'입니다."

기자키는 잠시 말을 꺼내지 못하고 있다가 이윽고 스와에게 물었다.

"스와 군은 왜 그렇게 생각한 겁니까?"

"아버지가 남긴 네 행의 글귀입니다."

스와는 기자키에게,.아버지는 '천사'가 마슈라는 것을 성서의 마태복음을 이용하여 암시한 것이라고 설명했다.

"마슈는 마태오의 영어명이고, 영미에서는 세례명으로 흔히 쓰이는 이름입니다. 그것을 알았을 때 저는 에다 아즈마에게 들은 이야기가 생각났습니다. 에다는 미국에서 나고 자랐지만 어린 시절에 '마리아 선생'이라는 사람에게 성서를 배웠다고 했습니다."

기자키는 여우에게 홀린 듯한 얼굴을 하고 있었다.

"그게 어때서요? 마리아라면 세례명으로는 흔한 이름인데."

"그건 일본의 이야기입니다."

스와는 고개를 저었다.

"영어권에는 마리아라고 발음되는 이름은 없습니다. 메리, 혹은 성모를 뜻하는 마돈나가 있죠. 마리아라는 세례명이 존재하는 것은 스페인이나 이탈리아, 남미 등의 라틴어권 국가, 혹은 라틴어나 그리스어에서 파생된 세례명을 붙이는 일본 정도입니다."

"그럼 스와 군은……."

기자키가 놀란 얼굴로 스와의 얼굴을 보았다.

"에다 아즈마가 어린 시절에 살던 곳이 미국이 아니라 일본이었다는?"

"물론 마리아 선생이 미국에 사는 라틴어권 여성일 가능성도 있습니다. 그러나 저는 에다 아즈마는 일본에 살았다고 가정하고 생각해보았습니다."

스와는 이야기를 계속했다.

"다음은 마슈의 특징적인 외모입니다. 마슈는 금발에 푸른 눈동자를 가지고 있습니다. 진자이는 그렇게 말했어요. 하지만 일련의 사건을 살펴보면 주변에 그런 인물이 보이지 않아요. 그렇다면 마슈는 현재 검은 머리에 까만 눈동자를 가진 일본인의 얼굴을 하고 있을 가능성이 있습니다."

기자카는 스와의 이야기를 가만히 듣고 있었다.

"그리고 저는 에다 아즈마 의원 사무실에 갔을 때를 떠올렸습니다. 낡은 아파트인데, 지문이나 장문이나 홍채를 사용하는 생체 인증 보안 장치가 설치되어 있지 않았습니다. 의원인데 왜 그렇게 낡고 불안한 아파트에 사무실을 가지고 있을까. 그 점을 생각하면서 한 가지 가설에 도달했습니다."

"푸른 눈동자 위에 까만 컬러 콘택트렌즈를 끼고 있는 탓에 홍채 인증을 통과하지 못한다, 그런 거군요?"

기자키의 말에 스와는 고개를 끄덕였다.

까만색이나 갈색 눈동자를 파랗게 염색하는 기술은 2011년 미국에서 실용화되었다. 레이저로 멜라닌 색소를 분해하는 것이다. 그러나 역으로 멜라닌 색소를 홍채에 정착시키는 기술은 개발되지 않았다. 물론 수요가 없기 때문이다. 스와는 기자키에게 그렇게 설명했다.

"지문과 장문만 해도 그래요. 미국에 살던 진짜 에다 아즈마가 일본의 생체 인증 데이터베이스에 개인정보가 올라 있는지의 여부는 알 수 없습니다. 그러나 일본 국적을 취득한 이상 등록되어 있지 않다고 단언할 수는 없지요. 만일 등록되어 있다면 마슈가 에다 아즈마가 아니라는 사실이 들통나고 맙니다. 그 위험을 무릅쓸 수는 없었을 겁니다."

"그렇다면 자택은 몰라도 평소 국회의사당은 어떻게 출입하지요?"

기자키의 의문에 스와는 이렇게 대답했다.

"국회의사당 내부에는 삼권 분립에 따라 경찰권이 미치지 못합니다. 그래서 출입문 경비를 담당하는 것은 중의원 의원의 사무원 신분인 경비원입니다. 그들은 의원 얼굴을 전부 기억하고 있어서 출입에 인증 절차는 요구하지 않습니다. 의원 배지를 눈으로 확인할 뿐이지요. 의원회관도 역시 의원 배지만 달고 있으면 얼굴 확인으로 통과시킵니다."

기자키는 놀란 얼굴로 스와를 보았다.

"에다 아즈마가 마슈라면, 그럼 진짜 에다 아즈마는……."

"아마 라스베이거스 주변 사막에 묻혀 있겠지요."

지금부터 하는 이야기는 추론일 뿐이지만, 하고 전제하고 스와는 설명을 시작했다.

"하우스에서 큰돈을 벌던 마슈는 카지노의 본고장 라스베이거스로 건너가 그곳에서 여행 중이던 에다 아즈마를 알게 되었을 겁니다. 그리고 대화를 나누다가 에다의 부모는 두 사람 모두 형제자매가 없다는 것, 때문에 에다 아즈마는 일본에는 친척이나 친구나 지인이 한 명도 없으며, 그래서 자기만 미국에 남았다는 이야기를 듣게 됩니다."

"그래서 마슈는 에다 아즈마라는 인격을 훔칠 생각을 했다……."

기자키의 말에 스와는 고개를 끄덕였다.

"에다의 부모만 살해하면 일본에는 에다 아즈마의 얼굴을 아는 인물이 한 명도 없게 됩니다. 마슈는 우선 에다 아즈마를 살해하여 여권과 휴대폰을 빼앗고 까만 컬러 콘택트렌즈를 끼우고 에다 아즈마로 변신했습니다. 그리고 폭력단에 의뢰하여 에다의 부모를 청부살해하고 에다 아즈마로 일본에 귀국한 겁니다."

에다 아즈마, 즉 마슈가 귀국한 것은 2008년. 당시는 아직 출입국 심사에 생체 인증을 채택하지 않고 있었다. 10년 전에 찍은 사진이 붙어 있는 여권만 있으면 심사를 통과할 수 있는 시대였다.

"잠깐만."

기자키가 끼어들었다.

"그렇다면 마슈는 일본인인데 금발에 눈이 파랗단 말입니까?"

"마슈의 머리카락은 아마 까만색일 겁니다. 눈동자만 파랗습니다. 경시청 데이터베이스에서 그런 인물을 여러 명 발견했습니다. 마슈는 'EU형 인간 폴리오마 바이러스'를 가진 매우 희귀한 인물입니다."

스와는 기자키에게 데이터베이스에 올라 있는 해설을 인용하여 설명했다.

인간 폴리오마 바이러스란 무증후성 바이러스로, 그중에 EU형은 세계적으로 봐도 서구인과 일본인의 일부에만 존재한다. 이 바이러스 보유자 중에는 안구의 홍채 색깔이 파랗게 발현되는 사례가 있다고 한다.

일본에 이 EU형 바이러스 보유자가 있다면 과거 일본에 백인이 살고 있었다고 볼 수밖에 없으며, 특히 동북 지방에 강하게 잔존해 있는 것으로 보아 조몬인의 일부는 코카소이드였다고 주장하는 설도 있다고 한다. 도호쿠 대학이 1990년 동북 지방의 일부에서 실시한 조사에 따르면 조사 대상의 0.2퍼센트가 파란 눈동자를 가지고 있었다고 한다.

"그럼 하우스에 드나들던 시절에 마슈가 금발이었던 것은 어째서죠?"

"아마 그때 마슈는 금발로 염색하고 있었을 겁니다. 눈동자만 파란 일본인은 매우 튀는 존재이지만, 머리카락을 금발로 염색해두면 서양인이거나 혼혈로 생각해서 그런지 오히려 그리 튀지 않습니다."

"하지만, 하지만 좀 그렇잖아요?"

기자키의 얼굴에 곤혹스러워하는 표정이 떠올랐다.

"마슈는 왜 굳이 에다 아즈마가 되어야 했을까요? 3년 만에 사법 시험에 합격할 만큼 명석한 사람입니다. 타인의 인격을 빼앗지 않아도 자력으로 지금의 지위까지 올라설 수 있었을 텐데?"

스와는 고개를 깊이 끄덕였다.

"그게 가장 큰 의문입니다. 왜 마슈는 에다 아즈마의 인격을 탐했을까? 전과 때문에 과거를 지우고 싶었을까? 하지만 경시청 데이터베이스에는 그에 해당하는 인물을 발견할 수 없었습니다. 그렇다면 이 의문에 대한 답은 하나밖에 없습니다. 마슈는 본래 인격을 가질 수 없는 사람이었을 겁니다."

그렇게 말하면서 스와는 진자이 아키라를 떠올리고 있었다. 실종 선고가 떨어져 호적을 말소당한 사람. 진자이는 현재 등록된 개인정보가 없다. 이 세상에 존재하지 않는 인물인 것이다.

"마슈는 이 세상에 존재하지 않았다, 즉 선천적으로 '무호적자'이며, 그 뒤에도 호적을 취득하지 않고 성장했다고 생각하면 어떨까요? 가공의 주소와 성명이 기록된 위조 여권으로 미국으로 건너가 에다 아즈마라는 인격을 훔치고, 에다 아즈마의 호적을 취득함으로써 마슈는 마침내 이 세상에 존재할 수 있게 되었다⋯⋯."

마슈가 무슨 이유로 호적이 없는지는 스와도 알 수 없었다. 다만 평범하지 않은 삶이었으리라는 것은 상상할 수 있었다. 진자이 아키라가 그랬던 것처럼. 그리고 에다 아즈마 자신도 말했다. 어릴 적에 너무 배가 고파 돌을 빵으로 바꾸고 싶었다고.

기자키가 조용히 물었다.

"에다 아즈마가 마슈라는 사실을 어떻게 증명할 겁니까?"

스와는 힘주어 대답했다.

"제게 생각이 있습니다. 내일 그걸 해볼 생각입니다."

"그래요?"

기자키가 생각에 잠긴 듯이 아래를 보았다.

"기자키 씨, 서둘러야 합니다!"

스와는 의자에서 일어났다.

"진자이 씨가 복수를 위해 마슈의 목숨을 노리고 있어요. 그 전에 마슈를 체포해야 합니다. 진자이 씨가 또 살인을 하게 놔둬서는 안 됩니다. 오노가와 과장과 상의해서 형사과를 움직일 수는 없을까요? 빨리 에다 아즈마를, 아니, 마슈를 구속하지 않으면."

"실은, 나는."

기자키가 가만히 한숨을 지었다.

"오늘 스와 군이 진자이 군을 만난 걸 알고 있었어요."

"네?"

스와는 저도 모르게 얼빠진 목소리를 냈다.

"그래서, 스와 군을 만나려고 여기 온 겁니다. 먼저 독신자 숙소에 가봤는데, 방에 없기에 혹시나 하고 이리로 와봤지요."

그렇게 말하고 기자키는 오른손을 슈트 안주머니에 넣었다.

"그리고, 자, 이걸 가져왔어요. 예전에 어디든 쓸모가 있을지 모른다고 생각해서 직접 만들어본 건데, 이제야 쓸데가 생긴 것 같군요. 잠깐 기다려요, 이런 물건을 다루는 데 익숙지 않아서, 자꾸 옷에 걸리네."

기자키는 몸을 비틀며 품속의 오른손을 꿈지럭꿈지럭 움직이다가 가까스로 품에서 물건을 빼냈다.

기자키의 손에는 스와가 사용하던 것과 같은 자동권총 S&W · M37 에어웨이트가 쥐어져 있었다.

"직접 만든 것은, 이겁니다. 나도 꽤 손재주가 좋지요?"

기자키는 총을 기울이면서 총구에 끼운 가늘고 긴 기구를 살펴보았다.

소음기다. 경찰에서는 권총용 소음기 같은 것은 지급하지 않는다. 경찰은 누군가를 몰래 살해할 목적으로 권총을 사용할 일이 없기 때문이다.

그런 생각을 하는 순간 스와의 온몸에서 식은땀이 솟기 시작했다.

"왜, 그런 걸?"

기자키는 소음기가 달린 총구를 스와에게 향했다.

"어떻게 해야 할지를 놓고 나도 나름대로 많이 생각했어요. 그 결과 스와 군도 진자이 군처럼 이 세상에 존재하지 않게 되는 것이 더 낫지 않을까 하고 생각한 겁니다."

"기자키 씨, 당신은……."

스와는 자기 가슴을 겨눈 소음기 끝을 응시했다.

"스와 군은 친구와 아버지가 사고로 죽자 그 충격으로 마음이 병들고 말았어요. 게다가 반강제적으로 휴가를 받게 되자 원한을 품었어요. 그래서 한밤중에 직장에 숨어 들어와 앙갚음을 하려고 권총으로 자살을 했다, 이런 설명은 어떨까요?"

기자키는 그렇게 말하고 스와를 향해 빙긋이 웃었다.

제
3
부

23 방치된 자

한밤의 어둠 속에 아이가 흐느껴 우는 소리가 들린다.

캄캄한 콘크리트 바닥에 차량이 나란히 서 있다. 야외 주차장이다. 아이는 그 구석에 서서 지저분한 손으로 두 눈을 비비며 울고 있었다. 세 살이나 네 살쯤 되는 사내아이였다. 메마른 볼, 영양이 불량해 보이는 꺼칠꺼칠한 얼굴, 푸석푸석한 머리카락, 멍투성이 팔다리. 먹다 흘린 자국들로 지저분한 셔츠, 한번도 세탁한 흔적이 없는 운동화.

젖 먹을 나이는 한참 지나 보이는데도 하얀 종이 기저귀를 찼다. 종이 기저귀는 사내아이 샅에서 퉁퉁하게 불어서 지린내를 풍기고 있었다. 언제부터 차고 있던 기저귀일까.

"왜 그러니?"

나는 그 아이에게 걸어가 몸을 숙이고 말을 건넸다.

"왜 울어? 엄마는 어딨니?"

사내아이는 놀라서 울음을 그치고 눈물 젖은 눈으로 나를 올려다보았다. 그리고 갑자기 얼굴을 일그러뜨리고는 몸을 돌려 도망치기 시작했다.

"얘, 잠깐 기다려!"

나는 자신도 모르게 사내아이를 뒤쫓았다.

사내아이가 달려가는 쪽에는 라이트업 조명을 받는 단층 건물이 있었다. 조명에 밝게 비춰지고 있지만 대피소처럼 창문이 없다. 사내아이는 그 건물 정면의 출입구로 달려가 두텁고 묵직해 보이는 유리문을 양손으로 안간힘을 다해서 열고 안으로 들어갔다. 나도 뒤따라 문을 열고 안으로 들어갔다.

그 순간 엄청난 음향의 분류가 귀로 쏟아져 들어왔다.

아랫배를 붕붕 울리며 중저음이 연속되는 빠른 음악. 쉴 새 없이 날카롭게 울리는 새된 전자음. 애니메이션의 신나게 재잘거리는 여성 목소리. 작은 구체가 구르는 따르륵따르륵 금속성 소리. 그런 것들이 한데 엉겨 내 주위에서 굉음으로 소용돌이쳤다. 종종 남성의 요란한 안내 방송이 그 음향의 홍수로 파고들었다.

내가 있는 곳은 넓은 홀의 중앙이었다.

높이 2미터쯤 되는 벽이 일정한 간격으로 서 있고 벽 양쪽에는 약 1미터쯤 되는 간격으로 많은 사람들이 빼곡히 앉아 있다. 사람들은 모두 벽을 응시하고 있었다. 얼굴 앞에 유리가 있고, 그 유리 너머에는 원색으로 깜빡이는 무수한 전구, 만화 캐릭터의 피규어, 그림 무늬와 숫자가 빠르게 회전하는 액정 모니터가 설치되어 있었다.

누군가 노성을 지르며 눈앞의 유리를 주먹으로 힘껏 쳤다. 그래도 주위 사람들은 마치 그 사내가 옆에 없는 것처럼 오로지 자기 앞의 유리판 너머만 응시하고 있다. 코를 찌르는 니코틴 냄새. 중년 여성이 사용함직한 짙은 화장품 냄새. 며칠이나 닦지 않은 사람의 쉰내. 멀리서 흘러오는 화장실의 나프탈렌 냄새…….

등을 마주하고 죽 늘어앉은 사람들 사이로 사내아이가 뛰어간다. 나도 놓치지 않으려고 안간힘으로 아이의 뒷모습을 쫓았다. 아이는 벽 사이의 틈을 좌로 우로 방향을 바꾸며 잽싸게 달린다. 나도 아이를 쫓아 달린다. 사내아이는 넓은 홀 구석까지 가서야 멈춰 섰다.

그곳은 매장 구석에 있는 화장실 앞이었다.

문득 앞을 보니 아이 모습이 보이지 않았다.

그 순간 나는 내 시선이 아주 낮아진 것을 알았다.

나는 벌써 알고 있었다.

그 사내아이는, 기저귀 차고 흐느껴 울던 꾀죄죄한 작은 꼬마는 '네 살의 나'였다.

나는, 네 살배기 어린 나는 기저귀 탓에 게걸음으로 어기적거리며 빨간 인형 그림이 붙은 여자 화장실로 들어갔다.

화장실 문을 열고 안으로 들어서는 순간 매장의 소음이 작아졌다. 하얗고 청결한 화장실에는 아무도 없다. 왼쪽에 하얀 도기 세면대가 두 개 있고 오른쪽에 개인실 네 칸이 나란히 붙어 있다.

제일 안쪽의 개인실은 문이 반쯤 열려 있다. 그 파티션 위에 민트그린 자루의 대걸레가 수평으로 걸쳐져 있다. 나는 반쯤 열린 그 문으로 다가간다. 그리고 틈새로 안을 들여다본다.

그곳에 머리가 긴 젊은 여자가 매달려 있었다.

여자 목에 길게 늘어난 고리가 걸려 있었다. 그것은 세탁소에서 주는 비닐로 코팅한 철사 옷걸이였다. 그 옷걸이의 고리가 벽 위에 걸친 대걸레 자루에 꿰어져 있었다.

싸구려 긴 스커트를 입고 팔다리를 모두 힘없이 늘어뜨린 몸뚱이는 아주 천천히 좌우로 회전하고 있었다. 마치 커다란 데루테루보즈* 같았다. 혀를 죽 뺀 울혈된 얼굴은 생시와는 인상이 딴판이었다. 하지만 나는 그녀가 누구인지 즉각 알았다. 잘 아는 사람이었으니까.

스물네 살의 내 어머니였다.

"아아, 더러워. 이거 누가 청소하죠?"

내 뒤에서 젊은 남자 목소리가 들렸다. 어머니였던 주검 밑에 오물이 뚝뚝 떨어지고 있었다.

"니가 해. 하지만 경찰이 올 때까지는 그냥 둬. 함부로 건드렸다가 의심 사면 큰코다칠라. 한시라도 빨리 자살 판정을 받지 않으면 장사에 지장이 생긴다."

이번에는 중년 남자의 목소리였다. 이 파친코의 점장 같다. 두 사람 눈에는 네 살배기 내 모습은 아예 보이지도 않는 것

* 날씨가 화창하기를 기원하며 처마에 매달아두는 단순하게 생긴 헝겊 인형.

442

같았다.

"제, 제가 해요?"

젊은 남자는 기겁한 목소리로 대꾸하고 진저리가 난다는 듯이 혀를 찼다.

"아, 미치겠네. 어디 딴 데 가서 죽으면 좋잖아. 우릴 엿 먹이기는 거냐, 재수 없는 년. 지가 좋아서 매일 드나든 주제에."

"이런 얼간이들이 있으니까 네놈도 급료를 받을 수 있는 거다. 고리대까지 빌려서 돈을 잃어주려고 열심히 찾아오는 것들 덕분에 말이야."

점장은 그렇게 말하고 어깨를 으쓱해 보였다.

"경찰이 오면 늘 그랬던 것처럼 몇 푼 쥐어주고 얼른 끝내달라고 해. 아, 신문에는 절대로 나오지 않게 해달라고 단단히 말해둬."

"알아요. 하지만 올해 들어 벌써 세 명째네요. 아, 짜증 나."

나는 두 사람의 대화를 등 뒤로 들으며 어머니 얼굴을 올려다보고 있었다.

슬프다든가 불쌍하다든가 하는 감정이나 감개도 느끼지 못했다. 왜냐하면 이미 오래전부터 어머니는 몸에서 혼이 빠져나가 있었기 때문이다. 살아 있을 때와 죽은 뒤의 다른 점이라면 그저 숨을 쉬지 않는다는 것뿐이다.

나는 어머니와 단둘이 살았다. 어머니는 한낮에 일어나면 내의 차림 그대로 인스턴트라면을 끓여서 나와 함께 먹었다. 그리고 방바닥에 흩어져 있는 옷을 적당히 입고 나에게 종이 기저귀를 채웠다. 그리고 내 손을 잡고 아파트에서 걸어서 20분 거리에 있는 이 파친코를 찾았다.

일단 의자에 앉으면 어머니는 기계 앞에서 온종일 꼼짝도 하지 않았다. 그곳에 가면 아들 생각일랑 머리에서 말끔히 지워지는 것 같았다. 배가 고파 울든 기저귀가 젖어 떼를 쓰든 안중에도 없었다.

중간에 돈이 떨어지면, 파친코 바로 앞에 있는 대부업체로 달려가 무인기에서 돈을 대출해 왔다. 그리고 밤 10시에 「반딧불」*이 흐를 때까지 내내 앉아 있었다. 다음 날도, 그다음 날도, 또 그다음 날도 하루도 거르지 않고 이러기를 반복했다.

어머니는 살아 있는 것 같아도 실은 살아 있는 것이 아니었다. 나로서는 그렇게밖에 생각할 수 없었다. 그리고 내 어머니의 죽음은 이 나라에서는 어디서나 주워들을 수 있는 그다지 드물지도 않은 이야기 가운데 하나였다.

문득 나는 어머니가 매달려 있는 개인실의 벽을 보았다. 거기에는 빨간 크레용 같은 것으로 글이 적혀 있었다. 옷걸이에 목을 넣기 직전에 어머니가 쓴 것 같았다. 나는 그 벽 아래 바닥으로 시선을 옮겼다. 하얀 도기 변기 옆에 끝이 뭉개지고 중간쯤이 부러진 루주가 떨어져 있었다. 어머니가 사용한 것은 크레용이 아니라 그 루주였다.

---

* 스코틀랜드 민요 「올드 랭 사인Auld Lang Syne」. 이 곡은 '이별의 왈츠'로 개사되어 일본에 널리 알려졌으며, 흔히 다중 시설이 문을 닫을 때 배경 음악으로 이 곡을 튼다.

그 루주라면 기억에 있었다. 나와 어머니가 살던 낡은 집합주택의 원룸, 창밖은 다른 집합주택의 벽이라 하루 종일 볕이 들지 않던 좁은 방. 쓰레기며 옷가지가 어지럽게 널려 있는 그 방에서 겨울이면 전기 고타쓰가 되는 테이블 위에 단 하나뿐인 여성다운 물건이 놓여 있었다. 그것이 이 루주였다.

"넌 참 이상한 아이구나."

작년 초여름이었나, 세 살배기인 내가 호기심에 루주를 만지작거리자 어머니는 그렇게 말하며 쓴웃음을 지었다.

"사내 녀석이 그런 게 좋아?"

어머니가 웃음을 보였던 것이 언제였나. 아니, 어머니가 나를 똑바로 쳐다본 것은, 그리고 나에게 한 마디라도 건넨 것은 대체 언제였나. 나는 기억해낼 수 없었다. 하지만 어머니의 웃는 얼굴이 너무 기분 좋아서 나는 과장되게 어머니 흉내를 냈다. 루주를 오른손으로 들고 양 입술을 안으로 오므려 거울을 보며 루주 바르는 시늉을 했던 것이다.

어머니는 풋, 하고 웃음을 터뜨렸다. 그리고 아하하하, 하고 커다란 소리로 웃기 시작했다. 어머니는 글자 그대로 배를 안고 왼손으로는 바닥을 짚고 몸을 배배 틀며 한참을 웃었다. 마침내 웃음이 진정되자 눈에 맺힌 눈물을 손가락 등으로 훔치고 윗몸을 기울이며 이렇게 말했다.

"조금 칠해볼래?"

어머니는 진지한 표정으로 나의 작은 입술에 루주를 칠했다. 그리고 몸을 뒤로 젖혀 내 얼굴을 보고는 다시 풋, 하고 웃음을 터뜨렸다. 나도 웃었다. 내 얼굴이 얼마나 볼썽사나운지는 알지 못했지만, 어머니가 내 얼굴을 보고 웃는 것이 행복하기만 했다. 웃고 있는 어머니 얼굴이 그렇게 아름다울 수 없었다.

"이게 전부야."

루주를 손가락을 만지작거리며 어머니는 누구에게랄 것도 없이 중얼거렸다.

"이 루주가 전부야. 내게 남은 것은."

나는 그 말을 이해하지 못했다. 하지만 어머니가 그 루주를 매우 소중히 여기는 것은 분명히 알 수 있었다. 그리고 오늘 그 소중한 루주를 이 가게에 가져와 벽에 마지막 말을 써놓은 것이다. 끝이 뭉개지고 중간이 부러질 정도로 힘을 주어서.

겨우 다섯 글자. 글을 깨치지 못한 네 살이라 나는 거기 빨간 글자로 뭐라고 적혀 있는지 알 수 없었다. 하지만 그 형상은 그림처럼 내 망막에 각인되었다. 그리고 몇 년 뒤였나, 시설에서 글을 배우면서 나는 비로소 그 루주로 쓰인 글자의 의미를 알 수 있었다.

나 를 돌 려 줘

벽에는 그렇게 적혀 있었다.

그리고 얼마나 세월이 흘렀을까. 오랜 세월이 지난 뒤 나는 그때 어머니가 중얼거린 말의 의미를 이해했다.

이 루주가 전부야. 내게 남은 것은…….

446

흘러가는 시간을 망연히 바라보기만 하는 날들, 아무런 추억도 남지 않는 생활. 고리대를 빌려 온종일 아무 생각 없이 기계 앞에 앉아 돈을 시궁창에 마냥 던져버리는 날들. 그런 어머니도 한때 빛나는 시절이 있었다.

아침에 일어나 졸린 눈을 비비며 회사로 달려간다. 점심시간에는 동료들과 상사 흉을 보며 수다를 떨고 편의점에 몰려가 도시락을 사 먹는다. 근무가 끝나면 정장이나 핸드백을 보러 백화점에 들른다. 가끔 친구와 만나 와인을 마신다.

특별할 것은 전혀 없지만 알고 보면 누리기 힘든 나날. 그리고 누군가와 사랑에 빠지고 달콤한 이야기를 나누고 미래를 이야기하고 다투고 울고 웃고……. 그런 지극히 평범한 날들이 어머니에게도 있었다. 그 루즈는 그 잃어버린 날들의 상징이었다.

그래, 그 시절엔 어머니도 분명히 살아 있었다.

내가 태어나고 아버지가 종적을 감추고 회사에서 해고되어 실업보험으로 연명하게 되고 남는 시간을 주체하지 못하여 일본 어디서나 볼 수 있는, 법이 허락한 유락 시설의 출입문을 열기 전까지는.

"자, 어느 쪽?"

마리아 선생이 꼭 쥔 두 주먹을 다섯 살인 내 앞에 내밀었다.

나는 전혀 망설이지 않고 왼쪽 주먹을 가리켰다.

"이쪽."

선생은 분하다는 표정으로 그 주먹을 풀었다. 손아귀에는 작은 종이로 꼬깃꼬깃 포장한 사탕이 하나 들어 있었다. 나는 당연하다는 듯이 그 사탕을 집어 들어 종이 포장을 풀고 내용물을 입 안에 던져 넣었다. 빨간 상자에 들어 있는 달콤한 우유 맛 사탕이었다.

"근데 어떻게 매번 알아맞히지? 이상하네."

간식 시간이 되면 마리아 선생은 늘 나를 상대로 이 게임을 했다. 어린 나에게는 아주머니였지만 마리아 선생은 당시 스무 살 전후였지 않을까. 그런 싱거운 놀이를 좋아하는 사람이었다.

때로는 마리아 선생은 커피 잔 두 개를 테이블에 엎어놓고 어느 쪽에 과자가 숨어 있는지를 맞추게 했다. 그리고 나는 그 게임에서 거의 매번 이겼다. 마지막으로 틀린 것이 언제였는지 생각이 잘 안 날 정도였다.

"이 정도라면 이미 감 같은 것이 아닌걸."

마리아 선생은 체념한 듯이 한숨과 쓴웃음을 짓고는 팔짱을 끼며 책상 위에 엎드려 나에게 얼굴을 쑥 내밀었다.

"하느님이 너에게 특별한 재능을 내려주신 게 틀림없어. 무슨 재능인지는 잘 모르겠지만. 너도 어른이 되면 스스로 벌어먹고 살아야 하는데, 그 재능을 살리는 직업을 찾으면 괜찮을 거야."

그렇게 말하고 마리아 선생은 이렇게 혼잣말처럼 말했다.

"그런데 무슨 직업에 어울리려나, 이 재능은."

우리가 있던 곳은 학습실이라 불리는 세 평짜리 방이었다. 그곳에서 나는 마리아 선생에게 글을 배웠다. 학습실 옆이 유아실이다. 나보다 훨씬 어린 한 살부터 세 살쯤 되는 아이들이 바닥에 깐 담요 위에서 엉켜 자고 있었다.

유아실 천장에는 플라스틱 메리고라운드가 매달려 있었다. 그것이 유유히 돌며 늘 똑같은 귀여운 음악을 들려주었다.

그곳은 빌딩의 한 방에 입주한 기독교계 보육원이었다. 설비나 면적이 충분치 않고 나 같은 유기 아동 외에 아시아계 외국인 아이도 있었던 것을 보면 무인가 시설이었을 것이다. 부모가 없는 어린이를 기부금으로 교육하며 부양하는 시설인 듯했다. 마리아 선생은 일본인 같았고, 그 이름도 본명이 아니라 세례명이었을 것이다.

언제였던가, 마리아 선생은 나에게 이렇게 말했다.

"네 이름은 아주 좋은 이름이란다. 성서에 나오는 훌륭한 분의 이름이야. 그러니 너는 아마 하느님의 사랑으로 태어났을 거야. 그렇지, 마슈?"

하지만 나는 도저히 그렇게 생각할 수 없었다.

나는 내 눈이 너무나 싫었다. 정확히 말하면 눈동자의 색깔 말이다.

파란 눈.

파랑이라기보다 쪽빛이라고 해야 할까. 산속에 아무도 모르게 숨어 있는 호수 같은, 아프리카의 보석 탄자나이트처럼 진하고 맑고 깊은 파랑. 다른 아이들의 눈동자는 까맣거나 까만 색에 가까운 진갈색인데 왠지 내 눈동자는 파랬다. 어머니가 죽을 때 나는 겨우 네 살이어서 내 눈동자가 매우 드문 색이라는 사실을 의식하지 못했다.

아버지가 서양인이었다는 설명이 가장 설득력이 있을 것이다. 실제로 나는 피부도 희고 이목구비도 뚜렷하게 생겼다. 그러나 첫눈에 서양인 피를 받았다고 할 만큼 이국적인 생김새는 아니며 그저 생김새가 뚜렷하다고 할 정도에 불과했다.

나중에 안 사실이지만 일본에도 옛날부터 파란 눈을 가진 사람들이 있었다고 한다. 무로마치 시대의 『인국기人國記』라는 책에는 무쓰 지방, 즉 지금의 동북 지방에 대하여, '이 지역 사람들은 히노모토日の本 인이어서 살갗이 희고 눈동자가 파란 경우가 많다'라고 적고 있다. 아무래도 옛날의 동북 지방은 '야마토倭'와는 별개의 '히노모토'라는 나라였던 것 같다. 그리고 지금도 순수한 일본인이면서도 파란 눈동자를 가진 사람들이 살고 있다고 한다. 내 어머니는 동북 지방 출신인지도 모른다.

어머니는 나를 '마슈'라고 불렀다. 그러므로 아마 그것이 내 이름일 것이다. 아버지가 영어권 사람이고 나에게 고국의 관례대로 이름을 붙인 걸까? 아니면 어머니가 내 눈동자를 보고 홋카이도 산속에 있는 호수를 염두에 두어 '마슈摩周'라고 명명했을까?

어머니가 죽었으니 지금은 알 길이 없다. 게다가 마슈라는 이름이 본명인지 아닌지도 모르겠다.

왜냐하면 나는 '호적'이 없기 때문이다.

어머니는 내가 태어났을 때 출생 신고를 하지 않았다. 이유는 알 수 없다. 미혼모라는 딱지가 싫었을까? 아니면 그저 귀찮았기 때문일까? 아마 양쪽 다일 것이다. 그리고 무허가 보육원에서도 '취적' 절차를 밟기가 어려웠는지 나는 호적도 없이 성장했다. 물론 어린아이였던 나는 나의 호적이 있는지 없는지 알 리 없었다.

게다가 나는 어머니 이름도 모른다. 집에 문패가 없었고, 있어도 읽을 수 없었다. 이웃과 전혀 왕래가 없던 어머니여서 나는 누가 어머니를 이름으로 부르는 것을 들어본 적이 없었다. 그래서 보육원의 선생들은 고민 끝에 마슈를 성으로 삼아 나에게 '마슈 세이摩周靜'라는 이름을 지어주었다. 내가 말을 거의 하지 않는 조용한 아이였기 때문이다.

이름이야 뭐래도 상관없었다. 단순한 기호에 불과하기 때문이다. 이름이 마슈 세이이든 야마모토 이치로이든 어차피 본명은 아닐 테고, 이름이 없어도 남들이 나를 부르는 데 곤란할 뿐 나로서는 불편할 것이 없었다. 그리고 이름이 뭐든, 이름이 있든 없든, 내가 나라는 사실에는 변함이 없었다.

초등학교에 다닐 나이가 되자 기독교계 사립학교에 보내주었다. 하지만 나는 거의 학교에 가지 않았다. 공부는 좋았지만 괴롭힘을 당하는 것이 싫었다. 나는 아버지를 모르고 어머니는 목매달아 자살했고 보육원에 살고 있으며 늘 퀴퀴한 냄새를 풍기고 말이 거의 없으며 눈동자는 파랗다. 그래서 동급생들의 먹이가 되는 데 부족함이 없었다.

원칙대로라면 나는 학년을 진급할 수 없었지만 학교로서는 늘 말썽의 원인이 되는 '이물'을 방치해두기가 싫었던 듯하다. 출석일수를 조작했는지 나는 규정대로 6년 만에 초등학교를 졸업, 아니 방출되었다.

그리고 초등학교 졸업과 동시에 나는 말없이 보육원을 도망쳐 나왔다.

보육원을 도망쳐 나와서 통감한 것은 사람은 배고픈 생물이며 뭔가를 먹지 않고서는 죽고 만다는 것이었다. 나는 곧 끼니 문제에 봉착했다.

하는 수 없이 음식점 뒤에 있는 쓰레기통을 뒤지고, 어떤 때는 상점 앞에 진열된 빵이나 과자 같은 것을 들치기했다. 하루종일 배가 고팠다. 깨어 있는 동안은 내내 허기와 싸워야 했다.

결국 나는 배고픔을 참기 힘들어지면 주먹만 한 돌멩이를 주워 빵이라고 상상하고 먹는 시늉을 했다.

'이건 막 구워낸 따끈한 과자빵이다. 깨물면 폭신폭신 보드랍고, 버터 향이 나고, 겉에 바른 하얀 설탕의 달콤함이 입 안 가득 퍼지고…….'

그렇게 상상하며 입을 오물오물 움직였다. 그러면 정말로 빵을 먹는 기분이 들어 조금은 허기를 속일 수 있었다.

종이 박스를 주워 지하철 역 통로에 깔고 잠을 잤다. 밤에 비가 오면 공중화장실이나 번화가 처마 밑에서 비를 피했다. 몸에서 냄새가 심해지면 공원에 있는 수돗가에서 닦았다. 비가 갑자기 쏟아지던 어느 날 저녁, 나는 비를 피하려고 어느 가게로 뛰어들었다. 그리고 예전에 그 가게에 와본 적이 있다는 것을 깨달았다.

그곳은 어머니가 화장실에서 목매달았던 그 유락 시설이었다.

점원에게 붙들려 쫓겨날 줄 알았는데 꾀죄죄한 내가 가게 안을 어슬렁거려도 놈들은 전혀 신경 쓰는 눈치가 아니었다. 아마 흔한 일이었던 듯하다. 돈만 가져오면 꼬마든 들개든 상관하지 않는 것이 분명했다.

나는 어머니가 여기서 매일 무엇을 했는지를 떠올렸다. 어머니는 기계에 지폐를 집어넣고 작은 은색 구슬을 잔뜩 받아서 기계에 붙어 있는 접시에 담았다. 그리고 구슬이 다 없어지면 절망한 얼굴로 한숨을 지었다. 드물게 구슬이 남는 날이면 집으로 돌아가는 길에, 오늘은 땄으니까 특별히 사줄게, 하며 나에게 초콜릿이나 아이스크림을 사주었다.

어머니는 매일 이곳에 드나들며 하루 종일 기계와 어울렸다. 이 기계 앞에 앉는 것이 그렇게 재미있을까? 가진 돈 전부와 하루 시간 전부, 가진 정열 전부를, 즉 인생 전부를 써버릴 만큼.

어머니가 하던 일을 나도 해보고 싶었다. 잘하면 돌아갈 때 과자를 사 먹을 수 있을지도 모른다. 그러나 당장 가진 돈이 없다. 어떻게 하면 좋을까.

우연히 나는 나란히 늘어선 기계 밑, 그러니까 의자에 앉은 많은 사람들의 발치에 은색 구슬 하나가 떨어져 있는 것을 발견했다.

내가 그것을 가만히 바라보고 있자 누군가 손을 뻗어 그것을 주웠다. 구슬을 주운 사람은 키가 큰 남자였다. 그는 나에게 다가와 한쪽 눈을 찡긋 감으며 빙글빙글 웃는 얼굴로 손가락 사이에 집은 은색 구슬을 나에게 내밀었다. 수염을 기른 남자였다. 나는 그 구슬을 두 손으로 받았다. 작은 은색 구슬은 뜻밖에 무거웠다.

정신을 차리고 보니 이미 수염 남자는 보이지 않았다. 주위를 살펴보니 바닥 여기저기에 은색 구슬이 떨어져 있는 것이 보였다. 나는 바닥을 엎드려 먼지투성이 콘크리트 바닥을 기어 다니며 작은 은색 구슬을 하나씩 주워 모았다.

스무 개 정도 모이자 나는 빈 기계 앞에 앉아 위쪽 접시에 구슬을 담았다. 그리고 오른쪽에 있는 둥근 플라스틱 레버를 당겼다.

갑자기 전자 효과음이 요란하게 울리기 시작했다. 동시에 유리 너머에 있는 그림과 액정 화면과 소품들이 일제히 원색의 빛을 발하기 시작했다.

은색 구슬이 일정한 리듬으로 튀어나와 반면 위를 굉장한 기세로 튕기며 다녔다. 그리고 무수한 못 위에서 춤추는 듯이 이리저리 튀어 오르다가 밑으로 굴러 떨어졌다. 세 개, 네 개,

다섯 개, 여섯 개, 일곱 개……. 구슬은 반면에 여러 개 박혀 있는 방해물이나 구멍 따위는 본 척도 하지 않고 앞을 다투듯 제일 밑에 있는 커다란 구멍으로 빨려 들어갔다.

나는 놀란 눈으로 구슬만 보고 있었다. 이대로 가면 불과 몇 초 안에 구슬이 다 없어져버릴 터였다. 그리고 마지막 한 개가 반면 꼭대기로 튀어 올랐다.

나는 마지막 구슬을 마른침 삼키며 쳐다보았다. 구슬은 가장 위에 있는 못에 부딪혀 핑, 하고 크게 튀어 오른 뒤 밑에 있는 못에 희롱당하듯 이리저리 튕겨 오르며 좀처럼 떨어지지 않았다. 그리고 갑자기 생물처럼 옆으로 쭉 날아가 네모난 액정 화면 밑에 있는 작은 구멍으로 뛰어들었다.

액정 화면에 있는 3열의 그림들이 회전을 시작했다. 나는 무슨 일이 일어나는지 모른 채 그것들을 바라보고 있었다. 회전은 차차 느려지다가 이윽고 똑같은 그림 세 개가 옆으로 나란한 상태로 정지했다.

그 순간 반면 전체가 번쩍번쩍 점멸했다. 그리고 시끄러운 음악과 함께 화면 아래에서 커다란 아가리가 천천히 벌어지기 시작했다. 그리 많지 않은 구슬이 자르륵 하며 위쪽 접시로 쏟아져 나왔다. 그것은 곧 반면으로 튕겨져 나와 전부 그 커다란 아가리로 빨려 들어갔다.

굉장히 많은 구슬이 위쪽 접시로 쏟아져 나왔다. 그것은 또 순서대로 반면으로 튀어나와 서로 다투듯이 커다란 아가리로 뛰어들고, 또 다시 무수한 구슬이 와르르 쏟아져 나왔다. 이내 위쪽 접시는 구슬로 가득 차고 아래쪽 접시로 쏟아졌다. 곧 아래쪽 접시도 순식간에 구슬로 가득 찼다.

"네, 축하합니다, 손님."

점원이 나에게 네모난 플라스틱 상자를 가져와 아래쪽 접시의 레버를 눌러서 거기 담겨 있던 구슬을 플라스틱 상자에 쏟아주었다. 그 플라스틱 상자도 금세 은색 구슬로 가득 찼다.

두 상자가 가득 찰 때쯤 눈과 어깨가 저려왔다. 동시에 심한 피로를 느꼈다. 긴장한 때문인지도 모르지만, 그보다는 눈부시게 점멸하는 빛이나 일정한 리듬으로 반복되는 전자음이 신경을 계속 자극하고 갉아대고 마모시키고 있었기 때문이다. 그리고 허기는 한계에 다다라 있었다.

나는 기계 앞에서 일어나 주위 손님들이 다 그러는 것처럼 묵직한 플라스틱 상자를 들고 구슬이 쏟아지지 않도록 조심하며 계산대로 갔다. 그러기를 두 번 반복해야 구슬을 전부 계산대로 나를 수 있었다.

계산대의 점원은 구슬을 전부 기계에 쏟아부은 뒤 나에게 플라스틱 케이스에 든 금속 조각 같은 것을 몇 개 내주었다. 나는 계산대 뒤에 놓여 있는 과자가 먹고 싶어 점원에게 "저어" 하고 말을 건네려고 했다. 그러자 점원은 냉큼 작은 목소리로, "나가서 왼쪽, 구두 가게 앞" 하고 말했다. 나는 하는 수 없이 금속 조각을 들고 가게를 나와 왼쪽으로 걸었다.

구두 가게 건너편에는 가설 점포 같은 곳이 있었다. 안에 영화표 매장을 닮은 창구가 있고 투명한 판 너머에 무뚝뚝하게 생긴 아주머니가 앉아 있었다. 내가 안으로 들어서자 아주머니는 내 앞에 파랗고 네모난 플라스틱 접시를 내놓았다. 내가 그 위에 금속 조각을 올려놓자 아주머니는 접시를 끌어들이고 그 대신 지폐 몇 장을 얹어서 내밀었다.

돈이었다. 1만 엔권 한 장과 1000엔권 네 장, 모두 1만 4000엔이 접시에 담겨 있었다. 믿기지 않는 일이었지만 바닥에서 주운 구슬 스무 개 정도가 거금으로 변한 것이다. 나는 당황해서 그 지폐를 움켜쥐고 바지 오른쪽 주머니에 쑤셔 넣고 도망치듯 창구 앞을 떠났다.

그것이 내가 처음 '돈'이라는 것을 번 순간이었다. 국가가 법으로 허가하여 전국 도처에 영업 중인 합법적 게임으로. 내 어머니가 목을 매단 그 파친코에서.

얼마 후 나는 하루 1000엔이면 비바람과 밤이슬을 피할 수 있는 간이 숙박소가 있다는 것을 알게 되었다. 근처에는 드물게 대중탕도 있었다. 나는 그곳에 묵으며 매일 그 파친코에 다녔다. 그 가게뿐만 아니라 같은 종류의 가게 여러 곳을 순서대로 돌았다. 파친코는 상가를 조금만 걸어도 여러 곳이 눈에 띄므로 게임을 할 가게를 찾는 것은 전혀 힘들지 않았다.

거의 매일 수만 엔의 수입이 있었다. 왠지는 모르지만 구슬이 터지는 기계를 짐작할 수 있었다. 그래서 파친코에 다니는 것이 시간급을 받고 단순 작업을 하는 것처럼 느껴졌다. 다른 손님처럼 땄다고 흥분하는 일도 없고 잃었다고 제 머리를 쥐어뜯는 일도 없이 나는 매일 그냥 담담하게 구슬을 쏘았고, 의자에 앉아 있는 시간에 비례하여 매일 수입이 있었다.

열세 살인 나는 파친코나 간이 숙박소에 있는 다른 어른들과 달리 술도 마시지 않고 담배도 피우지 않았다. 그래서 돈은 고스란히 쌓였다. 그러다가 칫솔이나 내복, 갈아입을 옷을 사게 되고, 모은 돈은 종이봉투에 넣어 방에 보관했다. 처음 가져보는 재산이었다. 머지않아 종이봉투는 나일론 가방이 되었다.

파친코 영업이 끝나면 달리 할일이 없어 쓰레기장에서 잡지나 책을 주워서 간이 숙박소의 알전구 밑에서 읽었다. 나는 자연히 언어나 한자를 익히게 되었다. 그에 따라 온갖 지식이 쑥쑥 머리에 들어왔다. 그것은 뭔가가 충족되는 듯한 묘한 기쁨이 있는 일이었다. 생각해보면 나는 보육원에 있을 때부터 결코 공부가 싫었던 것은 아니다.

가방에 늘 현금이 들어 있게 되자 도난이 걱정되었다. 간이 숙박소 미닫이문의 자물쇠 같은 것은 마음만 먹으면 얼마든지 망가뜨리고 침입할 수 있었다. 간이 숙박소의 다른 손님들은 모두 코인 로커를 빌려서 사용하고 있었지만 그것도 드라이버 하나면 금방 열릴 허술하기 짝이 없는 것이었다.

그럴 때 역전에서 간판 하나를 발견했다. '젊은이들에게 강추, 다목적 렌털 공간'이라고 크게 적혀 있고 그 밑에 '초저가 원룸' '보증금, 사례금, 보증인 불필요' '코인 샤워 완비'라고 적혀 있었다. 나는 그곳에 가보기로 했다.

그곳은 5층 건물이었다. 전 소유자로 보이는 운송 회사 이름이 여전히 벽에 적혀 있었다. 관리인이 나와, 여기는 창고이지 살림방이나 숙박 시설이 아니라고 했다. 생활을 하면 안 되는 거냐고 묻자, "밤이 돼서 깜빡 잠들어버리면 어쩔 수 없지, 뭐"라고 하며 희미하게 웃었다. 결국 생활해도 좋은 곳이었다.

2층에 있는 빈 방을 구경했다. 사람 하나가 겨우 지나갈 만한 통로를 중심으로 출입문이 벌집처럼 빼곡히 박혀 있었다. 방은 한 평도 안 될 만큼 비좁고 합판을 깐 바닥에 전기스탠드와 매트리스가 전부였다. 하지만 자물쇠만큼은 튼튼하므로 나는 그곳에서 지내기로 결정했다.

계약하려면 신분증명서, 인감, 얼굴 사진 한 장이 필요했다. 그런 거 없다고 말하자, 준비되면 제출하라고 말하고 그만이었다. 계약서를 쓸 때 이름, 나이, 주소, 전화번호란 등은 엉터리로 채웠다. 관리인은 사용 목적란에 '창고'라고 기입하라고 일러주었다. 한 달분 임대료 2만 엔을 선불로 치르자 관리인은, "텔레비전이나 라디오는 이어폰으로, 휴대폰 통화는 밖에서"라고 단단히 다짐을 준 뒤에 방 열쇠를 내주었다.

나중에 안 사실이지만, 이곳은 소위 '탈법 하우스'라는 곳이었다. 주거가 아니라는 이유로 소방법이나 건축기준법을 따르지 않고 건축한 뒤 세입자의 신원도 확인하지 않고 계약한다. 도쿄에는 이런 주거 비슷한 곳이 무수히 많아서 아마 수만 명이 주민표도 없이 살고 있을 것이다. 이곳은 나와 같은 인간에게 잘 어울리는 거처라고 생각했다.

나는 이곳에 기거하며 다시 역 주변에 여러 군데나 있는 파친코에 다니기 시작했다. 밤이 되면 할일이 없어서 소형 액정 TV와 이어폰을 구입했다. 뉴스 프로그램은 세계의 동향을 아는 데 도움이 되었지만 다른 프로그램들은 어이가 없을 정도로 형편없었다. 못생긴 연예인이나 짧은 치마를 입은 아둔해 보이는 여자들이 우르르 몰려나와 쓸데없는 이야기를 주절주절 늘어놓았다.

그러던 어느 날 어느 파친코 근처에서 헌책방을 발견했다. 별생각 없이 안으로 들어갔다가 깜짝 놀랐다. 거의 새 책이나 다름없는 훌륭한 책을 100엔 이하에 살 수 있었다. 그 뒤로는 파친코가 문을 닫으면 그 책방에 들러 재미있어 보이는 책을 사고 식사 후에 탈법 하우스에 돌아가 전기스탠드 밑에서 탐독했다. 청경우독晴耕雨讀이 아니라 주경야독이었다.

소설도 읽었지만 논픽션이나 학술서를 읽는 재미에 푹 빠졌다. 역사, 경제, 미술, 과학, 철학, 온갖 분야의 책들을 닥치는 대로 읽고, 다 읽으면 다시 그 헌책방에 팔고 다른 책을 샀다. 그래서 비용은 많이 들지 않았다. 그러다가 꼭 읽고 싶은 책이 나오면 신간으로도 구입하게 되었다.

마침내 나는 어머니가 왜 목매달아 죽었는지를 점차 이해하게 되었다.

요컨대 어머니에게는 '운'이란 것이 없었던 것이다.

'운'만 좋으면 우연히 주운 구슬로도 돈을 벌고, 그것을 빠르게 불려나갈 수 있다. 그러나 '운' 없는 사람은 '운'을 만난

자에게 모든 것을 탈탈 빼앗기고 만다. 돈이든 목숨이든. 그리고 나에게는 '운'이 있었다. 어쩌면 그것은 내가 탯줄을 통해 어머니한테 빨아들인 것인지도 모른다.

인생 전부를 낭비하는 줄 알면서도 어머니는 왜 그 게임에 내내 빠져 살았는지 나는 어머니에게 묻고 싶었다. 왜 인생의 모든 시간을 낭비했는지, 왜 인생의 모든 기쁨을 내다버리고 죽을 때까지 그런 게임에 빠져 살았는지.

탈법 하우스 몇 군데를 전전하다 보니 몇 년이 흘렀다. 나는 정상적으로 학교에 다녔으면 고교에 들어갈 나이가 되었다. 그러나 변함없이 매일 은색 구슬을 현금으로 바꾸는 일로 세월을 보내고 있었다.

돈만 있으면 뭐든지 구할 수 있었다. 그렇다, 뭐든지. 만화 카페의 컴퓨터로 '어둠의 경로'를 찾아보니 휴대폰, 은행계좌, 건강보험증, 여권 등 어떤 것이든 구할 수 있는 방법을 가르쳐 주었다. 노트북을 사서 가짜 개인정보로 무선 LAN 계약을 하자 정보량이 대번에 늘어났다.

불법으로 계약한 은행계좌는 언제 봉쇄당할지 모르므로 서서히 현금을 500그램 순금 골드바로 바꿔나갔다. 하나에 약 250만 엔. 이보다 작은 골드바는 수수료를 떼인다.

해가 갈수록 파친코 기계는 빠르게 복잡해졌다. 반면에 이겼을 때 얻는 돈은 줄어들었다. 사행성 게임에 관한 법률 규제가 엄격해진 것이다. 그래서 돈이 원하는 속도로 불어나지 않게 되었다.

그러던 어느 날 파친코에서 알게 된 사람에게 '하우스'라는 것이 있다는 이야기를 들었다. 그곳에서는 잘하면 하루에 수백만 엔이나 벌 수 있다고 했다. 매일 구슬을 퉁겨서 들어오는 돈보다 수십 배나 많았다. 나는 위치를 가르쳐달라고 하고, 전당포에서 제법 좋은 상의와 구두, 그리고 고급 손목시계를 구입하고, 눈만 푸르면 주목을 끌 것 같아서 머리카락도 금발로 염색하고 100만 엔 돈다발을 준비해서 하우스에 찾아 갔다.

그곳은 그야말로 천국 같은 곳이었다.

반짝거리는 샹들리에 아래 푹신푹신한 융단. 에어컨이 쾌적하게 가동되는 내부에는 반짝거리는 호화 집기들. 턱시도를 입은 남자의 안내를 받으며 들어가자 어깨를 노출한 아름다운 여자들이 다가와 미소를 지으며 술과 음식을 권한다. 손님은 그곳에서 샴페인이나 고급 궐련을 즐기며 동이 틀 때까지 도박을 즐긴다. 그리고 이기면 수백만 엔을 챙겨서 돌아갈 수 있는 것이다.

세상에 이렇게 멋진 곳이 있을 줄이야. 꿈이라도 꾸는 것 같았다. 여기가 바로 내가 있을 곳이구나. 이제 죽을 때까지 여기서 나가고 싶지 않다. 속으로 그렇게 생각했다. 하우스는 그야말로 천국이었다. 돈만 있다면 말이다.

처음 얼마 동안은 다양한 게임에 참가해보았다. 그리고 곧 대부분의 게임은 손님이 이길 수 없게 되어 있다는 것을 알았다. 룰렛도 포커도 크게 한 판 따는 경우가 없는 것은 아니지만 그 확률이 너무나 낮았다.

그중에 유일하게 이길 수 있다고 확신한 것은 바카라였다.

바카라는 플레이어와 뱅커라는 가공의 두 사람이 카드 게임을 하는데, 손님은 양자 중에 어느 쪽이 이길지를 놓고 배팅하는 게임이다. 그러니까 '이길 확률이 반반'인 것이다. 주먹 쥔 양손 중에 어느 쪽에 사탕이 있는지를 맞추는 것처럼. 그것을 알고부터는 바카라만 하게 되었다.

나는 하우스에서도 계속 땄다. 첫 하우스에서 출입을 금지당하자 다른 하우스로 옮겼다. 너무나 튀는 눈동자는 짙은 선글라스로 감추고 온 도쿄의 하우스란 하우스는 다 돌아다녔다. 때로는 간사이나 지방 도시까지 원정을 갔다.

마침내 가진 돈이 5000만 엔이 넘자 '어둠의 경로'를 통해 해외 은행계좌 두 개를 사서 분산해서 옮겨놓았다. 돈만 있으면 얻지 못할 것이 없는 세상이었다.

나는 어느새 나의 운은 무한하다는 것을 믿게 되었다. 그리고 내 이름, 바카라로 돈을 버는 푸른 눈의 청년 마슈라는 이름이 서서히 하우스 사이에서 유명해졌다.

나는 돈을 모으는 일에 서서히 싫증이 났다. 벌어둔 돈의 쓰임새를 생각할 때가 왔다. 나는 무엇이 될 수 있을까? 무엇을 할 수 있지? 그것을 위해서 무엇을 하면 되지? 나는 늘 그것을 궁리하게 되었다.

그러던 어느 날 롯폰기의 어느 하우스에 들르게 되었다.

수염을 기른 웨이터가 있는 그 하우스에.

24 선잠에 든 자

"천사님."

그 목소리에 남자는 눈을 떴다.

남자는 하얗고 부드러운 소파 위에 똑바로 누워 있었다. 아마도 누워 있다가 그대로 잠이 든 모양이다.

기나긴 꿈을 꾸고 난 기분이었다. 하지만 어떤 꿈이었는지는 기억나지 않았다.

"곧 손님이 오실 시간입니다, 천사님."

목소리의 주인은 검은 옷을 입은 카지노 스태프였다.

"너까지 그렇게 부를 필요 없다."

깨어난 남자, 마슈 세이는 불쾌한 듯 미간을 찡그렸다. 그리고 문득 생각났는지 의아해하는 표정으로 검은 옷을 입은 스태프를 쳐다보았다.

두터운 커튼을 빈틈없이 드리운 탓에 실내가 어두워서 상대방이 어떤 표정을 하고 있는지 마슈는 알 수 없었다. 어쩌면 늘

끼고 다니는 검은 콘택트렌즈 탓인지도 몰랐다.

"여기에는 들어오지 말라고 했을 텐데?"

잠에서 깨어난 직후인 탓인지 아직 머리가 경쾌하게 움직이지 않는 듯했다. 마슈는 소파에 몸을 뉜 채 두 눈 사이를 손가락을 집고 고개를 좌우로 살살 흔들었다.

"죄송합니다. 하지만 오늘은 특별한 날이므로 그만 일어나시는 것이 좋을 것 같아서요."

그것은 맞는 말이었다. 오늘은 4월 1일. 기요스 카지노 특구에 일본 최초의 카지노 이스트헤븐이 탄생한 지 3년이 되는 기념일이다. 게다가 오늘은 특별한 손님이 이곳을 방문하기로 되어 있다.

"아, 좋아. 그런데."

두뇌 움직임이 차차 정상을 찾고 있었다. 동시에 마슈의 눈도 어둠에 익숙해졌다.

"너는 어떻게 여기에 왔지? 네가 초대장을 가지고 있을 리도 없을 텐데."

검은 옷을 입은 스태프는 마슈의 날카로운 시선을 태연하게 받아냈다.

"물론 '야곱의 층계'로 올라왔습니다."

스태프 남자는 후후, 웃고는 말을 이었다.

"저도 전에는 당신의 동료였잖아요, 천사님."

그 웃는 얼굴에 마슈는 기억이 살아났다. 물론 측근이므로 얼굴을 모를 리는 없다. 그러나 그런 의미가 아니라 더 오래전, 그렇다, 어린 시절부터 내내 이 자를 알아온 것 같은 기분이 들었다. 그리고 자기 인생의 여러 대목마다 어김없이 이 자가 있었던 것 같았다.

마슈는 스태프를 올려다보았다.

"너는, 누구지?"

스태프는 미소를 지으며 마슈를 내려다보았다. 그리고 천천히 허리를 구부려 마슈의 얼굴을 가까이서 들여다보았다.

"그건 당신이, 가장 잘 알 겁니다."

그렇게 말하고 스태프는 수염 밑에 있는 가는 입술의 꼬리를 치켜 올렸다.

하얀 소파 위에서 마슈 세이는 눈을 떴다.

방 안은 환했다. 커튼 같은 것은 드리워져 있지 않았다. 아니, 이 방의 창문에는 애초에 커튼 같은 것은 있지도 않았다. 가리는 것이 아무것도 없는 창문 밖에는 하얀 구름이 떠 있는 창공이 펼쳐져 있었다.

꿈?

마슈는 멍하니 생각했다. 방금 그 대화는 꿈이었나?

그 남자가 깨우기 전에도 나는 소파 위에서 어떤 꿈을 꾸고 있었던 것 같다. 꿈에서 깨어났지만 그곳 역시 꿈속이었다. 어디부터 어디까지가 꿈일까? 아니, 지금 내가 깨어난 이 세계도 꿈이 아니라고 장담할 수 있을까?

마슈의 눈 속에는 수염 사내의 웃음이 여전히 남아 있었다.

"어이."

마슈는 하얀 소파에 몸을 뉜 채 후후, 하고 웃었다.

"그때가 온 거야. 그렇지?"

자기 말고는 아무도 없는 방 안에서 마슈는 그렇게 속삭였다.

25 도착한 자

2주 후.
2023년 4월 1일, 오전 10시.

평, 평, 하는 폭발음이 맑디맑은 창공에서 잇달아 터졌다. 동시에 기요스 카지노 특구의 도로를 가득 메운 수십만 군중에게서 환호와 교성, 그리고 커다란 박수가 터져 올랐다.

'이스트헤븐 개업 3주년 기념 페스티벌'의 시작을 고하는 '낮 불꽃놀이'가 시작된 것이다. 페스티벌 집행위원회는 전 세계에서 찾아온 관광객에게 일본 문화를 강렬하게 보여주고자 이 전통적인 공중 눈요깃거리를 개막 프로그램으로 택했다.

처음 발사된 것은 '단라이'라 불리는 불꽃으로, 일정한 시간 간격을 두고 세 번 폭발하는 3단형, 다섯 번 연속되는 5단형, 한 번에 '푸푸푸푸푸' 소리를 내며 연쇄 폭발을 일으키는 '반라이' 등이 있는데, 이것들은 모두 음향을 즐기는 불꽃놀이로,

창공에는 흰 연기나 붉은 연기만 남을 뿐이다.

그다음에 발사된 것은 '와리모노'라 불리는 불꽃이다. 폭발하면 창공에 하얀 연기가 국화꽃 무늬를 그리는 것, 버드나무 가지 모양을 그리는 것, 사방으로 어지럽게 불꽃이 날아다니는 것 등이 있다.

그리고 마지막을 장식한 불꽃은 낙하산 불꽃, 깃발 불꽃, 자루 불꽃 등 세공품이 등장하는 불꽃놀이이다. 화약 속에 얇은 종이로 만든 세공품을 넣어두어서 폭발 후 채색 연기 속으로 낙하산, 만국기, 고이노보리*, 다루마 인형**, 인기 애니메이션 캐릭터 등이 천천히 떨어지는 것이다. 밑에서 구경하던 사람들이 그것을 잡으러 앞다투어 달려간다. 하지만 대부분은 봄바람을 타고 도쿄 만에 떨어진다.

조도 구역과 에도 구역의 여러 군데에 설치된 거대한 거리 스크린에는 '낮 불꽃놀이'와 그것을 올려다보는 관객의 얼굴이 번갈아서 클로즈업으로 비춰졌다. 자기 얼굴이 스크린에 나오는 것을 알아차리면 화면 속 사람들은 카메라를 향해 환호하며 손을 흔들었다.

불꽃놀이가 끝나자 기념식전이 시작되었다. 이스트헤븐타워 앞 특설 무대에는 먼저 현직 도쿄 도지사가 나와 축사를 했다. 카지노 유치의 중심인물이었던 도지사는 자신의 높은 안목과 유치를 위해 얼마나 노력했는지를 자랑하고, 카지노가

---

* 긴 자루 모양의 잉어 깃발로, 사내아이의 건강을 비는 의미가 있다.
** 달마대사가 좌선하는 모양에서 유래한 일본의 전통 인형으로, 기복의 의미가 있다.

얼마나 훌륭한 오락인지를 주장하고, 이미 일본의 새로운 문화가 되었음을 역설했다.

그리고 도지사, 세이안카이 임원, 미스 이스트헤븐, 그리고 초대 손님인 각계 유명 인사들이 옆으로 나란히 서서 테이프 커팅을 했다. 거대한 종이 풍선이 동시에 터지고 그 안에서 오색종이와 수백 마리나 되는 하얀 비둘기, 그리고 색색 가지의 무수한 풍선들이 창공으로 날아올랐다.

오색종이가 눈처럼 날리고, 이스트헤븐 전역의 거리 스크린에서 댄스뮤직이 일제히 흐르기 시작했다. 동시에 수백 명이나 되는 댄서, 해외에서도 유명한 일본산 캐릭터들, 그리고 일본의 기업이 개발한 다양한 직립 보행 로봇이 행진을 시작했다.

그 뒤에는 국내외 초대 손님을 태운 EV 오픈카, 높이가 몇 미터씩이나 되는 전기 구동 어트랙션 등이 줄줄이 따른다. 이 행진 풍경은 거리 스크린을 통해 이스트헤븐 전역으로 방영되고, 나아가 위성디지털방송이나 인터넷 동영상 포털 사이트를 통해 전 세계에 생중계되고 있다.

참으로 만우절April Fool's Day에 어울리는 한바탕 소동이 기요스 카지노 특구 이스트헤븐에서 펼쳐지고 있었다.

그즈음.

이스트헤븐타워 뒤편.

멀리 환호성과 음악이 들리는 가운데 검은 그림자 하나가 3층의 어퍼엔트런스 뒤쪽에 있는 사무층용 현관으로 들어갔다. 얇은 검은 코트, 검은 슈트, 검은 셔츠, 검은 가죽 구두. 위아래를 온통 검은색 일색으로 차려입은 남자였다. 어깨까지 내려오는 장발에 역시 검은 선글라스를 썼다.

투명 유리 자동문을 지나자 완만한 호를 그리는 널찍한 홀이 나타났다. 3층까지 터놓은 홀의 천장에서 무수한 다운라이트가 빛을 떨어뜨리고 있었다. 대리석 플로어에는 검은 가죽 소파 세트가 띄엄띄엄 놓여 있었다. 사람은 거의 보이지 않았다. 오늘은 이스트헤븐 축제일이라 대부분의 회사가 임시 휴업에 들어간 듯했다.

접수부는 층마다 마련되어 있지만 이 사무층용 현관에는 없었다. 정면 벽에 각 층을 안내하는 터치식 액정 모니터, 입주한 회사명과 그 층수를 표시한 플레이트가 죽 나열되어 있을 뿐이다. 그 벽 중앙에 안쪽으로 통하는 통로가 있었다. 검은 그림자는 그 통로로 들어섰다.

벽 너머는 승강기 홀이 부채꼴 형상으로 길게 자리 잡고 있었다. 정면에는 아홉 개의 승강기 문이 철형凸形 커브를 이루며 나란히 있고, 그 맞은편에는 중앙 통로를 중심으로 양쪽에 승강기 문이 다섯 개씩 요형凹形 커브를 이루며 나란히 있었다. 8층부터 13층까지 자리 잡은 사무층용 승강기들이다.

각 승강기의 금속 문에는 고대 유럽 복식을 한 남자 열아홉 명이 에칭 기법으로 그려져 있었다. 머리 위쪽에는 각자의 이름도 새겨져 있었다. 아브라함, 이삭, 야곱, 르우벤, 시메온, 레위, 유다, 이사카르. 기원전 1812년부터 기원전 1312년까지의

472

'족장 시대'라 불리는 기간에 이스라엘 민족의 족장이었던 열아홉 명이다.

검은색 일색으로 입은 남자는 한 승강기 앞에 멈춰 섰다. 문에는 넉넉한 옷을 걸친 노인 모습과 'Jacob'이라는 이름이 새겨져 있었다.

남자는 짐짓 자연스럽게 주위를 둘러보았다. 아무도 없는 것을 확인하자 상의 안주머니에 오른손을 넣어 카드 한 장을 꺼냈다. 앞면에 다이아몬드 4 무늬, 뒷면에 검은 날개를 가진 천사, 즉 '죽음의 천사' 그림이 그려진 카드였다. 그 카드를 천천히 노인 그림 위에 비췄다.

삑, 하는 작은 소리가 났다. 그리고 승강기 문이 좌우로 스르륵 열렸다. 남자가 안으로 들어가자 문이 조용히 닫혔다.

문 양쪽에 층을 선택하는 버튼이 나란히 있다. 이곳은 3층. 3층 다음은 8층, 그리고 9층, 10층, 11층, 12층으로 이어져 30층으로 끝난다. 하지만 남자는 어느 버튼도 누르지 않고 승강기 내부를 살펴보았다.

안쪽 벽에 표구한 포스터가 걸려 있었다. 오래된 종교화를 모방한 터치로 바다와 섬이 그려져 있다. 섬 중앙에 높은 탑이 있고 그 주위에 투기장이나 다양한 생김새의 건물들이 있다. 그 상공을 하얀 옷에 하얀 날개가 돋은 천사가 혼자 날고 있다. 이스트헤븐 개업 3주년 기념 페스티벌 포스터이다.

남자는 포스터 위쪽에 그려진 '천사' 그림에 카드를 비췄다. 다시 삑, 하는 작은 소리가 났다. 승강기가 희미하게 진동하더니 매끄럽게 상승하기 시작했다.

역시 이것이 '야곱의 층계'였군. 남자는 가만히 고개를 끄덕였다.

승강기 홀에서 호출 버튼을 누르면 제일 먼저 도착하는 승강기를 타게 되어 있으므로 승강기를 선택할 수가 없다. 그러나 야곱이 그려진 문에 카드를 비추면 센서가 감지하고 강제적으로 이 승강기를 부른다. 그리고 층수 버튼을 누르지 말고 안에 있는 '천사' 그림에 카드를 비추면 자동적으로 특정 층까지 올라가는 구조로 되어 있는 것이다.

아마 바닥에 중량 센서가 장착되어 있어서 승객이 한 명이 아닐 경우, 즉 카드 보유자 이외의 승객이 동승하면 일반적인 승강기로 작동하도록 설정되어 있을 것이다.

그리고 '야곱의 층계'는 이스라엘 3대 족장 야곱이 꿈에서 본, 천사가 하늘로 올랐다는 층계를 말한다. 구약성서 창세기 28장 12절에 그 모습이 묘사되어 있다.

〈꿈을 꾸었다.
땅에서부터 하늘까지 닿는 층계가 있고 그 층계를 하느님의 천사들이 오르락내리락하는 것을 보고 있었는데.〉

남자는 손에 든 카드로 시선을 떨어뜨렸다. 볼펜으로 갈겨 쓴 네 행의 글귀 마지막에 이렇게 적혀 있었다.

천사는 천국의 하늘에 있다.

남자는 그 행을 보며 기억을 떠올리고 있었다.

'천사'는 마슈를 가리키고 '천국'은 이스트헤븐을 가리킨다. 마슈는 이스트헤븐의 '하늘'에 있는 것이다. 그럼 '하늘'은 어디일까? 이스트헤븐에서 하늘에 가장 가까운 곳은 이 이스트헤븐타워의 꼭대기다. 그곳이 '천국'이고, 거기 마슈가 있는 것이다.

스와의 아버지가 가지고 돌아온 카드에는 IC 메모리가 장착되어 있고, 모종의 프로그램이 입력되어 있었다. 이것이 '천국', 즉 이스트헤븐타워의 꼭대기로 오르는 기구를 가동하는 열쇠였던 것이다. 그 기구는 승강기 말고는 있을 수 없었다.

그럼 이스트헤븐타워에 49기나 있는 승강기 중에 어느 것이 천국으로 가는 층계, 즉 '야곱의 층계'일까? 당연히 그것은 문에 야곱이 그려진 승강기일 터였다.

8, 9, 10, 11, 12-.

문 옆의 버튼이 순서대로 켜졌다가 꺼지며 남자에게 현재 통과하는 층을 가르쳐준다.

도중의 어느 층에 있는 누군가가 호출 버튼을 눌러 승강기가 멈추는 것은 아닐까, 하며 남자는 한순간 걱정했다. 하지만 그것은 물론 기우였다. '죽음의 천사' 카드로 승강기를 움직인 만큼 도중에 다른 층에서 멈추지 않도록 설정되어 있을 것이다.

24, 25, 26-.

가속도를 더해가며 승강기는 올라갔다. 속도를 늦출 기미는 전혀 없었다.

'이건 함정이 아닐까?'

불안감이 남자의 뇌리를 스쳤다. 승강기가 이런 빠른 속도로 30층 천장에 그대로 격돌하여 내 몸뚱이가 곤죽으로 짓이겨지는 것은 아닐까? 그리고 자신의 죽음은 승강기 고장에 의한 사고사로 처리되고 마는 것은 아닐까?

28, 29-.

여기서 한 층 위인 30층이 이 사무층 전용 승강기가 올라갈 수 있는 최상층일 터였다. 그러나 승강기는 여전히 속도를 늦추지 않았다. 아니, 오히려 속도를 더 높여가는 것 같았다.

30.

문득 승강기 내부 조명이 꺼졌다.

남자는 완전한 암흑에 싸여 한순간 평형 감각을 잃었다. 승강기 바닥이 꺼져 허공에 내던져진 듯한 착각에 하마터면 비명을 지를 뻔했다.

그러자 승강기 천장에서 한 줄기 붉은 빛이 날카롭게 비춰들어 바닥에 빨간 두 자리 숫자를 투영하기 시작했다.

31, 32, 33-.

빨간 빛은 숫자를 하나씩 더해간다. 남자는 저도 모르게 안도의 한숨을 지었다. 동시에 몸에서 식은땀이 솟기 시작했다.

빨간 빛이 비춰내는 숫자는 빠르게 하나씩 큰 숫자로 늘려간다. 그리고 이스트헤븐타워 최상층인 70층을 향해 승강기는 맹렬한 속도로 치달려 올라간다.

63, 64, 65–.

숫자가 바뀌는 간격이 조금씩 느려졌다. 승강기 속도가 떨어지기 시작한 것이다.

남자는 품속의 홀더에서 권총을 뽑았다. 그리고 손잡이를 오른손으로 잡고 왼손 손바닥을 손잡이 밑에 받치고 문을 겨누었다. '팜 서포티드 그립palm supported grip'. 일명 '컵 앤 소서cup and saucer'라고도 하는, 무거운 구식 권총에 적합한 자세이다.

68, 69–.

남자는 몸이 점차 무거워지는 것을 느꼈다. 승강기가 멈추려는 것이다.

70–.

빨간 숫자가 이스트헤븐타워 최상층 70층을 표시했다. 하지만 승강기는 속도를 거의 잃고서도 여전히 멈추지 않았다.

마침내 빨간 빛은 마지막으로 숫자가 아닌 문자를 남자의 구두 옆에 투사했다.

HEAVEN.

승강기가 멈췄다.

남자의 눈앞에 암흑이 세로로 갈라지고 하얗고 가는 틈새가 나타났다. 문이 열리기 시작한 것이다.

갑자기 문 틈새에서 강렬한 빛의 띠가 비껴 들었다. 예상 못한 눈부신 빛에 남자는 한순간 시력을 잃을 뻔했다. 저도 모르게 감기려고 하는 눈꺼풀을 남자는 안간힘으로 들어 올렸다.

문은 여전히 천천히 좌우로 열리고 있었다. 새하얀 빛의 띠는 점점 넓어져 승강기 내부를 하얀 빛으로 가득 채웠다.

문이 완전히 열렸다.

남자는 양손으로 권총을 쳐든 채 앞에 있는 하얀 직사각형 빛 속으로 조심스레 발을 내디뎠다.

그곳은 '천국'이었다.

시야 끝에서 끝까지 창공이 한없이 펼쳐져 있었다.

머리 위에서 햇빛이 압도적으로 쏟아지고 있었다. 태양은 곧 정점에 도달할 참인 듯하다. 그 빛을 받아 새하얗게 빛나는 구름이 파란 허공에 남자의 눈높이로 떠 있었다. 그 밖에는 아무것도 보이지 않았다. 남자는 권총을 양손으로 꼬나든 채 놀란 얼굴로 그 광경을 바라보았다.

그리고 발 아래를 본 순간 남자의 등줄기가 순간적으로 얼어붙었다. 아무것도 없는 허공에 자신이 떠 있다는 것을 깨달은 것이다. 남자의 바로 아래도 파랗고 투명한, 아무것도 없는 공간이었다. 시선보다 한참 밑에 하얀 구름이 천천히 흐르고 있는 것이 보였다.

추락하나?

본능적으로 공포에 휩싸였다. 저도 모르게 두 발이 움츠러들고 온몸이 경직되었다.

"어때? 천국에서 보는 풍경이."

뒤에서 목소리가 들렸다. 동시에 뒤통수에 뭔가가 쾅, 하고 부딪혔다. 그 딱딱한 금속성 감촉에 남자는 현실로 돌아왔다.

"총을 버려."

남자는 그제야 자신이 어디에 서 있는지를 이해했다. 그곳은 허공이 아니라 바닥을 거울로 마감한 공간이었다. 머리 위의 파란 하늘과 하얀 구름이 바닥 전체에 비치고 있어서 마치 공중에 서 있는 듯한 착각에 빠졌던 것이다.

이런 낭패를! 남자는 자신의 멍청함에 혀를 차며 권총을 바닥에 탁, 소리가 나게 버리고 양팔을 힘없이 늘어뜨렸다.

"더 멀리."

그러자 남자는 검은 가죽 구두 끝으로 권총을 툭 찼다. 총은 뱅뱅 돌면서 하늘을 비춘 거울 위를 미끄러져 그 방 한복판에 멈추었다. 그 바로 앞에, 지금까지는 구름에 눈길을 빼앗겨 알아차리지 못했지만 넉넉하게 생긴 하얀 가죽 소파가 놓여 있었다.

검은 옷의 남자는 마음을 가라앉히며 주위를 관찰했다.

남자가 있는 곳은 천장과 벽이 전부 투명 유리로 된 정육면체 방이었다.

한 변이 10미터쯤 되므로 바닥 면적은 약 100평방미터. 정면과 좌우 세 방향의 유리 벽은 가느다란 금속 프레임으로 결합되어 있었다. 바닥에서 5미터쯤 위에 삼면의 벽 상단에도 프레임이 빙 둘러 붙어 있고 그곳에 유리 천장이 끼워져 있었다.

그 위는 성층권으로 이어지는 푸른 하늘.

바로 위에서 햇살이 전면에 쏟아지는데도 온실 속처럼 덥지는 않았다. 가시광선을 제외한 자외선, 적외선, 방사선 등을 차단하는 유리를 사용한 것이다. 공기 흐르는 소리가 희미하게 들린다. 에어컨도 부족하지 않게 가동되고 있는 듯했다.

"천천히 세 걸음 앞으로."

1미터쯤 앞에 폭 2센티쯤 되는 좁은 틈새가 벌어져 있었다. 남자는 거울 바닥 위를 천천히 걸어서 그 슬릿을 건너 세 걸음 후에 멈췄다.

"좋아. 다른 무기나 도청기, 단말기는 없나?"

바닥에 벌어져 있는 슬릿은 스캐너 방식의 금속 탐지기인 듯했다.

뚜벅뚜벅 하는 견고한 발소리가 뒤에서 다가왔다. 그리고 남자의 몇 미터 왼쪽을 하얀 옷을 입은 남자가 지나갔다. 하얀 옷을 입은 남자는 오른손에 자동권총을 들고 총구를 검은 옷을 입은 남자에게 향하고 있었다. 베레타 M92FS. 물론 페인트탄을 장전했을 리는 없다.

검은 옷을 입은 남자는 자기 뒤쪽을 힐끔 보았다. 승강기 문 부분만 1미터쯤 돌출되어 있어서 그 좌우는 승강기에서는 사각이었다. 하얀 옷을 입은 남자는 그곳에 몸을 숨기고 있었던 것이다. 문 표면을 포함하여 좌우 벽도 바닥과 마찬가지로 거울로 마감되어 있었다. 문 왼쪽 벽에는 대형 액정 모니터가 부착되어 있었다. 전원은 켜져 있지 않았다.

하얀 옷을 입은 남자는 하얀 소파 앞으로 가서 검은 옷을 입은 남자와 정면으로 마주 보며 섰다. 검은 옷을 입은 남자와 마찬가지로 얼굴에 짙은 선글라스를 썼다.

"천국에 온 걸 환영한다. 진자이 아키라."

하얀 슈트 속에 목깃을 열어젖힌 하얀 셔츠, 하얀 가죽 구두. 진자이와는 대조적으로 하얀색 일색으로 차려입은 그는 오른손의 권총을 진자이에게 겨눈 채 미소 지었다.

"재미없군."

진자이가 그렇게 말하고 거울 바닥에 퉷, 하고 침을 뱉었다. 하지만 하얀 옷을 입은 남자는 미소를 지우지 않았다.

"만나고 싶었다, 마슈. 아니 마슈 세이."

진자이는 이 가는 소리와 함께 말했다.

"아니면 '천사'님이라고 불러줄까? 그것도 아니면 네놈이 죽인 에다 아즈마라는 이름이 익숙하려나?"

하얀 옷을 입은 남자, 마슈 세이는 조용히 미소를 짓고 총을 진자이 가슴에 겨눈 채 왼손으로 천천히 선글라스를 벗어 구석으로 휙 던졌다.

빨려들 것 같은 푸른 눈이 나타났다. 산속에 아무도 모르게 숨어 있는 호수 같은, 아프리카의 보석 탄자나이트처럼 깊고 투명한 눈.

"좋을 대로 불러. 마슈 세이도 본명은 아니야. 난 호적이 없으니까 이름 같은 거 없다. 주위 사람들이 날 그렇게 불렀을 뿐이지."

마슈는 오른손의 총으로 진자이를 겨눈 채 왼팔만 옆으로 크게 벌렸다.

"하지만 이 기요스, 그리고 이스트헤븐이라는 이름은 내가 지었다. 여기는 내가 만든 천국이니까. 나는 내가 태어난 지옥에서 기어 올라와 힘겹게 나의 천국을 차지했다. 그리고 여기는 나의 왕국을 굽어보는 방이지."

마슈의 푸른 눈동자는 기쁨으로 빛나고 있었다.

"설계자에게는 모 기업의 VIP용 공간이라고만 설명하고 완성 후에는 승강기 시스템에 손질을 좀 했지. 그래서 아무도 이 방을 모른다. 외부에서는 타워 정상에 있는 장식으로밖에 보이지 않아. 헬리콥터도 항공법 때문에 600미터 이내로 접근할 수 없으니까."

"벼락부자의 돈 자랑은 됐다."

진자이는 낮은 목소리로 가만히 말했다.

"마슈 세이. 너는 에다 아즈마를 죽이고, 그 부모를 죽이고, 쇼코를 죽이고, 다자와를 죽이고, 잡지 기자 하마나를 죽이고, 보험조사원 아오키를 죽이고, 스와 고스케의 아버지를 죽이고, 스와 코스케를 죽였다. 또 기요스 서의 형사 한 명과 아오키의 상사, 거기다 노인들을 내가 파악한 것만도 다섯 명을 죽였다. 실제로는 더 많은 노인을 죽였겠지. 그렇지?"

"스와 고스케를 죽인 기억은 없지만, 뭐, 누군가가 알아서 처리한 모양이군."

마슈가 어깨를 가볍게 으쓱해 보였다.

"물론 나는 그자들을 죽였다. 너도 15년 전에 그 여형사와 함께 죽을 예정이었다. 두 사람을 오늘날까지 떨어져 지내게 해서 미안하군. 이제 곧 만나게 해주지."

진자이는 마슈를 향해 이를 갈았다.

"이놈이……."

"너도 사람을 일곱 명이나 죽였지. 나와 다를 게 없잖아."

그리고 마슈는 진자이의 얼굴을 쳐다보며 물었다.

"여기는 어떻게 올라왔지?"

"예약을 해야 했나?"

진자이의 비꼬는 말에 마슈는 빙긋이 웃었다.

"초대장을 가지고 있나 보군. 이 장소가 있다는 것을 알아도 카드키가 없으면 승강기를 움직일 수 없다. 초대하지 않은 손님이 초대장을 주워서 올라오는 일이 없도록 프로그램을 손봐야겠군."

"너한텐 아무것도 설명하지 않겠다."

진자이가 낮은 목소리로 말했다.

"오늘 이 시간이면 네놈이 반드시 여기 있을 거라고 확신했다. 네놈에게는 가장 기분 좋은 시간일 테니까."

창밖에서 팡, 팡, 하는 작렬음이 희미하게 들렸다. 이스트헤븐 3주년 기념 페스티발의 개막을 고하는 '낮 불꽃놀이' 소리다.

"퍼레이드가 시작되겠군."

마슈가 유감스럽다는 듯이 중얼거렸다. 그리고 푸른 눈으로 진자이를 동정하듯이 보았다.

"진자이 아키라, 너는 15년간이나 나를 추적해왔다. 나를 죽여서 원한을 갚겠다고. 하지만 공교롭게도 나는 내 목숨을 노리는 자는 전혀 두렵지 않아. 어릴 때부터 내 목숨을 노리는 자들에게 익숙했고, 그럴 경우 어떻게 해야 되는지도 알고 있다. 간단해. 그놈을 죽이면 돼."

마슈는 여전히 온화하게 말했다.

"이 방의 존재는 충실한 부하 말고는 아무도 모른다. 여기에서 너를 쏴도 아무도 총성을 듣지 못해. 사람 죽이는 데 딱 좋은 곳이지. 게다가 너는 네 발로 뛰어들었어."

진자이는 꼼짝도 하지 않고 말없이 마슈의 이야기를 듣고 있었다.

마슈는 계속 말했다.

"네 사체는 여기 기요스 남쪽에 있는 폐기물 매립처분장 지하 깊숙이 쓰레기와 함께 묻힐 거다. 아무도 발견하지 못한다. 아주 먼 미래에 고대 21세기 유적을 발굴하는 고고학자라면 모를까. 그때까지 이 나라가 존속할지 어떨지 모르지만. 자, 이제 끝내도록 하지."

마슈는 권총을 든 오른손을 진자이 가슴을 향해 천천히 뻗었다.

"이봐, 진자이 아키라."

마슈의 말투가 조금 부드러워졌다.

"묘한 일 아닌가. 호적을 잃은 네가 호적도 없이 태어난 나를 죽이겠다고 추적해왔다. 피차 이 세상에 존재하지 않는 인간인데, 그리고 다른 누구보다 가까운 존재인데 말이지."

그 목소리에는 분명히 모종의 감상이라고 할 만한 것이 깃들어 있었다.

그러자 진자이가 마슈를 매섭게 노려보며 가만히 말했다.

"물론 어제까지만 해도 나는 네놈을 죽이겠다고 작정하고 있었다."

마슈가 미간을 모았다. 투명한 푸른 눈에 의아해하는 기미가 깃들었다.

진자이는 낮은 목소리로 말했다.

"하지만 어떤 바보 같은 놈을 만나서 생각이 바뀌었다. 나는 도박 같은 것은 하지 않지만, 그놈에게 딱 한 번만 배팅해보기로 했다. 너를 생포하면 배후에 있는 거악巨惡을 폭로해낼 수 있을지 모른다. 그렇다면 나는 경찰관 시절의 나로 돌아갈 수 있을지 모르지. 내내 도망다니기만 하던 인생을 바로잡을 수 있을지 모른다. 그렇게 생각했다."

그리고 진자이는 후후, 하고 웃었다.

"게다가 그놈은 아무도 못 말리는 황소고집이다. 네놈을 궁지에 몰아넣으려면 반드시 그놈과 협력할 필요가 있었다. 그래서 나는 눈물을 머금고 내 원칙을 양보하지 않을 수 없었다. 네놈을 절대로 죽이지 않겠다는 조건으로 이 역할을 맡았던 거다."

"뭐라고?"

마슈의 얼굴이 그제야 살짝 굳어졌다.

"거기 TV를 켜봐라. 늘 도박 광고를 내보내는 이스트헤븐

채널이다."

진자이가 뒤쪽 벽을 보며 턱짓을 했다.

마슈는 진자이에게 권총을 겨눈 채 주머니에서 스마트폰을 꺼내 액정 화면을 손가락을 두드렸다.

진자이 뒤쪽에 있던 대형 액정 TV에 영상이 나타났다.

TV 화면에서는 기요스에 모인 수많은 관광객이 눈이 부신 듯한 얼굴로 하늘을 올려다보고 있었다. 퍼레이드 행렬도 어느새 움직임을 멈추고 역시 모두 하늘을 올려다보고 있었다. 수십만 명이 모여 있는데도 기분이 섬뜩할 정도로 쥐 죽은 듯 조용하다. 이스트헤븐 개업 3주년 기념 페스티발을 생중계하던 방송용 카메라 영상이다.

카메라 방향이 조도 구역의 거리를 옆으로 움직였다. 가까운 빌딩 벽면에 있는 대형 스크린에도 똑같은 영상이 나오고 있는 것이 보였다.

카메라는 이제 사람들의 시선이 향하는 곳을 향해 움직였다. 이스트헤븐타워가 나온다. 카메라는 그 맨 꼭대기를 향해 서서히 줌인을 한다. 마슈와 진자이가 있는 유리 상자 같은 공간이 화면 중앙에서 서서히 확대되었다.

기요스를 가득 메운 군중을 향해 거리 스크린에서 커다란 목소리가 울려 퍼졌다.

"우리가 나누는 대화는 지금 여기 기요스 전역에, 아니 일본 전역에, 전 세계에 중계되고 있다. 지금까지 네놈이 뱉은 말도 전부."

마슈의 바로 눈앞에서 이 말이 육성으로 들렸다. 진자이 아키라의 목소리였다. 진자이 아키라의 목소리가 이스트헤븐 채널을 통해 생중계되고 있는 것이다.

마슈는 황망히 주위를 둘러보았다. 그리고 발 옆에 떨어져 있는 진자이의 권총을 보더니 푸른 눈을 가늘게 뜨고 의아하다는 듯이 내려다보았다.

"그건 내 총이 아니다. 나는 리볼버, 그것도 M60밖에 쓰지 않아."

진자이는 담담하게 말했다.

"그리고 그 총 끝에 달린 것은 소음기가 아니다. 무지향성 무선 집음 마이크다."

마슈는 바닥에 떨어져 있는 총의 총구에 달린 기구를 응시했다. 그리고 갑자기 그것을 구두 굽으로 짓밟았다. 파삭, 하는 소리가 나고 마이크가 찌그러졌다. TV에서 지직, 하는 거슬리는 잡음이 나더니 이내 음성이 사라졌다.

그때 파랗게 맑은 하늘이 갑자기 검게 흐려지기 시작했다. 개기일식이 시작된 것처럼, 혹은 사나운 천둥번개가 시작되기 직전처럼 순식간에 실내가 어두워졌다.

마슈는 머리 위를 올려다보았다. 유리 천장 수백 미터 상공에 거대한 타원형 물체가 태양광을 가로막으며 떠 있었다.

별것 아니라는 듯한 목소리로 진자이가 설명했다.

"오늘의 이스트헤븐 행사를 공중 촬영하려고 방송국에서 전세 낸 비행선이다. 초망원렌즈가 달린 카메라가 실려 있지."

액정 TV 영상이 비행선에서 촬영하는 영상으로 바뀌었다. 양손을 힘없이 늘어뜨리고 서 있는 검은 옷의 진자이와, 진자이에게 총을 겨눈 하얀 옷의 마슈가 머리 위에서 선명하게 촬영되고 있었다. 카메라가 줌인을 하여, 상공을 올려다보는 마슈의 얼굴이 화면 전면에 나왔다. 같은 영상이 기요스 전역의 대형 스크린에도, 그리고 일본 전역의 TV에도 나오고 있을 것이다.

진자이가 마슈를 향해 조용히 물었다.

"어떡할래, 마슈? 나를 죽일 테냐? 모든 과정이 생중계될 거다."

그때 액정 TV의 영상이 한순간 모래폭풍에 휩싸인 것처럼 사라졌다. 에어컨 소리도 멈췄다. 하지만 TV와 에어컨은 곧 회복되었다. 그리고 진자이 뒤에 있는 승강기에서 희미한 진동이 느껴졌다.

진자이가 마슈에게 고개를 끄덕여 보였다.

"진입에 성공한 듯하군."

"진입이라고?"

마슈가 의아해하는 얼굴로 물었다.

진자이는 승강기를 힐끔 보았다.

"나는 잘 모른다. 놈에게 물어봐라."

그렇게 말했을 때 거울로 된 승강기 문이 천천히 열렸다.

"살아 있었나?"

안에서 나타난 남자를 보고 마슈가 납득한 듯이 고개를 끄덕였다.

"그러고 보니 너를 내 집에 초대한 적이 있지."

"오랜만이군, 에다 씨. 아니, 마슈 세이."

안에서 나타난 사람은 오른손에 권총을 든 스와 고스케였다.

26 비상하는 자

"마슈 세이. 너를 체포한다."

승강기를 나서면서 스와가 말했다.

"이 이스트헤븐타워는 경시청이 점령했다. 해킹에 성공한
거다. 네가 승강기에 설치해둔 장치를 외부에서 조작할 수 있
게 했다. 경시청은 2013년부터 정보통신국 정보기술해석과에
사이버공격분석센터라는 400명 규모의 부서를 설치했다. 해
커 공격에 대비한 부서인데, 당연히 해커에게 역공할 능력도
갖추고 있지."

스와가 그렇게 말하며 귀에 꽂은 이어폰을 뺐다.

"세이안카이는 사정청취를 위해 전원 기요스 서로 연행했
다. GAPS 경비원도 전원 구속했다."

스와는 마슈의 발 옆에 떨어져 있는 총을 힐끔 보았다.

"경시청 도청기가 성능이 꽤 괜찮았지? 내 상관인 기자키
씨가 만든 거다. 평소 사격에 자신이 없는 그분이, 적에게 총을

빼앗기는 상황을 상정해서 만들어봤다고 하더군."

스와는 품에서 자신의 자동권총을 꺼내 슬라이드를 철컥, 움직이고 마슈를 정확히 겨냥했다. S&W · M37 에어웨이트.

"어떻게 경시청 본청을 움직였지?"

마슈가 미간을 살짝 찡그리며 스와에게 물었다.

"내 얘기를 믿어준 기자키라는 상관의 아이디어 덕분이지. 내가 죽었다는 뉴스를 매스컴에 흘렸다. 너를 방심하게 해두고 그동안 경시청 본청을 움직일 만한 증거를 잡으려고 말이야."

스와의 푸른 눈에 희미하게 분노의 빛이 떠올랐다.

"의원회관에 있는 에다 아즈마 의원 방에서 네 모발을 채취했다. 그 모근의 DNA형을 경시청 데이터베이스에 등록되어 있는 에다 부부의 DNA형과 대조했다. 그 결과 너와 에다 부부는 생판 타인이라는 사실이 드러났다. 그래서 너에게 신분 사칭, 헌법 및 국회법 위반, 나아가 살인과 사체 유기 혐의가 제기되었다."

스와에 이어 진자이가 입을 열었다.

"네놈 얼굴 사진을 CG 처리해서 두발을 금발로, 눈동자를 푸른색으로 해보았지. 그것을 네놈의 하우스 시절을 아는 자들에게 보여주자 마슈가 틀림없다고 증언하더군."

마슈의 푸른 눈을 쳐다보며 진자이가 계속 말했다.

"기자키라는 분은 다카이도 서 시절의 내 상관이었다. 그 사람만이 내 주장을 믿어주었다. 그래서 나는 종적을 감춘 뒤에도 그분하고만 연락을 취해왔다. 너에 관한 정보라면 하나라도 더 확보하고 싶었으니까. 그리고 재작년에 네놈이 기요스에 있는 것 같다는 정보를 전해주자 그분은 스스로 전근을 요청해서 기요스 서로 옮겨주셨다."

다시 스와가 입을 열었다.

"나는 네가 어릴 적에 지냈던 기독교계 보육원을 찾아보았다. 그 보육원 '어린 양의 집'은 벌써 없어졌더군. 하지만 예전에 그곳에서 봉사하던 크리스천 여성을 만날 수 있었다. '마리아 선생'이란 세례명으로 불리던 사람이다."

"마리아 선생……."

마슈는 저도 모르게 중얼거렸다.

"그 여성에 따르면 보육원에서는 갓난아기를 달래려고 천장에 메리고라운드를 매달아놓는다고 하더군. 그리고 늘 오르골로 같은 곡을 틀어놓았다고 한다. 네가 휴대폰 착신음으로 쓰는 곡이다."

"그래, 「모차르트의 자장가」."

마슈가 반가운 듯이 고개를 끄덕였다.

"나는 그 곡이 마음에 들었다. 그 곡을 듣고 있으면 고독을 잊을 수 있었고, 죽은 어머니 모습도 잊을 수 있었지. 마치 천국에서 울려오는 아름다운 선율. 천재 모차르트의 곡 중에서도 가장 아름다운 곡이야."

마슈의 얼굴에 꿈꾸는 듯한 표정이 떠올랐다.

스와는 그 얼굴을 보며 고개를 가로저었다.

"그 곡을 작곡한 사람은 모차르트가 아니다."

마슈의 얼굴에서 웃음이 사라졌다.

"다른 사람의 곡이다. 베른하르트 플리스라는 사람의 곡이지. 모차르트의 작품 목록을 작성한 쾨헬도 모차르트 곡이라고 알고 있었던 모양이지만."

"다른 사람……."

마슈는 그렇게 말하고는 잠시 말이 없었다.

"다른 사람의 곡인가? 그래, 내가 그 곡을 좋아할 만했군. 다른 사람으로 가장하고 살려고 하는 나에게 꼭 맞는 곡이었던 거야."

마슈는 우습다는 듯이 큭큭거리기 시작했다.

"한 가지 알 수 없는 게 있다."

마슈에게 총을 겨눈 채 스와가 물었다.

"왜 노인들을 초대해서 만났던 거지?"

마슈의 얼굴에서 웃음기가 사라졌다.

"내 아버지도 여기로 초대해서 만났지? 그래서 아버지는 '천사' 카드를 바꿔치기해서 몰래 가지고 나올 수 있었고, 내가 그 카드를 확보할 수 있었다. 그런데 너는 왜 노인들을 죽이기 전에 여기로 초대해서 만났던 거지?"

기묘한 웃음이 다시 마슈의 얼굴에 번졌다.

"묻고 싶어서."

그리고 마슈는 혼잣말처럼 중얼거렸다.

"그래, 나는 도박에 빠져 인생을 망친 어리석은 자들에게 묻고 싶었다. 그때 그 사람에게 묻지 못했던 것을. 왜 인생의 시간을 전부 허비하며 이런 짓을 계속하는지. 왜 생활의 행복들을 다 포기하면서까지 이런 짓을 계속하는지."

"그때, 그 사람이라고?"

누구를 말하는지 알 수 없어서 스와는 당혹스러웠다.

"그 한심한 노인들의 이야기를 듣고서 마침내 알게 되었다. 인간이 빼도 박도 못 하고 도박에 빠지고 탐닉하는 이유를."

그렇게 말하고 마슈는 만족스러운 웃음을 지었다.

"쓸데없는 얘기는 이제 됐다."

진자이가 분노를 채 억누르지 못하고 가만히 말했다.

"마슈, 총을 버려라. 이제 못 도망간다. 15년이나 추적해온 네놈을 내 손으로 죽이지 못해서 정말 유감이다. 그 대신 네놈의 교수대 버튼은 세 개 모두 내가 눌러주마."[*]

마슈는 손에 든 베레타 M92FS 총구를 천천히 아래로 내렸다. 그리고 뒤쪽으로 던졌다. 총은 거울 바닥에 떨어져 그대로 바닥을 미끄러져서 5미터쯤 떨어진 유리 벽에 부딪히며 멈췄다.

스와는 오른손으로 총을 겨눈 채 왼손을 허리로 옮겼다. 수갑 케이스의 고리를 벗기고 안에서 수갑을 빼내려고 했다. 그러다가 스와의 왼손이 뚝 멈췄다.

"너희는 절대로 나를 심판할 수 없다."

마슈의 왼손에 마법처럼 나이프가 나타났다. 페이퍼나이프 정도 되는 가느다란 나이프가 머리 위에서 쏟아지는 햇빛을

---

[*] 교수형은 세 명의 형무관이 각자 버튼을 눌러서 집행하는데, 버튼 세 개 가운데 두 개는 가짜 버튼으로 설치하여 형무관의 죄책감을 줄여준다.

받아 차갑게 번들거렸다.

마슈는 그것을 자기 목의 경동맥에 댔다.

"바보 같은 짓은 그만둬."

진자이가 미간을 찡그리며 혐오감을 드러냈다.

"나중에 청소하기 힘들다. 죽고 싶으면 총을 써라. 그게 그나마 출혈량이 적다."

마슈가 자기 목에 나이프를 댄 채 차분한 목소리로 말했다.

"진자이 아키라, 너는 이미 경찰관이 아니다. 하지만 여기 스와를 비롯한 다른 경찰관들은 어떨까? 범인이 경찰에 쫓기다 자살을 하면 경찰관에게 그보다 더한 실책은 없다. 하물며 그 모습이 일본 전역, 아니 전 세계에 생중계된다면."

아뿔싸. 스와가 입술을 깨물었다.

여기서 마슈 세이를 죽게 할 수는 없다. 마슈가 말한 대로 체포 직전에 범인이 자살을 한다면 범인을 놓친 거나 마찬가지다.

하지만 마슈 세이의 죽음은 그 이상으로 중대한 문제를 낳을 것이다.

현재 증명할 수 있는 것은 마슈 세이가 에다 아즈마를 죽이고 신원을 위장하고 그 부모도 죽였다는 것뿐이다. 아니, 15년 전에 진자이의 동료 히와라 쇼코를 죽이고 올해 기요스 서의 다자와 마코토를 죽인 것까지는 마슈의 범행이라고 단정해도 좋을 것이다.

그러나 카지노 이스트헤븐을 이용한 범죄, 국가마저 끌어들인 범죄는 무엇 하나 해명되지 않았다. 카지노, 소비자금융, 보험 회사, 도쿄 도, 거기에 국가가 공모하지 않고서는 성립하지 못할 고령자 대량 살인이라는 음모. 이를 위해 일본에서 카지노 해금이 단행되고, 카지노 해금을 위해 도쿄 도는 오다이바에 올림픽을 유치하기로 결정했던 것이다.

이 음모에 희생된 것이 무사시노 시에서 죽은 노인을 비롯한 다섯 명, 아니 아마도 더 많은 노인이고 스와의 아버지 아닌가. 그리고 이 음모를 증명하려다가 살해된 것이 잡지 기자 하마나 료스케이고 보험조사원 아오키 가스미와 그녀의 상사 아닌가.

대체 어떤 자들이 각자의 위치에서 범죄에 가담한 것일까.

아니, 그보다도 애초에 누가 이 무서운 계획을 마슈에게 사주했을까.

역대 도쿄 도지사 가운데 하나일까? 아니면, 그보다 더 높은…….

"마슈, 투항해라. 그리고 모든 것을 자백해라."

스와는 설득을 계속하며 승강기 소리에 귀를 기울였다.

예정대로라면 이제 곧 경시청 특수부대가 승강기를 타고 올라올 것이다. 이런 농성 사건을 진압하는 전문가들이다. 어떻게 해서든 마슈를 산 채로 확보해줄 것이 틀림없다. SAT 도착까지 자신과 진자이가 시간을 벌어야 한다.

그때였다.

"방금 기요스 카지노 특구 이스트헤븐타워에서 일어난 사건에 대하여 경시청에서 공식 발표가 있었습니다."

스와는 뒤를 돌아보았다. 벽에 설치한 TV 화면이 스튜디오로 바뀌어 있었다. 그리고 슈트 차림의 아나운서가 아무 감정이 실리지 않은 목소리로 종이에 적힌 글을 읽기 시작했다.

스와는 화면에서 들려오는 목소리에 귀를 기울였다.

"이스트헤븐타워 최상층에서 농성하는 사람은 국회의원 에다 아즈마입니다. 에다는 10년 전 중의원 선거에 출마하여 당선되었으며, '도박 피해를 생각하는 모임'의 대표로서 카지노 이스트헤븐을 감사한 바 있습니다. 하지만 카지노 관련 기업 단체인 세이안카이와 결탁하여 거액을 업무상 횡령한 혐의가 있어서 경시청이 은밀히 조사를 진행해왔습니다.

현재 에다 아즈마가 농성하는 현장에서는 경시청 경찰관 두 명이 투항을 설득하고 있지만 교섭은 난항을 겪는 듯합니다. 현재 최상층으로 가는 승강기는 모두 가동되지 않는 상태이며, 복구하려면 적어도 30분이 필요하다고 합니다. 경시청 홍보 담당관은 "두 경찰관의 설득에 기대를 걸고 있다"라고 말했습니다."

"아니야."

스와가 멍한 표정으로 고개를 가로저었다.

"이놈은 에다 아즈마가 아니야. 마슈 세이라는 놈이다. 에다
는 이놈에게 살해되어 이미 오래전부터 세상에 없었다. 다른
사람이야! 왜 그 사실을 말하지 않지!"

스와는 TV 화면을 향해 외쳤다.

"게다가 이건 횡령 사건 같은 게 아니야! 살인 사건이다! 이
놈은 에다 아즈마를 비롯하여 여러 사람을 죽였다! 그리고 관
민을 은밀히 조종해서 카지노를 이용한 가공할 음모를 추진해
왔단 말이다! 승강기도 방금 내가 타고 올라왔잖아! 멀쩡하다
고! 기동대는 왜 오지 않는 거야!"

그 말 도중에 스와의 휴대폰이 문자 도착을 알렸다. 스와는
얼른 주머니에서 단말기를 꺼내 초조한 듯 화면을 조작했다.

그것은 기자키 계장이 보낸 음성 첨부 문자였다. 긴박한 상
황임을 알고 음성을 첨부했을 것이다. 여하튼 긴급한 연락이
라고 생각할 수밖에 없었다. 스와는 마슈에게 한순간 시선을
거두고 음성 재생 버튼을 눌렀다.

기자키 계장의 어눌한 목소리가 세 사람이 있는 경직된 공
간에 흐르기 시작했다.

"스와 군, 그리고 진자이 군.

정말 미안해요.

나는 경시청 본청에 마슈 세이를 산 채로 체포하고 사건의
전모를 자백하게 하자고 강력히 요구했어요.

그러나 경시청 본청의 최종 결론은,

'현재 농성하는 자는 에다 아즈마이다.'

'마슈 세이라는 자는 존재하지 않는다.'

'관민이 공모한 음모 따위는 존재하지 않는다.'

'다른 모든 사망자들은 기존대로 사고사로 처리한다.'

라는 것입니다.

동시에 '범인을 즉각 사살하라'는 극단적인 명령이 상부에서 떨어졌어요.

그렇지만 나도 필사적으로 교섭해서 앞으로 30분 동안 마슈가 투항하도록 설득할 수 있는 시간을 얻어냈습니다.

이것이 내가 할 수 있는 한계예요.

두 사람이 무사하기를 빕니다.

반드시 무사히 돌아와주세요."

"기자키 씨……."

스와는 차마 말을 잇지 못했다.

"승강기 복구에 30분. 그렇다면 30분 후에 저격반이 돌입한다는 건가."

진자이가 혼잣말처럼 중얼거렸다.

"마슈, 들었나? 이것이 너를 사주하던 놈들의 수법이다."

진자이는 비웃으며 마슈에게 말했다.

"너는 에다 아즈마일 뿐 마슈 세이 따위는 존재하지 않는다고 한다. 그리고 경시청은 네가 저지른 살인을 전부 사고사로 처리할 작정이다. 일본에 관민이 공모한 음모가 존재한다는 것을 정치가들은 도저히 인정할 수 없는 거다."

"내가, 존재하지 않는다?"

스와의 눈에는 마슈의 얼굴에 한순간 고통이 떠오른 것처럼 보였다. 그러나 곧 마슈는 큭큭, 하고 가소롭다는 듯이 웃기 시작했다.

"재미있군. 너희들 집단은 정말 재미있어."

그리고 마슈는 후련하다고 해도 좋을 표정으로 두 사람을 보았다.

"너희들, 방금 나온 발표의 진의를 알겠나? 경시청 상부가 너희에게 나를 설득할 시간을 줄 리가 없어. 그동안 너희가 나에게 사살되기를 기대하고 있는 거다. 너희가 더 이상 쓸데없는 얘기를 지껄이지 않도록 말이야."

"빌어먹을."

스와가 필사적으로 목소리를 짜냈다.

"아니, 아마 이놈 얘기가 맞을 거다."

진자이가 고개를 끄덕이며 말했다.

"마슈를 사주하던 놈들의 계획은 실패했다. 이제 놈들은 마슈를 죽이고 세이안카이와 GAPS를 말소해서 음모의 증거를 없앨 거다. 그리고 카지노 이스트헤븐은 완전히 새롭게 태어나겠지. 또 같은 짓을 반복하기 위해서. 그러려면 우리가 마슈라는 존재를 알고 있으면 곤란하겠지."

"어떻게 그런······."

스와는 절망에 빠졌다.

그러면 아버지는 무엇을 위해서 죽었단 말인가. 다자와 마코토는, 하마나 료스케는, 아오키 가스미는 무엇을 위해서 죽었나.

그들의 죽음은 아무 의미도 없었단 말인가.

갑자기 마슈가 큰 소리로 두 사람을 불렀다.

"스와 고스케! 그리고 진자이 아키라!"

두 사람이 마슈를 쳐다보았다.

"새들은 왜 낯선 땅을 향해 하늘을 횡단하지?"

마슈가 두 사람에게 엉뚱한 질문을 던졌다. 마치 시라도 낭독하는 듯한 투였다.

"그리고 연어는 왜 친숙한 바다를 떠나 머나먼 낯선 강에서 격류를 거슬러 오르지? 동료들이 주위에서 파닥거리며 죽어가는 것을 보면서. 그건 왜지?"

낭랑한 목소리가 유리 공간에 울렸다.

"안전을 우선하며 행동한다면 생물은 멸종되고 만다. 때로는 생명의 위험까지 무릅쓰지 않으면 살아남을 수 없다. 생물들은 그걸 알고 있기 때문이다. 즉 모든 생물에게는 리스크에 매혹되고 리스크를 원하고 리스크를 반기는 본능이 숨어 있다. 바로 이것이 노인들을 여기로 초대하여 대화를 나누며 알아낸 진실이다."

마슈는 스와의 대답을 기다리지 않고 계속 말했다.

"그래서 너희 인간들은 도박에 끌리는 거다. 살아 있는 이상, 도박의 유혹에 절대로 저항할 수 없다. 생각할 것도 없다.

주식 시장도, 환율도, 신용 거래도, 보험 제도도 다 경제 활동이라는 허울을 쓴 도박이다. 너희 인간 사회 자체가 리스크를 좋아하는 본능 위에 아슬아슬하게 성립해 있다는 말이다."

스와는 마슈의 말에서 정체 모를, 그러나 뭔가 근본적인 위화감을 느꼈다.

너희 인간들, 마슈는 그렇게 말하고 있었다.

"이스트헤븐이라는 너희의 시시한 장난감이 기요스라는 쓰레기 더미 위에 들어선 것처럼 말이다."

진자이가 비아냥거리는 투로 마슈에게 말했다.

"그래. 기요스는 너희 세계의 풍자 만화이기도 하지."

마슈는 미소와 함께 고개를 끄덕였다.

"도박에 열광하도록 만들어진 너희 인간. 그리고 너희가 사는 위태로운 세계. 그 종말이 어떻게 될지, 나는 그걸 보고 싶었다. 나는 이 세계에는 존재하지 않는다. 이 세계 밖에 있는 존재다. 그러므로 너희 세계가 어떻게 되든 내 알 바가 아니다."

마슈는 자기 목에 나이프를 대고 두 사람의 정면에 선 그대로 천천히 뒤로 물러나 하얀 가죽 소파 옆까지 갔다.

"나는 그 도박으로 하우스에서 수천만 엔을 따고 라스베이거스에서 수십억 엔으로 불려서 너희 세계에서 지금의 지위를 얻었다. 나 이상으로 도박을 잘 아는 놈은 없다. 그러니까 이건 나밖에 할 수 없는 일이었다."

마슈는 목에 대고 있던 나이프로 갑자기 소파를 내리찍었다. 퍽, 하며 하얀 것들이 공중으로 뿔뿔이 날아올라 에어컨 기류를 타고 네모난 유리 공간에서 천천히 춤추기 시작했다. 그것은 소파에 채워져 있던 깃털이었다.

그리고 스와가 마슈를 보았을 때는 이미 나이프를 다시 자신의 경동맥에 대고 있었다.

"스와 고스케."

스와는 부르르 몸을 떨었다.

"내가 너에게 말했지. '천사' 따위는 존재하지 않는다고."

마슈는 스와에게 온화하게 말했다.

스와는 기억을 떠올렸다. 그래, 두 번째 찾아간 롯폰기 사무소에서 분명히 에다 아즈마는, 마슈 세이는 그렇게 말했다.

"'천사' 같은 것은 없다. '천사' 따위 정말로 없다고."

마슈는 반복했다.

"너희 인간은 선천적으로 악의를 가지고 있다. 너희가 모이면 그 악의가 모여서 농축되고 증폭된다. 그리고 너희가 거대한 집단, 가령 국가 같은 집단을 이루면 악의의 집합은 독립하여 하나의 의사意思가 되고, 그 의사는 집단 전체를 지배한다."

너희 인간, 마슈는 여전히 그렇게 말했다. 그것은 인간 사회를 외부에서 냉랭하게 바라보고 있는, 인간이 아닌 존재의 말투 같았다.

"너희 인간은 말하자면 벌이나 개미, 흰개미 같은 초개체인 거다. 그 벌레들은 공통 의사에 제어되어 마치 설계도라도 있는 것처럼 정교한 둥지를 만들어내지. 너희도 그런 벌레처럼 공통 의사에 제어되어 사회를 만들고 제도를 만들고 세상을 만든다. 그렇게 생각하면 이 이스트헤븐타워는 결국 거대한 개미무덤 같은 것이다."

스와는 새삼 자신들이 지상 400미터 가까운 곳에 서 있다는 것을 생각했다. 그래, 처음 이 이스트헤븐타워를 보았을 때는 스와도 그 어이없을 만큼 대단한 높이에 기함했었다.

"너희 세계에 만연한 강자가 약자를 착취하는 시스템, 아니, 착취하려고 하는 집합의식이나 집합자아를 '신'이라 부른다면, 그 '신'의 의지를 따르고 그 의지를 실현하려고 움직이는 모든 존재가 '천사'인 것이다. 그것은 정부나 지자체일 수도 있고, 기업이나 단체나 조직일 수도 있고, 때로는 모든 개인일 수도 있다. 특정한 개인 같은 것이 아니란 말이다."

계속 말하는 마슈의 푸른 눈이 햇빛에 눈부시게 빛났다.

"그리고 '천사'는 계속 태어날 수 있다. 나를 체포하거나 죽여도 아무것도 해결되지 않는다. 너희에게 악의가 있고 그 악의의 집합체인 '신'이 존재하는 이상 '천사'는 얼마든지 무수하게 태어난다. 원래 '천사'는 영겁으로 끝없이 계속 태어나는 것이다."

그때 갑자기 마슈가 오른손을 하얀 소파로 뻗어 왼쪽의 커다란 틈새로 쑥 집어넣었다. 그리고 속에서 검은 광택이 나는 금속성 물건을 끄집어냈다. 하얀 깃털이 풍성하게 끌려나와 공중으로 훨훨 날아올랐다.

"마슈……."

진자이가 신음하듯이 말했다.

검은 광택이 나는 물건은 단기관총이었다. 2009년 이스라엘 군용으로 개발된 UZI 프로 단기관총. 분당 1400발의 고속 발사가 가능한 군용 총이다.

"내가 손님을 권총이나 나이프만으로 대접할 줄 알았나?"

마슈는 나이프를 유리 벽으로 던져버리고 단기관총의 안전장치를 찰칵, 하고 풀었다. 그리고 총구를 바닥으로 향한 채 두 사람을 보며 웃었다.

벽면의 액정 TV에서 커다란 비명이 터졌다. 비행선에서 촬영하는 무음 중계 영상을 보고 있던 기요스에 있는 수십만의 군중이 이제 곧 벌어질지 모르는 끔찍한 사태를 상상하며 비명을 지른 것이다. 아마 비명은 이 라이브 영상을 보고 있는 일본 전역, 전 세계 인간으로부터 터져 나오고 있을 게 틀림없었다.

스와는 마슈에게 총을 겨누고 큰 소리로 외쳤다.

"마슈! 곧 특수부대가 진입할 거다. 그럼 너는 사살된다! 그 전에 기관총을 버리고 투항해라! 살고 싶다면, 그리고 양심이 조금이라도 남아 있다면 투항해서 모든 것을 밝혀라!"

"쏴! 스와."

진자이가 가만히 스와에게 말했다.

"안 돼! 그럴 수는 없어!"

스와는 안간힘으로 저항했다.

"우리는 아직 아무것도 밝히지 못했다! 이대로 가면 모든 진실이 이놈의 단순한 횡령 사건으로 묻혀버리고 만다! 생포해서 모든 것을 밝힐 때까지는 이놈을 죽일 수 없다!"

진자이는 마슈를 노려보며 고개를 가로저었다.

"이 자는 탈출할 생각도 없고 체포될 생각도 없고 진실을 말할 생각도 없어. 게다가 더 살고 싶은 생각도 없어. 우리를 벌집으로 만들어버리고 총구를 물고 제 머리통을 날려버릴 생각인 거야."

"하지만……."

스와는 그 이상 아무 말도 하지 못했다. 거의 사고 정지에 가까운 상태였다.

그때 마슈가 단기관총을 함부로 쳐들어 총구를 두 사람 가슴 높이에 겨눴다. 그것을 본 스와와 진자이가 반사적으로 몸을 날렸다.

갑자기 엄청난 굉음이 유리 방에 울려 퍼졌다. 착암기로 바위를 뚫는 듯한 단속적인 소리는 마슈의 단기관총 발사음이었다. 방금 전까지 스와와 진자이 바로 뒤에 있던 벽에서 착탄음이 연속되었다. 벽에 붙어 있던 거울이 산산이 부서졌다. 그 파편이 바닥에 엎드린 두 사람 등에 우수수 떨어졌다.

마슈는 단기관총을 소사하며 총구를 왼쪽으로 후리듯이 움직였다. 왼쪽 유리 벽에서 착탄음이 연속되고 작고 둥근 구멍과 거미집 모양의 균열이 잇달아 생기기 시작했다. 단기관총 총구는 그대로 좌우로 움직였다. 유리 벽의 작은 구멍들과 균열도 왼쪽을 향해 그 수를 늘려가며 굉음을 내고 있었다.

총구는 마슈 뒤에 있는 유리 벽으로 향했다. 마슈는 유리 벽을 향해 계속 소사했다. 착암기 같은 발사음과 배를 뒤흔드는 착탄음이 진자이와 스와가 쓰러져 있는 거울 바닥을 붕붕 진동하게 했다.

고층 빌딩용 강화유리는 두께가 19밀리미터에 대풍압 강도와 내열 강도가 모두 세 배로 강화된 것이지만 여러 장의 유리를 접착제로 붙인 방탄유리처럼 충격에 강하지는 못하다. 단기관총 총탄에 맞자 순식간에 미세한 균열이 생기며 새하얗게 변했다. 이 강화유리는 파손될 경우 파편에 의한 피해를 최소한으로 줄이기 위해 알갱이 형태로 산산이 깨지도록 되어 있다.

열몇 발의 탄환을 맞았을 때 마침내 유리 벽이 풀썩 무너져 내렸다. 동시에 고도 377미터에서 부는 바람이 굉장한 압력으로 밀고 들어왔다. 차가운 바람은 네모난 유리 공간에서 소용돌이를 틀었다. 그 소용돌이는 유리 알갱이와 거울 파편을 휩쓸며 거울 바닥 위를 치달리고 하얀 소파의 찢어진 틈새를 마구 휘저어서 수많은 깃털을 공중으로 불어 올렸다.

미친 듯이 휩쓰는 돌풍 속에서 스와가 필사적으로 고개를 들었다.

정신없이 날아다니는 깃털 속에 마슈 세이가 가만히 서 있었다. 검은 머리와 하얀 옷자락이 바람에 격렬하게 나부꼈다. 오른손에 들린 단기관총은 힘없이 바닥을 향하고 있었다. 50발이 장전되는 단기관총 UZI 프로 탄창에는 아직 십수 발의 탄환이 남아 있을 것이다.

"너희가 상상하는 그런 추한 행동은 하지 않는다."

거칠게 부는 바람 속에서 겨우 알아들을 수 있는 목소리로 마슈가 말했다.

"그러나 나는 이곳을, 기요스를 떠날 생각도 없다. 여기 외에 내가 있을 곳은 없다. 나는 인간 세계에는 존재할 수 없다. 여기 기요스만이 내가 있을 수 있는 세계다."

스와는 오른손에 권총을 꼭 쥔 채 바람을 이기며 가까스로 일어섰다. 구두 밑에서 유리 파편이 자르륵 소리를 냈다. 코 위로 뜨거운 액체가 주르륵 흘러 발밑으로 빨간 방울이 뚝뚝 떨어졌다. 거울 파편에 머리 어딘가가 찢어진 것이다.

스와의 오른쪽에서 진자이도 일어섰다.

"빨리 쏴. 저놈을 죽이는 거다. 스와."

진자이가 낮은 목소리로 재촉했다. 그 목소리에서 분노가 전해져 왔다.

"놈은 저 창으로 뛰어내려 도망칠 생각이야. 우리 손이 영원이 닿지 않는 저승으로 말이야. 그 전에 네가 벌을 줘. 누군가는 놈을 심판해야 해. 이제 놈을 심판할 수 있는 것은 너뿐이다."

진자이는 스와의 옆얼굴을 응시하며 강하게 호소했다.

"아무렴! 나를 쏴라, 스와 고스케!"

단기관총을 오른손에 든 채 마슈가 두 팔을 활짝 벌렸다.

"나를 죽이는 게 좋을 거다. 내가 수많은 인간을 죽인 것처럼. 나는 네 아버지를 죽이고 친구를 죽이고 여자를 죽였다. 네 손으로 직접 원한을 갚아라. 나는 지금 여기 있다. 너희 세계가 나라는 존재를 지우려 해도 나는 확고하게 여기 존재하고 있단 말이다."

투명한 푸른 눈이 스와를 응시하고 있었다. 그 얼굴에 도발하는 듯한 미소가 떠올라 있었다.

"왜 그래? 자, 빨리 날 죽여. 살인자는 어떤 기분일 것 같나? 해보면 알 거다. 안 그래? 진자이 아키라?"

마슈 세이는 웃으며 진자이를 보았다. 그야말로 악마의 웃음이라고밖에 말할 수 없는 웃음이었다.

"총을 넘겨."

진자이가 스와에게 오른손을 내밀었다.

"나는 이미 일곱 명이나 죽였다. 한 명 늘어난들 달라질 게 없다. 내가 놈을 죽인다."

"진자이 씨, 나는 당신과 달라. 전에도 그렇게 말했을 텐데."

스와가 그렇게 말하며 오른손에 든 총을 천천히 내렸다.

"마슈 세이, 널 체포한다. 나를 쏠 테면 쏴라."

스와는 왼손을 허리 케이스로 옮겨 수갑을 꺼냈다. 그리고 금속 고리를 왼손에 꼭 쥐고 미친 듯이 부는 바람 속에서 마슈를 향해 걷기 시작했다.

"바보 자식."

진자이가 절망한 목소리를 냈다.

갑자기 마슈가 큰 소리로 웃기 시작했다. 그 목소리에 스와는 저도 모르게 걸음을 멈췄다. 거세게 부는 강풍 소리와 함께 마슈의 웃음소리가 유리 방 공간에 울려 퍼졌다. 하얀 깃털이 날아오르는 가운데 마슈는 몸을 젖히며 웃어댔다.

이윽고 웃음이 잦아들자 마슈는 두 사람에게 말했다.

"아무렴 진자이 아키라, 너는 이 세상을 버린 자, 이미 이승에 없는 망자였지. 그리고 여기 스와 고스케, 너도 역시 망자가 된 자 아닌가. 너희는 둘 다 나와 마찬가지로 이승 사람이 아닌 거야."

마슈의 푸른 눈이 햇빛을 반사하여 번쩍 빛났다.

"그리고 너희 둘은 누구보다 나를 오랫동안 생각하고, 누구보다 나를 원하던 자들이다. 그래, 나에게는 너희 둘이야말로 누구보다 친한 친구였던 게 아닐까."

마슈는 오른손에 든 단기관총을 천천히 쳐들었다.

"친구, 함께 가자. 저승에 바카라 상대가 없으면 나도 심심하잖아. 우선은 스와 고스케, 너다. 다음은 진자이 아키라. 그리고 내가 마지막으로 여행을 떠나도록 하지."

스와는 자신을 겨누는 총구를 보았다. 강철 총신에 까맣고 작게 뚫린 구멍이 마치 스와를 응시하는 듯했다.

"이제 우리는 어디로 가려나. 나도 그건 몰라. 하지만 그곳은 결코 지옥 같은 데는 아닐 거다. 지옥은 바로 이 세상이니까."

마슈는 UZI 단기관총을 허리에 꼬나들고 마치 오랜 친구를 대하듯 친밀감 담긴 웃는 얼굴로 먼저 진자이를, 그리고 스와를 쳐다보았다. 마슈가 꼬나든 단기관총 총구도 웃는 얼굴과 함께 스와에게 향했다. 그리고 마슈 세이는 방아쇠를 당겼다.

착암기 같은 연속된 발사음이 강풍이 불어대는 유리 방 공간에 울렸다.

부드러운 물체에 금속 탄환이 박히는 소리가 몇 번이나 연속해서 울렸다.

스와는 복부에 주먹을 연달아 맞는 것처럼 묵직한 충격을 느꼈다.

그 충격으로 스와는 두세 걸음 거울 바닥을 뒷걸음질했다. 하지만 몇 발의 총탄이 박힌 것은 스와의 몸뚱이가 아니었다.

"진자이, 씨?"

스와는 멍한 얼굴로 그렇게 중얼거렸다.

스와를 향해 진자이의 등이 쓰러져 내렸다. 마슈가 쏜 총탄은 전부 진자이의 복부에 박혔다. 스와가 느낀 충격은 진자이의 몸에 박히는 탄환의 충격이었다. 마슈가 단기관총 방아쇠를 당기는 순간, 진자이가 스와의 몸을 뒤로 홱 잡아채며 스와 앞으로 나섰던 것이다.

진자이의 무릎이 덜컥 꺾였다. 무너져 내리는 진자이를 스와는 황망히 뒤에서 왼팔로 안았다. 진자이가 천천히 고개를 돌려 초점 없는 눈으로 스와를 향해 입꼬리를 치켜 올렸다. 그입이 굴럭, 하는 소리와 함께 검붉은 핏덩이를 뿜어냈다.

그때 스와의 머릿속에서 뭔가가 터졌다.

자신이 야수처럼 울부짖고 있다는 것을 스와는 깨닫지 못했다. 스와는 진자이의 몸을 왼팔로 지탱하며 오른손의 권총을 마슈 세이에게 내밀고 그대로 방아쇠를 몇 번이나 당겼다. 총성이 연속하여 유리 방 공간에 메아리쳤다. 탄피가 스와의 발치에서 잇달아 메마른 소리를 냈다.

스와가 쏜 총탄이 마슈의 가슴에 묵직한 소리를 내며 잇달아 박혔다. 그때마다 마슈는 몸을 꿈틀거렸다. 마슈의 하얀 셔츠 위에 피로 그려진 빨간 무늬가 금세 확대되었다. 하나, 둘, 셋, 넷……. 마치 마슈의 팔에 빨간 꽃들이 일제히 화사하게 피어나는 것 같았다.

총성이 그쳤다.

강풍이 불어대는 가운데 마슈는 몸을 조금 휘청이며 단기관총을 양손으로 안은 채 간신히 서 있었다. 마슈 주위에 하얀 깃털이 무수하게 날아다녔다. 마슈의 입술 가장자리에서 가슴으로 선혈이 뚝뚝 떨어졌다. 하얀 옷의 상반신은 이제 전부 빨갛게 물들어 있었다. 깨진 유리로 들어오는 강풍에 옷자락이 크게 펄럭였다.

마슈가 천천히 고개를 들었다. 격렬한 바람에 나부끼는 검은 머리 밑으로 파란 눈이 보였다. 깊은 산중에 아무도 모르게 숨어 있는 호수 같은, 아프리카의 보석 탄자나이트처럼 깊고 투명한 파랑. 가슴에 피가 떨어질 것이 예정되어 있던 것처럼 파란 눈과 하얀 옷과 빨간 피는 무서울 정도로 완벽한 조화를 이루었다.

스와는 마슈의 입술이 희미하게 움직이는 것을 보았다. 뭔가를 말하려고 하는 것 같아서 스와는 그 입술을 읽으려고 했다. 하지만 그게 아니었다.

잘 자라 우리 아가

앞뜰과 뒷동산에—

마슈의 입술이 그렇게 움직인 것 같았다.

「모차르트의 자장가」. 아니, 지금은 플리스의 자장가로 알려진 노래. 어린 마슈가 지내던 보육원에서 천장에 매달린 메리고라운드가 늘 들려주던 노래.

마슈는 자장가를 읊조리며 천천히 단기관총을 쳐들어 스와와 진자이가 있는 쪽으로 향했다. 그리고 파란 눈으로 스와의 눈을 가만히 응시했다. 마슈의 입술이 멎었다. 그리고 단기관총 방아쇠에 걸린 마슈의 검지가 희미하게 움직이는 듯했다.

그 순간 스와가 다시 방아쇠를 당겼다.

퍽, 하는 묵직한 소리가 마슈의 가슴에서 울렸다. 마슈의 얼굴이 뒤로 크게 젖혀졌다. 그 얼굴 앞에서 피의 비말이 튀어 올랐다.

마슈의 양팔이 힘없이 쳐졌다. 들고 있던 검은 강철제 단기관총이 탁, 소리를 내며 바닥에 떨어졌다. 마슈는 그대로 비틀거리며 두세 발을 뒤로 물러났다. 등 뒤에는 이미 유리 벽이 없었다. 그 너머는 370미터 아래로 이어지는 벼랑이다.

강풍이 부는 벼랑 위에서 마슈는 멈춰 섰다. 빨갛게 물든 하얀 옷이 더욱 격하게 나부꼈다. 마슈는 두 팔을 뻗어 천천히 쳐들고 푸른 눈으로 하늘을 우러러보았다. 그 모습은 공중에 있는 누군가에게 뭔가를 요청하고 호소하는 것처럼 보이기도 했다.

마슈의 몸이 천천히 뒤로 기울기 시작했다. 불어 올라오는 바람이 마슈의 머리카락과 하얀 옷을 격하게 펄럭이게 하고 깃털을 춤추게 했다. 마슈 세이는 양팔을 높이 쳐든 채 무수한 하얀 깃털과 함께 눈이 시리도록 파란 허공으로 등부터 천천히 쓰러졌다.

그리고 마슈 세이는 스와의 시야에서 사라졌다.

스와 고스케는 사라진 마슈의 잔상을 언제까지나 응시하고 있었다.

그 순간 스와의 눈에는 마슈 세이가 등에 돋은 하얗고 커다란 날개를 펼치고 깃털을 날리며 하늘로 날아오르는 것처럼 보였다.

에
필
로
그

27 유혹하는 자

〈그 뒤 예수께서 성령의 인도로 광야에 나가 악마에게 유혹을 받으셨다. 사십 주야를 단식하시고 나서 몹시 시장하셨을 때에 유혹하는 자가 와서 "당신이 하느님의 아들이거든 이 돌더러 빵이 되라고 해보시오" 하고 말하였다.〉

〈그러자 악마는 예수를 거룩한 도시로 데리고 가서 성전 꼭대기에 세우고 "당신이 하느님의 아들이거든 뛰어내려 보시오. 성서에 '하느님이 천사들을 시켜 너를 시중들게 하시리니 그들이 손으로 너를 받들어 너의 발이 돌에 부딪히지 않게 하시리라' 하지 않았소?" 하고 말하였다.〉

〈악마는 다시 아주 높은 산으로 예수를 데리고 가서 세상의 모든 나라와 그 화려한 모습을 보여주며 "당신이 내 앞에 절하면 이 모든 것을 당신에게 주겠소" 하고 말하였다.〉

(신약성서 마태복음 4장)

내 앞에 파란 하늘이 펼쳐져 있다.

그리고 나는 공중에 떠 있다.

내 발 2미터쯤 밑에는 완만한 커브를 그리는 거대한 유리 바닥이 펼쳐져서 햇빛을 반사하고 있다. 가만 보니 그것은 얌전히 쓰러진 거대한 원통형 빌딩 같았다. 그리고 나는 그 2미터 공중에 떠 있다.

원통형 빌딩 끝의 두 군데에 빨간 전구가 켜져 있다. 항공식별등일까. 가만 보니 내 발 밑에 누워 있는 것은 고층 빌딩이고 내가 보고 있는 것은 그 정상부인 걸까?

가만 보니 누워 있는 고층 빌딩 밑에는 지면이 없다. 파란 하늘이 끝없이 펼쳐져 있다. 나는 주위를 둘러보았다. 내 주위에는 하얀 깃털들과 작은 유리 알갱이들이 무수하게 떠 있다.

아, 그랬지.

나는 기억해냈다.

나는 '천국'에서, 이스트헤븐타워 꼭대기 층에 있는 유리방에서 떨어졌던 것이다. 내 밑에 거대한 고층 빌딩이 누워 있는 것이 아니었다. 내가 바로 누운 자세로, 우뚝 선 이스트헤븐타워 벽면 옆을 낙하하여 지상으로 향하고 있는 중이다.

그러나 바람도 중력도 가속도도 전혀 느껴지지 않는다. 주위에 떠 있는 깃털도 유리 알갱이도 전혀 움직이지 않는다. 파란 하늘에 뜬 하얀 구름도 이스트헤븐타워도 내 시야 속에서 무대 배경 그림처럼 미동도 하지 않는다. 가슴에 납탄이 여러 발 박혔을 텐데도 희미한 통증조차 느끼지 못한다. 아무래도 시간이 정지한 듯하다.

"그때도 나는 그렇게 말했어."

누군가의 목소리가 들렸다.

가만 보니 눈앞에 남자 하나가 서 있다.

유리 벽면에 두 발을 단단히 딛고 바지 주머니에 양손을 찔러 넣고 나를 보고 있다. 그러니까 그 남자는 수직 빌딩 벽면에서 낙하하는 나를 향해 아래쪽을 보며 서 있는 것이다. 까만 바지에 하얀 셔츠, 빨간 나비넥타이를 맸다. 흡사 카지노 딜러 같은 모습이다.

남자는 나를 보며 희미하게 웃었다. 그러자 입술 양 끝과 함께 수염도 살짝 쳐들렸다.

당신이었군.

내가 그렇게 생각하자 수염 남자는 웃음을 지은 채 고개를 끄덕였다.

"그때도 나는 그 유대인에게 그렇게 말했어. 너에게 말한 것과 똑같은 말을."

그 남자의 입술은 전혀 움직이지 않았다. 아무래도 그 남자는 목소리 없이도 언어를 전할 줄 알고, 내가 말을 하지 않아도 내 생각을 이해하는 듯했다.

눈앞에 있는 수염 난 남자에게 마음으로 말을 건넸다.

당신이 나를 조종하고 있었군.

"그건 아니야. 네가 원한 일이지."

내가 원했다고?

"물론. 네가 그렇게 하고 싶어 해서 내가 도왔을 뿐이야."

아, 생각이 난다.

그렇다, 그때 나는 아주 어린 아이였다. 당신은 어머니가 자살한 그 파친코로 나를 데려가서 은색 구슬을 하나 주었지. 그것이 모든 일의 시작이었어.

"그랬었나."

암, 그랬지.

그다음에 당신이 다시 내 앞에 나타난 것은 내가 죽도록 배가 고파서 강가의 돌을 멍하니 바라보고 있을 때였어. 그때 나는 누군가에게 이 돌을 빵으로 바꾸고 싶으냐는 질문을 받은 기분이었어. 물론 나는 그렇게 되기를 간절하게 원했지.

"그랬군."

그리고 당신은 나를 하우스로 데려갔지. 그래, 그곳은 성스러운 수도처럼 부가 모이고 신전처럼 찬란한 곳이었어.

당신은 그곳에서 내가 오기를 기다리고 있었어. 그리고 나에게 막대한 부를 주었어. 그리고 내가 어떤 위험을 겪어도, 심지어 칼에 찔려도 죽지 않을 만큼 특별한 운명을 타고났다고 일러주었지.

그리고 마지막으로 당신은 나를 매우 높은 곳에, 이스트헤븐타워라는 마천루 정상에 오르게 했어. 나는 그 꼭대기에 있는 유리 방에서 보석 상자 같은 기요스의 야경을 굽어보고, 별들이 반짝이는 도쿄의 밤하늘을 바라보았지.

그리고 내 눈에 보이는 것 전부가, 아니 이 세상 전부가 언젠가 내 차지가 될 거라고 생각했어.

"한 가지 물어봐도 되나?"

뭐지?

"왜 너는 지금까지 그 두 사람을 죽이려고 하지 않았지?"

글쎄, 왜일까.

실은 죽일 생각이었어. 언제든 죽일 수 있다고 생각했고, 기회가 되면 즉시 죽일 생각이었어. 하지만 당신 말대로 결국 오늘까지 그 두 명을 죽이지 않았지.

오, 그래.

아마 그 두 사람이 내가 존재한다는 것을 알고 있었기 때문일 거야.

"알고 있었다?"

그 두 사람은 나를 필사적으로 추적하고 있었어. 그것이 설사 나에 대한 격렬한 분노 때문이라 해도, 깊은 증오 때문이라 해도, 강한 살의 때문이라 해도, 나는 전혀 상관없었어.

내가 존재한다는 것을 믿어주는 놈이 있다. 나를 진지하게 알고 싶어 하는 놈이 있다. 나를 죽이겠다고 진지하게 작정한 놈이 있다. 그것이 내가 살아 있음을 실감케 하는 유일한 근거처럼 느껴지기까지 했던 거야.

"잘 모르겠군."

나도 모르겠어. 그때까지 내가 추구하던 것은 원하는 카드가 나와서 원하는 대로 거액이 굴러 들어오는 것, 원하는 대로 먹고 마시고, 원하는 대로 사람들을 부리고, 원하는 대로 훼방꾼을 죽이고, 원하는 대로 영광을 누리고…… 그런 것이었어.

"너는 그걸 실현했지."

나는 그걸 다 이루었어. 하지만 내가 원했던 것은 그런 게 아니었어. 아마 나는 지극히 당연한 뭔가를 원했을 거야.

그래, 나는 내가 있다는 것을 누가 알아주길 원했던 거야. 내가 분명히 존재하고 이 세상을 살고 있다는 것을.

나를 잘 아는 사람이 있고 늘 곁에서 나를 보고 있는 사람이 있어서 가령 내가 우스운 짓을 하면 어김없이 웃어주는 거. 그런 나날을 원했던 거야. 내가 마슈 세이이든 에다 아즈마이든 천사든, 그런 것은 상관없었어. 나는 바로 지금까지 분명히 이 세계에 있었어. 이 세계에 살아 있었다고.

하지만, 그것을 알게 된 것도 당신이 있었기 때문인지도 모르지. 그제야 알겠어, 내가 정말로 원했던 것이 무엇인지.

당신 덕분이야. 고마워.

문득 정신을 차리니 내 눈앞에 수염 사내가 없었다.

아니, 그런 남자는 처음부터 없었는지도 모른다.

나는 후후, 웃고, 이제 됐다, 하고 속으로 분명히 말했다.

시간이 돌아오기 시작했다.

하얀 깃털과 유리 조각이 내 주위에서 조금씩 움직이기 시작했다. 그 공간에서 나는 등을 아래로 향한 채 천천히 낙하하기 시작했다. 점차 속도가 빨라졌다. 발 아래 있는 이스트헤븐 타워의 벽면이 하늘을 향해 맹렬한 속도로 획획 지나가기 시작했다. 물론 사실은 그런 것이 아니라 내가 가속도를 늘려가며 추락하고 있는 것이다.

나는 가만히 눈을 감았다.

낙하 속도가 빨라짐에 따라, 나를 밀어 올릴 것처럼 강한 바람이 불어오는 것을 등으로 느꼈다. 내가 그 바람을 타고 높은 하늘을 향해 날아 올라가는 기분이었다.

그 부유감은 생전 처음 맛보는 궁극의 행복감이었다.

스와 고스케는 정신을 차렸다.

스와는 진자이 아키라의 피에 젖은 몸을 안고 바닥에 무릎을 꿇고 있었다. 유리 벽이 있던 곳으로 불어 들어오는 바람과 함께 순찰차들의 사이렌 소리가 들렸다. 도쿄 만이 잔잔해질 시간대인지 아까까지 미쳐 날뛰던 돌풍은 어느새 온화한 미풍으로 변해 있었다.

발 아래 거울 바닥 위에는 유리 알갱이와 파편이 온통 흩어져 있었다. 바닥 중앙에는 찢어진 하얀 가죽 소파가 있었다. 아까까지 날아다니던 하얀 깃털은 거의 다 바람과 함께 밖으로 날아가 버리고 아주 조금만 구석에서 맴돌고 있을 뿐이었다.

스와는 고개를 돌려 뒤쪽 벽에 부착된 액정 TV를 보았다. 화면에는 이스트헤븐타워에서 가까운 기요스 운하가 비치고 있었다. 수면에 하얗고 커다란 파문이 여러 겹으로 퍼져 나가고 있었다. 그것은 물론 마슈 세이가 만든 파문이었다.

방금 그것은 뭐지?

스와는 조금 전 자신이 체험한 불가사의한 사건을 돌이켜보았다.

자신은 분명히 마슈 세이가 되어 이스트헤븐타워 정상에서 바닥을 향해 추락하고 있었다. 그러나 생판 타인인 마슈의 의식이 자신에게 흘러들고 자신이 마슈의 의식으로 들어가다니, 가당키나 한 일인가.

아마 자신이 마슈에게 집착한 나머지 추락하는 마슈에게 감정 이입을 하고 말았을 것이다. 그리고 마슈의 뇌리를 소용돌이치고 있을 생각, 마슈의 눈에 비치고 있을 광경을 상상하며 마치 그것을 생생하게 체험한 듯한 착각에 빠졌을 것이다.

그렇다면 그 수염 남자는 대체 누구였을까.

"죽였나?"

갈라진 목소리가 희미하게 들렸다.

진자이였다. UZI 단기관총 9밀리 파라베럼탄을 여러 발 맞고도 스와의 왼팔에 안겨 여전히 숨을 쉬고 있었다. 스와는 오른손에 쥐고 있던 총을 버리고 양손으로 진자이의 몸을 안아 일으켰다.

"음. 죽였어."

"그래?"

진자이는 희미하게 고개를 끄덕이고 속삭이는 듯이 말했다.

"이제야 이 세상에서 정말로 사라질 수 있겠군. 이제 쇼코도 만날 수 있어."

스와는 진자이의 어깨를 고쳐 안았다.

"곧 구급대가 도착한다. 말하지 말고 가만히 있는 게 좋아."

"아니, 이제 됐다."

진자이는 모호한 표정으로 허공을 바라보며 스와의 말을 가로막았다.

"내 할일은 다 끝났다. 지쳤어. 그만 쉬게 해줘."

"진자이 씨."

스와는 더 이상 진자이에게 건넬 말이 없었다.

"이봐."

문득 진자이가 스와의 얼굴을 보았다. 그 눈에 장난스러운 표정이 깃들었다.

"이제 너도 '사신'이군."

진자이는 그렇게 말하고 희미하게 웃었다.

"그래. 당신처럼."

스와도 그렇게 응수했다. 진자이는 후후, 하고 웃었다.

진자이는 이내 눈을 감았다. 몸에서 서서히 힘이 사그라지고 이윽고 호흡 소리도 들리지 않게 되었다. 스와는 피에 젖은 진자이의 가슴에 귀를 댔다. 심장 고동 소리가 들리지 않았다. 잠든 것이다, 스와는 그렇게 생각했다.

스와는 진자이의 몸을 가만히 바닥에 뉘었다. 그의 얼굴에는 아직도 희미한 웃음이 남아 있었다. 15년에 걸친 방랑의 나날이 마침내 끝났기 때문일 것이다. 진자이의 얼굴에는 긴 여행에서 귀가한 사람이 보여줄 법한 온화한 표정이 떠올라 있었다.

승강기 문이 소리도 없이 열렸다.

흰옷을 입은 구급대원 몇 명이 달려 나와 진자이의 몸을 스트레처 위에 눕혔다. 스와는 멍하니 선 채 그 모습을 바라보고 있었다.

"자네라도 무사해서 다행이야."

스와 뒤에서 깊이 안도한 듯한 목소리가 들렸다. 돌아다보니 기자키 계장이 서 있었다.

진자이를 실은 스트레처가 승강기로 들어갔다. 기자키는 승강기를 향해 합장하고 고개를 깊이 숙였다. 그리고 승강기 문이 닫혔다.

"기자키 씨."

스와의 얼굴이 일그러졌다.

"진자이 씨는, 나 때문에, 나를 대신해서⋯⋯."

스와는 말을 잇지 못했다. 고개를 숙이고 복받치는 감정과 싸우느라 애쓰는 것이 고작이었다.

기자키는 고개를 가로저었다.

"진자이 군은 내내 고통스러워했어요. 형사답지 않은 행동을 해서 형사라는 직업을 잃고, 그래도 포기하지 않고 마슈를 추적했지만, 그것도 정의감이 아니라 단순한 개인적 원한 때문이 아닌가, 이제 자신은 복수심에 사로잡힌 일개 살인자가 되고 만 것은 아닌가 하며."

기자키는 담담하게 말을 이었다.

"하지만 진자이 군은 마지막으로 스와 군의 목숨을 구했어요. 그렇게 진자이 군은 구원받은 게 아닐까요? 목숨을 빼앗기 위해 살아온 것이 아니라 누군가의 목숨을 지키기 위해 죽을 수 있었으니까. 이미 형사 신분은 아니지만 형사로 죽을 수 있었으니까."

"저도, 일개 살인자일 뿐입니다."

고개를 푹 숙인 채 스와가 가만히 말했다.

"진자이 씨가 총에 맞자 분노에 사로잡혀 마슈를 쏘아 죽였어요. 경찰관으로서 있을 수 없는 행위입니다. 설사 내가 총에 맞더라도 사살해서는 안 되었어요."

그러자 기자키가 엄격한 목소리로 말했다.

"그것은 그냥 자기만족일 뿐이죠."

엄격한 말투에 스와는 저도 모르게 고개를 들었다.

"악에 분노하면 안 되는 겁니까? 악에 분노하니까 우리 경찰관도 목숨 걸고 애쓰고 있는 거 아닙니까?"

스와는 흠칫했다. 기자키에게 힘껏 뺨을 맞은 기분이었다.

"진자이 군 다음에는 틀림없이 스와 군이 피격되었을 겁니다. 그 상황에서 아무 짓도 하지 않는다면 역으로 경찰관 자격이 없는 겁니다. 인명을 지키는 것이 경찰관이지요. 자기 목숨도 지키지 못하고 대체 누구 목숨을 지키겠다는 겁니까? 하물며 스와 군은 이번 사건의 진상을 아는 유일한 사람입니다. 스와 군이 죽으면 누가 사건을 추적할 겁니까?"

스와는 두 주먹을 꽉 쥐었다. 도저히 반박할 수 없었다.

"게다가, 스와 군."

기카지의 목소리는 온화함을 되찾았다.

"마슈 세이 역시 스와 군에게 구원받았어요. 나는 아무래도 그렇게 생각됩니다."

스와는 고개를 들었다.

"마슈가, 나에게?"

"죄를 저지른 자는 심판을 받아야 합니다. 그 심판이 죄를 자각케 하고 죄지은 자를 고통스럽게 하니까 구원이 되는 겁니다. 경찰은 마슈 세이 같은 자는 존재하지 않는다고 간주하기로 했어요. 아무도 그를 구원하려고 하지 않아요. 하지만 스와 군은 그를 심판함으로써 구원했어요. 아무도 구원하려고 하지 않은 자를 구원한 겁니다."

그럴까?

스와는 자신이 뭔가 했다는 것을 도무지 실감할 수 없었다.

그때 스와의 뇌리에 마슈의 말이 살아났다.

'나는 지금 여기 있다. 너희 세계가 나라는 존재를 지우려 해도 나는 확고하게 여기 존재하고 있단 말이다.'

그 말은 마슈 세이라는 자의 구원을 원하는 외침이었는지도 모른다. 스와는 그렇게밖에 생각할 수 없었다.

"이제야 쉴 수 있게 되었군요, 진자이 군은."

기자키가 푸른 하늘을 올려다보며 혼잣말처럼 말했다. 그 얼굴에는 슬픔과 안도가 뒤섞인 표정이 떠올라 있었다.

그리고 기자키는 문득 스와의 얼굴을 보았다.

"하지만 스와 군은 아직 쉴 수 없지요?"

스와는 힘주어 고개를 끄덕였다.

"물론입니다."

스와에게는 그럴 여유가 없었다.

진자이 아키라가 인생을 걸고 추적해온 사건, 15년 전에 마슈 세이가 에다 아즈마와 그 부모를 살해한 사건은 주범 마슈의 죽음으로 이대로 어둠에 묻히려 하고 있다. 진자이가 죽은 지금 진상을 규명할 수 있는 사람은 스와뿐이다.

다자와 마코토, 하마나 료스케, 아오키 가스미, 아버지 스와 노보루, 그리고 진자이 아키라. 자신과 인연이 있는 사람만 꼽아도 다섯 사람의 목숨을 앗아간, 카지노를 축으로 관민이 공모한 거대한 음모. 그 음모를 실행하는 것이 마슈 세이의 몫이었다고 해도 그 음모를 꾸며 마슈를 이용한 인물이 어딘가에 반드시, 아마도 일본이라는 조직의 중추에 남아 있을 것이다.

상대가 도지사이든 총리든 단연코 용서할 수 없었다.

우선은 마슈 세이라는 자가 분명히 존재했다는 것을 증명해야 한다.

마슈는 어떤 부모 사이에서 태어나 어디서 어떻게 성장하고 어떤 소년 시절을 보내고 어떻게 부를 쌓고 마침내 정계 배후에서 힘을 얻게 되었을까. 마슈가 살던 모든 장소를, 그 자취를 추적하며 다녀야 한다. 네바다 주 경찰에도 협조를 요청할 필요가 있다.

그리고 스와는 생각했다.

이것은 마슈 세이라는 한 남자의 인생을 되짚어가는 여행이 되리라는 것을.

옮긴이의 말

가와이 간지는 2012년에 『데드맨』을 시작으로 매년 한 편 꼴로 장편을 발표하며 용맹정진하고 있는 신예 작가다. 그리고 이 작품은 2013년 말에 발표된 그의 세 번째 장편으로, '망가'적인 대담한 구성과 풍자, 잘 읽히는 문체가 두드러진다.

이 작품은 2023년을 상정한 디스토피아 이야기다. 2023년 이라는 숫자가 낯설어 얼핏 먼 미래의 이야기인가 싶지만, 실은 불과 몇 년 후이고, 소설이 발표된 시점에서 꼭 10년 후일 뿐이다. 현재와 몇 가지 소소한 차이점은 있지만, 제도, 관습, 윤리가 현재와 다를 것이 없는 시기다. 덕분에, 현존하지 않는 '카지노 특구'가 꽤 현실감 있는 무대로 그려졌다.

그런데 그 입지가 자못 풍자적이다. 거대 도시 도쿄가 배설하는 쓰레기를 바닷가에 매립해서 얻은 땅 기요스에 초현대식 카지노 도시를 건설했다는 것. 이것을 비롯하여 이 소설은 처음부터 끝까지 은유와 암시가 넘쳐나는데, 그것들을 하나하나

곱씹어가는 재미가 여간 아니다.

무엇보다 마슈라는 주역부터가 상징 덩어리처럼 보인다. 논리로 설명될 수 없는 마슈의 도박운은 그가 돈과 권세를 위해 악마와 거래한 존재임을 암시한다. 엎어놓은 트럼프 카드를 읽어내는 것은 애초에 인간의 능력이 아니다. 게다가 일본인답지 않게 파란 눈을 가졌고, 호적이 없고 이름도 없으며, 어려서부터 고아원에서 자라 정규 교육을 받은 적이 없는 등 체제에서 철저히 소외된 존재로 그려진다. 그의 어머니는 삶에 절망하여 도박에 중독되어 살다가 파친코 화장실에서 목을 매 자살했다. 코흘리개 시절에 어머니의 처참한 주검을 목도한 것은 절대악 마슈가 탄생하는 결정적인 순간이었을 것이다. 가히 카지노 특구라는 고담 시의 지배자에 걸맞은 내력처럼 보인다.

이 작품을 가상 소설로만 읽기에는 뒷맛이 개운치 않다. 이 소설의 배경으로 등장하는 다양한 사회 문제와 현상들은 작가의 창작이 아니라 취재한 내용으로 보이기 때문이다. 심지어 카지노를 모티프로 한 노인 요양원도 실제로 성업 중이며 앞으로 더 많아질 것이라고 한다. 더 구체적으로는 '외화 벌이'와 '고용 창출' '국부 유출 방지'를 위해 일본에 카지노를 합법화해야 한다는 주장이 전부터 있었거니와 조만간 일본 국회를 통과하리라는 전망이 우세하다.

노인 일인당 5688만 엔의 복지 예산이 필요하므로, '역으로 말하면 고령자 한 사람이 죽으면 5688만 엔이 굳는다'는 대목은 '장애인 한 사람당 5만 제국마르크가 나가고 있다'고 선동하던 나치의 선전 포스터를 떠올리게 한다. 실제로 나치는 수많은 장애인을 가스실로 보냈는데, 당시 무능한 장애인들을 없애버려야 한다는 악마적 주장을 실행에 옮긴 독일의 의학자 카를 게브하르트의 별명이 '죽음의 천사'였다. 고령의 환자에게 독물을 주사하여 연쇄 살인을 한 독일의 간호사 미켈라 뢰더의 별명도 역시 '죽음의 천사'.

마슈가 '죽음의 천사'로서 노인들을 연쇄 살인한다는 것은 소설다운 착상이라고 하더라도, 연금과 세금을 둘러싸고 노년층을 눈엣가시로 여기는 사회적 분위기, 에다 아즈마 의원의 말을 빌리면 '집합 자아'가 팽배한 것은 분명한 현실처럼 보인다.

결국 작가는 자유시장, 규제 완화, 재산권 중시라는 신자유주의의 기본 이념이 극성할 때 사회가 어떻게 될 수 있는지를 기요스 카지노 특구를 통해 데포르메하고 있는 것이다.

번역 작업을 마칠 즈음, 새만금 방조제에 국내용 카지노 건설이 추진 중이며, 손님이 줄어들까 염려한 강원랜드 카지노 측에서 강력히 반발하고 있다는 뉴스가 들렸다. 영종도와 제주도에서도 카지노가 성업 중이고. 하기야 규제 완화니 투자유치니 하는 신자유주의 노선에서는 한국이 일본보다는 늘 더 과감하고 진도가 빨랐다.

이 소설을 한국에 소개하는 것이 그래서 더 흥미롭고 기대가 된다.

데블 인 헤븐

초판　1쇄　2016년 9월 9일
개정판　1쇄　2020년 9월 8일

지은이 가와이 간지
옮긴이 이규원
펴낸이 박진숙 | **펴낸곳** 작가정신
책임편집 황민지 김미래 | **디자인** 이아름
마케팅 김미숙 | **홍보** 정지수 | **디지털콘텐츠** 김영란 | **재무** 오수정
인쇄 및 제본 한영문화사

주소 (10881) 경기도 파주시 문발로 314
대표전화 031-955-6230 | **팩스** 031-944-2858
이메일 editor@jakka.co.kr | **블로그** blog.naver.com/jakkapub
페이스북 facebook.com/jakkajungsin | **인스타그램** instagram.com/jakkajungsin
출판 등록 제406-2012-000021호

ISBN 979-11-6026-192-9 03830

이 책의 판권은 저작권자와 작가정신에 있습니다.
이 책 내용의 전부 또는 일부를 재사용하려면 양측의 서면 동의를 받아야 합니다.

이 도서의 국립중앙도서관 출판시도서목록(CIP)은 서지정보유통지원시스템 홈페이지(http://seoji.
nl.go.kr)와 국가자료공동목록시스템(http://www.nl.go.kr/kolisnet)에서 이용하실 수 있습니다.
(CIP제어번호 : CIP2020033564)